MONSTERLAND MAYHEM

EINE WHY-CHOOSE-NEUERZÄHLUNG VON ALICE IM WUNDERLAND

USA TODAY BESTSELLERAUTORIN

LEXI C. FOSS

Bei diesem Werk handelt sich um eine fiktive Geschichte. Namen, Personen und die Handlung des Buches entspringen entweder der Fantasie der Autorin oder werden fiktiv benutzt. Etwaige Ähnlichkeiten mit tatsächlichen Begebenheiten, Unternehmen, Ereignissen, Orten, Schauplätzen oder lebenden oder verstorbenen Personen wären rein zufällig.

Monsterland Mayhem

Übersetzung & Korrektorat: Literary Queens

Englisches Lektorat: Outthink Editing, LLC

Englisches Korrektorat: Katie Schmahl & Jean Bachen

Cover-Design: Manuela Serra

Cover Photography: Wander Aguiar & Juliana Andrade

Cover Models: Wander Aguiar, Dina & Jack

Titelseite: Susan Gerardi

Kapitelüberschriften: Ricky Gunawan

Veröffentlicht von: Ninja Newt Publishing

Printausgabe ISBN: 978-1-68530-436-2

Für alle, die die Jagd genießen.
Die Alphas in dieser Geschichte werden vor nichts Halt machen, um dich zu beanspruchen.
Sich mit dir zu verknoten.
Und dich zu begatten.
Viel Spaß beim Lesen, süße Königin …

MONSTERLAND MAYHEM

EINE WHY-CHOOSE-NEUERZÄHLUNG VON ALICE IM WUNDERLAND

Ein Getränk. Drei wahnsinnige Gefährten.

Trink mich.
Das ist keine gewöhnliche Aufgabe, sondern ein Kompatibilitätstest, mit dem der Silberne König eine passende Gefährtin finden will. Alles nur, weil er einen *Erben* braucht.

Jede verpaarungswürdige Jungfrau im Königreich muss das Getränk zu sich nehmen.
Darunter auch ich – Ailsa Marvel – eine gewöhnliche Sterbliche, die ein Land voller Magie und Wunder ihr Zuhause nennt.

Nicht einmal in meinen wildesten Träumen hätte ich daran gedacht, dass ich zur *auserwählten Omega* werden würde. Aber sobald ich das Getränk zu mir nehme, falle ich *tiefer und tiefer und tiefer* und lande mitten im Chaos.

Das Monsterland ist komplett durcheinandergeraten.
Alle sind auf der Suche nach der Erlösung des Silbernen Königs. Seiner Gefährtin. Die Person, die ihm einen Erben schenken kann. *Ich.*

Aber was, wenn ich mich nicht begatten lassen will? Was, wenn ich an nichts anderes denken kann, als *wegzulaufen*?

Craze bietet mir seine Hilfe an.
Catum schwört, dass er für mich töten würde.
Und Krolic meint, dass er mir den Weg weisen wird.

Aber jeder Schritt, den ich auf meine potenzielle Freiheit zu mache, lässt mich daran zweifeln, wem ich vertrauen soll. Wohin ich mich wenden soll. *Wie ich entkommen soll.*

Mein Schicksal hat sich in ein tödliches Spiel verwandelt.
Ich bin das Kaninchen, und nur in Sicherheit, wenn ich die Herzen meiner Verfolger erobern kann.
Misslingt mir das, lande ich im Zuchtkäfig des Silbernen Königs.
Oder – noch schlimmer – werde mein Leben verlieren.
Das Spiel hat begonnen, Häschen.
Du rennst.
Wir jagen dich.
Und wenn wir dich finden, zeigen wir dir, was es heißt, die Königin des Monsterlands zu sein.

Anmerkung der Autorin: Bei diesem Buch handelt es sich um einen dunklen, eigenständigen paranormalen Liebesroman, in dem sich die Protagonistin nicht für einen einzigen Gefährten entscheiden muss. In der Geschichte kommen Tricks, Primal Play und Begattung vor. Schau dir gern die Trigger-Warnungen in der Einleitung an, um mehr zu erfahren.

EINE ANMERKUNG VON LEXI

Monsterland Mayhem ist ein Fast-Burn-Reverse-Harem-Liebesroman. Er steht in keiner Verbindung mit einer meiner anderen Serien oder Welten und ist komplett unabhängig.

Es handelt sich dabei aber um eine Neuerzählung eines Märchens, weshalb euch die ein oder andere Charaktereigenschaft bekannt vorkommen könnte.

Wenn es jemals ein Märchen gegeben hat, das ich auseinandernehmen und zu meiner ganz eigenen Version machen würde, dann dieses. Wo bliebe der Spaß, wenn man an einem Ort wie dem Wunderland spielt und es genauso belässt, wie es einst war?

Diese Geschichte ist total verrückt. Sie ist chaotisch. Heiß. Und dreht sich mehrheitlich um Ailsa und ihre Gefährten.

Oh, und natürlich wäre da noch die Haupthandlung, die verdreht und ungemein spaßig ist. In diesem Buch geht es darum, beansprucht zu werden. Dominiert zu werden. Von drei heißen, psychotischen Männern besessen zu werden.

Ailsa ist eine Omega in einer Welt, in der es vor Alpha ähnlichen Monstern nur so wimmelt.

Eine Omega, der es bestimmt ist, begattet zu werden.

Eine Omega, der es bestimmt ist, wertgeschätzt zu werden.

Eine Omega, der die *Jagd* gefällt.

Wirst du ihr hinab ins Monsterland folgen und in die

Arme eines der Alphas fallen, die unter dem Erdboden warten? Oder wirst du … *davonrennen*?

Im Folgenden findest du ein paar Bemerkungen zum Inhalt, die für dich interessant sein könnten:

✓ Einverständlicher Sex (zwischen Ailsa und ihren Gefährten)

✓ Kein Drama mit anderen Frauen (kein Fremdgehen)

✓ Schwangerschaft/Begattung

✓ Keine MM-Szenen, aber es gibt Gruppenszenen

✓ Primal Energy

✓ Possessive Over The Top Alpha Males

✓ Touch-Her-and-Die-Vibes

✓ Blutspiele, Strangulationsspiele, Fesselspiele, Messerspiele, Wachsspiele, und sinnliches Beißen

✓ Verknoten, Nestbau, Schnurren, Knurren und dekorative Extras

Viel Spaß beim Lesen! <3

Einleitung

Vor langer, langer Zeit brauchte ein König einen Erben. Eine *Gefährtin*. Eine zuchttaugliche Omega, die seinen Samen in sich aufnehmen konnte. Weil es im Monsterland keine Omegas mehr gab, verfügte der König einen Erlass. Einer, der über die Grenzen des Reichs hinausging und ein Mandat für alle Bewohner der Welt schuf.

Ein Getränk, das am einundzwanzigsten Geburtstag getrunken werden muss.
Eine Auflage für alle.

Man kann dem Schicksal nicht entrinnen.
Kann dem Silbernen König des Monsterlands seinen Wunsch nicht absprechen.

Sich der Zeremonie zu entziehen, führt ohne Umschweife zum Tod.
Denn wir können unsere Beziehung zu den Bewohnern des Monsterlands nicht riskieren.

Wir trinken es für sie. Um sicherzustellen, dass sie unsere Welt weiterhin unterstützen. Wir trinken es, um zu überleben.

Herzlichen Glückwunsch zum Geburtstag, Häschen.
Schön austrinken.
Es ist an der Zeit, dem Schicksal ins Auge zu blicken.
Und sich uns im Monsterland anzuschließen …

AILSA

Trink mich.

Die beiden Worte sind in blutähnlichen Buchstaben in den Rand eines goldenen Kelches eingraviert.

Überhaupt nicht ominös.

Ich fummle an meinen Fingern herum und meine Hände fühlen sich plötzlich klamm an. Ich habe schon tausende Male bei der Zeremonie zugesehen, aber heute stehe ich im Mittelpunkt des Rituals.

Ich. Die menschliche Magd. *Ailsa Marvel.*

Kein Wunder, dass die Bankreihen leer sind.

Bis auf frische Bettwäsche und hier und da eine warme Mahlzeit erwartet keiner etwas von mir.

Aber jeder – selbst die machtlosen Sterblichen – muss dieses Getränk an seinem einundzwanzigsten Geburtstag vom Silbernen König annehmen.

»Jede könnte eine Omega sein«, hieß es in seinem Erlass. »Und darum müssen alle überprüft werden.«

Bisher war keine in meinem Bezirk eine Omega. Soweit ich verstanden habe, sind sie höchst selten. So selten, dass sie vielleicht sogar ausgestorben sind.

Deswegen müssen alle das Getränk *trinken.*

Mir rinnt ein kalter Schauer über den Rücken und mir stehen die Nackenhärchen zu Berge. Es ist unheimlich hier

– so kalt und leblos. Selbst wenn Leute hier wären, würde der Ort puren *Tod* verströmen.

Aber das hat mich nie davon abgehalten, die Zeremonien anderer mitzuverfolgen. Ein kranker Teil von mir war immer fasziniert von der Praxis gewesen und hat sich gefragt, ob ich jemals eine wahre Omega zu sehen bekommen werde.

Diese Faszination suchte sich ein neues Ziel, als Meister Raupe aufgetaucht ist und unseren alten Zeremonienmeister abgelöst hat. Obwohl er das Ritual nicht anders als sein Vorgänger abhielt, zog mich etwas an seiner Stimme in den Bann. Sein tiefer und mächtiger Bariton hat mich seit dem ersten Tag nicht mehr losgelassen, als ich ihn vor zwei Jahren zum ersten Mal sprechen gehört habe.

Manchmal höre ich ihn sogar in meinen Träumen.

Schon monatelang freue ich mich auf diesen Tag und habe mir vorgestellt, wie ich ihn meinen Namen mit dieser sinnlichen Stimme sagen höre.

Aber jetzt, während ich so vor dem Altar knie, bin ich überhaupt nicht begeistert vom Prozess.

Normalerweise geht alles viel schneller vonstatten. Aber natürlich verspätet sich Meister Raupe ausgerechnet heute.

Warum sollte er sich die Mühe machen, für ein so unwichtiges Mitglied dieser Gesellschaft rechtzeitig zu erscheinen?

Bis auf mich und zwei Wachen ist der Schauplatz menschenleer.

Meine Knie, die auf dem schroffen Marmorboden aufliegen, schmerzen. Mein blau-weißes Zeremonienkleid bedeckt meine Oberschenkel nur knapp und legt meine langen Beine fast komplett frei.

Das Kleid war einer anderen Frau bestimmt. Es ist ein gebrauchtes Kleidungsstück von Baronin Clarice.

»Schnell. Zieh es über und beeil dich!«, zischte sie mir vorhin zu.

Mein Geburtstag wurde nicht prunkvoll und mit überschwänglichen Gesten gefeiert. Es gab keine prächtigen Geschenke, keine Hochsteckfrisuren, kein Make-up. Nur ein gebrauchtes Ritualkleid, das für jemanden gedacht ist, der zwölf Zentimeter kleiner ist als ich, und ein Paar alter blauer Schuhe, die sich in meine Fersen fressen und an meinen Zehen drücken.

Ich zapple herum, fühle mich unwohl.

Und das wieder veranlasst Wache Pinka dazu, ein Räuspern von sich zu geben, dem eine Warnung mitschwingt.

Es spielt keine Rolle, dass ich schon über eine Stunde hier knie. Man erwartet von mir, dass ich so lange hier warte, wie es eben dauert.

Ich schlucke nervös und senke meinen Blick wieder.

Meine morgendlichen Pflichten werden bald zu meinen nachmittäglichen Pflichten werden. Ich werde heute Abend länger arbeiten müssen.

Armes Biest, seufze ich in Gedanken. Es wartet immer darauf, dass ich ihm die Überreste vom Abendessen vorbeibringe, das für gewöhnlich aus Knochen und übrig gebliebenen Fleischstücken besteht.

Der Wolf ist mein Haustier – soweit ein Wolf ein Haustier sein kann. Ich bin ihm auf einem meiner vielen Besuche im nahegelegenen Wald begegnet. Zuerst dachte ich, er wollte mich fressen, doch er hat mich nur leicht angestoßen, mich von einem besonders stacheligen Busch weggezogen und mich auf meinem Spaziergang begleitet.

Ich habe es für puren Zufall gehalten.

Doch dann wartete er in der folgenden Nacht neben demselben Busch.

Und in der darauffolgenden Nacht auch.

Nach der fünften Begegnung kam ich vorbereitet und brachte ihm etwas zu essen.

Das alles nahm vor etwas über zwei Jahren seinen Lauf, direkt um meinen neunzehnten Geburtstag herum. Jetzt besuche ich ihn jede Nacht. Ich habe gehofft, heute Abend etwas mehr Zeit mit ihm verbringen und meinen Geburtstag mit ihm feiern zu können.

Aber leider …

»Wo ist sie?«, brüllt eine tiefe Stimme, was mich erstarren lässt.

Meister Raupe.

Schwarze Schwaden kringeln sich um mich herum und kündigen seine Ankunft an. Immer, wenn er diese Kapelle betritt, steigt mir dieser Geruch in die Nase, der meine Sinne berauscht.

»Sie ist hier, Hoheit«, sagt Wache Pinka mit belegter Stimme.

Alle in unserem Bezirk zeigen dieselbe Reaktion auf Meister Raupe. Er wird als eine Gottheit angesehen und selbst mir entgeht seine feurige Magie nicht. Aber ich wage es nicht, ihm ins Gesicht zu blicken. Wie ich höre, sieht er ziemlich gut aus. So gut, dass er fast schon unwirklich erscheint. Baronin Clarice und ihre Töchter sprechen oft darüber.

»Na gut, bringen wir es hinter uns«, murmelt Meister Raupe, der sich mit dem heiligen Getränk in der Hand vor den Altar stellt.

Das Einzige, was ich sehe, sind seine Stiefel. Das feine Leder sieht weich und kostspielig aus.

»Ailsa Marvel?«, fragt er.

»Ja, Meister Raupe«, erwidere ich mit gesenktem Haupt.

Er sagt einen langen Augenblick nichts, dann räuspert er sich und beginnt das Ritual.

»Wir haben uns hier versammelt, um diesen bedeutsamen Anlass, Ailsa Marvels einundzwanzigsten Geburtstag, zu feiern.«

Obwohl seine Worte sich positiv anhören – und genau dieselben sind, die er an den vergangenen Tausenden von Zeremonien von sich gegeben hat, die ich schon mitverfolgt habe – deutet sein Tonfall an, dass er mächtig gelangweilt ist.

»Sie ist die Tochter von sterblichen Eltern, Janice und Ralph Marvel. Sie hat keine erwähnenswerten Merkmale oder magischen Fähigkeiten an den Tag gelegt. Aber wie der Erlass unseres allseits geliebten Silbernen Königs es vorsieht, müssen alle Mädchen und Jungen an ihrem einundzwanzigsten Geburtstag vom verzauberten Kelch trinken.«

Ich kämpfe gegen das Zittern an, das sich in mir anbahnt, weil ich weiß, was gleich passiert.

Wenigstens wird es nicht lange dauern, denke ich.

»Erhebe dich, Ailsa Marvel aus dem Hutmacher-Bezirk«, befiehlt er. »Erhebe dich und koste vom verhexten Elixier.«

Mit größter Mühe komme ich, wie er es verlangt hat, auf die Beine. Meine Knie zittern und schmerzen, weil sie so lange gegen den Marmor gepresst waren.

Und weil ich keine Begleitung zur Seite habe, die mir ihren Arm anbietet, gestaltet sich das Ganze noch schwieriger. Aber mich mit den Händen auf dem Boden abzustützen, wäre eine Schande.

Zähneknirschend und stolpernd gelingt es mir, auf die Beine zu kommen. In meinen Zehen breitet sich umgehend ein Schmerz aus, weil die flachen Schuhe zu klein für mich sind.

Aber wenigstens das Kleid ist fest an meinen Arsch gepresst. Nicht, dass jemand hinter mir stünde, der ansonsten vielleicht einen Blick darunter hätte erhaschen können.

Trotzdem will ich das Wenige an Würde bewahren, das mir geblieben ist.

Meister Raupe räuspert sich, was mich zu ihm hochblicken lässt.

Und ja, die Gerüchte sind wahr. Der Mann verfügt über ein bemerkenswert symmetrisches Gesicht.

Aber seine Augen … In seinen Augen steht dieser Hauch von Gewalt. Einer, der mich wundern lässt, was für Sünden dieser Mann begangen hat.

Was für eine abnormale Faszination, aber nichts in meinem Leben lässt sich als normal beschreiben.

Die meisten Wesen im Hutmacher-Bezirk verfügen über ein gewisses Maß an Magie. Ich aber nicht. Niemals.

Dieses Wesen hingegen besitzt eine berauschende Kraft und ihr Frevel kommt in seinen wunderschönen Augen zum Ausdruck.

Wie heiße Schokolade, geht mir durch den Kopf und ich verliere mich in seinem Blick.

Er zieht eine braune Augenbraue hoch, deren Farbe dem elegant verwuschelten Haarschopf ähnlich sieht.

»Fräulein Wunder?«, verlangt er und zieht meine Aufmerksamkeit damit auf seine vollen Lippen.

Genau darum habe ich mich nie getraut, ihn anzusehen, denke ich. *Ich wusste immer schon, dass er außergewöhnlich gut aussieht.*

Seine Stimme war seinem Appeal vorausgeeilt.

Seine Anwesenheit bedeutete mir, mich zu unterwerfen und meinen Blick abzuwenden.

Aber ein einziges Räuspern von ihm genügt, um mich

dagegen aufzulehnen. Und jetzt … jetzt kann ich nicht aufhören, diesen wunderschönen Mann anzustarren.

»Konzentrieren Sie sich, Fräulein Wunder«, befiehlt er mit gebieterischem Tonfall. »Trinken Sie.«

Ich blinzle, als hätte man mich aus einem Stupor gerissen, und als ich mich umsehe, findet die kalte raue Realität zu mir zurück.

Meister Raupe umklammert den Kelch mit weiß gefärbten Knöcheln. *Trink mich*, flüstert er.

»Ja, genau. Ich meine … Ja, Meister Raupe.« Wow, ich patze echt spektakulär.

Greif einfach nach dem Kelch und bring es hinter dich, denke ich, mit einem mentalen Kopfschütteln.

Ich mache einen Schritt nach vorn und stoße ein Wimmern aus, weil ein Schmerz an meinem Bein hochschießt.

Ignorier ihn, knurre ich mir selbst zu. *Blende ihn aus, greif nach dem Kelch und beende das hier.*

Ich habe heute noch nichts gegessen oder getrunken. Trotzdem rebelliert mein Magen, als der zuckersüße Geruch aus dem goldenen Kelch schwebt und mir in die Nase steigt.

Trotz allem greife ich unter den wachsamen Augen von Meister Raupe, die unter langen, dichten Wimpern verborgen sind, nach dem Stiel des Kelches.

Ich schlinge meine Finger um seine Hand, die nach wie vor um den Kelch geschlungen ist, und verliere mich dann ein weiteres Mal in seinen Augen.

Darin wabert eine Spur von Arglist, die sich meinen Magen noch ärger krümmen lässt.

Aber es ist nicht Angst, was ich da verspüre, sondern Faszination.

Irgendetwas stimmt nicht mit mir.

Neu ist das nicht.

Ich fühlte mich schon immer von den Schatten, der *Gefahr*, angezogen.

So hatte ich Biest überhaupt kennengelernt. Deshalb trieb ich mich immer nach Einbruch der Dunkelheit im Wald herum. Und darum scheine ich mich auch nicht davon abhalten zu können, den intensiven Blick von Meister Raupe zu erwidern.

Er bläht die Nasenflügel, als ich den Kelch an meine Lippen führe.

Ich lege den Kopf in den Nacken und schütte den Inhalt in meinen Mund.

Mir kommt augenblicklich ein Wimmern über die Lippen, weil das Zeug so schrecklich süß ist. Es schmeckt, als hätte ich einen Löffel flüssigen Zucker geschluckt.

Zu süß, denke ich, kämpfe dagegen an, es hochzuwürgen und wünschte mir, dass jemand bei mir wäre, der mir ein Glas Wasser reichen würde.

Leider bin ich allein. Wie immer.

Janice und Ralph – die ich nicht als Mama oder Papa zu bezeichnen wage – arbeiten in einem anderen Haus. Ich sehe sie alle paar Monate. So war es schon, seit meinem zwölften Lebensjahr.

Seit dem Tag, an dem Baronin Clarice mich dem Farmington-Haushalt abgekauft hat.

Ich schiebe die Erinnerung beiseite und mache einen tiefen Atemzug. Dann richte ich mich auf und stähle meinen Mut, bereit, das Ritual zu beenden. Ein einziger Blick wird mich erlösen, damit ich meines Weges ziehen kann.

Aber Meister Raupe sagt kein Wort.

Er starrt mich mit wildem Blick an und in seinen dunklen Iriden steht ein wütender Ausdruck.

Ich schlucke nervös und wünsche mir plötzlich, nicht so vorlaut gewesen zu sein. Denn dieser Mann – dieser *mächtige* Mann – sieht aus, als würde er mich gleich in die Schranken weisen. Und ich bin mir nicht so sicher, ob mir die Lektion gefallen wird, die mich erwartet.

Mir liegt eine Entschuldigung auf der Zunge, nur weiß ich nicht so recht, wofür ich mich entschuldigen soll. Dass ich den Blickkontakt aufrechterhalten habe? Dass ich das Ritual hinausgezögert habe? Für etwas komplett anderes?

Auch die Wachen starren mich an, doch ihre geweiteten Augen deuten auf Überraschung und eine Spur Angst hin.

Wie seltsam, geht mir durch den Kopf. Die meisten Übergeordneten würdigen mich kaum eines Blicks, aber diese beiden tun so, als hätte ich sie zutiefst schockiert.

Anstatt mir ins Gesicht zu schauen, wandern ihre Blicke an meinem Körper hinab.

Stirnrunzelnd sehe ich an mir hinunter und fürchte, mein Kleid ist gerissen.

Aber nein.

Der Stoff haftet immer noch an meinem Körper wie eine zweite Haut. Aber es … *glüht.*

Moment mal, nein. Das ist nicht mein Kleid.

Das … das bin ich.

Ich reiße die Augen auf.

Das Glühen geht von *mir* aus.

Ich hebe meine Arme hoch und sehe den goldenen Schimmer über meine Haut an meine Fingerspitzen wandern, und lasse den Kelch instinktiv fallen. Er schlägt auf der Oberfläche auf und zerschellt auf dem Marmorboden, weil Meister Raupe zeitgleich von ihm abgelassen hat.

Trotzdem nehme ich das Klirren kaum wahr.

Meine Ohren werden von einem Rauschen ausgefüllt, das mich glauben lässt, ich stünde in einem Windtunnel.

Vielleicht kündigt es auch einfach einen nahenden Schnellzug an.

Ich …

Ich verstehe nicht, was hier los ist.

Endlich meldet sich Meister Raupe zu Wort. »Omega«, ist alles, was ich verstehe. Der Rest bleibt mir verborgen. Alles scheint so weit weg. So fremd. So *falsch*.

Das darf nicht wahr sein.

Es ist unmöglich, dass ich, Ailsa Marvel, eine Omega bin. »Das muss ein Irrtum sein«, schaffe ich von mir zu geben. »Es muss eine Verwechslung vorliegen.«

Ich werde von warmen Händen ergriffen, was mich einen Blick nach rechts werfen lässt. Ein Mann mit Hörnern zieht mich nach vorn. Ein weiterer Mann – dieser mit Stoßzähnen – erscheint zu meiner Linken.

»Was macht ihr da?«, will ich mit schriller Stimme wissen. Ich höre mich völlig anders an. Als wäre es gar nicht meine Stimme, die die Worte von sich gibt.

Die Männer – *die Monster* – erwidern nichts.

»Wo bringt ihr mich hin?«, versuche ich erneut.

Nichts.

Sie marschieren bloß weiter auf einen dunklen Flur zu, der zu … zu … Ich weiß nicht, wohin er führt. Und ich will es nicht erfahren.

Das hier ist alles nur ein Irrtum.

Ich kann keine Omega sein.

Ich bin sterblich.

Ich bin ein *Nichts*.

»Seht zu, dass ihr sie nicht verletzt«, spricht die Stimme aus einem Void vor uns. »Der Silberne König will, dass sie unversehrt und bereit zur Begattung ist.«

Begattung?, wiederhole ich in Gedanken. Ich weiß ganz genau, was der Begriff zu bedeuten hat, kann mir aber keinen Reim darauf machen, inwiefern er mit mir in Verbindung steht.

O nein. Nein, denke ich. *Auf keinen Fall!*

»Wir sollten sie umziehen«, fährt die Stimme fort, die sich weder weiblich noch männlich anhört. »Aber ich schätze, es wird keine Rolle spielen. Er wird ihr die Kleidung sowieso vom Leib reißen, sobald er sie erblickt.«

Die Härchen an meinen noch immer glühenden Armen stehen mir zu Berge und durch meinen Körper scheint eine Schockwelle zu rauschen.

Der gehörnte Kerl stößt ein Zischen aus und sein Griff wird etwas sanfter.

Ich habe nicht den geringsten Schimmer, was ich gerade getan habe, aber ich will es unbedingt noch einmal tun.

Denn ich will diesen Flur *nicht* entlang und zum berüchtigten *Silbernen König* gehen.

Er wird mich brechen. Dessen bin ich mir sicher.

Das ist alles bloß ein schrecklicher Irrtum. Ich bin keine Omega. Sobald er das einsieht, wird er mich töten.

Ein weiterer Stromstoß rauscht über meine Haut, woraufhin beide Männer, die mich festhalten, ein Knurren ausstoßen.

Der Gehörnte flucht laut brüllend und lässt von mir ab, während der andere gegen die Wand neben mir klatscht, als hätte ich ihn von mir geschubst.

Ein magnetischer Stoß?, frage ich mich. *Eine elektromagnetische Welle?*

Ach, wen kümmert's? Nichts wie weg hier!

CRAZE

So ein hübsches kleines Kaninchen, geht mir durch den Kopf, während ich Ailsa Marvel erstarren sehe, als meine Kraft durch sie kursiert. *Zeit, die Kurve zu kratzen, Schätzchen.*

Sie sieht sich mit ihren großen blauen Augen fieberhaft um und ihre athletischen Schenkel zittern angsterfüllt.

Dann rennt sie davon, genau so, wie ich es will.

Ich folge ihr mit meinem Blick, beobachte jede ihrer Bewegungen. Ihr süßer Geruch umgarnt mich. Das Elixier entfaltet bereits seine Wirkung.

Zuerst wird sie glühen.

Dann wird sie brennen.

Und dann werden wir *jagen*.

Heilige Gräber, ich kann es kaum erwarten, sie zu jagen, verdammt.

Unsere Omega.

Unsere zukünftige Königin.

Ich habe schon jahrhundertelang von diesem Augenblick geträumt, in dem unser Zirkel endlich unsere Intendierte beanspruchen würde. Wenn wir endlich *vollständig* sein würden.

Krolic hat Ailsa vor zwei Jahren entdeckt, aber damals war sie noch nicht bereit gewesen.

Oh, aber jetzt ist sie es, geht mir durch den Kopf, während ich grinsend dabei zusehe, wie sie davonrennt.

Ailsa ist die Erlösung, nach der wir gesucht haben. Die Omega, die unserem wahren König einen Erben schenken kann.

Willkommen im Monsterland, Süße, flüstere ich ihr zu. *Pass auf, wo du hintrittst. Es ist ein langer … Weg … bis nach unten.*

Ich schlüpfe in die Schatten und begebe mich in den Nebel, der zwischen unseren Reichen wogt.

Wir müssen bereit sein. Das Elixier wird seine Wirkung schnell entfalten, was uns nur ein paar wenige Tage einräumt, sie davon zu überzeugen, dass sie zu uns gehört. Denn auch wenn wir Alphas sind, steht Zustimmung bei uns an oberster Stelle.

Meistens, jedenfalls.

Verführung ist eine Kunst.

Und manchmal braucht eine Omega bloß einen kleinen Vorgeschmack auf die Wonne, die sie erwartet, um sich freiwillig in die hochberühmte Grube der Erotik und des fleischlichen Verlangens fallen zu lassen.

Verführen werden wir dich, denke ich. *Anflehen wirst du uns.*

Denn die Berührung eines Alphas ist das Einzige, was sie jetzt noch retten kann.

Das Elixier hat ihre schlummernde Seele erweckt.

Binnen einer Woche wird sie vor Begierde schreien. Danach verlangen, befriedigt zu werden. Und wir drei werden zusammenarbeiten müssen, um ihre Gelüste stillen zu können. Wir werden sie ficken. *Sie beanspruchen.*

Catum, dessen Augen wie Zwillingsflammen in der Nacht leuchten, schleicht durch die Dunkelheit zu mir. »Die androgyne Stimme war etwas zu viel des Guten«, meint er mit beiläufigem Tonfall.

Auf meinen Lippen breitet sich ein Grinsen aus. »Es hat doch funktioniert, oder etwa nicht?«

»Ich glaube, deine Bemerkungen über die Begattung haben sie völlig aus der Haut fahren lassen«, entgegnet er.

»Hm.« Da hat er recht. »Ich dachte, Omegas würden demütig darum bitten, gefickt zu werden. Der Gedanke an die Fortpflanzung sollte sie verzücken, nicht verängstigen.«

»Ich bezweifle, dass Ailsa Marvel eine gewöhnliche Omega ist«, murmelt er und sagt ihren Namen mit anerkennendem Tonfall.

»Ist irgendetwas in unserer Welt gewöhnlich?«, frage ich ihn.

Er zuckt mit den Schultern. »Schätze, das kommt darauf an, was du als *gewöhnlich* bezeichnest.«

Als wollte es dieses Argument unterstreichen, dreht das schwarze Loch um uns herum sich, was meine Nackenhärchen sich sträuben lässt. Mit dem nächsten Wimpernschlag breitet sich ein farbenfrohes Land vor unseren Augen aus. Die lilafarbenen Wurzelbäume bilden einen krassen Kontrast zu den immergrünen Bäumen im anderen Reich, das wir gerade verlassen haben.

»Verflammt, es fühlt sich gut an, zu Hause zu sein«, meint Catum, als ein Schwarm leuchtend roter Leuchtkäfer um seine Hand saust.

»Das hier ist nicht unser Zuhause«, knurre ich. Aber bald schon wird es das wieder sein. Dank unseres hübschen kleinen Kaninchens.

Die tanzenden Flammen an Catums Fingerspitzen scheuchen die Feuerkäfer auf, die um ihn herumschwirren. Seine Augen strahlen voller Freude, doch er hört sich gelangweilt an, als er meint: »Ich brauche eine Pfeife.«

Ich schnaube. »Du brauchst immer eine Wasserpfeife. Mir persönlich wäre ein Veilchentee lieber.«

»Sagt der verrückte Hutmacher«, murmelt er.

Ich verdrehe die Augen. »Ich hasse diesen Kosenamen.«

»Aber passt wie die Faust aufs Auge«, witzelt er.

Ich gebe ein verhaltenes Summen von mir und lasse meinen Blick dann zum regenbogenfarbenen Horizont schweifen. Ein neuer Tag zieht herauf. Eine Art Wiedergeburt. »Das Königreich weiß es.«

»Das Königreich weiß es«, wiederholt Catum.

»Jetzt wird sie von allen gejagt werden.« Ich kann mir den aufgeregten Tonfall nicht verkneifen. Eigentlich sollte der Gedanke an den bevorstehenden Tod mir Bauchschmerzen bereiten, aber stattdessen bringt er mein Blut in Wallung.

All das Blut.

All die Schreie.

Alles nur für sie.

»Wir werden sie beanspruchen«, verkündet mein bester Freund. »Sie wissen es nur noch nicht.«

»Aber das werden sie«, meine ich lächelnd. »Und bald wird sie das auch.«

»Ganz recht«, erwidert Catum mit tieferer Stimme als noch eben und mit fast schon tödlichem Ausdruck im Gesicht. »Lass das Spiel beginnen.«

Mein Grinsen wird breiter. »Wir sehen uns in den Höhlen.«

Er nickt, ehe sich ascheähnliche Schwaden um seine Beine schlingen. Ein Zeichen, dass seine Kräfte sich ausbreiten. »Du weißt ja, wo ich sein werde.«

»Und du weißt zufällig, wohin ich gehe«, erwidere ich.

»Viel Spaß beim Jagen, de Hatte.«

»Viel Spaß beim Nestbau, Raupe«, entgegne ich, bevor er sich in eine Rauchwolke auflöst.

Jeder von uns hat in diesem Umwerbungsspiel seine Rolle.

Und endlich kommt jetzt auch meine zum Zug.

Ich hole einen Satz Karten hervor und mische sie, meide aber ihre scharfen Enden.

Die Zeit läuft. Ab jetzt.

Ticktack.

Ticktack.

Tick … tack.

AILSA

Ich werde von Schreien und Knurrlauten verfolgt, während ich über den Hof renne.

Zwar spüre ich meine Füße schon gar nicht mehr, weil meine Schuhe den Blutfluss zu meinen Zehen abklemmen, aber ich kann nicht – werde nicht – anhalten.

Wenigstens fühlt sich mein Kleid jetzt etwas weniger eng an, geht mir durch den Kopf, und ich denke nicht darüber nach, warum das so ist. Dafür bleibt keine Zeit. Das Einzige, was ich tun kann, ist, *rennen*.

Wenn sie mich in die Finger bekommen, werde ich im Monsterland enden. Wo der Silberne König mich *begatten* wird.

Trotz der unerträglichen Hitze, die durch meine Adern kursiert, läuft mir ein kalter Schauer über den Rücken.

Ich will nicht *begattet* werden.

Ich … ich will einfach nur frei sein. Im Wald leben. Mit meinem Biest wild herumrennen. Ein unbekümmertes Dasein fristen.

»Ailsa! Halt an!«

Ich blende die Stimme aus und renne weiter. Schneller. Härter. In keine spezifische Richtung, einfach nur … vorwärts. Weg. Überall ist es besser als hier.

Ihr Götter, das ist nicht gut. Überhaupt nicht gut.

Etwas stößt neben meinem Ohr ein Zischen aus, das um mich herum widerzuhallen scheint.

Schockiert sehe ich dabei zu, wie eine weitere Schockwelle durch die Luft rauscht und aus allen Richtungen Knurrlaute und Schreie zu mir trägt.

Was geschieht mit mir? Seit wann verfüge ich über elektrische Kräfte? Das alles fühlt sich fürchterlich befremdlich an, als gehörte die Gabe gar nicht mir, sondern würde mich bloß von Kopf bis Fuß einhüllen.

Was für eine sonderbare Empfindung.

Und doch breitet sich die elektromagnetische Welle ein weiteres Mal aus, als jemand sich mir nähert. Wie ein Schutzschild.

Ich erschaudere und gerate ins Straucheln, dann schnelle ich in einem Versuch, die Bezirkstore zu erreichen, nach vorn. Hinter mir sind polternde Schritte zu hören. Ich weiß nicht, ob die Stiefel zu den Wachen gehören oder den Monstern, aber das ist mir egal. Ich *renne* weiter.

Als ich die eisernen Tore passiere, hüllt mich noch mehr von dieser statischen Energie ein und hinter mir breitet sich eine Schockwelle aus. Oder zumindest gehe ich davon aus, dass es sich beim Summen, das meine Ohren ausfüllt, um eine Schockwelle handelt.

Hinter mir sind Schreie zu hören. Ich drehe mich nicht um, um herauszufinden, von wem sie stammen. Ich bin zu konzentriert auf die Bäume direkt vor mir.

Der Wald.

Mein Zuhause.

Mein liebstes Versteck.

Jeder Schritt, der mich ihm näherbringt, scheint das Gewicht auf meinen Schultern ein kleines bisschen zu lichten, sodass ich noch schneller rennen kann, sobald ich die Baumgrenze erst einmal erreicht habe.

Dort angekommen, ducke ich mich unter den

verwucherten Ästen durch, dann mache ich einen Schlenker hinüber in Richtung Pfad, den ich auswendig kenne. Doch noch bevor ich ihn begehe, springt ein Wolf aus dem Dickicht und versperrt mir den Weg.

Mir bleibt ein Schrei im Hals stecken und ich stolpere, versuche angestrengt, nicht auf Biest zu landen, aber es hilft alles nichts. Ich stürze mit einem Dröhnen in sein weiches Fell, dann rolle ich mich beiseite und auf einen immergrünen Baum ganz in der Nähe zu.

O nein … Mein Blick wandert zur Waldgrenze und ich fürchte, gleich meine Verfolger auftauchen zu sehen. Aber da ist niemand. Zumindest nicht, bis Biests wunderschönes Gesicht vor mir auftaucht. Er lehnt sich zu mir, um an meinem Hals zu schnuppern – etwas, das er schon seit unserer ersten Begegnung tut.

Ihm geht ein leises Knurren durch die Brust, das sich vielmehr wie ein Schnurren anhört. Dann weicht er langsam zurück und neigt den Kopf zur Seite, als wollte er mir bedeuten, ihm zu folgen.

Er hat das schon einmal getan, aber ich weiß nicht, ob jetzt der richtige Augenblick für eines unserer Abenteuer ist.

Genau das will ich ihm gerade sagen, als in der Nähe ein Trompetenstoß erklingt und mir ein eiskalter Schauer über den Rücken läuft.

Denn auf das laute Geräusch hin ruft jemand meinen Namen. Die Stimme verlangt, dass ich umgehend zurückkehre.

Biest schmiegt seine Schnauze an mich und wiederholt die Geste von vorhin.

»Ich …«

Er lässt mich mit einem Knurren verstummen, bevor ich meinen Einwand überhaupt aussprechen kann. Dann neigt er den Kopf ein weiteres Mal und stößt ein gereiztes Schnauben aus.

Ich blinzle ihn an.

Wohin soll ich sonst gehen?, geht mir durch den Kopf.

»Na g…«

Ein weiteres Knurren schneidet mir das Wort ab.

Ich kneife die Augen zusammen, stoße mich vom Boden ab und zeige mit der Hand auf den Pfad. *Nach dir*, bedeute ich ihm wortlos.

Er sieht mir einen Augenblick lang in die Augen, fast so, als forderte er mich heraus. Dann dreht er sich langsam in die Richtung, in die er mit dem Kopf gedeutet hat, und führt mich tiefer in den Wald.

Von Zeit zu Zeit wirft er einen Blick über seine Schulter und stellt sicher, dass ich ihm folge. Und immer, wenn er mich ansieht, scheint er etwas schneller zu gehen.

Ich habe nicht den geringsten Schimmer, wohin der Weg uns führt, aber das Plärren der Sirene hinter uns wird mit jedem Schritt leiser, was darauf hindeutet, dass wir in die richtige Richtung unterwegs sind. Zumindest vorerst.

Minuten vergehen, vielleicht sogar fast eine ganze Stunde, bevor Biest endlich in der Nähe einer Höhle zu einem Halt kommt, die sich tief im Herzen des Waldes befindet. Er wirft einen Blick zu mir zurück und aus seiner Brust stößt wieder dieses schnurrende Knurren.

»Ist das dein Bau?«, will ich wissen.

Er schüttelt sein Fell aus, was mich wundern lässt, ob das *Ja* oder *Nein* heißen soll, ehe er nach drinnen trottet.

Ich presse die Lippen aufeinander, unsicher, ob ich ihm folgen soll.

Einen Augenblick später steckt er seinen riesigen Kopf aus der Höhle und ich könnte schwören, dass in seinen hellgrünen Augen ein entnervter Ausdruck steht. Als ich mich nicht umgehend in Bewegung setze, läuft er aus der

Höhle, greift mit den Zähnen nach meinem Kleid und zieht daran.

Meiner Kehle entringt sich ein Kreischen, als der viel zu enge Stoff zerreißt, der meinen Sprint in den Wald nur geradeso überstanden hat. Mir ist es bis jetzt nicht aufgefallen, aber das Kleid ist von den Oberschenkeln bis zu meinen Hüften gerissen.

Kein Wunder, dass es sich nicht mehr so eng angefühlt hat, denke ich und mustere die blauen und weißen Fetzen. Mein weißes Unterhöschen und der dazu passende BH sind komplett entblößt. Biest scheint es nichts auszumachen. Er ist zu beschäftigt damit, mich in die Höhle zu ziehen.

»Schon gut, schon gut!«, sage ich. »Ich werde dir folgen.«

Er lässt nicht locker, zieht mich weiter nach drinnen, sodass ich ihm strauchelnd folge.

»Hör auf damit!«, zische ich ihm zu.

Meine Aussage wird mit einem Knurren beantwortet und er zerrt weiter an mir.

»Wenn du so weitermachst, wirst du mir das Kleid vom Leib reißen, Biest!«

Ich könnte schwören, dass er ein Ächzen von sich gibt.

Dann hält er inne und spitzt seine Ohren. Er sieht mich mit seinen grünen Augen an und stößt ein warnendes Knurren aus.

»Was ist los?«, frage ich instinktiv im Flüsterton.

Er macht wiederholt diese seltsame Kopfbewegung, und als ich mich nicht umgehend in Bewegung setze, läuft er um mich herum, um meinen Po mit der Nase anzustupsen und mich auf die Höhle zuzuschubsen.

»Geduld ist eine Tugend«, murmle ich ihm zu.

Der Wolf stößt ein Schnauben aus.

Manchmal könnte ich schwören, dass er versteht, was ich sage.

Vielleicht tut er das auch.

Ich will mich gerade dazu äußern, doch dann hallt das Plärren des Horns plötzlich zwischen den nahegelegenen Bäumen hervor und lässt mir das Blut in den Adern gefrieren.

Ich denke nicht nach, ich schreite zur Tat, und springe praktisch in die Kaverne, um mich zu verstecken.

Biest folgt mir, überholt mich und schreitet tiefer in die Höhle. Ich folge ihm zwar, aber der steinige, unebene Grund unter meinen dünnen Sohlen bereitet mir Schmerzen. Jeder Schritt lässt mich zusammenzucken und der Schmerz wird immer schlimmer. So schlimm, dass ich darüber nachdenke, mich von den Schuhen zu befreien und stattdessen barfuß weiterzulaufen.

Biest muss mein Schneckentempo auffallen, denn er rennt zurück zu mir. Das Glühen seiner Augen im Dunkeln wirkt irgendwie schaurig. Er mustert mich mit einem Knurren auf den Lippen.

Dann wandert sein Blick über meine Schulter, zum Schlurfen hinter mir.

»Ich habe sie gef…!«

Der Mann verstummt, als Biest sich nach vorn wirft und den besagten Herrn zu Boden bringt. Ein lautes Knirschen, dann das Gurgeln eines sterbenden Mannes. Ich renne.

Denn dieses Geräusch kam nicht von Biest, er war der *Verursacher* dessen.

Ich habe nicht die geringste Ahnung, was für ein Wesen er gerade angefallen hat. Ein Monster? Einen Menschen? Die Möglichkeiten sind endlos.

Aber er tat es mit tödlicher Präzision. Es bestätigt, was ich schon immer wusste: Er ist gefährlich.

Doch als er zu mir zurückkehrt, schmiegt er sich wieder mit diesem schnurrenden Knurren an meine Seite und schubst mich leicht an.

Ich sollte zutiefst beschämt darüber sein, was er gerade getan hat – erst recht, weil die Beweise für seine Tat noch an seiner Schnauze kleben –, aber das Einzige, was ich spüre, ist Erleichterung.

Er beschützt mich.

Biest beschützt mich *immer.*

So war es jetzt schon zwei Jahre lang.

Und obwohl ich es vermutlich nicht sollte …, vertraue ich ihm. Er war mein einziger Freund hier. Der Einzige, der sich im selben Maße um mich zu scheren scheint, wie ich mich um ihn.

In einer chaotischen Welt sollte man sich immer mit dem Wolf anfreunden, denke ich. *Seine Absichten sind immer klar.*

Aber jetzt hält er an einer unerwarteten Wasserstelle an.

Er starrt sie an, als wüsste er nicht, ob er schwimmen oder versuchen soll, am Steinufer entlang zu balancieren, um das Wasser zu umgehen.

Ich mache einen Schritt nach vorn, knie mich hin und stecke meine Hand ins Nass. Ich frage mich, wie kalt es ist und wie tief das Gewässer reicht.

Ich lasse meine Finger über die Oberfläche streifen, doch die bewegt sich nicht wie Wasser.

Sie … sie fühlt sich an wie Kleber.

Ich reiße die Hand zurück, doch die Dunkelheit heftet sich an mich. Kreischend versuche ich meine Finger vom klebrigen Glibberzeug zu befreien.

»Hey!«, schreie ich, als die tintenschwarze Textur an meinem Arm *hochklettert.* »Was ist das?!«

Ich versuche, aufzustehen und einen Satz zurückzumachen.

Und schreie, als die dickflüssige Substanz mich in den obsidianschwarzen Teich zieht.

Mein Gesicht trifft auf die seltsame Oberfläche, sodass meine Einwände nur noch gedämpft zu vernehmen sind. Ein panisches Gefühl rauscht durch meine Gliedmaßen und ich versuche instinktiv, mich mit den Armen nach oben zu kämpfen und meinen Kopf über die Wasseroberfläche zu stecken.

Trotzdem scheine ich immer tiefer zu sinken.

Zu ertrinken.

Mein Herz klopft wie verrückt. Ein ominöses, beunruhigendes Dröhnen füllt meine Ohren aus.

Ich kann nicht atmen.

Ich kann nicht schwimmen.

Ich kann nichts weiter tun, als mich vom schwarzen Glibber immer tiefer und tiefer ziehen zu lassen.

Hoffentlich folgt mir Biest nicht oder versucht, mir zu Hilfe zu kommen. Diesem bizarren Schicksal kann man nicht entkommen. Es ist so dunkel. Und schwer. Und … und …

Ich runzle die Stirn. *Und jetzt ist es weg*, wird mir bewusst. Meine Hand trifft urplötzlich auf Luft.

Ich trete mit den Beinen in der Flüssigkeit und stelle überrascht fest, dass sie vom Glibber befreit worden sind.

Was …?

Mir kommt ein weiteres Kreischen über die Lippen, als meine langen Haare sich in den mich umgebenden Windböen verheddern und ich ganz klar spüre, wie ich *falle*.

»Ach, du liebe Zeit!« Ich wedle mit Armen und Beinen, versuche, nach etwas – *irgendetwas* – zu greifen, woran ich mich festhalten könnte.

Aber da ist nichts.

Nur noch mehr Dunkelheit.

Eine leichte Brise.

Und Rauschen.

Mein Kleid flattert im Wind. Meine Schuhe wurden von der merkwürdigen Substanz davongetragen. Letzteres ist mir recht, aber ich wünschte, ich wüsste, was …

Ein gleißendes Licht bringt mich dazu, die Arme schützend vor mein Gesicht zu halten und ich presse meine Hände auf die Augen.

Dann kommt alles mit einem lauten *Platsch* zu einem Ende.

Atemringend kämpfe ich gegen das eiskalte Wasser an. Ich kann schwimmen, aber das hier … Das war alles so erschütternd. So überwältigend. So *unmöglich*, dass ich … ich kann nicht … Ich …

Meine Lunge brennt, sehnt sich nach Sauerstoff und mein Mund droht, aufzuklappen. Aber ich bin unter Wasser. Verloren in dieser eiskalten See aus Unbekanntheit. Ertrinke…

Etwas packt mein Handgelenk und reißt mich aus den Wellen, bevor ein robustes Seil um meinen unteren Rücken geschlungen wird.

Atemringend komme ich an die Oberfläche und meine Brust füllt sich sofort mit dringend benötigtem Sauerstoff.

»Ist schon gut, Schätzchen«, murmelt eine tiefe Stimme neben meinem Ohr. »Ich habe dich.«

Das lässt mich erstarren.

Es war nicht *etwas*, das nach meinem Handgelenk gegriffen hat, sondern *jemand*. Und bei dem robusten Seil handelte es sich um einen muskelbepackten Arm.

Ich blinzle und versuche, mich zu konzentrieren – mich *umzusehen* –, aber das Einzige, was mir gelingt, ist, meine Augen zuzukneifen, um das Wasser davon abzuhalten, in meine Augen zu tropfen.

»Schhh«, flötet er.

Von wegen. Ich habe nicht die geringste Ahnung, wer mich gerade berührt, wie ich hier gelandet bin oder *wo* hier überhaupt ist!

Ich wedle mit den Armen, was meinen Geiselnehmer ein Knurren ausstoßen lässt.

Oder … oder *meinen Retter*, schätze ich. Er hat mich gerettet. So in der Art, jedenfalls. Vielleicht.

Und er scheint *sehr* stark zu sein, denn diese Seile – *Arme* – sind jetzt noch fester um mich geschlungen, während er mich durch das Wasser zieht.

Ich höre erst auf, mich zu wehren, als er mich gegen den sandigen Boden drückt. Seine athletische Form lässt mich winzig erscheinen und das, obwohl ich einen Meter fünfundsiebzig bin.

»Ailsa.« Er sagt meinen Namen mit Baritonstimme und zärtlichem Tonfall.

Ich blinzle. *Was …?*

Ich blinzle abermals, ehe der Mann vor mir klar in Erscheinung tritt.

Oder eher … die *Kreatur*.

Monster?

Sein Gesicht … Es … es ist über und über voll mit Totenschädel-Make-up. Schwarze Tinte. Schwarze Iriden. Lange schwarze Wimpern. Dichtes schwarzes Haar. Alles an ihm ist *schwarz*.

Nur die Stellen um seine Augen herum, die sind weiß.

Und seine Lippen … seine Lippen auch.

Mir steigt ein Schrei in den Rachen, der aber von seiner Hand gedämpft wird, die er gegen meinen Mund presst. »Ailsa«, wiederholt er. Dass er meinen Namen kennt, lässt mein Herz nur noch schneller schlagen. »Du bist in Sicherheit. Oder zumindest wirst du das bald sein. Aber du musst still sein. Du bist an einem unerwarteten Ort gelandet.«

Das dürfte die Untertreibung des Jahres sein.

Nichts an dieser ganzen Erfahrung kam *erwartet.*

Zuerst finde ich heraus, dass ich eine Omega bin – wobei es sich bestimmt nur um einen Irrtum handelt.

Dann renne ich einem Wolf hinterher durch den Wald und folge ihm dann auch noch, dumm wie ich bin, in eine Höhle.

Wo ich in eine schwarze Grube falle.

Die sich in einen Himmel verwandelt hat.

Und dann *zu dem hier* wurde.

Ich sehe mich erschrocken um und versuche zu definieren, was *das hier* ist. Ich stelle fest, dass der *Strand*, an dem ich mich aufhalte, überhaupt kein Strand ist, sondern … eine Wolke.

Nein, das stimmt nicht.

Es ist nur weiß wie eine Wolke. Weich. Schwammartig. *Wie Baumwolle.*

Und das Wasser, dem wir gerade entkommen sind, ist leuchtend rot. Nicht blau. Nicht durchsichtig. Nicht einmal türkis. *Rot.* Wie Blut.

Mein Blick wandert zu den Bäumen, die den wolleartigen Strand umsäumen. Sie sind alle rosa und tragen Blumen anstatt Blätter.

»Ich werde jetzt meine Hand von deinem Mund entfernen«, sagt der Mann, der über mir ragt. »Aber du musst brav sein und still bleiben, okay?«

Ich blinzle abermals und starre den verrückten Mann mit Totenkopfmaske an. Trotz des Make-ups kann ich die hohen Wangenknochen und den markanten Kiefer erkennen. Auch mit der Farbe auf der Haut, hat er ein wunderschönes Gesicht. Oder vielleicht lässt gerade die Farbe ihn so gut aussehen.

Ich habe echt nicht alle Tassen im Schrank.

Er kneift seine Augen zusammen, als hätte er meinen

Gedankengang gehört. »Wirst du jetzt ein braves Mädchen oder ein ungezogenes kleines Kaninchen sein?«

Ich bin nicht sicher, ob mir die Frage gefällt. Etwas, dem ich Ausdruck verleihe, indem ich meine Augenbraue hochziehe.

»Verstehe«, murmelt er. »Du solltest wissen, dass sich die Bestrafungen häufen, je lauter du schreist. Ich mag meine Karten und möchte sie nicht an die Blütengremlins verschwenden.«

Jetzt … starre ich ihn nur fassungslos an. Wie bitte? Karten? Blütengremlins?

Mit einem Grinsen auf den Lippen zieht er seine Hand zurück und drückt mir in der nächsten Sekunde einen unerwarteten Kuss auf den Mund. »Merk dir, wo wir stehen geblieben sind, Schätzchen«, murmelt er, ehe er sich von mir rollt und mit einer flüssigen Bewegung auf die Beine kommt, die offensichtlich macht, dass er unmenschlich ist.

Er stammt zweifelsohne aus der Anderswelt.

Er pfeift und kurz darauf erscheint ein Kartendeck in seiner Hand, das er mischt. Ich sehe ihn stirnrunzelnd an, verstehe nicht, was er da macht oder warum er es tut. Aber ganz offensichtlich hat es etwas mit seiner Bemerkung im Hinblick auf seine …

Eine der Karten saust so schnell durch die Luft, dass ich aufschrecke.

Und schreie um ein Haar, als die Karte den Hals einer nahenden Kreatur mit rasiermesserscharfen Zähnen aufschlitzt.

»Was …?«

Ein weiteres dieser Biester taucht auf und wird vom Verrückten vor mir mit einer flinken Handbewegung ausgeschaltet. Es folgt ein Schnattern, das den Mann mit Schädel-Make-up einen Seufzer ausstoßen lässt. »Du weißt schon, dass ich noch fünfzig weitere davon habe, oder?« Er mischt die Karten abermals und lässt sie in alle Richtungen am Strand entlang ausschwärmen. Sie schalten die sechzig Zentimeter großen Wesen mit einer Präzision aus, die fast schon unmöglich scheint.

Er pfeift die ganze Zeit über. Dann, als der Grund von einem Beben heimgesucht wird, hält er inne.

»Oh Scheiße«, murmelt er. »Quasselstrippen.« Er wirbelt zu mir herum. »Zeit, einen Abflug zu machen, Hübsche.«

»Mit dir gehe ich nirgendwohin!«, sage ich zu ihm und krabble rückwärts auf dem Sand – *der Wolke* – zurück und erstarre, als ich mit der Hand das Wasser am Uferrand berühre.

Er zieht eine seiner dunklen Augenbrauen hoch, woraufhin die weiße Farbe um seine Augen sich leicht verzieht. »Ich bin nicht sicher, ob du deine Entscheidung verstehst, mein Häschen.« Er lässt seinen Blick an meinem Körper hinunterwandern. »Du bist praktisch nackt und ein sehr tödlicher, sehr wuschiger gehörnter Bulle wird gleich zwischen diesen Bäumen hervorkommen. Und obwohl ich in vielen Dingen gut bin, gehört ein Stier-Mann zu zähmen, nicht zu meinen Talenten. Verstehst du?«

Ich blinzelte ihn an. *Praktisch nackt?* Ich lasse meinen Blick hinunterwandern und mir fällt alles aus dem Gesicht, als ich mein Kleid anstarre. Es … es ist so gut wie weg. Das Einzige, was ich noch trage, ist mein Unterhöschen – welches durchsichtig ist, weil ich im Wasser war.

Wenn doch die rote Farbe nur auf meine weißen Sachen abgefärbt hätte.

Leider nein.

Ich … Jepp, ich bin praktisch nackt, wie er gesagt hat. *Hervorragend.*

»Also, wie entscheidest du dich, Schätzchen?«, flötet er

mit einem seltsamen Südstaaten-Dialekt. »Ich oder das da?« Er zeigt zwischen die Bäume, wo ein riesiges Wesen mit langen Hörnern gerade die Waldgrenze passiert. Er ist behuft, hat haarige Beine, aber sein Oberkörper gehört zu einem athletischen Mann. Zumindest, bis ich bei seinem Gesicht angelange, das über eine große Schnauze und zwei feuerrote Augen verfügt.

Mit diesen Augen mustert er das Massaker, das sich am watteähnlichen Strand zugetragen hat, bevor sein Blick auf mir neben dem Wasser landet.

Aus seiner Nase steigt Dampf empor, als er mich ansieht.

»Ticktack, Zuckerhäschen«, meint der Mann mit Totenkopfmaske im Singsang. »Ticktack.«

KROLIC

Ich werfe zähneknirschend einen Blick auf meine Armbanduhr. *Komm schon, Craze.*

Der elende Angeber versucht, unsere zukünftige Gefährtin zu beeindrucken.

Und verschwendet dabei kostbare Minuten. Je länger er Ailsa an diesem Strand behält, desto weniger Zeit bleibt uns, ihre Zukunft im Monsterland zu sichern.

»Ticktack«, sagt Craze, vermutlich, weil er spüren kann, dass ich mit meiner Uhr in den Schatten lauere.

Ja wirklich. Ticktack, die Uhr tickt, denke ich zurück.

Leider kann er mich nicht hören. Oh, aber spüren kann er mich. Und neben mir auch die anderen Beutegreifer, die immer näherkommen.

Der Stier-Mann, wie Craze Brandt liebevoll nennt, ist nur eines von vielen nahenden Problemen.

Ailsas verlockender Geruch wird man von nah und fern riechen, und er macht sie zu einem Leuchtfeuer, das Chaos förmlich anzieht. Alles nur wegen dieses Hochstaplers – ich weigere mich, diesen Mistkerl bei seinem echten Namen zu nennen –, der ein falsches Spiel spielt.

Der Elixier-Erlass ist kompletter Mist. Vor allem, weil das Elixier Omegas zwingt, läufig zu werden.

Ich schätze, so lässt sich eine Omega auch finden, aber

ein wahrer König kreiert einen Gefährtenzirkel und *jagt* seine potenziellen Gefährten.

Wahre Könige schummeln nicht.

Und sie reißen nicht den Palast an sich, während der echte Herrscher des Königreichs nach einer Königin sucht.

Leider ist genau das geschehen.

Wenn der Hochstapler, der auf meinem Thron sitzt, Ailsa in die Finger bekommt, wird er sie zwingen, sich mit ihm fortzupflanzen und seine Herrschaft über das Monsterland festigen.

Ich darf nicht zulassen, dass es dazu kommt. Wir dürfen nicht zulassen, dass es so weit kommt.

Und genau darum musst du dich in Bewegung setzen, Craze, knurre ich in Gedanken.

Er neigt seinen Kopf zur Seite. »Wie entscheidest du dich, Prinzessin?«, fragt er unsere Auserkorene.

Er hat schon ungefähr ein Dutzend Kosenamen für sie verwendet, seit er ihr begegnet ist, und jeder scheint von einer seiner verschiedenen Persönlichkeiten zu stammen.

»Willst du …?«

Brandt stößt ein Brüllen aus und schneidet Craze das Wort ab. Gerade, als er einen Blick zurückwirft, hält der feuerrote Stier auf die beiden zu. Der Blick in seinen roten Augen ruht auf meinem besten Freund.

»Wie unhöflich!«, flötet Craze. »Ich wollte der Dame eine Wahl lassen, aber jetzt zwingst du mich, in Aktion zu treten.«

Er wirft ein paar seiner veränderten Karten durch die Luft. Jede davon dringt in Brandts Oberkörper und explodiert einen Wimpernschlag später.

»Was für eine Verschwendung von Schusskraft«, murmelt Craze. »Jetzt muss ich mir ein neues Deck besorgen.«

Er redet von seinen Karten, aber Ailsa scheint ihm

nicht zuzuhören. Sie ist zu beschäftigt damit, den blutigen Sand anzustarren.

Heb sie einfach in die Arme und renn weg, will ich gerade sagen.

Leider sind wir übereingekommen, dass Craze diesen Teil übernimmt. Er ist der Einzige, der bisher keine Zeit mit Ailsa verbracht hat. Nicht, dass Catum besonders viel Zeit mit ihr genießen konnte, aber wenigstens konnte er sie aus der Ferne beobachten.

Und Craze ist hiergeblieben, um den Hochstapler-König auszuspionieren. Er ist wahrhaftig ein Hansdampf in allen Gassen. Er verfügt über hervorragende Überlebenstechniken, was ihn zum perfekten Kandidaten für das Versteckspiel mit der falschen Monarchie macht.

»Ailsa«, murmelt er. Seine Stimme wird sanfter, was darauf zurückzuführen ist, dass eine seiner zärtlicheren Persönlichkeiten hervortritt, die nur selten an die Oberfläche kommt.

Erst jetzt sieht sie mit misstrauischem Ausdruck zu ihm zurück.

»Ich weiß, dass das alles ganz schön viel auf einmal ist«, sagt er, »aber dein Geruch macht dich zu einem Lockvogel in einem sehr gefährlichen Spiel. Darum müssen wir uns aus dem Staub machen, weil ich dich hier nicht beschützen kann.«

Ach was, er kann sie überall beschützen.

Aber dort zu bleiben, würde dafür sorgen, dass er eine seiner ruchlosen Seiten hervortreten lassen müsste, die zu erleben Ailsa noch nicht bereit ist.

Und außerdem sind diese Teile von Crazes Persönlichkeit nicht für sie bestimmt.

Unser Diamant braucht Liebe und Zuneigung. Schutz und Geduld. Genuss und Verständnis.

Vor uns liegt ein langer Weg, den wir rasch

zurücklegen müssen, wenn wir den Hauch einer Chance haben wollen, es sicher an die Ziellinie zu schaffen.

Wo wir gerade davon sprechen … Ich werfe einen weiteren Blick auf die Armbanduhr. *Wir sind spät dran. Verdammt.*

»Ich weiß nicht einmal, wie du heißt«, flüstert Ailsa und sieht mit diesen wunderschönen Augen blinzelnd zu meinem besten Freund hoch.

Er wirft ihr ein verspieltes Grinsen zu, das die weiße Farbe auf seinem Gesicht verzieht. »Craze de Hatte, zu deinen Diensten.« Er verbeugt sich und richtet sich wieder auf, als das Rascheln in den Bäumen lauter wird.

Orangenorks. Ich kann sie riechen. Ihr zitroniger Duft ist vom Gestank verrottender Früchte unterlegt.

Zwei von ihnen sind berüchtigt dafür, dem Hochstapler-König ihre Treue geschworen zu haben. *Die Tweedle-Brüder.*

Die Neuigkeiten über Ailsas Ankunft im Monsterland machen die Runde. Wir wussten, dass das passieren würde. Wir haben es erwartet. Wir *wollten* es so.

Wir müssen sie in aller Öffentlichkeit beanspruchen. Nur so können wir den Thron zurückgewinnen und ein für alle Mal beweisen, dass der derzeitige König nicht regierungsfähig ist.

Er ist ein einsamer Wolf.

Ich habe einen Alpha-Zirkel.

Und bald wird mein Alpha-Zirkel eine Gefährtin haben. Und dann wird uns auch das gesamte Königreich gehören.

»Bitte«, sagt Craze zu Ailsa, was meine Aufmerksamkeit auf die beiden zurückzieht. »Bitte, lass mich dich begleiten.«

Ich grinse. Craze bettelt nie. Aber er weiß, dass er mehrere weitere Knallkarten einsetzen müssen wird, wenn er zwei riesige Orks niederstrecken will. Und Craze verabscheut es, seine Spielzeuge zu verschwenden.

Ailsa stößt einen Seufzer aus. »Verdammt noch mal, Biest.«

Ich ziehe die Augenbraue hoch und Craze neigt seinen Kopf zur Seite.

»Was für ein interessanter Kosename«, meint er. »Er gefällt mir viel besser als ›verrückter Hutmacher‹.«

Sie starrt ihn an. »Wie bitte?«

»Der Spitzname, den du mir eben gegeben hast. Ich sagte, dass er mir besser gefällt.« Er legt die Stirn in Falten. »Hast du was an den Ohren, Liebste? Sind wir deshalb noch hier?«

»Ich … *nein*. Ich höre bestens. Und ich habe nicht mit dir geredet. *Du* bist nicht mein Biest.«

Der Wolf in mir schnurrt angesichts des besitzergreifenden Tonfalls, der dieser Aussage mitschwingt. *Ganz recht, Kleine. Ich bin in mehr als nur einer Hinsicht dein Biest.*

»Ich kann zu einem Biest für dich werden, wenn dir das lieber ist«, bietet Craze an.

»Du kannst dich in einen Wolf verwandeln?«

Er starrt sie an. »Nein, Zuckerhäschen. Ich bin ein ganz anderes Kaliber von Biest.«

Mir entfährt beinahe ein Lachen. Er hat nicht unrecht, spricht aber nicht von physischen Erscheinungsbildern, sondern von seiner sexuellen Leistungsfähigkeit.

Was natürlich über ihren Horizont geht.

Sie runzelt die Stirn und fragt: »Sollte ich Angst vor dir haben?«

Er lacht. »Vermutlich. Aber nicht so, wie du denkst.« Er lässt der Aussage ein Zwinkern folgen, dann wirft er einen erneuten Blick über die Schulter, weil der Geruch von verrottenden Zitrusfrüchten stärker wird. »Mir steht wirklich nicht der Sinn danach, mit den Tweedle-Brüdern zu spielen, Ailsa. Können wir uns jetzt bitte aus dem Staub machen?«

»Woher kennst du meinen Namen?«, will sie wissen und übergeht den drängenden Tonfall, der seiner Stimme mitschwingt.

»Wie wäre es mit einem kleinen Spiel?«, kontert er. »Immer, wenn du eine Anweisung befolgst, beantworte ich dir eine Frage. Angefangen mit derjenigen, die du gerade gestellt hast, wenn du im Gegenzug davonrennst.«

Sie mustert ihn einen Augenblick lang. »Willst du mir etwa weismachen, du würdest mir verraten, woher du meinen Namen kennst, wenn ich zustimme, wegzurennen?«

Er lächelt, ich aber nicht. Denn ich kenne dieses hinterlistige Funkeln in ihren Augen. Ich habe die vergangenen zwei Jahre darauf verwendet, sie in meiner anderen Gestalt kennenzulernen. Und dieser Blick lässt darauf schließen, dass sie alles andere als folgsam sein wird. Das ist ein trotziger Blick.

»Na gut, ich werde rennen«, ergänzt sie und erhebt sich.

Dann rast sie den Strand hinab.

Craze vergeht das Lachen augenblicklich. »Das habe ich nicht gemeint«, murmelt er, ehe er die Verfolgung aufnimmt.

Selbstverständlich hat sie sich den schlechtesten aller möglichen Pfade ausgesucht.

Mit einem leisen Knurren verwandle ich mich zurück in meinen Wolf und renne in ihre Richtung.

Jetzt gibt es nur noch eines, das sie ablenken wird.

Ich laufe durch die Wälder in Richtung Strand und stoße ein Heulen aus, das sie ins Stolpern geraten und abrupt anhalten lässt.

Gerade, als ich die Waldgrenze erreiche, wirbelt sie herum und reißt die Augen weit auf. »Biest!«

Ich neige meinen Kopf auf eine Seite, weil ich weiß, dass sie das süß findet, und warte darauf, dass sie zu mir rennt.

Ganz genau, Kleine. Komm und hol mich.

Sie geht um Craze herum – der mir einen finsteren Blick zuwirft und ohne jeden Zweifel glaubt, die Situation im Griff gehabt zu haben, obwohl das Gegenteil der Fall war – und steuert direkt auf mich zu.

Ich warte, bis sie viereinhalb Meter entfernt ist, dann drehe ich mich um und verschwinde im Wald.

»Warte!«, schreit sie.

Und das tue ich auch, aber nur lange genug, um sie hinzuhalten und sie dazu zu bringen, sich dieses Mal in die richtige Richtung zu bewegen.

»Was macht du da?«, will Craze wissen.

Seine Worte sind an mich gerichtet, nicht an Ailsa.

Trotzdem antwortet sie ihm. »Ich folge meinem Haustier!«

»Deinem Haustier?«, wiederholt Craze.

Dann bricht er in Gelächter aus.

War ja klar, dass er den Begriff zum Totlachen findet.

Ich bin ein König. Der *rechtmäßige* König aller Alphas und Betas in diesem Königreich. Und diese kleine süße Omega bezeichnet mich als ihr Haustier.

Das macht mir nichts aus.

Ich werde sein, wer immer sie will, wenn sie sich nur für mich entscheidet. Für *uns*.

Es geht nicht nur darum, was sie, sondern auch, wer sie ist. Und dieser Unterschied ist dem Hochstapler entgangen.

Er wird Ailsa mit Gewalt zu seiner machen, sich mit ihr verknoten, bis sie seinen Erben in sich trägt und sie dann allen im Monsterland wie eine kostbare Zuchtstute präsentieren.

Aber bei dieser Verbindung geht es um so viel mehr als Fortpflanzung. Es geht dabei um gegenseitigen Respekt. Ihr Herz zu gewinnen. *Ihre Seele* mit meiner zu vermählen.

Das ist, was das Monsterland wieder lernen muss.

Darum haben wir sie das Elixier trinken lassen.

Deswegen spielen wir jetzt dieses Spiel.

Ihre Zustimmung wird das Monsterland an unsere Vergangenheit erinnern.

Und ihre Entscheidung wird den Kurs für unsere Zukunft festlegen.

Ich trotte etwas weiter voran, blicke über die Schulter und stelle fest, dass sie jetzt auf dem rechten Weg ist, ehe ich davonrase.

»Biest!«, ruft sie mir hinterher, was mir im Geiste ein Lächeln aufs Gesicht zaubert.

Ich liebe diesen Kosenamen, verdammt.

Sie hat ja keine Ahnung, was für ein *Biest* ich sein kann.

Aber bald schon wird sie das.

Sehr. Verdammt. Bald.

AILSA

Überall sind violette Bäume, deren Blätter einen purpurroten Hauch haben. Ich habe noch nie zuvor etwas Vergleichbares gesehen und mir bleibt auch keine Zeit, darüber nachzudenken, wie merkwürdig sie aussehen, weil ich versuche, Biest zu finden.

Er ist vor wenigen Minuten davongerannt und in diesem Teil des Walds verschwunden. Trotzdem kann ich ihn jetzt nirgendwo mehr sehen. Ich renne schneller und schneller, versuche, ihn aufzuspüren, während der Mann mit dem Totenschädel-Gesicht – *Craze* – mir folgt.

Monsterland, geht mir durch den Kopf, während ich an pilzähnlichen Wolken vorbeigehe, die zwischen den ungewöhnlichen Bäumen schweben. *Ich bin ohne jeden Zweifel im Monsterland.*

Biest muss mir durch dieses Portalloch gefolgt sein. Aber sein leuchtend weißes Fell war nicht rot vom Wasser. Er war überhaupt gar nicht feucht gewesen.

Wie mein Kleid und ich, dämmert mir. Ich runzle die Stirn, dann schüttle ich den Kopf.

Nichts hiervon ergibt irgendeinen Sinn. Aber dann wiederum … sollte es das wohl auch nicht.

Das Reich, in dem das Monsterland existiert, hat mich immer schon fasziniert. Die anderen haben oft voller Ehrfurcht von ihm gesprochen und gehofft, vielleicht eines

Tages an den Hof des Silbernen Königs geladen zu werden.

Ich habe diesen Wunsch nie gehegt. Ich wollte einfach etwas anderes erleben.

Und, na ja, jetzt habe ich so einiges erlebt.

Ich würde jetzt gern nach Hause gehen, denke ich. *Ich muss nur Biest finden und dann …*

Der Boden bricht unter uns ein. Ich schreie und falle tiefer, tiefer und *tiefer* und drehe mich im Kreis.

Meine Haare peitschen um mein Gesicht, sodass ich kaum etwas sehen, geschweige denn atmen kann. Ich rudere mit Armen und Beinen – wie vorhin, als ich durch dieses seltsame Portal gereist bin. *O nein, nicht schon wieder!*

Alles bewegt sich immer schneller. Ein Rauschen umgibt mich, dann kommt alles zu einem abrupten Halt.

Und dann schwebe ich in der Luft, festgehalten von … von … *Ihr Götter, was ist das denn?* Es fühlt sich klebrig an, wie diese Substanz von vorhin. Abgesehen davon, dass es … zähflüssiger ist. Meine Gliedmaßen stecken darin fest, als befände ich mich in einem seltsamen, zähflüssigen Netz.

Es dehnt sich langsam aus und mein Körper sinkt in Richtung des schwarzen Erdbodens.

Wo Craze, die Hände in die Hüften gestemmt, die Beine an den Knöcheln übereinandergeschlagen und mit gelangweiltem Ausdruck auf mich wartet. »Während du so rumhängst, lass uns ein wenig plaudern«, flötet er. »Du bist im Monsterland gelandet, Schätzchen. Nichts ist, wie es scheint. Alles ist ein Trick. Und du, meine Zuckerschnute, ziehst Probleme magisch an.«

Ich funkle ihn an. »Ich bin weder dein *Schätzchen* noch deine *Zuckerschnute* oder irgendeiner dieser anderen Kosenamen, die du mir gegeben hast«, informiere ich ihn. »Und die einzigen Schwierigkeiten, in denen ich stecke, ist … ist … na ja, ich weiß auch nicht. Aber ich bin nicht dein *was auch immer*. Ich bin ich. Ailsa. Eine Sterbliche. Und hey, lass mich gehen!«

Die letzte Aussage ist an das, was auch immer mich in seinen Fängen hält, gerichtet. Meine Beschwerde kommt mir atemlos über die Lippen, weil ich mich erbittert gegen die elastischen Fäden wehre, die mich in der Luft gefangen halten. Das Einzige, was daraufhin geschieht, ist, dass die Stränge sich etwas mehr dehnen. Leider aber nicht annähernd genug, damit ich den Boden berühren kann.

Einfach unglaublich, denke ich wütend. *Völlig verrückt!*

»Du bist definitiv mein Etwas, Ailsa«, erwidert er mit gelassenem Tonfall. Was angesichts der vorliegenden Situation sowas von unfair ist! Denn ich bin alles *andere* als gelassen.

»Ich kenne dich ja nicht einmal«, erwidere ich.

»Nein, tust du nicht«, antwortet er. »Aber das wirst du schon bald.«

»Nein, werde ich nicht.«

»Doch, wirst du«, kontert er. »Denn wir spielen ein Spiel.«

»Was für ein Spiel?«, sage ich zähneknirschend, während ich ein weiteres Mal gegen das Netz ankämpfe und versuche, mich zu befreien. Meine Bemühungen sind umsonst, aber ich kann nicht einfach nur hier rumhängen. Das … fühlt sich zu sehr nach einer Niederlage an.

Und ich werde mich nicht geschlagen geben.

Ich habe zu viel durchgestanden, um dieses Schicksal zu akzeptieren.

»Du befolgst meine Befehle und ich beantworte eine Frage, schon vergessen?«

»Deine Befehle?«, wiederhole ich. »Ich erinnere mich nicht daran, zugestimmt zu haben, dass ich *Befehle befolgen* werde.«

Er grinst. »Könnte sein, dass ich die Formulierung etwas angepasst habe. Wie dem auch sei … ich schulde dir eine Antwort.«

Ich blinzle ihn an. »Wie bitte?«

»Ich habe dich gebeten, zu rennen, und das hast du getan. Zwar nicht in die Richtung oder so, wie ich es gemeint habe, aber du bist gerannt. Und darum muss ich dir erzählen, woher ich deinen Namen kenne.«

Oh. Ich … ich weiß nicht, was ich sagen soll, also starre ich ihn verblüfft an. Offen gesagt, habe ich nicht erwartet, dass er mir irgendetwas verraten würde. Übernatürliche verhalten sich typischerweise so, als würde ich nicht existieren und die Sterblichen, die ich gekannt habe, waren auch nicht besser.

»Dein *Haustier* hat mir deinen Namen verraten«, meint er mit einem schiefen Grinsen.

Aha. Das passt zur herablassenden Behandlung, die ich von anderen gewohnt bin. Ich verdrehe die Augen und wende mich wieder der klebrigen Substanz zu, die mich gefangen hält.

»Es ist wirklich überaus witzig«, fährt der Mann weiter, »dass du Krolic als *Haustier* bezeichnest, meine ich. Niemand in allen Reichen dürfte ihn so nennen und seinen Kopf behalten. Aber du bist nicht irgendwer, habe ich recht?«

»Krolic?«, wiederhole ich und halte abermals inne.

»Dein Biest«, murmelt Craze, was meinen Blick zu ihm zurückwandern lässt. »Sein Name lautet Krolic.«

Ich lege die Stirn in Falten. »Ist er … auch dein Haustier?« Ist Biest oft zwischen dem Monsterland und meinem Reich hin und her gereist? Hat er mich deshalb zur Höhle gebracht? Um mir zur Flucht zu verhelfen?

Oder … oder hat er mich dorthin gelotst, um mich meinem Schicksal zuzuführen?

Hat Biest mich hintergangen?

Crazes Lachen jagt mir einen kalten Schauer über den Rücken. Der Laut ist nicht unangenehm, aber extrem beunruhigend. Vielleicht, weil ich der Situation nichts Humorvolles abgewinnen kann.

Ich hänge halb nackt und kopfüber im Monsterland, nachdem ich herausgefunden habe, dass ich fälschlicherweise als Omega bestimmt wurde.

Oh, und mein einziger Freund – ein Wolf – könnte mein Vertrauen missbraucht haben.

Definitiv *nicht* lustig.

»Krolic ist mein bester Freund«, meint Craze, immer noch lachend. »Und sein Wolf ist ganz bestimmt *nicht* mein Haustier.«

»Sein Wolf?«, wiederhole ich. »Ist Biest das Haustier deines besten Freundes?«

Soll das heißen, er gehört Krolic?

Warum …? Warum hat er mich dann besucht? Wenn er bereits ein Zuhause hatte?

»Schätze, das kann man so sagen«, meint Craze nachdenklich, dann schüttelt er den Kopf. »Wie dem auch sei … Ich habe deine Frage beantwortet. Wie lautet deine nächste Frage, Ailsa? Was willst du sonst noch wissen?«

Ich sehe ihn mit gerunzelter Stirn an. »Was wirst du im Gegenzug von mir verlangen? Denn ich hänge hier oben fest.«

»Ja, das ist ganz normal, wenn man mit einem Gummibaum Bekanntschaft macht.«

»Ein Gummibaum?« Ich mustere die Stränge, die mich in der Schwebe behalten. Sie sind rosa und ich schätze, sie ähneln Ästen zumindest im Entferntesten – mit dem Unterschied, dass sie gummiartig sind. *Und klebrig, wie … Kaugummi.*

»Ja. Ich habe die Wolkenrutsche genommen.« Er

deutet auf einen Nebelschleier zu meiner Rechten. »Ist der schnellere Weg, wenn man von einer Klippe springt.«

Wenn man von einer Klippe …? Mein Blick wandert nach oben. Erst jetzt fällt mir auf, dass der ›Baum‹ von dem ich hänge, ungefähr dreißig Meter über meinem Kopf verwurzelt ist.

Heilige Götter … »Die habe ich nicht einmal gesehen«, flüstere ich.

»Ich weiß.« Crazes Stimme zieht meine Aufmerksamkeit zu ihm zurück. Er verschränkt die athletischen Arme vor seiner Brust. »Willst du wissen, wie du dich befreien kannst?«

»Ich … ja. Ja, will ich.«

Auf seinen Lippen zieht ein Lächeln auf. »Hervorragend. Lache.«

Ich starre ihn an. »Wie bitte?«

»Lache«, wiederholt er.

»Ich verstehe nicht.«

»Ein Ausdrucksverhalten, das für gewöhnlich von etwas Witzigem hervorgerufen wird«, erklärt er, als wäre ich schwer von Begriff. Obwohl … er sagt das nicht herablassend, sondern komplett nüchtern.

»Nein, ich weiß, was Lachen ist. Ich verstehe nur nicht, inwiefern mir das dabei behilflich sein soll, mich von diesem Baum zu befreien«, stelle ich etwas genervt klar. Ich bin nicht unbedingt von ihm genervt – na ja, vielleicht ein *kleines bisschen* –, aber mehrheitlich von dieser wilden Fahrt.

»Versuch es«, sagt er. »Versuch zu lachen und finde heraus, was geschieht.«

»Ich weiß nicht, ob mir zum Lachen zumute ist«, erwidere ich zähneknirschend.

»Hm.« Er tippt mit dem Finger gegen sein Kinn. »Vielleicht reicht ein Lied. Kannst du singen?«

»Meinst du das ernst?«

»Für gewöhnlich bin ich kein besonders ernster Zeitgenosse. Aber ja, ich meine es ernst.« Er wirft mir ein Grinsen zu. »Wäre es dir lieber, wenn ich für dich singe?«

Dieser Mann ist völlig von Sinnen, beschließe ich und starre ihn ungläubig an.

»Ich interpretiere dein Schweigen als *Ja*«, murmelt er, ehe er seinen Kopf in den Nacken legt und … und zu *singen* beginnt.

Mir klappt die Kinnlade herunter, als die eindringliche Melodie meine Ohren ausfüllt. Seine Stimme ist tief und fast schon hypnotisch. Ich bin so fasziniert von ihm, dass mir nicht einmal auffällt, wie ich mich in Bewegung setze, bis ich den klebrigen Ast an meinem Handgelenk hinabrutschen spüre.

Erschrocken starre ich darauf und ringe nach Atem, als mir bewusst wird, dass der Baum mich *loslässt.* Ich hänge aber nach wie vor gute sechs Meter über dem Erdboden.

»Craze …«

Er hört mich nicht, ist zu versunken in seinem Lied. Ich verstehe kein Wort von dem, was er da singt. Er spricht in einer Sprache, die mir komplett fremd ist.

»Craze!«, versuche ich erneut, dieses Mal lauter.

Er ignoriert mich und seine Stimme scheint immer lauter zu werden.

Ich zittere und die düstere Melodie scheint mein Wesen wie ein Zauber zu umgarnen. Ich bin gefesselt vom Mann unter mir, und seine Stimme weckt eine ungesunde Faszination in mir.

»Craze«, schaffe ich hervorzubringen, als der Gummibaum einen meiner Arme loslässt. Mein linkes Bein folgt kurz darauf, sodass ich planlos in der Luft hänge. »Ich werde fallen!« Was, wie ich weiß, das Ziel ist, aber doch nicht aus dieser Höhe!

Als mein anderer Arm aus dem Griff des Baums fällt, stoße ich ein Kreischen aus. Der Ast hängt jetzt nur noch lose um meinen einen Fußknöchel.

Verdammt, verdammt, verdammt!

Ich lege meine Arme schützend um den Kopf und die klebrige Substanz lässt auch vom letzten Körperteil, der sich in seiner Gewalt befindet, los, sodass ich schnurstracks auf den Boden zu schnelle.

Und in zwei wartenden Armen lande.

Erschrocken und überrascht stelle ich fest, dass Crazes Arme wieder um mich geschlungen sind. Es fühlt sich anders an als noch eben im Wasser – mehrheitlich deswegen, weil ich mir seiner Anwesenheit bewusst bin. Seiner Stimme. Seinem Lächeln. *Seinen gewalttätigen Karten.*

Aber als er zu mir sieht und mich angrinst, verspüre ich keine Angst. Ich fühle mich … erleichtert.

Denn ich habe mir nicht das Genick gebrochen.

Ich lebe noch.

Einen kurzen Augenblick lang wage ich es, aufzuatmen.

»Hallöchen, meine Schöne«, sagt er mit einem Funkeln in den dunklen Augen. Dann zuckt er zusammen. »Tut mir leid. Ich meine *Ailsa.*« Er legt die Stirn in Falten. »Aber du bist wirklich schön.« Seinen Worten schwingt ein ehrfürchtiger Tonfall mit und er lässt seinen Blick über meine Gesichtsmerkmale streifen.

»Danke.« Das Wort kommt mir ungewollt über die Lippen. Ich bin nicht sicher, ob ich ihm für das Kompliment oder dafür danke, dass er mich aufgefangen hat. Oder für alles, was er bisher für mich getan hat. Aber ich … ich meine es ehrlich.

»Nichts zu danken, Ailsa. Ich werde dich immer auffangen«, verspricht er mir, was einen wohligen Schauer durch mein Wesen gehen lässt. Denn ... das hat sich fast wie ein Schutzschwur angehört.

Obwohl ... Ich schätze, man könnte es auch als Drohung verstehen.

Das dunkle Glitzern in seinen Iriden macht es unmöglich, es abzuschätzen.

»Warum hilfst du mir?«, will ich wissen und suche sein Gesicht nach Hinweisen ab. Doch alles, was ich erkennen kann, ist das Totenkopf-Make-up, welches seine Gesichtsmerkmale verbirgt.

Trotzdem vernehme ich die Spur von Grübchen, als er mich angrinst. »Wie wäre es mit einem neuen Spiel?« Er läuft los, während er spricht, und trägt mich, als wäre ich federleicht. »Quid pro quo. Ich beantworte dir eine Frage und du mir eine. *Und* du lässt mich eine Weile lang das Kommando übernehmen.«

Ich runzle die Stirn. »Wie meinst du ›das Kommando übernehmen‹?«

»Ich will dich eine Weile lang tragen«, stellt er klar. »Die Felder aus heißer Schokolade sind gefährlich und ich will nicht riskieren, dass du auf eine Toffee-Bombe trittst.«

»Eine ...?« Ich wiederhole den letzten Teil um ein Haar, doch dann schüttle ich bloß meinen Kopf. Wozu auch? Wenn ich jede merkwürdige Aussage, die er von sich gibt, nachplappere, werde ich bloß zu einem Papagei. Anstatt also zu fragen, was zum Kuckuck ein Feld aus heißer Schokolade ist, entscheide ich mich, eine andere Richtung einzuschlagen. »Wohin gehen wir?«

»Das waren zwei Fragen«, murmelt er. »Zuerst musst du meinem Spiel zustimmen, dann werde ich eine davon beantworten.«

»Warum muss es ein Spiel sein?«

»Das sind jetzt schon drei an der Zahl, aber diese

beantworte ich dir für lau«, meint er und sieht sich um, ehe er einen großen Schritt nach vorn macht.

Ich mache mir nicht die Mühe, nach unten zu blicken, um herauszufinden, was er da macht. Anstatt den nicht so subtilen zuckenden Muskel in seiner Kieferpartie anzustarren, sehe ich ihm in die Augen.

»Spiele machen Spaß«, meint er. »Aber offen gesagt, will ich dieses Spiel spielen, damit ich dich besser kennenlernen kann.«

»Warum?«, will ich völlig verdutzt wissen. »Warum ich?«

»Das ist eine weitere Frage, Ailsa. Ich glaube, du schuldest mir zuerst eine Antwort.«

»Ich habe nicht gesagt, dass ich dein Spiel mitspielen werde«, gebe ich zu Bedenken.

»Und genau darum muss ich auf keine deiner Fragen eingehen«, erwidert er mit einem weiteren Lächeln. »Die Entscheidung liegt bei dir. Willst du ein Spiel mit mir spielen oder nicht?«

CRAZE

Der kleine Hase starrt zu mir hoch. In ihren Augen steht ein verwirrter und erschöpfter Ausdruck. Es war ein chaotischer Tag für sie und leider wird dieses Chaos nur noch weiter zunehmen.

Sie ist jetzt im Monsterland. Nichts wird jemals wieder so sein wie früher.

Ich steige über eine weitere Toffee-Bombe und warte darauf, dass Ailsa ihre Entscheidung fällt. Sie scheint ein Händchen dafür zu haben, sich den gefährlichsten Pfad auszusuchen. Zuerst ist sie auf direktem Wege zu den Tweedle-Brüdern gerannt, anstatt vor ihnen wegzulaufen, und dann ist sie schnurstracks in einen Gummibaum gerast, der sie in die Felder aus heißer Schokolade gebracht hat.

Mit dem Elixier wollten wir bezwecken, dass ihre Anwesenheit endlich bekannt wird, und jetzt war es meine

Aufgabe, sie gerade genug herumzuzeigen, damit sich herumspricht, dass ihre wahre Natur an die Oberfläche tritt. Aber nicht so sehr, dass sie verletzt oder von einem der Lakaien des Silbernen Königs entführt wird.

Ein echter Drahtseilakt, wenn ich ehrlich bin. Einer, den ich gewohnt bin. Aber dieser kleine Hase scheint den Hang zu haben, von seinem eigenen Weg abzukommen.

Darum trage ich sie jetzt auch, damit sie keine Schokolawine auslöst.

Das arme Ding ist halb nackt. Heißes Toffee auf ihrer Haut wäre … schlecht. Sehr schlecht.

»Na gut«, sagt sie, was meinen Blick auf ihren Mund zieht. »Ich werde dein Spiel mitspielen. Jetzt darf ich dir eine Frage stellen.«

Ich halte mitten im Schritt inne und sehe sie mit hochgezogener Augenbraue an. Streng genommen, hat sie meine Fragen beantwortet, was tatsächlich bedeutet, dass sie an der Reihe ist, eine zu stellen.

»Das ist jetzt schon das zweite Mal, dass du meine eigenen Worte gegen mich verwendest«, sinniere ich und denke daran zurück, wie sie vorhin gerannt ist, nachdem ich gesagt hatte, dass ich ihre Frage beantworten würde, wenn sie zuerst tat, wonach ich verlangte. Ich habe verlangt, dass sie rennt, und genau das hat sie getan. »Du bist ausgesprochen clever.«

Diese Eigenschaft gefällt mir.

Sie wird ihr hier sehr nützlich sein.

»Schieße los, Ailsa«, sage ich und achte darauf, sie weder mit *Häschen* noch sonst mit einem Kosenamen anzusprechen. Offenbar gefallen ihr diese Kosenamen oder Spitznamen nicht. Was für eine Schande … Ich habe viele weitere davon im Kopf. Jeder von ihnen passt zu meinen sich ändernden Stimmungslagen.

Häschen, wenn mir zum Spielen zumute ist.

Meine Hübsche oder *Schöne*, für zärtliche Augenblicke.

Schoßhündchen, wenn wir Sex haben.

Vielleicht wird sie mir erlauben, den letzten Kosenamen zu benutzen, wenn ich sie angemessen verführe. *Schätzchen* und *Prinzessin* gingen auch. *Meine Königin*. Mmh, die Möglichkeiten sind wahrhaftig endlos.

»Warum hilfst du mir?«, will sie wissen, als ich mich wieder in Bewegung setze.

»Weil du der Schlüssel zu allem bist«, erwidere ich. »Und ich wollte Gelegenheit haben, dich kennenzulernen.«

»Wozu? Und was meinst du mit ›Schlüssel zu allem‹?«

»Das sind zwei weitere Fragen«, bemerke ich. »Verrate mir, was deine Lieblingsfrucht ist, dann werde ich dir eine Frage beantworten.«

Sie blinzelt mich an. »Meine Lieblingsfrucht?«

»Ja, Ailsa. Welche Frucht magst du am liebsten?«

Es ist süß, wie verwirrt sie ist. Es gefällt mir, dass meine Frage sie von allem anderen ablenkt und dafür sorgt, dass ich ihre volle Aufmerksamkeit habe, während ich mich darauf konzentriere, diesem Feld unversehrt zu entkommen. Wenn sie auch nur die geringste Idee hätte, wo sie gelandet ist, wäre sie vor Angst vermutlich wie gelähmt.

Stattdessen starrt sie mich bloß mit einem Blick an, der mir allzu bekannt ist. Ein Blick, der mir sagt, dass sie glaubt, ich hätte eine Meise.

Willkommen im Klub, Häschen, denke ich und warte auf ihre Antwort.

»Kirschen«, platzt ihr schließlich heraus. »Meine Lieblingsfrüchte … sind Kirschen. Obwohl ich sie nur ein einziges Mal probiert habe. Also schätze ich … Birnen schmecken mir auch sehr gut. Vor allem jene, die hinter dem Anwesen von Baronin Clarice am Baum hingen.«

Baronin, wiederhole ich beinahe hörbar, doch stattdessen schnaube ich in Gedanken.

Ailsa wird meine Welt für seltsam halten, aber offen gesagt, finde ich ihre um einiges bizarrer. Die ungleiche Verteilung von Reichtum, dass gewisse magische Fähigkeiten bevorteilt und wie die reinblutigen Sterblichen kleingehalten werden … nichts davon ergibt irgendeinen Sinn für mich.

Sterbliche sind eine Rarität.

Genau wie Omegas.

Sie sollten wertgeschätzt werden. Beschützt. *Respektiert.*

Leider ist das vielleicht ein Thema für ein andermal. Denn jetzt schulde ich meinem kleinen Hasen eine Antwort.

»Du hast gefragt, warum ich dich kennenlernen will«, sage ich bedächtig, um ihr eine Gelegenheit einzuräumen, zu protestieren und ihre Frage umzuformulieren. Als sie es nicht tut, ergänze ich: »Ich will wissen, wer meine potenzielle Gefährtin ist.«

»Potenzielle …« Sie reißt die Augen auf. »*Wie bitte?*«

Ich grinse, bin nicht im Geringsten überrascht über ihre Antwort. »Ist das eine weitere Frage? Denn dann wirst du mir deine Lieblingsblume verraten müssen, wenn ich sie dir beantworten soll.«

»Meinst du das ernst?«, sprudelt es aus ihr heraus.

»Ich glaube, die Frage habe ich vorhin schon beantwortet«, flöte ich.

»Ich …« Sie schüttelt den Kopf. »Okay, wie auch immer. Sonnenblumen. Die Art von Sonnenblumen, die man auf der Wiese sieht. Sie sind gelb und riechen gut.«

Sonnenscheinblumen, geht mir durch den Kopf. Mir ist klar, dass sie nicht ganz dieselben in diesem Reich sind wie jene in ihrem Zuhause, aber nahe genug dran. *Sonnenschein* wäre auch ein guter Kosename für meinen kleinen Hasen.

Ihr langes weißblondes Haar erinnert mich ohne jeden Zweifel an die Sonne.

Leider sind Kosenamen nicht erlaubt.

Jedenfalls noch nicht.

»Was meinst du mit *›potenzielle Gefährtin‹*?«, will sie wissen.

Ich antworte nicht umgehend, weil die Grenze des Felds meine ungeteilte Aufmerksamkeit bedarf, wo ich uns einen Weg bahne, der nicht durch elektrische Ranken führt.

Ich will um jeden Preis verhindern, einen dieser gefährlichen, sich windenden Stränge zu berühren, die von den Kakteen ganz in der Nähe hängen.

Ailsa hat uns ganz schön vom Kurs abgebracht, aber sobald wir diese feurige Wüste hinter uns gelassen haben, sind wir wieder auf dem rechten Weg und werden die Höhlen vermutlich bei Anbruch der Nacht erreichen.

Dann wird der Spaß beginnen.

»Was …?« Ailsas ungestellte Frage lässt mich zu ihr blicken. Jetzt sieht sie nicht länger mich, sondern die Stellen an, die zwischen den Ranken pulsieren. »Sind das … elektrisch geladene Drähte?«

»So in der Art«, erwidere ich. »Aber nicht ganz. Sie leben. Und sie schnappen gern nach einem.«

Eine der Ranken bewegt sich, als wir in seine Nähe kommen, und am Ende des Seils öffnet sich ein Mund, um ein Zischen auszustoßen, das Ailsa ihre Arme fester um meinen Nacken schlingen lässt.

»Ja, sie sind nicht besonders freundliche Zeitgenossen«, murmle ich und gehe der jetzt herumschlängelnden seilähnlichen Kreatur aus dem Weg. »Fast alles in der Feuerwüste ist so, aber wir müssen sie durchqueren, um zu den Pilzen am anderen Ende zu gelangen.«

Sie schluckt nervös. »Ich … ich will nicht hier sein. Das

ist alles ein schrecklicher Irrtum. Ich … ich bin nur eine Sterbliche.«

»Nein, bist du nicht«, verspreche ich ihr. »Du bist eine Omega. Krolic hat dich vor zwei Jahren aufgespürt. Wir haben nur darauf gewartet, dass du das Elixier zu dir nimmst, damit alle anderen auch wissen, dass du eine Omega bist.«

Sie schüttelt den Kopf, noch bevor ich den Satz zu Ende geführt habe. »Ich kann keine Omega sein.«

»Warum nicht?«, frage ich und ducke mich unter einem Felsbogen aus rotem Stein durch, der den offiziellen Eingang zur Wüste bildet.

»Weil ich *sterblich* bin.«

»Sterbliche können auch Omegas sein«, erwidere ich. »Darum greift der Erlass des Roten Königs für alle Wesen. Es geht um die Seele, nicht die Klassifikation.«

Das wird offensichtlich werden, wenn sie mehr über das Monsterland erfährt.

Ich bin ein Alpha, und Catum und Krolic genauso. Aber wir stammen alle von verschiedenen Arten ab.

»Der Rote König?« Auf ihrer Nase machen sich ein paar kleine Fältchen bemerkbar. »Du meinst den Silbernen König, oder?«

»Nein, ich meine den Roten König«, murmle ich, während ich uns um einen besonders großen Kaktus manövriere. Er hat die Größe eines kleinen Hauses und beherbergt vermutlich einen Stachler. Wenn er herauskommt, um uns zu belästigen, werde ich gezwungen sein, Ailsa abzusetzen und eine weitere Karte zu verschwenden. Beides würde mich ziemlich verärgern.

»Der Silberne König hat das Dekret erlassen.«

»Nein, der Rote König hat es erlassen, während er sich als silberner König ausgegeben hat«, korrigiere ich sie.

»Das ist ein weitverbreiteter Irrglaube. Einer, den wir mit deiner Hilfe bald schon aufklären werden.«

»Mit meiner Hilfe?«

»Ja, mit deiner Hilfe«, murmle ich, dann stellen sich meine Nackenhärchen alarmiert auf.

Verdammt und zugenäht, geht mir seufzend durch den Kopf.

»Das kommt mir gerade sehr ungelegen«, informiere ich den Stachler, der versucht hat, sich von hinten an uns heranzuschleichen.

Ailsa verzieht das Gesicht.

Ich räume ihr keine Gelegenheit ein, mir eine Frage zu stellen. Stattdessen stelle ich sie behutsam auf den Boden und sage: »Bleib schön hier, bitte.«

Dann wirble ich herum, damit ich mich mit diesem Stachler befassen kann.

Nein.

Streicht das.

Diesen Stachlern – Mehrzahl.

In der nächsten Sekunde fallen meine Karten in meine Hände und ich beginne sie zu mischen. »Ihr drei steht nicht zufällig auf Kartentricks, oder?«, sage ich. »Denn ich habe ein paar im Ärmel, die euch interessieren könnten.«

Oder, na ja, zumindest ich werde sie unterhaltsam finden.

Sie schnauben mit ihren platten, schweineähnlichen, großen Nasen in ihren kleinen Köpfen.

Einer von ihnen scharrt mit dem behuften Fuß gegen den Boden, ein anderer fährt die Stacheln an seinen Armen aus.

»Schätze, das bedeutet ›Nein‹«, flöte ich. »Na gut.«

Ich werfe eine Karte und sehe ihr dabei zu, wie sie einem der Stachler die Brust aufschlitzt.

»Siehst du, das ist das Problem mit der Unterteilung

von Alpha, Beta und Omega«, sage ich beiläufig zu Ailsa. »In unserer Welt spielt es keine Rolle, was für ein Monster man ist, man wird in eine dieser drei Kategorien unterteilt. Und bei der Kompatibilität ist die Kategorie, nicht die Spezies, entscheidend.«

Ich werfe eine weitere Karte und halte damit den zweiten Stachler auf.

»Als Omega – sterblich oder nicht – bist du in der Lage, von jedem Alpha im Monsterland beansprucht zu werden. Was auch der Grund ist«, ich werfe eine dritte und letzte Karte, die sich im breiten Nacken des Stachlers versenkt, »weshalb du jetzt gejagt wirst.«

Ich drehe mich zu meiner potenziellen Gefährtin um und kneife die Augen zusammen. Die Stelle, wo sie gerade gestanden hat, ist leer.

War ja klar, dass sie weggerannt ist.

Ich suche die Wüste ab und sehe sie keine zwanzig Meter entfernt. Sie rennt auf direktem Wege in den Pilzdschungel.

»Das ist sehr ungezogen. Du bist wirklich ein sehr unhöfliches kleines Kaninchen!«, rufe ich ihr im Singsang hinterher. Meine Stimme wird vom Wind in ihre Richtung getragen. »Pass lieber auf, Ailsa-Schätzchen. Andernfalls könntest du mein inneres Raubtier wachrütteln.«

Ein inneres Raubtier, das gern jagt, denke ich und renne ihr hinterher.

»Renn, soviel du willst«, sage ich zu ihr. »Denn wenn ich dich erst einmal in die Finger bekomme – und Ailsa, ich werde dich in die Finger bekommen –, werde ich dir eine kleine Lektion erteilen.«

AILSA

Oh, ihr Götter, wohin renne ich überhaupt?

Ich hätte nicht davonrennen sollen, aber als ich gesehen habe, wie Craze diese … diese *schweineähnlichen Männer* so mir nichts, dir nichts abgeschlachtet hat …

Der Gedanke lässt mich erschaudern.

Er hat, ohne mit der Wimper zu zucken, ein paar Dolche auf sie geworfen. Oder waren es Karten?

Ich weiß es nicht.

Und es ist mir auch egal.

Ich muss zusehen, dass ich hier wegkomme.

Wohin, das weiß ich noch nicht. Der seltsame orangefarbene Sand zwischen meinen Zehen ist *brühend heiß*. Und ich bin praktisch nackt. Nicht direkt das ideale Outfit für ein wüstenähnliches Gebiet.

Doch in der Ferne sehe ich etwas Grünes. Sieht vielversprechend aus.

Mein Magen knurrt zustimmend und erinnert mich daran, dass ich heute noch gar nichts gegessen habe. Nichts.

Ich bin mir nicht einmal sicher, ob *heute* noch derselbe Tag ist, an dem ich aus dem Kelch getrunken habe.

Alles ist so unglaublich schnell passiert.

Nichts davon hätte möglich sein sollen.

Und doch … stehe ich jetzt hier.

Crazes Aussagen beginnen, mir durch den Kopf zu schießen.

»Sterbliche können auch Omegas sein. Es geht um die Seele, nicht die Klassifikation.«

»Alpha, Beta oder Omega.«

»Bei der Kompatibilität kommt es auf die Kategorie, nicht auf die Spezies an.«

»Als Omega – egal, ob sterblich oder nicht - …«

Ich erschaudere, als mir der letzte Satz durch den Kopf geht. Ich habe ihn das sagen hören, nachdem ich bereits losgelaufen war. Es hat mich um ein Haar innehalten lassen, aber dann dämmerte mir, dass er einer dieser Alphas sein könnte, weil er mich eine potenzielle Gefährtin genannt hatte.

Ich … ich weiß nicht, was ich davon halten soll. Er scheint mir … etwas merkwürdig. Aber aufschlussreich ist er allemal. Und einen Beschützerinstinkt besitzt er auch. Wie dem auch sei … ich bin ihm gerade erst begegnet. Es ist unmöglich, dass ich seine Gefährtin bin. Oder sein irgendetwas.

Denn ich renne weg.

Nach …

Nach …

Ich weiß es nicht.

Ganz einfach weg von hier!

Ich spüre, dass er die Verfolgung aufgenommen hat, kann sein leises Lachen hören und seinen würzigen Zimtgeruch fast schon riechen.

Bei den Göttern, warum gefällt mir sein natürlicher Duft?

Und warum erweckt es den Eindruck, als würde er um mich werben? Mich *beanspruchen*?

Steht er direkt hinter mir?, frage ich mich. Ich könnte schwören, dass ich seinen heißen Atem gegen meinen

Hals wehen und seine Finger in meinem Haar spüren kann.

Ich wirble herum, will ihm ins Gesicht blicken.

Er ist nicht da.

Er ist nirgends zu sehen.

Aber ich kann ihn *hören*. Ihn *riechen*. »Was passiert mit mir?«, flüstere ich, drehe mich abermals um und schrecke zusammen, als ich gegen eine warme, männliche Wand pralle.

Jaulend stolpere ich zurück, stelle aber fest, dass jemand meine Hüften in eisernem Griff hat.

Mir steigt Rauch in die Nase und ich blicke hoch.

Und sehe in zwei verlockende braune Augen, die zu mir zurückstarren.

Bekannte Augen.

Augen, in die ich geblickt habe, bevor meine Welt auf den Kopf gestellt wurde.

»Meister Raupe«, keuche ich.

»Hallo, Fräulein Wunder«, erwidert er mit einem tiefen Schnurren, das mich ganz benommen macht. »Wohin des Weges?«

»Ich …« Ich schlucke nervös. »Was machen Sie …? Wie sind Sie …?« Ich schüttle den Kopf und versuche, ihn zu klären.

Denn er hat hier nichts zu suchen.

Ich habe hier nichts zu suchen.

Trotzdem stehen wir uns in dieser höllisch heißen Wüste gegenüber. Und er trägt einen schwarzen Anzug.

Was in etwa so viel Sinn ergibt wie Crazes Aufmachung, der in dieser Hitze eine Jeans und eine Lederjacke trägt.

Die Gedanken an Craze bringen mich dazu, mich nach ihm umzusehen, doch dann spüre ich ihn plötzlich hinter mir.

»Suchst du nach mir, kleiner Hase?«, flüstert er, seine Lippen so nahe an meinem Ohr, dass ich seinen warmen Atem spüren kann.

Ich kann mich dieses Mal nicht einmal über den Kosenamen beschweren. Ich bin zu perplex, um Worte von mir zu geben. Zu benommen, um tief ein- und wieder auszuatmen.

»Ich dachte, wir würden uns in den Höhlen treffen?«, ergänzt er und schlingt mir einen Arm um die Hüfte.

Meister Raupe lässt mich nicht los. Stattdessen wird sein Griff um meine Hüfte fester und Craze hält mich von hinten fest.

Zwischen den beiden eingeklemmt zu sein, ist *berauschend*. Überwältigend. Und seltsam beruhigend.

Plötzlich spüre ich die gleißende Hitze nicht mehr, nicht einmal an meinen nackten Füßen. Was, wenn man meine Umgebung und meine entblößte Haut betrachtet, seltsam ist.

»Es gab eine Planänderung«, meint eine dritte Stimme, was meinen Blick auf einen Mann mit dichtem, silberweißem Haar zieht.

Er ist älter als Meister Raupe und Craze, vielleicht ungefähr um die zwanzig Jahre älter, aber die Muskeln unter seinem eng anliegenden weißen Oberteil verraten mir, dass er genauso fit ist wie die beiden Männer, die mich festhalten.

»Offensichtlich«, flötet Craze. »Und ich nehme an, dass es nichts damit zu tun hat, dass es unserem kleinen Hasen gefällt, gejagt zu werden?«

Der silberhaarige Mann grinst und sieht mich mit seinen blassgrünen Augen an. »Nein, aber das können wir später aufgreifen.« Seiner Stimme schwingt ein Knurren mit, das meinen Magen verrücktspielen lässt.

Aber es sind seine Augen, die mich in Bann ziehen.

Sie … erinnern mich an … »*Biest.*«

Er macht einen Schritt nach vorn und sieht mich mit intensivem Ausdruck in den Augen an. »Dass du mich in meiner menschlichen Form im Handumdrehen wiedererkennst, beweist nur, wie richtig ich mit meiner Annahme liege«, sagt er, legt seine Hand an meine Wange und streicht mit seinem warmen Daumen über meine Unterlippe.

Ich erschaudere – nicht nur wegen seiner Berührung, sondern auch, weil mir gerade gedämmert hat, dass Biest ein Mann ist. Ein Gestaltwandler. *Ein Monster.*

Ich wusste immer schon, dass er kein gewöhnlicher Wolf war. Er ist zu groß, um irgendetwas anderes als außergewöhnlich zu sein.

Aber das …

Das hätte ich mir nie träumen lassen.

Heilige Götter. Vielleicht ist das bloß ein Traum?, denke ich wieder ganz benommen.

Jetzt bin ich von allen drei Männern umringt. Sie alle verströmen eine männliche Stärke, die mir den Atem stocken lässt. Jeder Atemzug bringt eine Mischung ihrer Gerüche mit sich – Rauch, Kiefer und Gewürze. Das … Ich …

Warum habe ich plötzlich eine so feine Nase? Und warum bringt mich ihr Duft dazu, sie alle auf den Boden legen und mich über sie rollen zu wollen?

Biest zieht seinen Daumen von meinem Mund weg und ersetzt ihn mit seinen Lippen.

Seine *Lippen.*

Sie sind sinnlich, voll und weich, gleichzeitig, aber hart und fordernd. Ein Rätsel, das einen Konflikt in mir heraufbeschwört. Und Schock.

Was ist hier los?

Warum küsst mich dieser Mann?

Und warum … warum lasse ich es geschehen?

Der Kuss ist flüchtig. Zu flüchtig. Und es sind nur seine Lippen, die ich zu spüren bekomme. Aber ich könnte schwören, dass er ein Brandmal zurücklässt, dessen Brennen ich in meiner Seele spüren kann.

Was passiert mit mir?, sollte ich schreien und versuchen, aufzuwachen. *Alles* wäre besser als hier zu stehen und in die wunderschönen grünen Augen dieses Mannes zu starren, während zwei andere mich in den Armen halten, als gehörte ich ihnen.

»Du musst jetzt ganz brav für mich sein und tun, was wir dir sagen«, sagt Biest. »Kannst du das für uns tun, Ailsa? Wirst du ein braves Mädchen sein?«

Ich blinzle ihn an. Seine Worte sollten sich bevormundend anhören, aber das tun sie nicht. Es … es liegt am Schnurren in seiner Stimme. Ein Knurren. Etwas, das ich nicht ganz bestimmen kann. Es bringt mich dazu, ihm gehorchen zu wollen. Ihm *gefallen* zu wollen.

Weshalb ich nicke.

Auf seinen Lippen zieht ein Lächeln auf, das so atemberaubend schön ist, dass ich kaum noch klar denken kann.

Und dann küsst er mich erneut. Flüchtig. Es ist kaum mehr als ein Streichen seiner Lippen über meine.

Es lässt mich dahinschmelzen.

Das ist doch völlig verrückt, denke ich. *Völlig … verrückt.*

Und doch … fühlen sich meine Knie weich und mein Gehirn wie Brei an.

Dieser Ort spielt mir übel mit.

Oder das ist wirklich ein Traum.

Bei den Göttern, ich hoffe, das hier ist ein Traum.

Aber tue ich das wirklich? Will ich wirklich, dass das hier aufhört?

Ich … ich weiß es nicht.

»Catum wird dich verhüllen«, sagt Biest. »Kämpfe nicht dagegen an.«

Catum?, wiederhole ich in Gedanken und völlig deliriös. Wer ist Catum?

Meister Raupe lässt seine Hände an meinen Seiten hoch und über Crazes Arm wandern, bis er sie an mein Gesicht führt. »Sieh mich an, Fräulein Wunder.«

Ich schlucke nervös und tue, was er mir aufgetragen hat, völlig hypnotisiert von seiner Stimme und seiner Aura. Biest hat einen Schritt zurückgemacht, aber ich spüre seinen Blick trotzdem auf mir verweilen.

Und Craze steht hinter mir, seine straffe, harte Brust an mich gedrückt, und schnurrt. Ich weiß nicht einmal, wie er diesen Laut macht oder wozu er gut ist, aber er beruhigt mich.

»Du bist so eine brave kleine Omega«, murmelt Meister Raupe. »Ich bin stolz auf dich, Fräulein Wunder.«

»Warts nur ab, bis sie wegrennt«, murmelt Craze.

»Vor mir wird sie nicht davonrennen«, entgegnet Meister Raupe. »Habe ich recht, Süße? Du wirst tun, was immer ich dir sage.«

Ich neige mein Kinn um ein Haar, weil der Instinkt zu nicken fast jeglichen rationalen Gedanken überwiegt.

»Weil du schummelst«, flötet Craze.

»Ich *verzaubere*«, entgegnet Meister Raupe.

Craze schnaubt lachend. »So kann man es auch nennen.«

»Hört auf damit«, fällt Biest den beiden ins Wort. »Für Spielchen bleibt jetzt keine Zeit. Verhülle sie, Catum.«

Meister Raupe stößt einen Seufzer aus und streicht mit seinem Daumen über die Stelle unter meinen Augen. »Es ist eine echte Schande, all die Schönheit zu verhüllen, aber leider …« Meine Haut wird ganz warm von der Energie und er führt seine Hände an meinen Nacken, dann hinab zu meinen Schultern.

Craze lässt mich los, sodass Meister Raupe seine Hände über meine Arme und dann über meinen Bauch an meine Seiten führen kann.

Mir scheint der Atem zu stocken und mein Körper fühlt sich nicht mehr wie mein eigener an.

Ich kann einfach nicht glauben, dass er mich auf diese Weise berührt.

Ich habe davon geträumt. Hatte Fantasien darüber. Alles nur wegen seiner Stimme. Es war ein verbotenes Verlangen, von dem ich mir eingeschärft hatte, es würde nie Wirklichkeit werden. Es war ein lächerlicher Wunsch, der aus einem Teil einer Person geboren worden war, die ich kaum kannte.

Aber nachdem ich sein Gesicht gesehen, seine Berührung gespürt habe, hat mein Gehirn einen Totalausfall erlitten. Das alles fühlt sich so unglaublich real an. *Zu* real.

Er geht vor mir in die Hocke und lässt seine Hände an meine Hüften, dann an meinen nackten Beinen hinunter zu meinen Knöcheln wandern. Craze legt seine Hände an meine Seiten und zieht mich zurück, während Meister Raupe einen meiner Füße hochhebt, um seinen Finger von der Ferse bis zu den Zehen zu führen.

Das hier ist vollkommen verrückt, denke ich staunend und meine Lunge brennt. *Komplett verrückt. Dieser Ort, was sich hier gerade abspielt … einfach* alles*! Ich … ich habe den Verstand verloren.*

Wir stehen immer noch mitten in der Orangen-Wüste, aber ich kann die verweilende Hitze nicht spüren. Nur einen kühlen Sprühnebel, der meine Haut benetzt.

Ich hebe meinen Arm, um ihn mir genauer anzusehen, und erschrecke über den tintenschwarzen Stoff, der meine

Haut bis zum Handgelenk verdeckt. Er … er ist durchsichtig.

Mein Blick wandert nach unten und ich stelle fest, dass das Kleidungsstück bis zu meinen Füßen reicht und aussieht wie ein Kleid aus Rauch. Tatsächlich fühlt es sich ein bisschen wie Luft an, bewegt sich aber, als bestünde es aus Stoff. Und es verhüllt meine weiße Unterwäsche komplett.

Meister Raupe hebt den Rock, um mir die flachen Schuhe zu zeigen, in denen meine Füße stecken und mir tatsächlich passen. »Wie …?« Ich verstumme, weil ich nicht sicher bin, was ich überhaupt fragen will.

Mir schießen Dutzende andere Fragen durch den Kopf.

Und ein Dutzend weitere Aussagen.

»Sie ist bereit«, sagt Meister Raupe und richtet sich auf.

»Bereit wofür?«, platzt mir heraus.

»Abendessen«, erwidert er zwinkernd, bevor er einen Schritt zurückmacht und mir seinen Arm hinstreckt. »Sollen wir, Fräulein Wunder?«

»Ich …« Blinzelnd sehe ich von ihm zu Biest. »Nein. Mit euch gehe ich nirgendwohin.«

Craze, der hinter mir steht, lacht. »Wie ich sehe, hat die Überraschung endlich nachgelassen. Hat länger gedauert als erwartet.«

Seine Worte lassen mich erschaudern und ich wirble zu ihm herum. »Tut mir leid, dass ich verblüfft war von … von …« Ich deute mit der Hand auf Biest, dann zu Meister Raupe und schließlich um die ganze verdammte Welt um mich herum. »Das ist alles ganz schön viel.«

»Ja, ist es«, stimmt er zu. »Zum Glück hast du uns drei. Wir werden dir beistehen.«

»Mir bei was genau beistehen?«, will ich mit fast schon

schrillem Tonfall wissen. Ich scheine mich nicht davon abhalten zu können. Alles, was ich will, ist … *schreien.* Wegrennen. Mich verstecken. *Aufwachen.*

»Du bist die erste Omega, die das Monsterland seit tausend Jahren betreten hat«, meint Biest. »In diesem Reich wimmelt es vor hungrigen Alphas und gelangweilten Betas. Du hast ihre Neugierde geweckt.«

»Ich bin keine Omega«, gebe ich zähneknirschend von mir. »Ich bin eine Sterbliche.«

Craze schüttelt bloß den Kopf. »Ich habe ihr bereits erklärt, dass Spezies kein Faktor ist, aber …« Er deutet mit der Hand auf mich, wie ich vorhin auf Biest und Meister Raupe gezeigt habe.

»Du bist nicht nur irgendeine Omega«, fährt Biest fort, als hätten Craze und ich gar nichts gesagt. »Du bist *unsere* Omega. Die Omega, die wir in den letzten mehreren Hunderten von Jahren gejagt haben. Und du wirst uns dabei helfen, den Hof des Monsterlands zurückzuerobern.«

CATUM

Ailsas Geruch ist wie eine Droge. Ich will mich an ihren Hals lehnen, tief einatmen und *zubeißen*.

Aber ich halte mich – mit größter Mühe – zurück und sehe zu, wie die Emotionen über ihr Gesicht spielen.

Sie hat nicht den geringsten Schimmer, wie wichtig sie für uns, wie kostbar und *selten* sie ist.

Ihr steht die Verleugnung ins Gesicht geschrieben. Sie übertrifft alle anderen Gefühlsregungen. Zumindest bis ihre Neugier sich zeigt und die Mundwinkel ihrer vollen Lippen nach unten wandern. »Was ist der Hof des Monsterlands?«, fragt sie mit atemloser Stimme, die mich an Sex erinnert.

Verflammt, ich will sie. Ich will diesen Deckmantel abstreifen, in den ich sie gerade gehüllt habe, die Überreste ihres blau-weißen Kleids entfernen und jeden Zentimeter von ihr mit meiner Zunge verschlingen.

Es ist ein tief sitzendes Verlangen, das zwei verdammte Jahre schon darauf wartet, befriedigt zu werden. Seit ich als *Meister Raupe* übernommen habe.

Ich sollte sie korrigieren und ihr meinen Vornamen nennen, aber ich liebe es, sie *Meister* sagen zu hören.

»Monsteradel«, sagt Krolic zu ihr. »Es ist Tradition, dass der König und sein Gefährtenzirkel nach einer Omega-Gefährtin suchen und sie dann jagen. Der königliche Hof sollte in der Abwesenheit des Königs eigentlich beschützt werden, aber während wir weg waren, hat ein Hochstapler sich seinen Weg dorthin gemogelt. Und mit deiner Hilfe werden wir allen offenbaren, wer er wirklich ist.«

»Ich …« Sie schüttelt den Kopf. »Ich verstehe nicht. Wie soll ich euch dabei helfen, den …? Was genau offenbaren wir überhaupt? Ich meine, wen entlarven wir?«

»Wir werden den Silbernen König vom Thron stoßen«, erwidert Krolic und schlägt einen neuen Weg ein. »Und wir werden dich zur Königin des Monsterlands machen.«

»*Mich?*« Sie starrt ihn verdutzt an. »Ist dir der Teil, dass ich sterblich bin, entgangen?«

Krolic greift mit dem Daumen und Zeigefinger nach ihrem Kinn und macht einen Schritt auf sie zu. »Du sagst das, als wäre etwas verkehrt daran, sterblich zu sein, Ailsa.«

»Ich … ich bin nichts«, sprudelt es aus ihr heraus. »Ich besitze keine Kräfte. Keine … Nichts!«

»Du hast nicht die geringste Ahnung, wozu du imstande bist, meine Kleine«, murmelt er. »Aber wir werden es dir zeigen. Wir werden dir helfen. Und wir werden dich beschützen.«

»Ich kenne euch nicht einmal!«, schreit sie, offensichtlich am Ende ihres Lateins. Ich kann es ihr nicht verübeln. Das sind ganz schön viele Veränderungen an einem Tag.

»Du hast mich im Laufe der letzten zwei Jahre kennengelernt«, erinnert Krolic sie. »Nur in meiner Wolfsform. Craze mag neu für dich sein, aber wir beide wissen, dass Catum dir bekannt ist. Du hast schon zwei Jahre lang von ihm geträumt.«

Sie stolpert über ihre eigenen Worte und ihre Wangen werden ganz rot. »Nein, habe ich nicht.«

»Du kleine Lügnerin«, murmle ich und auf meinen Lippen breitet sich ein Lächeln aus. »In deinem Köpfchen spielen sich lauter versauter Dinge ab, Fräulein Wunder.« Das weiß ich, weil ich einige dieser Träume bezeugt und sie vielleicht auch ein kleines bisschen beeinflusst habe. »Du gehörst uns schon, seit Krolic dich zum ersten Mal gewittert hat. Jetzt werden wir sicherstellen, dass alle im Monsterland das wissen.«

»Das ist doch vollkommen verrückt«, flüstert sie. »*Verrückt*!«

»Willkommen im Chaos, kleiner Hase«, meint Craze mit einem Zwinkern. »Tut mir leid – *Ailsa*.«

Ich runzle die Stirn. »Was ist an *kleiner Hase* verkehrt?«

»Unsere Gefährtin mag keine Kosenamen«, erwidert er.

»Wie schade«, antworte ich und blicke zu ihr. »Denn mir fallen so einige Spitznamen für dich ein, Fräulein Wunder.« Angefangen mit *Meine*.

Ein wunderschönes Rot legt sich abermals auf ihre Wangen. »Ich … ich habe nichts gegen Kosenamen, aber ich … ich kenne euch nicht. Keinen von euch. Nicht … nicht wirklich. Und warum führen wir dieses Gespräch überhaupt? Ich bin nichts Besonderes. Und eine *Königin* schon gar nicht. Ich bin sterblich. Ailsa Marvel. Nichts weiter. Einfach nur ich.«

»Du bist alles«, entgegnet Krolic, der ihr Kinn immer noch zwischen den Fingern hält. »Mir ist bewusst, dass deine Welt dich nicht respektiert und dir auch nicht das Gefühl gegeben hat, eine Königin zu sein, aber ich verspreche dir, dass wir es tun werden. Gib uns nur etwas Zeit, um es dir zu zeigen, Ailsa.«

Sie schluckt hart und sieht ihm ins Gesicht, bevor ihr Blick zu mir, dann zu Craze wandert. »Das ist vollkommen verrückt«, sagt sie abermals. Ich ahne, dass sie diesen Satz auch in Gedanken mehrmals wiederholt hat.

»Wie ich schon sagte: Willkommen im Chaos«, murmelt Craze zwinkernd. »Du bist jetzt im Monsterland, Ailsa.«

»Dessen Königin du werden wirst«, ergänzt Krolic. »*Unsere* Königin.«

Sie schüttelt den Kopf abermals, sagt aber nichts. Es ist, als wäre sie komplett verwirrt und wüsste nicht, was sie sagen soll.

Was bedeutet, dass es offiziell an der Zeit ist, einen Abflug zu machen.

»Vergiss nicht, was Krolic gesagt hat. Sei ein braves Mädchen«, meine ich und beschwöre mittels einer Handbewegung ein Portal herauf. »Omegas sollten im Teedorf nicht allein herumwandern.«

»Wir gehen zur Taverne?«, fragt Craze und zieht seine dunkle Augenbraue hoch.

Ich nicke. »Wie Krolic schon sagte: Es gab eine Planänderung.«

Craze stellt keine Fragen, zuckt bloß mit den Schultern. »Ich schätze, dann werde ich doch noch zu meinem Veilchentee kommen.«

»Du und dieser elende Tee«, murmelt Krolic, der seine Hand von Ailsas Gesicht wegzieht und sinken lässt.

Craze grinst bloß. »Er ist vorzüglich.«

»Er ist ein psychedelischer Trip«, setzt Krolic entgegen.

»Darum ist er ja vorzüglich«, erwidert Craze.

Krolic wiegt den Kopf. »Halt deine Karten bereit. Vermutlich werden wir sie brauchen.«

»Meine Karten sind immer bereit, K«, flötet Craze, ehe das Kartendeck aus dem Nichts heraus in Erscheinung tritt und er sie durch seine Finger schweben lässt.

Ailsa zuckt zusammen, was mir verrät, dass sie bereits

Bekanntschaft mit den scharfen kleinen Waffen gemacht hat. Ich habe nicht die geringste Ahnung, wen Craze in den vergangenen paar Stunden seit ihrer Ankunft im Monsterland niedergestreckt hat, aber ich schätze, es waren so einige Gestalten.

Die ganze Mission ist nicht nach Plan verlaufen.

Nein, das stimmt so nicht.

Wir wollten, dass bekannt wird, dass Ailsa hier ist, und das ist uns gelungen. Was wir nicht wollten, war, dass der Rote König so schnell reagieren und seine Lakaien losschicken würde.

Es ist wirklich eine Schande, wie leicht zu beeindrucken einige der Wesen in dieser Welt mittlerweile sind. Sie sind alle dem Charme dieses Hochstaplers erlegen und halten ihn tatsächlich für ihren Anführer.

Lächerlich.

Die Ältesten in unserer Welt wissen, wie das Königreich funktionieren sollte. Ein wahrer König jagt seine Beute.

Dieser Hochstapler schickt ganz einfach andere, um seine Befehle auszuführen.

Es ist verdammt noch mal beleidigend, dass sie ihn tatsächlich für den Silbernen König halten.

Jetzt sehe ich dem wahren Silbernen König in die Augen und nicke ihm zu. »Die Show gehört Euch, Eure Majestät.«

Er ächzt. »Fick dich, Stellvertreter.«

An meinen Mundwinkeln zupft ein Lächeln. »Hast du das gehört, Craze? Ich bin der Stellvertreter.«

Craze verschränkt die Arme vor der Brust. »Nur weil ich ihm als Vollstrecker lieber bin.«

»Kindsköpfe, alle beide!«, knurrt Krolic, dessen Blick zu Ailsa wandert. »Komm mit mir, meine Königin. Ich werde dich zur Taverne begleiten.«

Sie sieht aus, als wollte sie Einwände erheben.

Aber Krolic zieht bloß eine seiner silberfarbenen Brauen hoch und sieht sie mit brennendem Ausdruck in den Augen an, ehe sie ihren Kopf unterwürfig neigt.

Ich muss mir einen Seufzer verkneifen. Das ist die Seite von ihr, die ich schon zwei sehr lange Jahre kenne. Ich will die leidenschaftliche Frau hinter der Fassade. Diejenige, die vor nur wenigen Augenblicken ihrem Unmut Luft gemacht hat.

Ich strecke meine Hand aus und greife nach ihrem Kinn – ähnlich, wie es Krolic vorhin gemacht hat – und führe ihren Blick zurück nach oben. »Du unterwirfst dich niemandem, Fräulein Wunder«, sage ich mit sanftem Tonfall zu ihr. »Du bist eine Königin – *unsere* Königin.«

Sie blinzelt. »Aber … aber ihr sagt mir alle immer wieder, dass ich euch *gehorchen* soll.«

Auf meinen Lippen zieht ein Grinsen auf. »Zwischen bereitwillig gehorchen und offener Unterwerfung besteht ein Unterschied, meine Süße. Erstgenanntes bringt dir Belohnungen ein. Letztes … Letztes wird für dich nie von Belang sein.«

»Er hat recht«, meint Krolic, der seine Hand in ihre Richtung ausgestreckt hat. »Ich habe dich gebeten, ein braves Mädchen zu sein und zu tun, was wir dir sagen, weil wir deine Sicherheit gewährleisten, und nicht, weil wir Kontrolle über dich ausüben wollen. Zwischen den beiden besteht ein Unterschied.«

»Aber wie kann ich euch vertrauen?«, sprudelt es aus ihr heraus. »Du … du bist … *Biest.*«

»Ich bin Krolic«, korrigiert er. »Und auch dein Biest, ja.«

»Also … hast du mich *angelogen*!«, schuldigt sie ihn an. »Ich dachte, du wärst ein Wolf!«

»Das bin ich auch, Ailsa. Ich bin ein Gestaltwandler,

um genau zu sein. Und ich bin auch der rechtmäßige Silberne König.«

Sie sieht ihn verdattert an. »Du …« Sie schluckt hart. »Oh, ihr Götter, du willst mich *begatten*.« Sie macht einen Schritt vom Portal zurück, das ich geschaffen habe.

Craze und ich tauschen einen Blick aus. »Ich habe dir doch gesagt, dass ihr alles zu viel ist.«

»Und ich habe dir gesagt, dass ich diese Reaktion nicht verstehe.« Er verschränkt die Arme vor der Brust. »Dieses Elixier sollte sie doch unersättlich machen und dafür sorgen, dass sie um unsere Knoten fleht, anstatt sich vor ihnen zu fürchten.«

»K…knoten?«, wiederholt sie. »Was … was ist ein Knoten?«

»Keiner von euch beiden ist eine Hilfe«, informiert uns Krolic.

»Ich bin nicht sicher, ob in dieser Situation irgendetwas hilft«, schießt Craze zurück. »Sie fürchtet sich vor uns.«

»*Fürchten* ist ein starkes Wort«, schnauzt sie ihn an. »*Verwirrt* und *überwältigt* treffen es eher. Also, was ist ein Knoten? Und warum hast du gelogen und mir weisgemacht, du wärst ein Wolf?«

»Das sind zwei sehr verschiedene Fragen«, flötet Craze, hilfreich wie immer. »Sag uns zuerst, was deine Lieblingsfarbe ist.«

Ich starre ihn fassungslos an. Kommentare wie dieser sind nichts Neues. Craze treibt mich mit seinen chaotischen Aussagen und Wortwahl des Öfteren in den Wahnsinn.

Er macht eine Handbewegung, als wollte er sagen: »Raus mit der Sprache« und starrt auf sie hinab.

»Heilige Götter, du bist echt unmöglich!«, erwidert sie. »*Violett*, okay? Ich liebe violett. Jetzt sag mir, was ein Knoten ist!«

»Ich würde es dir lieber zeigen«, erwidert er mit sanfter Stimme.

»Craze!«, warnt Krolic.

»Ich bin nur ehrlich«, erwidert er.

Vielleicht etwas zu ehrlich, geht mir durch den Kopf.

»Ich habe nicht gelogen«, sagt Krolic, der Craze ausblendet und sich stattdessen unserer Auserwählten widmet. »Ich *bin* ein Wolf. Ein Gestaltwandler. Daran ist nichts gelogen. Und ich versuche auch nicht, dich hinters Licht zu führen. Ich wollte dich nur besser kennenlernen, und es war sicherer, es in meiner tierischen Form zu tun.«

»Und ich bin zum Meister deines Bezirks geworden, damit ich dir nahe sein konnte«, füge ich hinzu. »Was deine Frage in Bezug auf einen Knoten anbelangt … darüber wirst du später mehr erfahren. Es steht im Zusammenhang mit Sex.« Ich greife abermals nach ihrem Kinn und ziehe ihren Blick auf mich. »Und keiner wird dich *begatten*, ohne deine Zustimmung, okay?«

Sie blinzelt mich an. »Ich … aber diese Stimme hat gesagt, dass der König mich *begatten* will.«

»Und das tue ich auch«, gesteht Krolic ein, »aber nur mit deiner Zustimmung.«

»Diese *Stimme*« – ich werfe dem grinsenden Craze einen ernsten Blick zu, bevor ich Ailsa anschaue – »hat sich auf den Hochstapler, der den Thron besetzt, bezogen. Der Rote König will dich zwingen, sein Kind in dir zu tragen, damit er seinen Anspruch auf das Königreich festigen kann.«

Krolic zuckt angesichts der Erwähnung des formellen Namens dieses Mistkerls, der die Herrschaft übernommen hat, zusammen. Er stammt von einer rivalisierenden Blutlinie ab. Eine, die angeblich ausgestorben ist.

Leider haben wir auf die harte Tour gelernt, dass sie durch und durch noch lebt.

Anstatt den Thron zurückzustehlen, haben wir weiter nach unserer Gefährtin gejagt. Wir haben nur nicht erwartet, dass es Hunderte Jahre dauern würde, sie zu finden.

Jetzt ist unser Zuhause völlig anders als früher.

Es gibt so viele schwache Bewohner und sie alle stehen unter dem Bann des roten Königs.

»Ich hege keine Absichten, dich zu etwas zu zwingen«, fügt Krolic mit sanftem Tonfall an. »Die vergangenen zwei Jahre beweisen das auch. Ich bin dir im Wald immer nur gefolgt, damit ich dir Gesellschaft leisten konnte. Dein Reich mag nicht so verrückt sein wie dieses hier, aber es lauern überall Gefahren. Vor allem für eine seltene Omega wie dich.«

»Wenn ihr wusstet, was ich bin – und das würde voraussetzen, dass ich euch glaube –, warum habt ihr mich das Elixier trinken lassen?«, will sie wissen.

»Es war der Hochstapler, der das Dekret erlassen hat«, sagt er. »Und wir brauchten Gewissheit.«

»Und wir mussten sicherstellen, dass die anderen von deiner Existenz erfuhren«, ergänze ich. »Was mich zurück zum Portal bringt.« Ich zeige auf den wirbelnden Strudel. »Man erwartet uns in der Taverne.«

Krolic sieht fluchend auf die Uhr. »Ja, und wir sind ungeheuer spät dran.«

Craze steckt bloß die Hände in die Hosentaschen und wippt vor und zurück. »Wie entscheidest du dich, Ailsa?«, fragt er sie. »Das Portal oder lieber noch mehr Zeit in der Orangen-Wüste?«

Ich kräusle die Nase, als ich den offiziellen Namen für dieses Gebiet des Monsterlands vernehme, weil die Bezeichnung unzutreffend ist. Ja, die Farbe stimmt.

Aber hier draußen riecht es nicht nach Zitrusfrüchten.

Man muss sich das Gebiet wie ein Sumpfgebiet

vorstellen, das nach Schimmel und Moder riecht. Ich bin versucht, einen Schritt auf Ailsa zuzumachen, damit ich ihren süßen Duft erneut einatmen kann.

Sobald sie dieses Elixier getrunken hat, hat sich ihr verlockender Duft ausgebreitet und mir fast den Boden unter den Füßen weggezogen. Ich war sprachlos und habe mich nach ihr verzehrt. Es bedurfte all meiner Selbstbeherrschung, sie nicht zu packen und eine ihrer verruchten Fantasien Wirklichkeit werden zu lassen.

Ailsa schaut uns drei abwechselnd an. Sie sieht hin- und hergerissen aus und blickt auf das Kleid, das ich ihr gezaubert habe. Es ist ein Schleier, der ihren Duft verbirgt. Zumindest vor allen außer uns.

Es haben bereits genug Bewohner ihren Geruch wahrgenommen. Sie wissen, dass sie hier ist. Jetzt ist es an der Zeit, sie besser zu verstecken, damit man sie nicht so einfach findet.

Und das bedeutet, dass wir sie am offensichtlichsten Ort verstecken.

Keiner wird erwarten, dass sie im Teedorf unterkommt.

Nicht, nachdem wir so viele Spuren in den Höhlen zurückgelassen haben.

Nur so überlebt man im Monsterland. Man braucht immer einen Plan A, B, C, D und Z.

Ailsa wird das noch lernen. Wir werden es ihr beibringen. Und in der Zwischenzeit werden wir sie beschützen.

Krolic streckt seine Hand abermals aus. »Bitte, meine Königin.«

»Ich bin nicht deine Königin«, erwidert sie postwendend.

»Siehst du? Kosenamen gefallen ihr nicht«, meint Craze in dem für ihn üblichen Singsang, der es einem verunmöglicht, abzuschätzen, welche seiner Persönlichkeiten gerade die Zügel in der Hand hält. Es könnte die verspielte oder aber die tödliche sein. Zum Glück mögen die meisten seiner Persönlichkeiten uns.

Mit Betonung auf *die meisten*.

»*Prinzessin* nicht. *Häschen* nicht. *Schöne* nicht, obwohl sie verdammt noch mal umwerfend aussieht!«, fährt er kopfschüttelnd fort. »Es ist wirklich eine Schande. Ich habe so viele Kosenamen auf Lager. So viele!«

Sie sieht ihn ungläubig an. »Du hast wirklich eine Meise.«

»Offensichtlich«, flötet er und wirft ihr ein schiefes Grinsen zu. »Aber wenigstens höre ich gut. Anders als du.«

Sie reißt die Augen noch weiter auf. »Ich höre bestens!«

»Warum stehen wir dann noch hier?«, wirft er ein.

»Weil ich keine Ahnung habe, was hier los ist oder warum ich euch trauen sollte.«

»Na ja, ich habe dich aus dem Blut-Ozean gerettet, dich dann aus den Fängen des Gummibaums befreit, dich durch die Felder aus heißer Schokolade getragen, damit du nicht am lebendigen Leibe durch eine Toffee-Bombe verbrennst und ich habe diese Stachler da hinten bewusstlos geschlagen, damit sie dich nicht in ihr Kaktushaus ziehen. Was soll ich noch tun, um dein Vertrauen zu gewinnen, Ailsa?«

Fuck, ich kenne diese Seite von Craze. Es ist seine mürrische Seite, die keine Geduld hat und es nicht mag, wenn man herablassend mit ihm spricht. Er sträubt sich sonst nur, wenn er frustriert oder unsäglich gelangweilt ist. Mir schwant, dass es sich hier um eine Mischung der beiden handelt.

»Du bist ein ziemlich verzogenes Gör, was?«, fährt Craze fort, was Krolic seinen Kopf seufzend in den

Nacken legen lässt. Er weiß, dass man den Mann jetzt nicht mehr aufhalten kann.

»Ein verzogenes Gör?«, wiederholt Ailsa. »Ich bin wegen eines dieser Portaldinger buchstäblich in dieses Reich *gefallen* und seither hat alles und jeder versucht, mich umzubringen.«

»Keiner will dich umbringen, Ailsa. Sie wollen dich nur ficken. Du bist eine Omega, die kurz davorsteht, läufig zu werden. Alles hier will sich mit dir *verknoten*.« Er verschränkt die Arme vor der Brust und in seinen dunklen Augen glitzern goldene Funken.

Das ist ein Warnsignal.

Ein Hinweis darauf, dass die gewalttätigere Seite von Crazes ungestümer Persönlichkeit sich zeigt.

Krolic und ich machen beide einen Schritt nach vorn, aber Craze hält eine Hand hoch. »Haltet euch da raus.«

»Wir müssen wirklich los«, wirft Krolic ein.

»Was du nicht sagst«, schießt Craze zurück. »Sag das der undankbaren Omega, die unsere Absichten immer wieder anzweifelt.«

»Ich glaube, es ist mein gutes Recht, alles anzuzweifeln«, schnauzt sie ihn an. »Es ist nicht meine Schuld, dass du deine Fragen immer wieder an unwichtige Details wie Lieblingsblumen oder Lieblingsfarben verschwendest.«

Er zieht die Augenbrauen hoch. »Nichts an meinen Fragen ist *unwichtig*, Ailsa.«

Sie macht einen Schritt zurück, als er auf sie zugeht.

Doch er packt sie an der Hüfte, damit sie nicht wegrennen kann.

»Ich will wissen, mit welcher Frucht ich dich am Morgen füttern soll, und jetzt weiß ich, dass du Kirschen magst«, sagt er mit einem Tonfall, der sie offensichtlich verängstigt.

»Ich …«

»Ich wollte wissen, was für Blumen ich dir bringen soll, wenn ich dich verärgert habe«, fährt er fort und fällt ihr ins Wort. »Und jetzt weiß ich, dass dir Sonnenscheinblumen gefallen – oder Sonnenblumen, wie du sie nennst. Und ich weiß, was für eine Farbe das Oberteil haben soll, das ich morgen tragen werde, weil dir violett gefällt. Das nennt man *wichtige* Details, Schätzchen.«

Sie öffnet ihren Mund, sagt aber nichts.

»Und des Weiteren habe ich deine Fragen offen und ehrlich beantwortet. Und trotzdem wagst du es, zu behaupten, dass du mir nicht vertrauen kannst?« Er atmet scharf aus und schüttelt den Kopf. »Du weißt wirklich, wie man einen Alpha schuften lässt, Ailsa. Ich gebe mir große Mühe. Das tun wir alle. Aber ein bisschen Verständnis wäre reizend.«

Er hat nicht unrecht, aber besonders nett war das nicht.

Trotzdem wird ihr schockierter Ausdruck von einem verständnisvollen abgelöst. »Du … hast recht.«

»Das weiß ich, aber danke, dass du es bemerkt hast«, erwidert er. »Können wir jetzt bitte gehen?«

CRAZE

Ich gehe hart ins Gericht mit ihr. Ich weiß das. Aber es gibt einen richtigen Zeitpunkt, um geduldig zu sein, und jetzt ist keiner von ihnen. Diese Stachler werden demnächst aufwachen, weil meine Karten sie nur vorübergehend kampfuntauglich gemacht haben.

Den Einzigen, den ich wirklich verwundet habe, ist Brandt, aber sogar er wird überleben.

Und dann wird er beginnen, Ailsa zu jagen.

Ganz wie jede andere Kreatur im Königreich.

Es gibt einen Grund, weshalb Krolic und Catum den Plan angepasst haben. Wir hätten uns eigentlich in den Höhlen amüsieren sollen. Die Taverne war Plan B.

Wenn sie sie am offensichtlichsten Ort verstecken wollen, bedeutet das, dass die Antwort des Roten Königs heftiger ausgefallen ist, als wir gehofft hatten.

Das ist in Ordnung. Wir haben unsere ganz eigenen

Tricks. Und außerdem verlässt sich der Rote König auf seine Lakaien, wir uns auf gegenseitige Treue.

Ich würde mein Leben für Krolic und Catum geben.

Und sie ihres für mich.

Und jetzt werden wir drei alles in unserer Macht Stehende tun, um Ailsa zu beschützen.

Zum Beispiel, indem wir hart sind, wenn es die Situation erfordert.

Sie sieht mich mit ihren blauen Augen an und ihr langes blondes Haar scheint in einem kaum merklichen Wind zu wallen. Sie ist so himmlisch und sich dessen nicht einmal bewusst – eine wahre Göttin, die unter uns weilt.

Eines Tages wird sie verstehen.

Wenn ich in der Zeit zurückreisen und jede einzelne Person töten könnte, die sie erniedrigt hat, *nur weil sie sterblich ist*, würde ich das tun. Ich würde ihnen die Köpfe abhacken und sie ihr auf einem goldenen Tablett servieren.

Diese Frau ist so viel mehr, als ihr bewusst ist.

Und ich werde die Ewigkeit darauf verwenden, ihr das zu beweisen.

»Bitte?«, wiederhole ich, im Wissen, dass ich das Wort nur sehr selten benutze. Die meisten Frauen, zur Hölle, die meisten *Männer*, tun, was immer ich von ihnen verlange, sobald ich es ausgesprochen habe.

Nicht so Ailsa.

Sie hat sich als eine Herausforderung herausgestellt, sobald sie in unser Reich gefallen ist.

Ich hoffe, dass sie es auch weiterhin bleiben wird. Zu versuchen, sie für mich zu gewinnen, macht Spaß, auch wenn es ein bisschen erschöpfend ist.

»Na gut«, sagt sie mit geschlagenem Gesichtsausdruck. »Lass … uns durch das wirbelnde schwarze Loch gehen.«

»Das Portal«, korrigiere ich sie. »Und es wird uns nur ins Teedorf bringen.«

»Du sagst das, als wüsste ich, wo das ist«, murmelt sie.

»Es ist ein Dorf voller Betas, die Alphas dienen«, erkläre ich. »Das Highlight im Ort ist die Taverne. Zum einen ist sie ein Speiselokal, zum anderen auch eine Art Hotel.«

Und außerdem dient sie als Informationszentrum. Ein Ort, an dem man die Gerüchte, die im Monsterland die Runde machen, und mehr über den königlichen Hof erfährt.

Dank Catums Deckmantel, den Ailsas Identität verhüllt, wird keiner wissen, wer sie ist, oder sich etwas daraus machen. Von derselben Magie haben Catum und Krolic Gebrauch gemacht, wann immer sie das Reich besucht haben.

Wir drei haben viele Stunden, Tage und Wochen in der Taverne verbracht.

Man kennt uns.

Aber nicht als die, die wir wirklich sind.

Nur als Alpha-Trio. Und jetzt werden sie ein Alpha-Trio sehen, das eine hübsche kleine Beta aufgespürt hat, die uns eine Woche lang unterhalten wird.

Wenigstens wird das die anderen Betas auf Distanz halten, die Interesse bekundet haben, sich unserem Nest anzuschließen.

Klar, wir hatten unseren Spaß.

Aber nicht mehr, seit wir von Ailsa erfahren haben.

Sie war zwei Jahre lang unser einziges Verlangen. Sogar für mich, obwohl ich sie in der Welt der Sterblichen weder gesehen noch gekannt hatte. Krolic und Catum hatten mir genug über sie erzählt, damit mein Interesse geweckt war.

Und jetzt, nachdem ich ihr begegnet bin, besteht kein

Zweifel mehr daran, dass es ihr bestimmt ist, uns zu gehören.

Unser verlockender Hase ist die perfekte Mischung aus feuriger Energie und Unterwerfung.

»Also … ist es eine Art Bezirk?« Ihre Frage zieht meine Aufmerksamkeit zurück auf unsere Unterhaltung über das Teedorf.

»Es ist überhaupt nicht so wie dein Zuhause«, entgegnet Krolic. »Du bist hier im Monsterland. Alles wird sich außergewöhnlich anfühlen, bis du mehr darüber erfährst.«

»Und … nach Hause gehen ist keine Option.« Sie formuliert das als Aussage, nicht als Frage.

Aber ich nicke trotzdem. »Das hier ist jetzt dein Zuhause, Ailsa. Es war dir schon immer bestimmt, hierherzukommen. Wir haben nur etwas daran geändert, wie du hierhergefunden hast.«

»Damit du nicht im Palast landest«, ergänzt Catum. »Ich habe nicht gelogen, was die Absichten des roten Königs anbelangt … Er wird dich ohne Zustimmung nehmen, Ailsa.«

»Ihr habt mich auch ohne Zustimmung hierhergebracht!«, schießt sie zurück.

»Damit meint er, dass er dich ohne deine Zustimmung *ficken* wird«, falle ich ihr ins Wort. »Der falsche König wird dich einsperren, bis du läufig bist, dich dann mittels eines Knurrens dazu zwingen, Nektar zu produzieren und sich mit dir verknoten, bis du seinen Erben in dir trägst.« Eine sehr bildliche Darstellung der Geschehnisse, aber eine authentische.

Leider sieht sie mich nur fassungslos an, als wäre ich hier das Monster, anstatt die Person, die sie vor einem zu retten versucht.

»Das hier ist kein friedfertiger Ort«, fahre ich fort.

»Aber es ist dir bestimmt, über ihn zu herrschen. Der falsche König wird das anders sehen. Er wird dich herumzeigen wie ein Haustier an der Leine. Wir werden dich auf Händen tragen und uns vor dir als unsere Königin verneigen. Gib uns nur eine Chance, es zu beweisen, Ailsa.«

»Ich habe bereits gesagt, dass ich durch das Portal gehen werde«, murmelt sie mit leicht genervtem Tonfall. »Etwas anderes kann ich euch nicht versprechen. Noch … nicht.«

»Das ist ein fairer Kompromiss«, beschließe ich. Meine Stimmung hellt sich augenblicklich auf und auf meinen Lippen breitet sich ein Lächeln aus. »Lass es mich wissen, wenn du bereit bist, Kompromisse zu schließen, wo Kosenamen betroffen sind.«

Sie wirft mir einen Blick zu, der mir sagt, dass es nicht dazu kommen wird.

Das hebt meine Stimmung nur umso mehr und lässt mein Grinsen noch breiter werden. »Oh, du gefällst mir«, sage ich zu ihr. »Wie gefällt dir *Mieze* anstatt *Hase*?«

Sie funkelt mich an.

»Keiner von beiden, also?«, meine ich seufzend. »Lass mich dich wenigstens *Schöne* nennen, Ailsa. Das ist nur ein beschreibendes Nomen. Und dazu ein treffendes.«

»Du bist echt …« Sie verstummt, als suchte sie nach dem richtigen Wort.

»Verrückt?«, biete ich grinsend an. »Das höre ich oft.«

»Hast du jetzt genug geflirtet?«, fragt Catum. »Dieses Portal frisst eine ganze Menge Energie.«

»Du hättest es auf Sparflamme drehen können, während wir die Optionen durchgegangen sind«, erwidere ich. »Aber du wolltest unsere Intendierte mit deinen Kräften beeindrucken. Das ist nicht *mein* Problem, C, sondern *deines*.«

»Langsam pflichte ich Ailsa bei. Du bist wirklich unmöglich«, meint er ausdruckslos.

»*Unmöglich* ist ein so endgültiger Begriff«, flöte ich. »Mir gefällt *launenhaft* viel besser. Oder *überraschend*. Oder sogar *verblüffend*.« Ich sehe ihn mit wackelnden Augenbrauen an, dann wandert mein Blick zu Ailsa. »Irgendwelche Einfälle?«

»Behämmert«, meint sie. »Ich glaube, ich werde dich *behämmert* nennen.«

Mir wird ganz warm ums Herz. »Das ist noch gar nichts, Schöne.« Ich benutze den Kosenamen testweise, um herauszufinden, ob sie mich wieder abweisen wird.

Als sie es nicht tut, breitet sich ein Grinsen auf meinen Lippen aus.

»Dann soll es Schöne sein.«

Sie stößt einen Seufzer aus. »Können wir jetzt gehen?«

»Wir konnten schon die ganze Zeit gehen«, sage ich zu ihr. »Das Portal befindet sich direkt da drüben.«

Die wunderschöne Frau wirft die Hände über den Kopf und stampft auf das wabernde Loch zu, doch Krolic stellt sich ihr den Weg. »Bitte, erweise mir die Ehre, dich zu begleiten«, sagt er und streckt ihr seinen Arm hin. »Es wird dir die Reise erleichtern. Und ich will sichergehen, dass Catums Zauber etwas taugt.«

»Er funktioniert«, bemerkt der Mann, wie aus der Kanone geschossen.

Krolic blendet ihn aus. »Bitte, meine Königin?«

Sie stößt einen weiteren genervten Seufzer aus und greift nach dem Arm. »Na gut. Okay, *Biest*.«

Seine grünen Augen beginnen zu leuchten, als sie ihn bei seinem Spitznamen nennt, und seine Kraft scheint in energetischen Wellen von ihm auszugehen.

Da mag es wohl jemand, ihr Biest zu sein, sinniere ich.

Er kann mich nicht hören.

Aber das ist nicht nötig.

Er kann meine Belustigung spüren. Und der arrogante Blick, den er mir zuwirft, verrät mir, dass er sich nichts aus meiner Belustigung über die neueste Entwicklung macht.

Ohne ein weiteres Wort begleitet er unsere Intendierte durch Catums Portal.

»Ich verstehe nicht, warum er sie unsere *Königin* nennen darf, ich aber nicht«, bemerke ich im Plauderton.

»Weil du nicht ihr König bist«, gibt Catum zu bedenken.

»Das bedeutet nicht, dass sie nicht meine Königin ist«, murmle ich.

»Unsere Königin«, korrigiert er, dann zuckt er mit den Achseln. »Sie ist ein Rätsel, das zu lösen mir großen Spaß bereiten wird.«

»Wenn das ein Euphemismus für Sex ist, dann, stimme ich dir zu. Sie zu *lösen*, wird ein Riesenspaß werden.«

Er schnaubt lachend. »Sie hat deinen Knoten um ihren kleinen Finger gewickelt, was? Du kannst an nichts anderes denken als an Sex.«

»Willst du mir etwa weismachen, dass deiner nicht ganz hart ist?«, frage ich mit hochgezogenen Augenbrauen.

»Mein Knoten pulsiert schon zwei sehr lange Jahre für sie«, entgegnet er. »Jede Nacht, in der sie von mir geträumt hat, musste ich mich physisch zurückhalten, um nicht durch die Schatten zu ihr zu reisen und diese Fantasien wahr werden zu lassen.«

»Du hast Glück, dass du diese zwei Jahre hattest«, murmle ich. »Mir blieben nur ein paar wenige Stunden, und sie scheint mich nicht besonders zu mögen.«

»Sie tut sich mit den Veränderungen schwer«, sagt er. »Gib ihr etwas Zeit.«

»Ich wünschte, das könnte ich«, erwidere ich. »Ich wünschte mir wirklich, das könnte ich.«

Aber die Zeit läuft uns davon.

Ticktack.

»Wir sollten ihnen folgen«, sagt Catum.

Ich nicke.

Dann schlüpfe ich durch das Portal, um mich Krolic und unserer Königin im Teedorf anzuschließen.

Ticktack.

Der unerbittliche Countdown tickt in meinen Gedanken.

Er muss Krolic genauso verfolgen, denn er blickt abermals auf seine Uhr, als ich auf die gepflasterte Straße hinaustrete. Catum folgt dicht hinter mir und das Portal verblasst, sobald er hindurchgetreten ist.

»Also?«, fragt er.

Krolic grinst. »Zeit zum Spielen.«

Auf meinen Lippen breitet sich ein Grinsen aus. Diese drei Worte sind Musik in meinen Ohren.

Denn aufs Spielen verstehe ich mich. Sehr gut, sogar.

Ich ziehe meine Karten hervor und mische sie. »Nach dir, K.«

AILSA

Bis jetzt ist das Teedorf der gewöhnlichste Ort, den ich im Monsterland gesehen habe. Ich meine, mal abgesehen von der Tatsache, dass wir in einer Teetasse sitzen, die größer ist als das gesamte Landgut von Baronin Clarice.

Ich blicke zur farbenfrohen Decke und stelle fest, dass die Farben an einer Stelle zusammenlaufen … wie bei einer Untertasse.

Und natürlich trinken wir alle aus Teetassen.

Das Motto dieses Ortes ist unmissverständlich klar.

Aber es ist überhaupt nicht so, wie es scheint.

Ich greife nach dem Muffin auf meinem Teller und schürze die Lippen. Denn das ist überhaupt gar kein Muffin. Er sieht nur aus wie einer, schmeckt aber wie Spaghetti.

Und mein Tee? Jepp, kein Tee. Stattdessen befindet sich in der Tasse etwas Moussierendes und etwas zu Süßes.

Biest – *Krolic* – hat mir etwas Wasser gegeben. Vermutlich das einzig Gewöhnliche auf dem Tisch. Sie alle haben verschiedene Sachen auf ihren Tellern, die allesamt eigenartig aussehen.

Na ja, Meister Raupe hat nichts. Er lehnt sich nur in die Schatten zurück, die sich an der Wand hinter ihm entlangziehen, und raucht Pfeife.

Craze nippt an einer Tasse, die mit etwas gefüllt ist, das ihn alle paar Sekunden aufstoßen lässt.

Und Krolic … hat Dreck auf dem Teller. Oder zumindest sieht es aus wie Dreck. Er sagte, es handelte sich dabei um ein gewisses Fleisch und hat mir einen Löffel von dem Zeug angeboten. Ich habe dankend abgelehnt.

»Hey, Hübscher«, murmelt eine Frau mit langer roter Mähne, die auf Craze zugeht. Irgendwann hat er sein Totenkopfschädel-Make-up durch eine weißen Maske ersetzt, die über schwarze Ringe um die Augen verfügt.

Er sieht sie mit hochgezogener Augenbraue an, woraufhin die Farbe auf seiner Stirn sich verzieht. »Sehe ich aus, als wäre ich auf der Suche, Schätzchen?«, flötet er. Der Südstaaten-Akzent hebt sich merklich von seinem üblichen Dialekt ab. Das ist jetzt schon das zweite Mal, dass er Gebrauch davon macht, und ich frage mich, was er zu bedeuten hat.

Craze hat sich vorhin als *launenhaft* beschrieben. Das scheint mir auf jeden Fall ein treffendes Adjektiv zu sein.

Die schlanke Frau zuckt mit der Schulter. »Vielleicht bin ich ja auf der Suche.«

»Hm«, summt er, bevor er seine Tasse auf den Tisch stellt und sich zu ihr lehnt. »Und wonach suchst du?«

Ich kneife die Augen zusammen. Craze hat den ganzen Tag gesagt, dass ich seine auserwählte Gefährtin bin, und jetzt hat er den Nerv, dieser Frau direkt vor meiner Nase schöne Augen zu machen?

Wie unhöflich, geht mir durch den Kopf.

»Nach ein bisschen Spaß«, schnurrt sie.

»Was verstehst du unter ›ein bisschen Spaß‹?«, meint er. Sein Kartendeck materialisiert sich in seiner Hand, was mir einen kalten Schauer über den Rücken laufen lässt. Ich weiß jetzt, wozu diese Karten imstande sind. Nichts Gutes.

Meister Raupe atmet eine Rauchwolke aus und sagt: »Mir bringt Stille viel Freude.«

»Dich habe ich nicht gefragt«, murmelt Craze. »Ich habe mit der Dame gesprochen, die auf der Suche nach etwas Spaß ist.«

Krolic lacht schnaubend, lehnt sich zurück und schlingt den Arm um den oberen Teil meines Stuhls. Er sitzt direkt neben mir, sodass ich zwischen ihm und Meister Raupe eingeklemmt bin.

Und Craze sitzt mir direkt gegenüber, sodass ich aus nächster Nähe mitverfolgen kann, wie er sich *amüsiert.*

Der Rotschopf lehnt sich zu ihm, berührt sein Brustbein mit ihren langen Nägeln und lässt ihre Finger nach oben wandern, während sie mit einem Schmollmund Worte haucht, die ich nicht vernehmen kann.

Denn … sie berührt Craze.

Berührt ihn.

Ein Teil von mir – einer, dem ich noch nie zuvor begegnet bin – erwacht zum Leben. Ein Teil von mir will dieser Frau plötzlich die Hand abreißen und sie ihr verfüttern.

Ich blinzle. *Was soll das denn?*

Warum berührt sie ihn immer noch?, geht mir im nächsten Augenblick durch den Kopf. *Sie hat kein Recht, ihn anzutatschen.*

Aber mir gehört er auch nicht, ermahne ich mich, was einen Teil von mir ein Knurren ausstoßen lässt.

Die drei Männer sehen mich an.

Oh. Okay. Also habe ich … dieses Geräusch laut von mir gegeben.

Craze neigt den Kopf zur Seite und seine dunklen Augen funkeln sündhaft schön im Schummerlicht. »Würdest du gern wissen, was ich unter Spaß verstehe?«, fragt er und mischt sein Kartendeck.

»Sehr gern«, erwidert die Rothaarige. »Das würde ich wirklich, *wirklich* gern.«

Er antwortet ihr nicht.

Stattdessen wandert sein Blick zu mir und er zieht seine Augenbraue abermals hoch.

Er hat nicht sie gefragt, sondern mich.

Will ich es wissen?

Nein. Nein, will ich nicht.

Er gehört mir nicht.

Und meine Reaktion ist … lächerlich.

Aber es war ein echt langer Tag. Eine lange Woche. Ich weiß nicht einmal, wie viel Zeit vergangen ist. Es ist nur … Das ist alles ganz schön viel. Ich bin fix und alle. Ich will das Spiel, in das er mich gerade zieht, nicht spielen.

Genau das sage ich ihm um ein Haar, doch dann lässt die Frau ihren Fingernagel über seine Kinnlinie wandern und hält direkt auf seinen Mund zu.

Er beißt die Zähne zusammen, was mir sagt, dass ihm das überhaupt nicht gefallen hat. Aber der Frau fällt es nicht auf. Sie versucht abermals, seine Lippen zu berühren.

Craze bewegt sich so schnell, dass ich kaum fassen kann, was geschehen ist, ehe die Frau schreiend ihre fingerlose Hand an ihre Brust drückt.

Krolic schüttelt den Kopf.

Meister Raupe saugt bloß mit gelangweilter Miene an seiner Pfeife.

Und Craze sieht mir in die Augen. »Ich finde alles spaßig, was mit dir zu tun hat, Schönheit. Und wenn dir etwas nicht gefällt … na ja, lass uns einfach sagen, dass ich kein Problem damit habe, diese Angelegenheiten in die Hand zu nehmen.«

Er wischt die Klingenkarte an einer Serviette ab und wischt das Blut von den Kanten. Sobald das erledigt ist, wirft er die Serviette in Richtung der wutentbrannten Rothaarigen.

»Du bist völlig von Sinnen!«, zischt sie.

»Was machst du noch hier?«, will er wissen. »Ich glaube, ich habe klargemacht, dass ich nicht interessiert bin.«

Sie knurrt ihn an.

Er sieht sie bloß mit hochgezogener Augenbraue an.

»Elender verrückter Hutmacher«, knurrt sie und stampft davon.

»Ich hasse diesen verdammten Spitznamen«, murmelt er und greift nach seiner Tasse.

»Aber er ist sehr passend«, flötet Krolic.

»Fick dich, K.« Craze schlürft das letzte bisschen Tee und bedeutet der Bedienung, ihm einen neuen zu bringen.

Ein Schwall verzauberter Luft wirbelt um den Tisch und füllt seine Tasse auf.

Ich verstehe den Prozess oder wie das Ganze funktioniert nicht ganz. Krolic hat vorhin für mich bestellt. Das Ganze ist ziemlich faszinierend. Vor allem die Empfindung der Magie fühlt sich gut an. Sie beschert mir Glücksgefühle. Ein ungewöhnliches Gefühl. Ich habe Magie bisher noch nie gespürt.

Aber langsam lerne ich, nicht überrascht darüber zu sein, was sich im Monsterland abspielt.

Nichts hier ist, wie es scheint.

Diese Männer inbegriffen, denke ich und mustere die drei von Kopf bis Fuß.

Sie wollen, dass ich ihnen vertraue, und bisher haben sie mir auch Anlass dazu gegeben, aber das bedeutet noch lange nicht, dass ich bereit bin, mein ganzes Vertrauen in diese drei *Alphas* zu legen.

Bei den Göttern, allein der Gedanke an den Begriff rüttelt ein Beben in mir wach.

Angesichts allem, was Craze gesagt und den Dingen, die Krolic erwähnt hat, als wir im Dorf angekommen sind, habe ich mir zusammenreimen können, dass sie ein Alpha-Zirkel sind. Ich verstehe nicht ganz, was das zu bedeuten hat, aber wie es scheint, haben sie allen Ernstes vor, mich als ihre Omega-Gefährtin zu teilen.

Der Gedanke lässt mich erschaudern. Oder vielleicht liegt das auch an der verweilenden Magie.

Ich … ich weiß es nicht.

Also … widme ich mich wieder meinem Spaghetti-Muffin.

Krolic flüstert etwas, während er eine Handbewegung macht. Daraufhin tritt ein Tablett voller runder, Donut ähnlicher Speisen in Erscheinung. Sie verfügen alle über Löcher in der Mitte.

Ich sehe sie stirnrunzelnd an, doch Craze ermuntert. »Pizza-Donuts! Eine vorzügliche Wahl.«

»Ich dachte mir, sie könnten A schmecken«, meint er.

A ist mein Spitzname an diesem Ort.

Und *K* scheint für Krolic zu stehen.

Sie haben mir den Grund für die Codenamen nicht genannt, aber ich ahne, dass es etwas mit dem Silbernen König zu tun hat. Oder mit dem *roten König*, wie Craze und Meister Raupe ihn nennen.

»Versuch einen«, sagt Craze, was meine Aufmerksamkeit zurück auf den Teller zieht.

Mit verkniffenem Mund erwäge ich, abzulehnen. Aber mein Magen knurrt immer noch und der Spaghetti-Muffin richtet nichts dagegen aus.

Craze schiebt den Teller in meine Richtung und sieht mich gutmütig an. »Komm schon, meine Schöne. Vertrau mir. Du wirst sie lieben.«

»Woher willst du das wissen?«, frage ich ihn. »Ich habe dir nur gesagt, dass ich Kirschen und Birnen mag.«

»Hm, das stimmt«, lenkt er ein. »Dann erzähl mir, was du von Pizza hältst.«

»Ich …« Ich habe es schon ein paarmal probiert, typischerweise kalte Stücke, die die Töchter der Baronin übrig gelassen hatten. »Es schmeckt ganz in Ordnung.« Ich mag Spaghetti lieber. Sie sind einfacher aufzuwärmen und nicht annähernd so zäh.

Trotzdem greife ich nach einem Donut, damit die arme Seele Ruhe hat.

Und vielleicht auch, damit meine Neugier gestillt ist.

Auf meiner Zunge breitet sich eine Geschmacksexplosion aus und ich stöhne voller Genuss. Denn … *wow*, schmeckt das vielleicht gut! Ich stopfe mir mehr davon in den Mund und schließe die Augen, lasse mir den Leckerbissen schmecken.

Viel zu schnell ist er verschwunden, woraufhin ich umgehend nach einem weiteren Stück greife.

Erst jetzt realisiere ich, dass mich die Männer schon wieder anstarren.

Mein Hals wird ganz warm und ich lege den Donut vor mich hin. »Ähm …« Ich räuspere mich. »Die … schmecken echt gut.«

Sie sagen eine lange Zeit nichts und die Anspannung am Tisch scheint mit jeder Sekunde zuzunehmen.

»Ich kann mich nicht entscheiden, was mir besser gefällt – das Knurren oder das Stöhnen«, murmelt Craze. »Beides hat seinen Reiz.«

Meine Wangen werden noch heißer. »Ich … ich wollte nicht knurren.« Das Stöhnen kann ich nicht zurücknehmen. Dieses Donut-Ding ist *stöhnenswert.*

»Ganz recht, Hübsche. Mir hat dein besitzergreifendes Knurren nichts ausgemacht. Tatsächlich habe ich es genossen.«

Ich kneife die Augen zusammen. »Das war *kein*

besitzergreifendes Knurren. Es … es ist mir einfach so herausgerutscht.« Und ich will jetzt wirklich nicht erklären, warum, also schneide ich das erstbeste Thema an, das mir einfällt. »Musstest du ihr wirklich die Finger abschneiden? Du hättest ihr einfach sagen können, dass sie dich nicht anrühren soll.«

Okay, das hörte sich schon wieder ziemlich besitzergreifend an.

Und darauf wollte ich nicht hinaus.

Er gehört mir nicht. Keiner dieser Männer gehört mir. Zur Hölle, ich bin ihnen *gerade erst* begegnet.

Ich räuspere mich abermals und versuche, die Situation aufzuklären, indem ich sage: »Ich meine …«

»Es war ein besitzergreifendes Knurren«, fällt er mir ins Wort. »Und ja, Ailsa, ich musste ihr die Finger abschneiden. Sie hat etwas angefasst, das meiner Königin gehört, was extrem respektlos ist und nicht toleriert werden kann.«

Ich blinzle ihn an. »Ich … ich weiß nicht, was ich sagen soll.«

»Es gibt nichts zu sagen«, erwidert er. »Ich gehöre dir, Ailsa. Jedem, der versucht, etwas anderes zu behaupten, wird dasselbe, wenn nicht gar ein schlimmeres Schicksal widerfahren.«

Ich starre ihn fassungslos an. Das kann nicht sein Ernst sein.

Aber wenn ich das laut ausspreche, wird er nur wiederholen, was er mir schon zwei- oder dreimal zuvor gesagt hat. *Normalerweise nicht.* Oder so etwas in der Art.

Denn dieser Mann ist vollkommen bekloppt.

Ohne jeden Zweifel verrückt.

Kein Wunder, dass der Rotschopf ihn einen verrückten Hutmacher genannt hat.

»Und außerdem«, fährt er fort, während er

gedankenlos mit der Hand durch die Luft deutet, »ist sie eine Schwarze-Witwe-Gestaltwandlerin. Die Finger werden ihr binnen weniger Stunden nachwachsen – und noch schneller, wenn sie sich verwandelt. Ganz ehrlich? Ich hätte ihr Schlimmeres antun sollen, aber ich wollte dir keine Angst einjagen.«

»Er hat recht«, murmelt Krolic, der neben mir sitzt. »Er hätte ihr Schlimmeres antun sollen.«

Meister Raupe stößt einen Rauchkringel aus den Schatten und ergänzt: »Stimmt.«

Ich habe nicht die geringste Ahnung, was ich auf das alles erwidern soll.

Stattdessen sehe ich dem Rauchkringel dabei zu, wie er davonschwebt, und ziehe die Stirn kraus, als er um unseren kleinen Tisch in dieser kleinen Ecke der Taverne kreist. Um ihn herum glitzert ein feiner Nebel, der dann zu Boden schwebt und eine merkwürdige, durchsichtige Schranke schafft. Ich strecke meinen Finger aus, damit ich sie anstupsen kann.

Daraufhin rauscht Energie an meinem Arm hoch und lässt mich zusammenzucken. Ich reiße meine Hand zurück. Als ich nach oben sehe, stelle ich fest, dass der Nebel sich auch über unseren Köpfen festgesetzt hat.

»Was …?« Ich verstumme und mir läuft ein eiskalter Schauer über den Rücken. Die Magie fühlt sich glühend heiß an. Mit Absicht behaftet. *Schützend.*

Woher weiß ich das überhaupt?, frage ich mich und mir ist plötzlich ganz schwindlig.

Das war zu viel für einen Tag.

Zu auslaugend.

Zu überwältigend.

Zu *chaotisch.*

»Wir sind jetzt abgeschirmt«, seufzt Meister Raupe.

»Wir können jetzt frei reden. Aber bitte vergesst nicht, dass man uns nach wie vor sehen kann.«

Craze nickt und lehnt sich zu mir. »Was ist aus den Höhlen geworden?«

AILSA

Ich höre Meister Raupe und Krolic zu, während sie Craze auf den neuesten Stand bringen. Sie reden von *Lakaien* und dem *roten König* und wie dieser die erwähnten *Lakaien* früher in die Höhlen gesandt hatte als erwartet.

»Es blieb keine Zeit, das Versteck ausreichend zu sichern«, fährt Krolic fort. »Also haben wir mehrere ihrer Kleidungsstücke in den Kavernen verteilt, damit sie beschäftigt sind.«

»Doch sobald Brandt und die anderen wieder zu sich kommen, werden sie ihm erzählen, wo sie wirklich war«, gibt Craze zu bedenken.

»Wir verlassen uns darauf«, flötet Meister Raupe, dessen Lippen um die glühende Pfeife geschlungen sind. »Das wird die Lakaien des roten Königs zwingen, in alle Himmelsrichtungen auszuschwärmen, während wir hierbleiben.«

»Dann ziehen wir Plan B also durch«, flötet Craze.

»Jepp«, erwidert Krolic, bevor er nach seinem Getränk greift. »Hoffentlich werden wir nicht auf Plan C zurückgreifen müssen.«

»Oder D oder Z«, murmelt Craze, der den Inhalt seiner Teetasse in seinen Rachen schüttet, bevor er mich mit seinen dunklen Augen ansieht. »Was für Fragen hast du, Ailsa? Ich bin mir sicher, du hast Dutzende.«

»Was willst du im Gegenzug von mir wissen?«, antworte ich. Ich kann mir den sarkastischen Tonfall, der meiner Stimme mitschwingt, nicht verkneifen. »Vielleicht, was mein Lieblingsgemüse ist?«

Er lacht. »Wie wäre es mit deiner Lieblingsstellung?«

Ich runzle die Stirn. »Meine Lieblingsstellung wofür?«

Er lächelt mich bloß an. »Ich schätze, das werden wir gemeinsam herausfinden, was?«

»Ich habe nicht den blassesten Schimmer, wovon du sprichst.«

»Was die ganze Angelegenheit noch amüsanter macht, Schönste«, sinniert er. »Aber nur zu … Stell deine Fragen. Keine Spielchen. Keine Bedingungen. Frag einfach.«

Ich bin versucht, darauf hinzuweisen, dass ich gerade etwas von ihm wissen wollte und er meiner Frage ausgewichen ist.

Aber seine *Stellungen* sind mir egal. Was mir nicht egal ist, ist alles andere, was die drei besprochen haben. Ihre Pläne, die den Roten König involvieren.

»Ich verstehe nicht, wie er die Macht an sich gerissen hat«, platzt mir heraus. »Oder warum ich … euch die Geschichte abkaufen soll.« Den letzten Teil stottere ich und die Runzeln an meiner Stirn werden tiefer.

Es … es ist nicht falsch, anzuzweifeln, was ich glauben soll und was nicht.

Aber es fühlt sich falsch an.

Vor allem, als ich sehe, wie Krolic die Nasenflügel bläht.

»E…es tut mir leid«, sage ich und schlucke nervös. »Es ist nur …«

»Du brauchst dich nicht zu entschuldigen, Ailsa«, unterbricht er, packt mein Kinn und zwingt mich, ihn anzusehen. »Du hast allen Grund, an uns und unseren Absichten zu zweifeln.«

Er streicht mir mit dem Daumen über die Unterlippe und sieht mich eindringlich an.

»Wie wäre es mit einer kleinen Geschichte?«, schlägt er vor. »Ich werde dir erzählen, was passiert ist und dann werde ich dir sämtliche Fragen beantworten.«

»Ich … ich glaube, das wäre sehr hilfreich«, gebe ich zu, obwohl seine Berührung mich in Bann zieht. Er hat mein Kinn noch nicht losgelassen und … streichelt mich. Alles, während er der Bewegung mit seinem Blick folgt, als wäre er ganz fasziniert von meinem Mund.

Mir geht es mit seinen Gesichtsmerkmalen nicht anders.

Diese verlockenden Augen. Lange, silberfarbene Wimpern. Dichtes Haar. Kaum zu erkennende Fältchen, die sein Gesicht schmücken. Er sieht nicht alt aus, sondern erlesen. Männlich. *Mächtig*.

»Es war einmal …«, beginnt er. Craze lacht und Meister Raupe stößt ein Schnauben aus. Ich, aber, habe nur Augen für seinen Mund, während er spricht.

Denn je mehr er sagt, desto mehr verliere ich mich in der Geschichte.

Sie beginnt mit einem jungen Herrscher. »Ich habe den Titel nicht direkt vererbt bekommen«, sagt er mir. »So funktioniert das nicht im Monsterland. Aber meine Herkunft hat mich zweifelsohne für die Position prädestiniert.«

»Es geht darum, wer der stärkste Alpha ist«, flötet Craze. »Wer den größten Knoten hat.«

Meister Raupe stößt ein amüsiertes Schnauben aus. »Wenn dem so wäre, wäre ich König.«

Krolic blendet die beiden aus. »Es geht um Macht, Ailsa. Alphas sind von Natur aus stark, aber einer von uns wird immer der Stärkste sein. Mein Vater war Teil des königlichen Gefährtenzirkels, aber er war nicht der König.

Meine Mutter, aber, war die Königin. Darum wurde mir das Recht zu herrschen auch in die Wiege gelegt.«

Ich nicke. Bisher habe ich alles verstanden.

»Aber ich war nicht das einzige Kind«, fährt er fort. »Ich habe zwei Brüder und eine Schwester. Wir sind alle auf unsere eigene Art stark, wie man es von einer Blutlinie unserer Eltern erwarten würde. Aber ich war immer der Dominanteste meiner Geschwister. Und von allen anderen. Deshalb ging die Herrschaft über das Königreich auf mich über.«

»Er hat uns erst später getroffen«, bemerkt Craze, woraufhin Krolic ihn ansieht. Craze streckt die Hände in die Luft. »Tut mir leid. Ich versuche nur, auf den interessanten Teil zu sprechen zu kommen.«

Krolic sieht ihn mit unverändertem Gesichtsausdruck an. »Willst du die Geschichte erzählen?«

»Die Geschichte, wie Catum dir in den Hintern getreten hat?«, fragt Craze. »Ja, sehr gern.«

»Ich würde nicht sagen, dass ich ihm in den Hintern getreten habe«, murmelt Meister Raupe. »Ich … habe nur bewiesen, dass ich recht hatte.«

»Indem du ihm in den Hintern getreten hast«, meint Craze. »Catum wollte, dass unser König wusste, dass er nicht unbedingt der Stärkste war, nur weil man ihn nicht herausgefordert hatte.«

»Deswegen habe ich nicht mit ihm gekämpft, de Hatte.«

Craze verdreht die Augen. »Doch, hast du, Raupe. Du wolltest ihm den Stock aus dem Arsch ziehen und ihn damit verprügeln. Deine Worte.«

»Eine sehr unglückliche Zusammenfassung dessen, was ich gesagt habe«, murmelt Meister Raupe. »Ich wollte nur, dass man mir etwas Respekt entgegenbringt, das ist alles.«

»Und du hast ihn dir redlich verdient«, meldete sich

Krolic. »Im Gegensatz zu anderen Alphas an diesem Tisch.«

Craze stößt ein höhnisches Schnauben aus. »Ich habe mir meinen Respekt verdient, als ich dir deine kostbaren Steine zurückgegeben habe.«

»Das war Lavagestein«, erwidert Krolic zähneknirschend. »Und jetzt sind wir komplett vom eigentlichen Thema abgekommen.«

Craze lehnt sich nach vorn und sieht mir in die Augen. »Ich bin in seine königlichen Gemächer eingebrochen und habe mir einige seiner kostbaren Besitztümer unter den Nagel gerissen. Ich wollte damit auch ein Statement abgeben.«

»Nämlich, dass er einen Platz im Bett des Königs wollte«, flötet Meister Raupe.

Krolic schüttelt den Kopf und auf Crazes Lippen macht sich ein Grinsen breit. »Das ist nicht direkt das, worauf ich hinauswollte.« Sein Blick wandert abermals zu mir. »Ich wollte einen Gefährten. Eine *Gefährtin*, um genau zu sein. Auch wenn Krolics Knoten sich bestimmt gut anfühlt, war mein Interesse, ihn zu erleben, nie besonders groß. Ich habe selbst einen, mit dem ich spielen kann, und er wird gut in eine Omega-M…«

»Das reicht jetzt!«, fällt Krolic ihm ins Wort. »Wir müssen sie über die Vergangenheit unseres Königreichs aufklären, bevor wir über unseren Gefährtenzirkel sprechen und was er zu bedeuten hat.«

Craze sieht ihn eindringlich an. »Dann komm auf den Punkt und erzähl ihr von Herz.«

Der Name hält Krolic dazu an, zusammenzuzucken und Meister Raupe flucht: »Verflammt noch mal, Craze.«

»Herz ist meine Schwester«, sagt Krolic mit zusammengebissenen Zähnen und sieht abermals zu mir. Er hat vor einer Weile von meinem Kinn abgelassen, was gut ist, weil er jetzt beide Hände zu Fäusten geballt und auf den Tisch gelegt hat. »Sie ist ebenfalls ein Alpha, aber aus physischer Sicht nicht so stark wie ich oder unsere Brüder. Deswegen fühlte sie sich oft … übersehen. Weniger bedeutend.«

»Jetzt versuchst du nur zu erklären, warum sie zu einem psychotischen Miststück geworden ist«, meldet sich Craze. Daraufhin rauscht ein Funken Feuer über den Tisch, was Craze danach schlagen und dabei Meister Raupe anfunkeln lässt. »Vorsicht. Ansonsten löst der Schild sich in Rauch auf.«

»Hör auf, dich wie ein elender Arsch zu benehmen und lass Krolic die Geschichte zu Ende erzählen.«

Krolic blendet die beiden aus und führt seine Geschichte fort, indem er mir offenbart, wie seine Schwester mehrere gewalttätige Akte – darunter auch einen, der zum Tode ihrer Eltern und deren Gefährtenzirkel führte – vollbracht hat.

»Sie wurde inhaftiert«, meint er und schluckt hart. »Oder zumindest glaubten wir das.«

Dann erzählt er mir, wie er nach dem Tod der früheren Monarchie zum König wurde, wie er Craze und Catum begegnet ist – an den Namen zu denken, geschweige denn, ihn zu sagen, fällt mir schwer, weil ich ihn zwei Jahre lang *Meister Raupe* genannt habe – und wie sie zu einem Gefährtenzirkel wurden.

»Was ist ein Gefährtenzirkel?«, falle ich ihm ins Wort, damit ich auch wirklich alles verstehe. Dieser Begriff fällt immer wieder – neben einigen anderen – und ich bin nicht sicher, ob ich ihn verstehe.

»Alphas bilden einen Gefährtenzirkel, der ihre Gefährtin beschützt«, erklärt er. »Es gibt bei Weitem mehr Alphas als Omegas.«

»Das ist eine Untertreibung«, bemerkt Craze.

Krolic geht nicht auf den Kommentar ein und fährt stattdessen fort. »Die meisten Alphas schließen sich mit anderen zusammen, die über ähnliche Fähigkeiten oder ein anderes Maß an Macht verfügen. Je stärker ein Gefährtenzirkel ist, desto besser. Vor allem für einen König. Darum wird Catum auch oft mein Stellvertreter genannt, und Craze ist mein Vollstrecker.«

»Oder zumindest war es so, bevor alle davon ausgingen, wir wären gestorben«, murmelt Meister Raupe. »K, wir müssen die Angelegenheit etwas interessanter machen. Ein paar zu viele Krähen blicken in unsere Richtung.«

Das Wort *Krähen* lässt mich die Stirn in Falten legen, aber Krolic scheint zu verstehen, was gemeint ist, weil der Muskel in seinem Kieferknochen merklich hervortritt. »Elende Spanner. Vorschläge?«

Meister Raupe lehnt sich nach vorn, sodass sein Gesicht nicht mehr von den Schatten verborgen wird. Seine gut aussehenden Merkmale sind in die harte Züge seines Gesichts eingelassen und sein dichtes Haar ist auf elegante Art und Weise verwuschelt. Doch es sind seine Augen, die mich fesseln. In diesen warmen, braunen Augen wabert eine intensive Dunkelheit. Fokus. *Versprechen.*

»Du musst dich rittlings auf mich setzen, Fräulein Wunder«, sagt er.

Ich blinzle ihn an. »Wie bitte?«

»Setz dich rittlings auf meinen Schoß. Ich werde vorgeben, dich zu küssen, während Krolic seine Geschichte fortsetzt.«

»Oh, mir gefällt, worauf das hier hinausläuft«, flötet Craze.

Meister Raupe streckt mir seine Hand entgegen. »Sofort, Fräulein Wunder.«

Mir rinnt ein kalter Schauer über den Rücken,

während sein Befehl mit einem Schnurren durch mein Wesen rauscht. »Warum?«, will ich im Flüsterton wissen, ehe ich nach seiner Hand greife.

Er hilft mir auf die Beine und zieht mich näher zu sich, erwidert aber nichts auf meine Frage, bis er mich zwischen seine ausgebreiteten Beine gezogen hat. »Weil ich die Schranke geschaffen habe, um unser Gespräch zu tarnen. In der Regel macht man das hier nur, wenn gewisse Arrangements getroffen werden. Arrangements, die andere nicht mitbekommen sollen.«

Er führt seine Hände an meine Hüften und hebt mich hoch.

»Spreiz deine Beine, Fräulein Wunder«, befiehlt er, was ein weiteres Beben durch meinen Körper sendet.

Ich mache, was er mir aufgetragen hat, und zucke zusammen, als die kühle Luft auf meine Haut trifft und sich der rauchige Stoff meines Kleids um meine niederen Regionen herum aufzufächern scheint.

Er positioniert mich in intimer Position auf ihm, sodass ich meine Schenkel instinktiv anspanne und ein warmes Gefühl durch meine Adern schießt. Wenn es ihm auffällt, lässt er sich nichts anmerken und fährt bloß ungerührt fort, zu erklären, was er da macht.

»Wir waren zu lange zu ungezwungen, was den Stammgästen aufgefallen ist.« Er spricht mit sanfter Stimme – ganz anders als die fordernden Berührungen seiner Hände, mit denen er mich noch fester zu sich zieht. »Also werden wir ihnen etwas geben, worauf sie sich konzentrieren können, während Krolic seine Geschichte zu Ende erzählt.«

Er lässt seine Hände von meiner Hüfte an meine Wirbelsäule und hoch an meinen Nacken wandern, wo er seine Finger in meinem Haar vergräbt.

Ich packe ihn an den Schultern, um mich daran

festzuhalten, während er mir seinen anderen Arm um die Taille schlingt.

»Von ihren Plätzen sieht es so aus, als würde ich dich küssen«, sagt er und neigt meinen Kopf leicht zur Seite. »Wir machen das jetzt ungefähr zehn Minuten lang, dann gehen wir hoch aufs Zimmer, um die Scharade aufrechtzuerhalten.«

Er packt mich fester an den Hüften und sein Atem streicht über meine jetzt leicht geöffneten Lippen.

»Wenn ich dir sage, dass du deine Hüften ein bisschen bewegen sollst, tu es«, ergänzt er und führt seine Nase an meine. »Bis dahin … sei ein braves Mädchen und hör Krolic zu.«

Ich weiß nicht, wie ich mich so konzentrieren soll.

Ich sitze auf seinem Schoß.

Habe meine Hände um seine muskulösen Schultern geschlungen.

Und mein Mund ist nur eine Haaresbreite von seinem entfernt.

Und bald will er auch noch, dass ich meine Hüften *bewege*?

Das … das ist … *Oh, bei den Göttern* … Es ist wie in meinen Träumen, nur irgendwie heißer, weil wir beobachtet werden.

Unter anderem von Krolic und Craze.

Erster räuspert sich – oder zumindest gehe ich davon aus, dass es Krolic ist, der sich räuspert, weil er sich im nächsten Augenblick zu Wort meldet und dort anfängt, wo Meister Raupe aufgehört hat: beim vermeintlichen *Tod* ihres Zirkels.

»Es war klar, dass etwas im Gange ist, als mein ältester Bruder starb«, erzählt Krolic. »Sein Tod war ein zu großer Zufall. Aber als mir klar wurde, wer schuld daran hat, war es zu spät. Meine Schwester war ihrem Gefängnis entflohen – oder vielleicht gar nie komplett eingeschlossen worden – und verursachte allerhand Probleme im Königreich.«

Meister Raupe streicht mit seinem Mund sanft über meinen und führt seine Hand an meine Wange, bevor sein heißer Atem zu meinem Ohr wandert. »Konzentriere dich auf unseren König, Fräulein Wunder.«

Ich will ihm sagen, wie schwierig es ist, seinem Befehl Folge zu leisten. Erst recht, weil ich die Wärme seines Körpers auf meinen übergehen spüre.

»Herz hat ihren eigenen Gefährtenzirkel geformt, mit nur einem anderen Alpha. Ein Alpha einer rivalisierenden Blutlinie. Ein Monster, das unter dem Namen Rot bekannt ist.« Ich kann hören, wie Krolic den Namen mit zusammengebissenen Zähnen sagt, kann ihn aber nicht recht sehen, weil Meister Raupe mein Gesicht in seine Richtung gedreht hat.

Und er … drückt mir heiße Küsse auf den Hals.

Ihr Götter, warum fühlt sich das so gut an?

»Aber davon wusste ich nichts, weil wir auf der Jagd nach unserer Omega waren«, fährt Krolic fort. »Ich wurde erst zurückgerufen, als mein ältester Bruder Spaten starb. Was, wie ich bereits sagte, auch der Zeitpunkt war, als mir bewusst wurde, dass ein krummes Ding vor sich geht. Es wurde schnell klar, dass unsere Familie unter Beschuss stand, was meine Schwester betonte, indem sie unseren anderen Bruder tötete, woraufhin nur noch ich übrig blieb.«

Ich erstarre und höre aufmerksam zu.

Doch dann führt Meister Raupe seinen Mund wieder an meinen und küsst mich dieses Mal wirklich.

Es ist ein zärtlicher Kuss.

Eine sanfte Berührung seiner Lippen.

Aber mit genug Druck, um mir den Atem stocken zu lassen.

»Entspann dich, Fräulein Wunder«, flüstert er mir zu und lässt seinen Daumen über meinen Nacken wandern, ehe sich sein Griff um mein Haar etwas verflüchtigt. »Du musst den Anschein erwecken, das hier zu genießen.«

»Ich weiß ja nicht … Von hier sieht es aus, als würde sie das Ganze ziemlich anheizen«, meint Craze mit tieferer Stimme als gewöhnlich. »Aber vielleicht liegt das nur daran, weil ich sie riechen kann.«

Krolic geht nicht auf die Kommentare ein und sagt stattdessen: »Nachdem es mir dämmerte, dass meine Schwester verantwortlich dafür war, haben wir vorgetäuscht, uns zurückzuziehen, um zu beobachten und uns neu zu organisieren.«

Er wird einen Augenblick lang still – ein Umstand, den sich Meister Raupe zunutze macht und sagt: »Du musst dich an mich pressen und dich bewegen, Fräulein Wunder.«

»Mich an dich pressen und mich bewegen?«, wiederhole ich und schlucke nervös.

Er schlingt den Arm, der um meine Taille gelegt ist, fester um mich, dann führt er seine Hand an meinen Arsch. »Reite mich.«

Ich weiche um ein Haar erschrocken zurück, doch er hat mich in eisernem Griff und presst mich mühelos an sich.

»Tu, was er sagt, Ailsa«, murmelt Krolic mit tieferem Tonfall als noch gerade eben.

Ich habe nicht den blassesten Schimmer, was diese Männer mit mir zu tun gedenken und was für ein Ziel sie verfolgen, aber mein Körper ergibt sich ihrem Befehl.

Was … *beängstigend* ist. Und sich doch so gut anfühlt. Zu

gut. Als jagte ich einem gewissen Ziel hinterher – obwohl ich nicht so genau weiß, was ich brauche.

»Braves Mädchen«, lobt Krolic, was mir Gänsehaut an meinem Nacken verschafft.

Er sieht zu.

Alle sehen zu.

Und Meister Raupe lässt seine Lippen wieder über meine schweben und grinst mich dann an. »Du fühlst dich unglaublich an, Fräulein Wunder.«

Ich erschaudere, weiß nicht, was ich sagen soll. Kann nicht klar *denken*.

Und dann meldet sich Krolic abermals zu Wort.

Etwas wegen seiner Schwester.

Dem Königreich.

Als *Herz* ihren Zug gemacht hat.

»Wir warteten ab, was sie tun würde, weil ich ahnte, dass noch jemand anderes in die Sache verwickelt war, und ich hatte recht«, sagt Krolic, dessen Worte mich umschwärmen.

Ich kann ihn hören.

Verstehe, was er sagt.

Aber … mich zu konzentrieren …, ist eine echte Herausforderung.

Erst recht, als Meister Raupe meine Unterlippe in seinen Mund saugt und mit den Zähnen sanft auf sie beißt.

»Ihr Partner hat sich enthüllt, als er den Thron gestohlen hat. So habe ich von ihrem neuen Gefährtenzirkel mit Rot erfahren.« Krolics Stimme hört sich belegter an als noch gerade eben, und ich kann nicht recht sagen, ob er wütend ist oder von einer anderen Empfindung heimgesucht wird.

»Rot hat den Thron an sich gerissen, indem er sich als Silberner König ausgegeben hat«, sagt Meister Raupe an meinen Mund gepresst. »Und das Monsterland hat seinen Anspruch einfach akzeptiert.«

Ich beginne, den Kopf zu schütteln und bin ganz verwirrt über seine Worte.

Doch er presst mich mit bestimmtem Griff an sich, ehe er meine Hüften erneut zwingt, sich zu bewegen.

Craze ächzt. »*Verdolcht*, ihr wallendes Kleid lässt es aussehen, als würdest du sie ficken.«

»Vielleicht tue ich das auch«, entgegnet Meister Raupe mit einem Grinsen auf den Lippen. »Wie eifersüchtig würde dich das machen?«

»Extrem eifersüchtig«, erwidert Craze mit schmerzerfülltem Tonfall. »Ich bin ohnehin schon neidisch, du Arschloch.«

»Gut«, antwortet Meister Raupe, bevor er meine Unterlippe abermals in den Mund saugt. »Wir sollten die Party nach oben verlegen.«

»Ganz recht«, stimmt Krolic zu. »Wir werden das hier auf unserem Zimmer weiterführen.«

Unser Zimmer, geht mir benommen durch den Kopf. *Warum hat er das im Singular gesagt?*

KROLIC

Meine Familiengeschichte offenzulegen, hat mir die Laune verdorben.

Oder vielleicht liegt es daran, dass ich meiner Königin dabei zusehen musste, wie sie sich auf dem Schoß meines besten Freundes sitzend an ihn presste, was meine Verärgerung an die Oberfläche hat treten lassen.

Denn … *ich* will derjenige sein, auf dem sie rittlings sitzt und den sie vorgibt, zu ficken.

Allmächtige Monde, sie ist so wunderbar. Ihr langes blondes Haar ist verlockend und bringt mich dazu, zugreifen und ihren Kopf zu mir ziehen zu wollen, um ihre vollen Lippen für mich zu beanspruchen.

So, wie es Catum vor wenigen Minuten noch unten getan hat.

Jetzt presst er nur noch seine Hand gegen ihren unteren Rücken und führt sie den Flur entlang zu unserem Zimmer.

Wir schweben hoch in den Wolken – nicht, dass ihr das aufgefallen wäre. Es ist dunkel draußen – ein Hinweis darauf, wie spät es ist.

Sie wird die Aussicht morgen früh genießen können.

Ich bin mir sicher, dass sie sie verwirren wird – wie alles andere es bisher auch hat.

Verdammt. Wir haben immer noch so viel zu bereden,

aber ich kann spüren, wie erschöpft Ailsa ist. Bis auf den einen Donut und ein paar Schlucke Wasser hat sie im Erdgeschoss auch kaum etwas zu sich genommen. Ich habe bereits ein paar Snacks bestellt, die man uns aufs Zimmer bringen wird. Hoffentlich wird sie sich einige davon schmecken lassen und dann schlafen.

Und morgen früh werden wir unser Gespräch weiterführen.

Darüber reden, wie ihre Entscheidung das Schicksal des Königreichs beeinflussen könnte.

Denn wenn sie sich stattdessen dem Gefährtenzirkel des Hochstapler-Königs mit meiner Schwester anschließt, wird das seinen Anspruch festigen.

Omegas sind das Kostbarste dieser Welt und wir haben schon so lange ohne eine gelebt. Meine Mutter war die letzte. Ein Diamant ihrer Art.

Mir schwant, dass die Omegas sich bloß verstecken – als Bestrafung dafür, was das Monsterland meiner Mutter angetan hat. Der Erlass des Hochstapler-Königs war auch nicht besonders hilfreich. Dass er vorgab, ich zu sein, als er es getan hat …, macht die ganze Sache noch verzwickter.

Er zeigt sein Gesicht nie, lässt sich in der Öffentlichkeit nur in Form seiner Wolfshälfte blicken – die, ganz wie ich, weißes Fell trägt.

Ich hätte ihn vor Jahrhunderten verstoßen können, aber wenn ich etwas von den Mätzchen meiner Schwester gelernt habe, dann, dass den Thron unbewacht zu lassen, das gesamte Königreich verwundbar macht.

Es ergab mehr Sinn, aus sicherer Entfernung zu beobachten und gleichzeitig eine Omega zu jagen, damit wir das Königreich als vollendeter Zirkel übernehmen konnten.

Ich habe nur nicht erwartet, dass es so lange dauern würde.

Das alles fühlt sich wie ein gut durchdachter Test für die Bewohner des Monsterlands an. Als sollten sie sich für würdig erweisen und beweisen, dass sie Omegas wieder wertschätzen.

Und genau darum sind wir so bedacht vorgegangen und haben sichergestellt, dass wir unsere Gefährtin anständig umwerben, anstatt sie mit roher Gewalt zu unserer zu machen.

Ganz anders der Hochstapler-König.

Und Herz, denke ich mit schwerem Herzen. Ich bezeichne sie nur selten als meine Schwester und nenne sie sonst nur bei ihrem Namen.

Obwohl … sie zieht es vor, *Herzkönigin* genannt zu werden. So war das immer schon, obwohl sie nie Königin des Monsterlands war.

Craze tippt einen Code ein, woraufhin sich die Tür zu unserer Suite öffnet, dann dreht er eine Sicherheitsrunde, während wir im Flur warten.

Ailsa sieht sich mit gerunzelter Stirn um, bemerkt jedoch nichts. Catum hat sie vorhin gewarnt, ehe er den Schleier verflüchtigt hat, dass sie leise sein und nahe bei ihm bleiben soll.

Bisher hat sie genau das getan.

Zum Glück hat sein Deckmantel ihre Identität maskiert – andernfalls hätten alle ihren köstlichen Nektar riechen können.

Leider bin ich gegen seine Magie immun, weil er sie absichtlich so geflochten hat, damit wir drei Ailsas Geruch besonders gut vernehmen können.

Und genau deswegen sabbere ich jetzt praktisch.

Weil es unserer Omega *gefallen* hat, auf Catum zu sitzen.

Ihr mag im Augenblick nicht bewusst sein, wie sehr es ihr gefallen hat, wir können es aber problemlos wahrnehmen. Ihr sinnliches Aroma ist wie eine Droge. Ich will nichts lieber tun, als mich vor sie hinzuknien, diese durchsichtigen Röcke hochzuschieben und mich an ihrer süßen Muschi zu laben.

Craze taucht im Türrahmen auf und bedeutet uns mit einem Nicken, dass die Luft rein ist.

Catum, dessen Hand immer noch auf Ailsas unterem Rücken liegt, schubst sie ins Zimmer, dann webt er seine rauchähnlichen Zauber im Zimmer.

Er ist unglaublich mächtig und seine Schattenherkunft kommt in der dunklen Magie zum Tragen. Sobald er den Schleier gewoben hat, dreht er sich zu mir um und löst den Tarnbann auf, mit dem er mein Oberteil und meine Jeans belegt hat.

Ein schwereloses Gefühl überwältigt mich, als er mich von meiner Tarnung befreit, die mein Erscheinungsbild für alle in diesem Reich verändert hat – ausgenommen die drei Personen in diesem Zimmer.

Er trägt einen ähnlichen Bann – ganz wie Ailsa es jetzt auch tut.

Der Einzige, der nicht in seine Magie gehüllt ist, ist Craze.

Das liegt nur daran, dass Craze seine ganz eigenen *Tarnungen* hat. Darum auch das Totenkopf-Make-up, das seine Gesichtszüge verdeckt.

Anstatt es abzuwaschen, lehnt er sich gegen den Türrahmen des Hauptschlafzimmers und verschränkt die Arme vor der Brust. »Ailsa, willst du duschen?«, fragt er.

Sie blinzelt ihn mit diesen großen blauen Augen an. »Wie bitte?«

»Man stellt sich dabei in eine Vorrichtung, die es einem erlaubt, sich sauberzumachen«, flötet er.

»Ich weiß, was eine Dusche ist.«

»Warum siehst du mich dann so verwirrt an?«, schießt er zurück.

»Ich …« Sie schüttelt den Kopf, als versuchte sie, ihn zu klären. »Warum würde ich duschen wollen?«

Er zuckt mit den Schultern. »Um die Überreste des Blut-Ozeans, des Gummibaums, der Felder aus heißer Schokolade und der Orangen-Wüste abzuwaschen, vielleicht? Damit du für ein paar Minuten allein bist? Damit du dir die Haare waschen kannst?« Er mustert sie von Kopf bis Fuß. »Damit du dich rasieren kannst, vielleicht?«

Ihre Gesichtszüge entgleisen. »*Wie bitte?*«

Er legt die Stirn in Falten. »Weißt du, langsam mache ich mir wirklich Sorgen um dein Gehör.« Er stößt sich vom Türrahmen ab und schlendert auf sie zu. »Hättest du gern Hilfe in der Dusche? Vielleicht mit dem Rasierer?«

»*Nein!*«, schnauzt sie ihn an. »Und ich höre bestens. Du … du bist nur …« Sie funkelt ihn an. »Weißt du was? Vergiss es! Ich glaube, ich werde duschen. Damit ich *dich* von meiner Haut bekomme.«

Auf seinen Lippen breitet sich ein Grinsen aus. »Willst du damit etwa sagen, dass ich dich markiert habe, meine Schöne?«

Sie stößt einen wutentbrannten Laut aus, der mich ein bisschen an das Knurren eines Welpen erinnert, und stampft dann in Richtung Küche davon. Ich will ihr gerade den Weg weisen, doch dann erstarrt sie in der Tür und hält dann auf das Wohnzimmer zu.

»*Ach!*« Sie wirft die Hände in die Luft und wirbelt herum. »Wo ist die Dusche?«

Craze lächelt. »Am anderen Ende des Schlafzimmers, Ailsa.« Bevor sie ihn um eine nähere Beschreibung bitten kann, deutet er auf den Türrahmen, gegen den er sich vorhin gelehnt hat. »Halt dich einfach rechts, dann kannst du es nicht verfehlen.«

Sie sieht aus, als wollte sie Einwände erheben, beißt sich aber auf die Zunge und marschiert ins Schlafzimmer, ehe sie die Tür hinter sich zuschlägt, was mich den Kopf schütteln lässt.

»Warum stichelst du sie an?«, frage ich Craze, dann halte ich meine Hand hoch, bevor er etwas entgegnen kann.

»Antworte nicht darauf.« Seine Beweggründe interessieren mich nicht. Ich werde sie sowieso nicht nachvollziehen können.

Es grenzt an ein Wunder, dass wir überhaupt zu einem Alpha-Zirkel geworden sind. Er geht das Leben ganz anders an als ich.

Was, wie ich annehme, unsere Kompatibilität erklärt. Er schaut immer über den Tellerrand hinaus und ich bin immer die Stimme der Vernunft.

Und Catum ist ein aufmerksamer Beobachter.

»Da unten sind ziemlich viele Krähen«, meint er rundheraus, ohne darauf einzugehen, was ich und Craze gerade zueinander gesagt haben. »Und so einige Geier auch.«

Krähen und *Geier* sind Slang für Gerichtshofierer und königliche Spione.

»Dafür ist die Taverne bekannt«, verdeutlicht Craze. »Warum sonst hätte ich eine so lange Rechnung?«

»Weil du süchtig nach Veilchentee bist«, erwidert Catum.

Craze zieht eine Schulter hoch. »Das auch.«

»Catum hat recht. Da unten gab es zu viele Augen und Ohren. Wir müssen heute Abend aufmerksam sein«, gebe ich zu bedenken.

»Schlägst du vor, wir schieben Schichten?«, will Catum wissen.

Ich nicke. »Vielleicht sollte einer von uns sogar …«

Die Tür zum Schlafzimmer öffnet sich und dahinterkommt eine verwirrte Ailsa hervor. »Dieser Rauch – dieses *Kleid* – lässt sich nicht ausziehen.« Sie gibt die Worte mit zusammengebissenen Zähnen von sich, was ihrer Frustration Ausdruck verleiht und sie fast schon hysterisch anhören lässt.

»Catum, nimm ihr den Deckmantel ab«, sage ich postwendend. »Ich werde ihr ein Bad einlassen. Craze …«

»Ich melde mich, wenn ich etwas herausfinde«, erwidert er und geht auf die Tür zu.

»Danke!«, rufe ich ihm hinterher.

Er winkt mir bloß zu und geht davon.

Als die Tür ins Schloss fällt, ist Ailsas Kleid bereits verschwunden. Catum webt seine Magie in der Regel in unsere Kleider ein, aber sie war in der Orangen-Wüste praktisch nackt. Darum hatte er für sie ein verzaubertes Kleid geschaffen.

Indem er den Verschleierungsbann auflöst, zieht er sie aus. Wenn es sie stört, dass sie halb nackt ist, lässt sie sich nichts anmerken. Vielleicht ist es ihr auch einfach nicht aufgefallen.

Sie sieht etwas verloren aus.

»Ailsa«, sage ich mit sanfter Stimme und gehe auf sie zu.

Sie blinzelt mich bloß an und scheint nur noch verzweifelter zu werden.

»Ich werde mich um das Bad kümmern«, bietet Catum an und schlüpft an ihr vorbei.

Ich nicke, obwohl er mir bereits den Rücken zugewendet hat, und gehe auf Ailsa zu.

Da sie weder erschrickt noch zurückweicht, ziehe ich

sie langsam in meine Arme. Sie vergräbt ihr Gesicht an meiner Brust und ihr Körper scheint gegen meinen gepresst zu schmelzen.

Ich beginne zu schnurren und weiß, dass ihr der Laut bekannt ist, weil ich das in ihrer Gegenwart schon oft in meiner Wolfsform getan habe.

Sie packt mein Oberteil und klammert sich an mich. Ihre Schultern zittern, als würde sie mit den Emotionen ringen, die durch sie sausen.

»Das war ganz schön viel heute«, flüstere ich ihr zu. »Tut mir leid, Kleine.«

Diesen Kosenamen habe ich in Gedanken schon Hunderte Male verwendet, ihn aber noch nie laut ausgesprochen.

Sie reagiert nicht darauf, klammert sich nur noch fester an mich.

»Ich wollte mich dir so oft offenbaren«, gebe ich zu. »Aber ich musste warten. Wir mussten es richtig angehen.«

»Ich weiß gar nicht, was das heißen soll«, murmelt sie.

»Das ist mir bewusst.« Ich drücke ihr einen Kuss auf die Stirn. »Wir müssen dir so vieles erklären, aber es war ein langer Tag. Du musst etwas essen und dich ausruhen. Dürfen ich und Catum uns um dich kümmern, Ailsa?«

Sie antwortet nicht. Es scheint fast so, als wäre sie zu erschöpft, eine Entscheidung zu treffen.

Trotzdem warte ich.

Es ist das einzig Richtige.

Sie erschaudert an mich gepresst. »Biest«, flüstert sie und schmiegt ihre Nase an meine Brust, während ich schnurre.

Sie ist zuvor schon im Wald mit mir eingeschlafen – für gewöhnlich mit ihrem Kopf an meine Schulter gelegt. Ich wollte sie immer zurücktragen, konnte aber nicht riskieren, dass sie aufwacht und mich in meiner menschlichen Form sieht.

Außerdem wäre ich nackt gewesen.

Und das hätte sie vermutlich eingeschüchtert.

»Das Bad ist bereit«, informiert mich Catum mehrere Minuten später.

Ich nicke und hebe Ailsa in meine Arme, damit ich sie ins Schlafzimmer tragen kann. »Kannst du das Teetablett entgegennehmen, wenn es ankommt?«, frage ich Catum. Es sollte gleich eintreffen.

»Kein Problem.«

Ailsa legt ihren Kopf mit geschlossenen Augen auf meine Schulter. »Du musst wach sein, wenn du baden willst.«

Sie gibt ein verhaltenes Summen von sich.

»Wenn du nicht wach bleiben kannst, werde ich ein Bad mit dir nehmen.«

Ein weiteres Summen.

»Hm, verstehe.« Ich betrete das Badezimmer. Die magisch verbesserten Annehmlichkeiten sind mir bestens bekannt. Wir sind Stammgäste der Taverne.

Zumindest, bis wir Ailsa gefunden haben.

Es ist ein Weilchen her, seit unserem letzten Besuch. Aber die Gaststätte hat sich nicht im Geringsten verändert.

Die Dusche ist mit allem ausgestattet, was man braucht, so auch das Fach unter dem Waschbecken. Catum hat das Wasser bereits mit Badesalzen ergänzt. Der Geruch von rauchiger Glut ist zweifellos sein liebster. Ich hätte etwas Waldigeres gewählt. Aber leider …

Ich setze Ailsa auf die Marmorkante und greife dann sanft nach ihrem Kinn, um ihren Blick in meine Richtung zu führen. »Ich werde mit dir in diese Wanne steigen.« Das ist keine Drohung und auch keine Frage, sondern eine Aussage.

Sie erwidert nichts, starrt mich bloß mit schläfrigem Blick an.

Zumindest, bis ich einen Schritt zurückmache und mein Oberteil abstreife.

Das lässt sie die Augen aufreißen und sie mustert meinen entblößten Körper.

Als ich den Knopf meiner Jeans öffne, leckt sie sich die Lippen.

Ich bin nicht einmal sicher, ob das eine bewusste Reaktion ist. Vermutlich verändert ihr Erschöpfungszustand ihre Wahrnehmung von Wahrheit und Fiktion.

Den Reißverschluss nach unten gezogen und die Hose hinuntergelassen, trete ich den Stoff beiseite und beuge mich herunter, um mir die Socken auszuziehen.

In nichts als schwarzen Boxershorts mache ich einen Schritt nach vorn und entferne die Überreste ihres zerrissenen BHs und des Höschens.

Sie schluckt nervös. »Ich habe so etwas noch nie gemacht.«

»Was, Kleine?«

»Das hier.« Sie zeigt mit dem Finger abwechselnd auf sich und mich. »Du … du und Meister Raupe wart die ersten Männer, die ich geküsst habe. Und Craze.«

Ich lächle sie an. »Die ersten und letzten«, erwidere ich. »Zumindest hoffe ich das.« Ich streife einige ihrer Strähnen hinters Ohr. »Und wir werden es heute Abend nicht noch mal tun. Ich werde dich bloß baden.«

Als ich sie erneut in die Arme hebe, legt sie mir die Hände auf die Schultern und erschaudert, als ich sie zur Wanne bringe.

In ihren Augen steht ein misstrauischer Ausdruck, der mir das Herz bricht. Er ist gerechtfertigt, aber ich verabscheue, dass er da ist. Ich werde alles in meiner Macht Stehende tun, ihn verschwinden zu lassen.

Ich steige die Stufen zur Plattform, auf der die Wanne steht, hoch und dann wieder ein paar ähnliche Stufen hinab in die riesige Wanne. Wir hätten alle vier Platz hier drinnen und die Bänke, die in die Wände eingelassen sind, bieten fünf oder sechs Alphas eine Sitzgelegenheit.

Ich entscheide mich für eine Bank in der Nähe der Steuerung und setze mich mit Ailsa auf dem Schoß hin.

Das Wasser ist dank der Magie warm, und die übergroße Wanne wurde von einem der vielen Zauber der Taverne gefüllt. Das Einzige, was Catum hat tun müssen, um sie zu füllen, war ein paar Schalter umzulegen und die gewünschte Wassertemperatur einzustellen, bevor er die Badesalze hinzugegeben hat.

Ailsa sollte nicht überrascht sein. Obwohl sie mit dieser Magie keine Erfahrung aus erster Hand hat, wusste sie ihr ganzes Leben lang, dass sie existiert.

Ihre Arbeitgeberin – wenn man Baronin Clarice als solche bezeichnen kann – war eine Übernatürliche. Und ihre Kinder genauso. Ailsa arbeitete in ihrem Zuhause und war darum auch mit allerhand magischer Verbesserungen in Berührung gekommen.

Leider bleibt sie steif wie ein Brett.

Ich ahne, dass ihre Starre nichts mit dem verzauberten Bad zu tun hat, sondern mit ihrer unerwarteten Reise ins Monsterland.

»Versuch, dich zu entspannen«, sage ich mit sanfter Stimme zu ihr und entscheide mich dann, die Stimmung mit einer beiläufigen Bemerkung aufzuhellen. »Wir haben doch früher auch immer gekuschelt.«

»Damals warst du ein Wolf«, murmelt sie.

»Willst du, dass ich mich verwandle?«, biete ich an. »Könnte es mir erschweren, dir beim Waschen deiner

Haare zu helfen, aber ich bin bereit, es zu tun, wenn dir das lieber ist.«

Sie sieht mich an. »Das Wasser ist etwas tief für einen Wolf.«

»Ich bin ein großer Wolf, Schätzchen.«

Sie schnaubt höhnisch und schüttelt dann den Kopf. »Ist … schon gut.«

»Bist du sicher?«, wiederhole ich. »Soll ich die Düsen anmachen?«

»Vielleicht, nachdem sie etwas gegessen hat«, wirft Catum ein, der das Tablett ins Badezimmer trägt. Sein Blick landet umgehend auf den Brüsten unserer Omega, woraufhin er hart schluckt und ohne jede Frage mit einem Verlangen in sich ringt.

Ich selbst verzehre mich nach ihr.

Vermutlich kann sie es spüren, weil ich steinhart und an sie gepresst bin.

Catum stellt das Tablett neben die Wanne und zieht sich dann mit einer klaren Absicht aus.

Ailsa richtet sich kerzengerade auf und drückt sich mit dem Rücken praktisch an mich, während sie Catum dabei zusieht, wie er seine Manschettenknöpfe abmacht und sich dann die Jacke auszieht. Seine schwarze Weste muss als Nächstes dran glauben, gefolgt von seiner Krawatte. Und erst, als er sein obsidianschwarzes Hemd aufknöpft, nimmt Ailsa den nächsten Atemzug.

Ich lache leise in ihr Ohr, belustigt darüber, was meinen Stellvertreter so zu sehen, mit ihr anstellt. »Gefällt dir, was du siehst, Ailsa?«

Das darauffolgende Zucken, das mich erfasst, lässt ein Grinsen auf meinen Lippen auftauchen.

»Es ist in Ordnung, ihn zu begehren«, flüstere ich ihr zu, bevor ich einen Kuss auf ihre jetzt wild pochende

Halsschlagader presse. »Es ist in Ordnung, sich nach uns beiden zu verzehren.«

»Oder nach uns allen«, ergänzt Catum, der seinen Gürtel lockert.

Ailsa krallt die Finger in ihre Oberschenkel und zittert jetzt am ganzen Leib.

»Ich weiß, dass das ein intensives Gefühl ist«, sage ich zu ihr. »Deine Omega-Instinkte treten an die Oberfläche.« Ich drücke ihr abermals einen Kuss auf den Hals. »Und unsere Alpha-Triebe erwachen für dich zum Leben.«

Ich kann diesen Trieb jetzt in meinem pulsierenden Knoten spüren.

Ich war noch nie in einer Omega, hatte noch nie echten *Sex*.

Klar, wir haben herumexperimentiert.

Aber nur eine wahre Omega kann unsere Knoten aufnehmen.

Das hier wird für uns alle in vielerlei Hinsicht ein erstes Mal sein.

Aber ich habe ernst gemeint, was ich über die heutige Nacht gesagt habe. Wir wollen uns nur um sie kümmern – eine Anordnung, die Catum zu verstehen scheint, da er sich bis auf die Boxershorts auszieht.

Und sich uns im Wasser anschließt.

CATUM

Die Gefühle, die Ailsa ins Gesicht geschrieben stehen, reichen von schockiert über erregt bis hin zu entsetzt.

Diese letzte Emotion irritiert mich.

Von uns hat sie nichts zu befürchten. Wir werden sie zu nichts zwingen. Sie wird immer eine Wahl haben.

Anstatt sie zu berühren, wie ich es möchte, setze ich mich ihr und Krolic gegenüber und konzentriere mich auf das Tablett. »Ich glaube, die Pilze werden dir schmecken«, sage ich zu ihr.

Sie zieht die Nase kraus. »Pilze schmecken mir nicht besonders.«

An meinen Mundwinkeln zupft ein Lächeln. »Vertrau mir, das hier sind keine gewöhnlichen Pilze. Versuch einfach einen. Für mich, Fräulein Wunder. Du wirst schon sehen.«

Ich greife nach einem der Pilze und halte ihn ihr hin. Sie starrt das violette Etwas an, dann lehnt sie sich nach vorn und nimmt es in den Mund, anstatt mit der Hand danach zu greifen.

Ihre Lippen um den violetten Kopf des Pilzes geschlungen zu sehen, lässt meine Leistengegend sich angenehm zusammenziehen. Es ist so ein unschuldiger Akt ihrerseits, aber mit so viel Sinnlichkeit verbunden, dass ich versucht bin, nach ihrem Haar zu greifen und sie auf meinen Schoß zu zerren.

Leider verweilt sie auf Krolics Schenkeln.

Was ihn ohne jede Frage um den Verstand bringt. Noch mehr als mich. Denn jetzt stöhnt unsere Intendierte. Verflammt, ihre Reaktion auf das Essen ist so verdammt erotisch.

»Schmeckt echt gut«, meint sie und mustert die Speisen auf dem Tablett. »Sie schmecken nach Kirschen, aber … anders.«

»Kirschen, die mit Schokolade überzogen wurden«, murmle ich und greife nach einem weiteren Pilz, bevor ich ihn ihr reiche. »Wie du siehst, ist hier nichts so, wie es scheint.«

Obwohl ihre Welt auch über Magie verfügt, ist sie völlig anders als jene im Monsterland.

Wir sind nur eines von vielen Reichen, die sich alle überlappen. Ein verwirrender Wirrwarr, der durch unsere Alpha-, Beta- und Omega-Abgrenzungen noch unübersichtlicher wird.

Ich füttere sie mit einem weiteren Pilz und streiche ihr dabei mit dem Daumen über die Unterlippe.

Dann greife ich nach einem Glas Wasser, das auf dem Tablett steht. Wenigstens das ist normal. Jedenfalls für ihr Empfinden. Hier, im Monsterland, wird Wasser für ungewöhnlich angesehen.

Unsere süße Omega hat noch so viel zu lernen.

Ich für meinen Teil kann es kaum erwarten, ihr alles beizubringen.

Ich füttere sie mit einem dritten Pilz, was sie ein weiteres Stöhnen ausstoßen, die Augen schließen und ihren Kopf in den Nacken und damit auf Krolics Schulter legen lässt. Er lässt seine Lippen kaum spürbar über ihre Wange streifen und schlingt ihr den Arm um die Taille.

Ailsa erschaudert und sie sieht geradezu trunken aus.

DIE PILZE VERFÜGEN über keine bewusstseinsverändernden Eigenschaften. Sie sind völlig normale Nahrungsmittel. Aber ich ahne, dass unsere Omega die Folgen ihrer nahenden Läufigkeit spürt.

Ich habe die Wirkung des Elixiers verringert, bevor ich es ihr gegeben habe. Hätte ich ihr eingeflößt, was der Rote König vorbereitet hat, hätte ihr Östrus wenige Stunden nach dem ersten Schluck eingesetzt.

Aber wir wollten Zeit haben, vorher ihre Zustimmung einholen zu können. Damit wir sie verführen, sie *verehren* können.

Damit wir ihr Gelegenheit einräumen können, abzulehnen.

Wenn sie uns abweist, werden wir sie während ihres Zyklus ganz einfach beschützen. Es wird nicht einfach sein. Tatsächlich würde das total ätzend werden. Aber zu wissen, dass sie sicher ist und ihre eigenen Entscheidungen treffen kann, wird es wert sein.

Trotzdem … Wir werden es ihr nicht leicht machen, Nein zu sagen. Und genau das vermittle ich ihr jetzt, indem ich ihr einen vierten und fünften Pilz anbiete.

Wir wollen sie lieben. Und wir werden alles in unserer Macht Stehende tun, damit sie das weiß.

Nach dem sechsten Pilz – Krolic hatte sich ohne jeden Zweifel für dieses Nahrungsmittel entschieden, weil er herausgefunden hat, dass ihre Lieblingsfrucht in ihrer Welt Kirschen sind – reiche ich ihr mehr Wasser und lächle zufrieden, während sie sich auf dem Schoß unseres Königs fläzt.

Er drückt ihr einen Kuss auf die Schläfe und hält sie in den Armen, ehe er seine Hand an ihrer Seite hochwandern lässt.

Ich breite die Arme über die Wannenkante aus und genieße die Aussicht. Vor allem ihre üppigen Brüste unter der Wasseroberfläche. Ihre rosafarbenen Nippel sind hart und die steifen Spitzen flehen geradezu darum, von einem Männermund gekost zu werden.

Verflammt, sie wird ein vorzüglicher Leckerbissen sein.

Vielleicht dürfen wir sie als Nachtisch vor dem Schlafengehen vernaschen.

»Kannst du mir die Duschbrause reichen?«, fragt Krolic. Obwohl die Frage an mich gerichtet ist, erschrickt Ailsa, als hätte sie vergessen, dass er da ist.

Ihr deliriöser Zustand bringt mich zum Lachen, ehe ich nach dem erwähnten Gegenstand greife und dabei den Anschaltknopf betätige. Krolic greift mit der freien Hand danach, sein anderer Arm noch immer um ihren Bauch geschlungen.

Ailsa sieht den Brausekopf misstrauisch an, den er in die Nähe ihres Kopfs zieht. Sie erstarrt, als er ihr langes blondes Haar mit Wasser benetzt. Die Farbe wird unter dem Wasserstrahl dunkler und ihre dichten Strähnen saugen die Flüssigkeit gierig auf.

Ich weiß bereits, was Krolic als Nächstes tun wird, und greife an seiner Stelle nach dem Shampoo, noch bevor er mich darum bittet.

Er massiert den Inhalt in ihr Haar ein und entlockt ihr ein Stöhnen, als er mit den Fingern durch ihre Strähnen streicht.

Um uns herum erwacht Magie zum Leben. Das Wasser wird aus eigenem Antrieb gefiltert, während Krolic das Shampoo aus ihren Haaren wäscht. Das Ganze wiederholt sich mit der Spülung und dann noch einmal mit der Seife, die er benutzt, um ihren Nackenbereich und die Arme zu reinigen.

»Setz dich rittlings auf mich«, trägt er ihr auf. Die

Worte lassen meinen Schwanz beim Gedanken an vorhin pulsieren.

Ailsa hat sich in der Taverne so verdammt gut angefühlt. Ihr warmer Körper hat sich wie ein Brandmal an meinem Schwanz angefühlt.

Sie ist ein Naturtalent. Eine sinnliche Schönheit, die sich dessen nicht einmal bewusst ist.

Und genau das stellt sie auch jetzt unter Beweis, als sie Krolics Befehl ohne mit der Wimper zu zucken befolgt.

Unser Mädchen ist nicht befangen, was ein Wunder ist, wenn man ihre sexuelle Unterfahrenheit bedenkt. Aber ganz offensichtlich nimmt sie ihre Bedürfnisse mit offenen Armen an und folgt ihren Instinkten, wie es eine Omega tun sollte.

Verdammt, ich kann kaum glauben, dass sie endlich hier ist. *Nackt.* Und mit uns in einer Wanne sitzt.

Es ist wie im Traum. Einer der vielen, den ich in den vergangenen zwei Jahren mit ihr geteilt habe.

Ich habe ihre Fantasien nie provoziert, sondern mich nur an ihnen erfreut, als sie in ihrem Kopf aufzogen. Sie hat so instinktiv auf meine Anwesenheit reagiert, was ein weiterer Beweis dafür war, dass sie eine Omega ist.

Was der Hochstapler-König nicht begreift, ist, dass kein Elixier vonnöten ist, um eine wahre Omega als solche zu identifizieren. Der richtige Alpha wird die Merkmale einer Omega hervorbringen.

Oder, wie in unserem Fall, der richtige Zirkel.

Craze mag nicht hier sein, weil er woanders benötigt wird, aber es ist unsere gemeinsame Dynamik, die die Flammen in Ailsa haben auflodern lassen.

Krolic sieht ihr unablässig in die Augen, während er das Seifenstück wieder an ihren Hals führt und damit einen Pfad hinunter an ihre Titten zeichnet. Titten, die vollends entblößt sind, weil sie ihr Bein über seinen Schoß geschlungen, sich aber nicht hingesetzt hat.

Verdammt, ich sehe zwar nicht, was er macht, aber ich *weiß* es. Und das heizt mich nur umso mehr an. Denn sie hält ihn nicht auf. Sie zuckt nicht einmal zusammen.

Nein, stattdessen streckt sie ihm die Brust *entgegen*. Lässt sich von ihm erforschen, während er sie saubermacht. Irgendwann lässt er von ihren Brüsten ab und lässt das Seifenstück zu ihrem Nabel wandern, dann verschwinden seine Hände im Wasser, bevor er sie an den Hüften packt und sie zu sich zieht.

Die Seife löst sich auf und die Magie in der Luft verstärkt sich spürbar, während das Wasser wieder wie durch Zauberhand gefiltert wird. Ich spüre, dass es wie ein elektrisch geladener Draht an meinem Rückgrat hochklettert und durch meine Adern saust.

Berauschend, geht mir durch den Kopf, während ich die Kraft aufnehme und speichere.

»Du bist die Perfektion in Person, Ailsa«, sagt er und lässt eine Hand an ihrem Rücken hoch zu ihrem Hals wandern, während er ihren Mund an seinen führt.

Sie nähert sich ihm, ohne zu zögern und ihr Körper scheint wie geschaffen für ihn.

Ich spanne meine Leistengegend an, während ich die beiden beobachte, und alles in mir brennt vor Verlangen.

Ein Verlangen, das zwei verdammte Jahre lang stetig an Kraft gewonnen hat.

Seit dem ersten Augenblick, in dem ich Ailsa Marvel gesehen habe. Das weißblonde Haar erinnerte mich an einen Engel und dann waren mir ihre umwerfenden Gesichtszüge ins Auge gestochen, was mich zum Schluss kommen ließ, dass sie einem Sukkubus ähnlicher war als einem Wesen des Himmels.

Eine sinnliche Kreatur in engelsgleicher Gestalt.

Jetzt ist sie nicht mehr so engelhaft, denke ich, als sie ihren Kopf zur Seite neigt und Krolic damit ihren Hals anbietet. Er sieht mich mit seinen grünen Augen an, während er an ihrer Halsschlagader knabbert. In seinen Augen steht fast schon ein triumphierender Ausdruck, der aber von Verehrung unterlegt ist. Er weiß, was für ein Geschenk das hier ist. Wie kostbar die Aufmerksamkeiten unserer Omega wirklich sind.

Sie ist erschöpft.

Überwältigt.

Und trotzdem schenkt sie ihm – *uns* – diesen Augenblick. Vielleicht, um ihrer Realität zu entfliehen. Oder vielleicht fühlt es sich einfach richtig an.

Was es auch ist, wir werden sie nicht ausnutzen. Wir werden ihr nur ein gutes Gefühl verschaffen und ihr zeigen, wie ihr Leben aussehen wird, wenn sich ihre Alphas um sie kümmern.

»Ich weiß nicht, was ich hier mache«, keucht Ailsa.

»Du lebst«, erwidert Krolic. »Du *lernst*.«

Er presst seine Lippen auf ihre, bevor sie sich erneut zu Wort melden kann, und dreht sie herum, damit ich besser sehen kann, wie sie sich küssen.

Verdammt, es ist so heiß, ihn sie verschlingen zu sehen.

Krolic und ich waren noch nie intim miteinander. Wir teilten uns lieber Frauen, anstatt einander zu ficken. Craze geht es genauso. Aber das bedeutet nicht, dass ich es nicht genieße, meine zwei Gefährten beim Spielen zu beobachten.

Vor allem mit Ailsa.

Das verstärkt das Brennen in meinen Adern nur noch und steigert mein Verlangen nach ihr umso mehr.

Krolic öffnet ihre Lippen mit seiner Zunge, was unsere Intendierte ein schockiertes Stöhnen ausstoßen lässt. Sie wurde ganz offensichtlich noch nie geküsst oder sinnlich berührt und wir werden ihre Unschuld beschmutzen.

Denn keiner von uns ist unschuldig.

Wir sind Monster.

Kreaturen mit verruchter Vorstellungskraft und wilden Begierden.

Und es ist über zwei Jahre her, seit einer von uns sich unseren niederen Trieben hingegeben hat.

Diese wunderschöne Frau gehört uns. Wir werden sie verschlingen. Sie markieren. Sie *ficken.*

Aber Krolic geht es ihr zuliebe langsam an, lehrt sie zärtlich das Küssen. Zeigt ihr, was sie mit ihren Lippen, ihrer Zunge und ihren *Zähnen* tun soll.

Ich kralle meine Finger in die marmorne Kante der Wanne. Das Verlangen, mich zu massieren, steigt mit jeder Sekunde, die verstreicht.

Ich bin so verdammt hart, dass ich kaum noch klar denken kann.

Aber für Ailsa werde ich die Kontrolle bewahren. Für sie werde ich mich zwingen, eine Gelassenheit zu verkörpern, die ich nicht verspüre. Ein Blick auf meine Hände würde meine wahren Absichten verraten, aber sie ist so konzentriert auf Krolic, dass ihr gar nicht aufzufallen scheint, dass ich hier bin.

Als könnte sie meine Gedanken hören, schlägt sie die Augen auf und sieht in meine Richtung – und beweist damit, dass alles, was mir gerade durch den Kopf gegangen ist, falsch war.

Sie weiß sehr wohl, dass ich hier bin.

Und es gefällt ihr, dass ich ihr mit Krolic zusehe.

Das erinnert mich an vorhin, als ich mit ihr am Tisch gespielt habe. Es hat ihr dort schon gefallen, dass man sie gesehen hat.

»Irgendwie habe ich das Gefühl, dass unsere Omega

exhibitionistisch veranlagt ist«, meine ich. »Das ist gut, Fräulein Wunder. Denn ich habe voyeuristische Tendenzen.«

Sie erschaudert. »Ich weiß nicht, was das bedeutet.«

Ja, ich kann mir gut vorstellen, dass sie mit vielem nicht bekannt ist. »Das heißt, dass es mich heiß macht, dich Krolic küssen zu sehen – ganz so, wie es dich feucht macht, zu wissen, dass ich auch hier bin.«

»Feucht?« Sie legt die Stirn in Falten. »Wir sitzen in einer Wanne.«

Krolic lacht. »Er spricht von deiner Muschi, Kleine. Du bist feucht zwischen deinen Beinen.«

Auf ihren Wangen liegt plötzlich ein wunderschönes Rosa. »*Oh.*« Sie versucht, sich zu winden und von seinem Schoß zu klettern, womit er sie nur gewähren lässt, weil ich mich ihr von hinten nähere und sie in meine Arme schließe. »*Oh!*«

Ich packe sie am Hals und schlinge meinen anderen Arm um sie, während sie sich rittlings auf mich setzt. »Ich frage mich, ob du nach Schokoladenkirschen schmeckst«, sage ich und schlinge meinen Arm fester um sie, als sie sie zu bewegen versucht. »Darf ich mal kosten, Fräulein Wunder?«

Ihre Pupillen weiten sich und ihr Blick fällt auf meinen Mund, ehe sie den Versuch, wegzuschwimmen, aufgibt. »Das muss ein Traum sein«, keucht sie.

»Das fasse ich als Kompliment auf«, murmle ich und schließe die Distanz zwischen uns. Dann lasse ich ihre Träume mit meiner Zunge wahr werden, öffne ihre Lippen sanft mit meiner Zunge und küsse sie, wie ich es bereits unten tun wollte.

Zunächst gemächlich.

Nur eine sinnliche erste Begegnung unserer Münder.

Eine, die mit jeder Sekunde, die vergeht, zu etwas Intensiverem wird. Etwas Wirkungsvollerem. Zu etwas, das sich mehr nach *uns* anfühlt.

Als ich unsere Liebkosung vertiefe, zittert sie praktisch auf mir und drückt meine Schenkel mit ihren, während sie sich an meinen Schultern festhält. Sie krallt die Fingernägel in meine Haut und hinterlässt Spuren, markiert mich als ihren. Alles, während ich ihren Mund erobere.

»Ich hatte recht«, flüstere ich an ihre Lippen gepresst. »Schokoladenkirschen haben noch nie köstlicher geschmeckt.« Ich küsse sie abermals, bevor sie etwas erwidern kann, und lasse meine Finger in ihr Haar wandern, während ich sie an mich presse.

Verdammt, ihre Titten, die gegen meine Brust gedrückt sind, fühlen sich einfach perfekt an. So voll und fest. Die hübschen Nippel ganz hart und erregt. Ich werde in sie beißen. An ihnen saugen. Und dann erneut zubeißen.

Verflammt, ihre Brüste würden unglaublich aussehen, wenn sich kleine Wachstropfen auf ihnen befänden.

Ich würde sie wegwischen und die geröteten Stellen bewundern, die zurückbleiben würden, und sie dann den Schmerz mit meiner Zunge vergessen lassen.

Das wäre aber eine fortgeschrittene Lektion, für die unsere kleine Omega mit der Kunst des Schmerzes und der Lust bekanntgemacht werden muss.

Wir werden ihr alles beibringen.

Ihr zeigen, wie sie das ekstatische Gefühl weiter steigern kann.

Und uns danach um sie kümmern.

Unsere Süße. Unsere Omega. Unsere *Königin.*

Ich sauge ihre Unterlippe zwischen meine Zähne und

beiße etwas fester zu als vorhin, stoße ein Knurren aus und entlocke ihr damit ein Keuchen.

Sie zeigt bereits, was sie von der leicht stechenden Empfindung hält, während sie sich in den Wogen der Lust befindet. »Unser König hatte recht«, sage ich zu ihr. »Du bist wirklich perfekt, Fräulein Wunder.«

AILSA

Das muss ein Traum sein.

Vielleicht … vielleicht schlafe ich immer noch und mein Geburtstag ist erst morgen. Vielleicht ist die ganze *Trink mich*-Zeremonie noch gar nicht vonstattengegangen und ich bin bloß in einer seltsamen alternativen Wirklichkeit gefangen, in der zwei extrem heiße Männer mich in einer riesigen Wanne baden.

Das ist doch viel schlüssiger, oder etwa nicht?

Was bedeutet …, dass es in Ordnung ist, die beiden zu küssen. Sie zu berühren und … und andere unaussprechliche Dinge mit ihnen zu tun.

Denn genau dazu sind Träume da – darüber zu fantasieren, wie das Leben aussehen könnte.

Und diese Fantasie hier gefällt mir unverschämt gut.

Meister Raupes Zunge ist mit meiner verschlungen und lässt mich Sterne sehen. Es ist so surreal. So intensiv. So unglaublich *heiß*.

Alles in mir steht in Flammen und meine Gliedmaßen zittern wegen dieses unterdrückten Verlangens, das ich nicht definieren kann.

Ganz egal, woran es liegt, es gefällt mir. Ich will mehr davon. Dass es nie endet.

Wie so oft in meinen Träumen, schlinge ich Meister Raupe die Arme um den Hals und presse mich fester an ihn. Er stößt daraufhin ein Knurren aus, das durch meine Brust wandert und meine Nippel mit neu erwecktem Verlangen pulsieren lässt.

Ich will seinen Mund dort spüren. Überall. An meinem ganzen Körper. Ich will spüren, wie er sich meinen Körper einprägt, mein Verlangen antreibt und die Flammen schürt, die in mir brennen.

Was für ein ungewöhnliches Verlangen. Ich verstehe es nicht, nehme es aber mit offenen Armen an.

Weil das hier ein Traum ist, sage ich mir. *Ihr Götter, das hier muss ein Traum sein.*

Das würde so vieles erklären.

Oder vielleicht ist es einfacher, zu akzeptieren, dass das alles nur ein Traum ist, und nur für eine kurze Zeit geschehen zu lassen, was mir guttut.

Es ist, als hätte ich einen Schalter in meinem Kopf gefunden, den ich einfach umlege.

Denn jetzt denke ich an nichts anderes mehr als Meister Raupes Zunge.

Und Krolics Blick, geht mir durch den Kopf. Ich erschaudere, weil ich denselben auf mir verweilen spüre – weil ich weiß, dass er *uns* beobachtet. Es gibt mir das Gefühl, am Leben zu sein. Begehrt zu werden. Dass ich einzigartig bin.

Ich bewege mich an Meister Raupe gepresst, wie ich es vorhin am Tisch getan habe, und zucke zusammen, als sich an meinem Rücken eine sehr spezifische Empfindung ausbreitet.

Er hat einen Steifen, dämmert mir und mir ist dank meiner vormaligen Träume klar, was das bedeutet. *Heilige Götter, jetzt ist er so viel größer.* Ich weiß nicht, wie das überhaupt möglich ist, weil ich bisher immer über die Größe seines Schwerts fantasiert, ihn mir aber nie so riesig vorgestellt habe.

Das Wasser, das uns umgibt, tut der Hitze, die sich zwischen meinen Schenkeln anbahnt, keinen Abbruch. Seine Lanze ist breit und obwohl er Boxershorts trägt, kann ich sehen, dass er steinhart ist.

Ein teuflischer Teil von mir will ihm den verbleibenden Stoff vom Leib reißen, ihn befreien und *reiten*. Es ist so versaut und sieht mir überhaupt nicht ähnlich, aber in meinen Träumen bin ich um ein Vielfaches abenteuerlicher und selbstbewusster.

Ich bin nicht einmal sicher, woher ich diese Einfälle habe.

In meinen einundzwanzig Jahren auf dieser Erde habe ich noch nicht viel erlebt. Nur ein paar Bemerkungen hier und da von den Töchtern der Baronin Clarice. Weil ich meine Jugendjahre in ihrem Zuhause verbracht habe, habe ich all ihr Verlangen nach Jungs mitbekommen.

Ich war auch da, als sie sich zum ersten Mal verliebten.

Und als sie beide ihre Unschuld verloren.

Als sie Geschichten darüber austauschten, wie es sich angefühlt hatte.

Ich … ich wollte das nie am eigenen Leib erfahren, bis ich Meister Raupe zum ersten Mal sprechen gehört habe.

Und jetzt … jetzt kann ich an nichts anderes mehr denken, während er mich küsst. Mich berührt. Mich in seinen Armen *hält*.

Ihr Götter, ich habe den Verstand verloren.

Aber wen interessierts?

Alles in dieser Welt ist seltsam. Außergewöhnlich. *Unecht*.

Ich presse mich noch fester an ihn, entschlossen, diesen Traum zu genießen und das Konzept von Realität zu vergessen. Ihn unter mir zu spüren. Seine Wärme an der Stelle zu vernehmen, wo er gegen den sensibelsten Teil von mir gedrückt ist.

Doch die Lippen, die gegen meine Schulter gepresst werden, erinnern mich daran, dass nicht nur Meister Raupe hier ist. Krolic ist auch hier. Mein Biest. Nur in seiner menschlichen Gestalt. Und was für eine Gestalt das ist!

Er strahlt diesen sinnlichen Anmut und reifes Alter aus.

Er greift mit seinen Fingern nach meinem Kinn und zieht mich zurück zu sich, damit er mich weiter küssen kann, während Meister Raupe seinen Mund an meinen Hals wandern lässt.

Die Flammen, die in mir wüten, lodern nur noch heißer, als Krolic seine Zunge in meinen Mund wandern lässt. Er zieht meinen Kopf zurück, sodass ich mich derart verbiege, dass ich normalerweise fürchten würde, das Gleichgewicht zu verlieren. Aber Meister Raupes Arm ist um meine Taille geschlungen und hält mich rittlings auf dem Schoß sitzend fest, während ich meine Brüste nach oben in Richtung seines Gesichts presse.

Mir entfährt ein Stöhnen, als er seine Lippen an meine Brust hinunterwandern lässt und seinen Mund an einen meiner Nippel führt, bevor er ihn in den Mund nimmt. Die Berührung fühlt sich viel intensiver an als in jedem Traum, den ich je hatte.

»Fühlt sich das gut an, Kleine?«, fragt Krolic. »Gefällt es dir, wenn Catum deine Titten verehrt?«

Mich durchfährt ein wohliger Schauer und seine Worte scheinen einen Teil von mir zu erwecken, von dessen Existenz ich bisher nicht gewusst habe. Ein Teil, der mehr will. Ein Teil, der mich keuchend ein »Ja« ausstoßen lässt.

»Mh«, summt er an meine Lippen gepresst. »Du bist so ein braves Mädchen, verdammt.« Er küsst mich wiederholt, dieses Mal mit erneutem Elan, und seine Zunge ringt mit meiner, während Meister Raupe an meinem empfindlichen Nippel knabbert.

Als er zubeißt, gebe ich angesichts des Schmerzes, der darauf folgt, einen schockierten Schrei von mir.

Und erschaudere dann lusterfüllt, als er den Schmerz vergehen lässt.

»Sei vorsichtig mit unserer Omega«, warnt Krolic ihn mit einem dezenten Knurren.

»Ich teste nur ihre Grenzen«, erwidert Meister Raupe. »Es hat sie mehr überrascht als wehgetan.«

Krolic lenkt mich mit einem weiteren Kuss ab und lässt seine Hand an meinen Hals wandern, ehe er mich zu sich zurückzieht. Ich fühle mich beansprucht. Besessen. Vollends eingenommen von diesen beiden Männern.

Was vollkommen verrückt ist.

Tief drinnen ist mir bewusst, dass das alles völlig abstrus ist.

Und doch kann ich es nicht aufhalten.

Ich will es.

Jeder einzelne Teil von mir brennt voller Verlangen und wird mit der Kraft endloser Träume zum Leben erweckt.

Ich bin oft erregt aufgewacht und habe mir gewünscht, dass mein Traum echt gewesen wäre. Ich weiß, dass es morgen nicht anders sein wird. Aber in diesem Augenblick folge ich der Fantasie hinunter in die Tiefe und erlaube mir, einfach zu erleben, wie es sich anfühlen könnte, von zwei Männern berührt zu werden.

»Wir sollten das hier ins Bett verschieben«, sagt Meister Raupe, der nach wie vor an meine Brust gepresst ist.

Krolic knurrt zustimmend und entfernt seine Lippen von meinen, ehe er aus der Wanne steigt.

Viel zu schnell findet mein Traum ein Ende. Der Gedanke lässt mich ein langes Gesicht machen. Ich will mehr von dem hier. Mehr von ihnen. *Ich will nicht aufwachen. Bitte, lass mich noch ein bisschen weiterträumen.*

Als könnte Krolic mich hören, beugt er sich herunter und hebt mich aus dem Wasser, ehe etwas Weißes und Flauschiges um mich geschlungen wird.

Ein Handtuch, realisiere ich.

»Da ist wohl jemand etwas trunken vor Lust«, bemerkt Meister Raupe, als er aus der Wanne steigt und sich neben uns stellt. »Du bist wunderschön, Fräulein Wunder.«

Ein angenehmer Schauer wandert über meinen Rücken. Ich liebe es, wenn er mich so nennt. Liebe es, wie förmlich es sich anhört. Wie *dominant*.

»So verdammt schön«, fährt er fort, bevor er seinen Mund auf meinen presst.

Krolic knurrt an mich gedrückt und er hält mich in die flauschige Wolke geschlungen in den Armen, während Meister Raupe meinen Mund plündert.

Es ist berauschend.

Überwältigend.

Der beste Traum, den ich je hatte.

Die Zeit scheint stillzustehen, wie es in Fantasien oft geschieht, und ehe ich mich versehe, liege ich auf dem Bett und Meister Raupe plündert meinen Mund, während Krolic meine Brüste erforscht.

»Wir werden dir ein Hochgefühl verschaffen«, sagt Meister Raupe an meine Lippen gepresst.

Ich habe keine Ahnung, was das zu bedeuten hat, aber ich glaube ihm. Denn es fühlt sich jetzt schon wunderbar an. Ich fühle mich wertgeschätzt. Als wäre ich *wirklich* etwas wert.

Ein Gefühl, das ich noch nie erlebt habe.

Und ich bin dankbar, dass es mir in meinen Träumen widerfährt.

Catum küsst mich abermals und verlangt damit, dass

ich mich auf seine Zunge konzentriere, während Krolic an meinen Nippeln saugt und knabbert.

Jede Streicheleinheit, jede *Berührung* lässt mich heißer und heißer werden.

Das Inferno in mir bäumt sich derart auf, dass es zu explodieren droht, als Krolic sich nach unten und an eine Stelle begibt, die ich bisher nur im Alleingang erforscht habe.

Ich zucke zusammen, als er mit der Zunge mein Geschlecht berührt und die intimen Schichten meines heiligsten Ortes erforscht.

Oh, ihr Götter …

Ich … Mir war nie bewusst, dass es sich so anfühlen könnte. Seine Zunge beschwört viel mehr Empfindungen herauf als meine Finger. Er ist so viel bewanderter. Als hätte er das hier schon tausende Male zuvor mit mir getan.

Und vielleicht hat er das auch.

Mittlerweile weiß ich nicht mehr, wo oben und wo unten ist. Kann Realität und Fiktion nicht länger auseinanderhalten.

»Verdammt, du schmeckst unglaublich«, sagt er mit einem tiefen Knurren, das durch meine sensible Knospe saust. Er leckt mich knurrend erneut und ich zucke zusammen. »Deine Klitoris pulsiert geradezu, Kleine. Willst du, dass ich sie in meinen Mund nehme und es dir besorge?«

Dieser unbekannte Teil von mir bringt mich dazu, ein atemloses »*Ja*« von mir zu geben.

»Ich liebe es, wie brav du bist, Fräulein Wunder«, sagt Meister Raupe, dessen Mund an meine Lippen gepresst ist. »Wie vollendet und willig du bist.« Er presst seine Lippen auf meine, ehe ich eine Antwort formulieren kann, und dann nimmt Krolic meine Klitoris zwischen die Zähne und knabbert daran.

Ich schreie.

Die beiden Männer lachen.

Und plötzlich *fliege* ich.

Oder zumindest fühlt es sich so an – als hätte meine Seele sich von meinem Körper abgespalten und schwebte direkt der widersprüchlichen Wonne entgegen.

»Fuck«, keucht Meister Raupe, dessen Hand plötzlich an meinen Hals schnellt. »Das ist der wunderbarste Anblick, der sich mir je geboten hat.«

Ich habe nicht die geringste Ahnung, wovon er da spricht, weil ich nichts sehen kann. Ich … ich ertrinke in einem Meer aus Lava und jedes Mal, wenn er meine Haut mit der Zunge berührt, schreie ich.

Aber nicht, weil es wehtut.

Es fühlt sich gut an.

Sehr gut, sogar.

»Jetzt bin ich dran«, sagt Meister Raupe und plötzlich spüre ich, wie Krolic seinen Mund an meinen presst. Er küsst mich und Meister Raupe zieht mit seiner heißen Zunge einen Pfad hinunter an meinen Brüsten entlang, hinab zu meinem Nabel.

Ich schmelze förmlich dahin, als ich seine Hände an meinen Innenschenkeln spüre, und breite meine Beine aus, um seinem Körper Platz zu bieten.

Und dann spüre ich seinen Mund genau *da* – wie er mich leckt und direkt an der Stelle, wo Krolic mich gerade berührt hat, knabbert. Meister Raupe aber ergänzt seine Hände und lässt seinen Finger in meine feuchte Mitte gleiten, um mich auf eine Art zu erkunden, wie es noch keiner vor ihm getan hat. Nicht einmal ich habe mich dort berührt. Und doch … beansprucht er mich. Brandmarkt mich. *Fickt* mich mit seinen Fingern.

Alles, während Krolic meinen Mund einnimmt.

Mit seiner Hand, die um meinen Hals geschlungen ist,

drückt er mich gegen die Unterlage und verschlingt mich – zwingt mich, meinen eigenen Nektar, der auf seiner Zunge liegt, zu kosten.

Er ist süß. Verlockend. Fast schon süchtig machend.

Ich verliere mich in ihm und Meister Raupe, genieße diesen niemals endenden Traum und liebe die Empfindungen, die die beiden Männer tief in mir erwecken.

Da ist so viel *Hitze*.

So viel elektrische *Spannung*.

So viel Leidenschaft.

Ich stöhne, schreie, winde mich und *flehe*. Denn ich will mehr. Ich will, dass es nie aufhört.

»Genau so, Kleine«, flüstert Krolic an meinen Mund gelehnt. »Komm noch einmal für uns.«

Seine Worte richten etwas mit mir an. *Entreißen* mir etwas. Eine Flutwelle, die aus von Schmerz hervorgerufener Ekstase besteht.

Meine Sicht trübt sich abermals und dann falle ich dieser tiefschwarzen Wonne zum Opfer und spüre nichts als lustvolle Beben, die mein Wesen überwältigen.

Ich bin die Lust und die Lust ist ich.

Nie habe ich mich leichter gefühlt. Lebendiger. *Sensibilisierter.*

Aber es ist nicht echt, denke ich verträumt. *Nur … die ultimative Fantasie.*

Es sei denn, das ist es gar nicht.

Es sei denn … es sei denn, ich bin wirklich ins Monsterland gestürzt.

Es sei denn, ich bin wirklich eine Omega.

Ich gähne, schaffe es nicht, darüber nachzudenken. Ich bin zu erschöpft. Zu erfüllt. *Zu befriedigt.*

»Schlaf, Fräulein Wunder«, flüstert Meister Raupe mir

ins Ohr. »Wir werden dich beschützen, während du dich ausruhst.«

»Wir werden dich für immer beschützen«, sagt Krolic an mein Ohr gelehnt, während er seine Lippen über meine streifen lässt. »Jetzt gehörst du uns, Ailsa.«

»Uns«, wiederholt Meister Raupe. »Gute Nacht, Kleine. Träum was Schönes …«

CRAZE

Es WAR eine verdammt lange Nacht.

Aber Ailsa nackt im Bett liegen zu sehen, macht es die Sache wert.

Krolic und Catum suchen nach einer gewissen Katze und haben mir klare Anweisungen dagelassen: Ailsa zu *bewachen*.

Das brauchte man mir nicht zweimal zu sagen.

Ein einziger Blick auf die Laken – und ein tiefer Atemzug von Ailsa – verriet mir, dass die beiden sie in der vergangenen Nacht gut *bewacht* hatten.

Auf den Wangen unserer befriedigten kleinen Omega liegt immer noch ein hübsches Rot.

»Sie sieht unglaublich aus, wenn sie kommt«, hatte Catum mir zum Abschied gesagt. »Viel Spaß.«

Oh, den werde ich ohne jeden Zweifel haben.

Aber zuerst will ich mir den Gestank des Todes von der Haut waschen.

Ich trage den Duft bewusst. Er soll abschrecken. Ganz wie meine Maske.

So verstecke ich mich hier.

Mein wahres Gesicht habe ich schon … Ewigkeiten nicht mehr getragen. Jahrhundertelang. Manchmal frage ich mich, ob meine multiplen Persönlichkeiten für immer bleiben werden. Sie fühlen sich jetzt so natürlich an und rasen mit einer Geschwindigkeit durch meinen Geist, mit der ich nicht mehr mithalten kann.

Schätze, so ist das Leben nun einmal.

Ich verriegle die Tür zur Suite und bereite einen Kartentrick vor, der sicherstellen wird, dass niemand durch die Tür tritt, ohne einem sehr schnellen Tod zum Opfer zu fallen.

Dann stelle ich eine ähnliche Falle ganz in der Nähe der Tür zum Schlafzimmer auf. Die hier soll meine wunderschöne kleine Omega einfangen, falls sie auf die Idee kommen sollte, sich umzusehen, bevor ich fertig geduscht habe. Sie wird ihr nicht wehtun. Sie wird sie nur … einfangen.

Was unter Umständen ziemlich spaßig sein könnte. Sie sah so hübsch aus, als sie in diesem Gummibaum hing. Diese Konstruktion hier ist fast noch besser, weil sie Ailsa praktisch an die Tür fesseln würde.

Hm, summe ich in Gedanken, dann hüpfe ich in die Dusche.

Sie ist genauso groß wie die Wanne daneben. Was für eine Platzverschwendung. Wer braucht eine Sitzbank in der Dusche? Ich neige den Kopf zur Seite. *Na ja, eigentlich* … fallen mir jetzt, wenn ich so darüber nachdenke, ein paar sinnliche Verwendungszwecke dafür ein. Ich merke mir diese Ideen für später und mache mich daran, die Farbe von meiner Haut zu schrubben. Es fühlt sich seltsam an, mich so verletzlich zu zeigen, aber ich will, dass Ailsa mich kennenlernt. Mein wahres Ich. Wer auch immer er sein mag.

Craze de Hatte.

Der verrückte Hutmacher.

Ich presse die Lippen aufeinander. Ich bin nicht … verrückt. Natürlich aber würde jemand, der seinen Verstand verloren hat, genau das denken. Was es wiederum unmöglich macht, es mit Sicherheit sagen zu können.

Ich bin also ungefähr siebzig Prozent sicher, dass ich meinen Verstand noch besitze. Na ja, vielleicht eher sechzig Prozent.

Ich schüttle den Kopf. Die Tatsache, dass ich überhaupt darüber nachdenke, ist komplett lächerlich. Im Nebenzimmer liegt eine nackte Blondine, die jeden Augenblick aufwachen könnte. Es wäre mir lieber, wenn es geschieht, wenn ich neben ihr liege.

Ich will ihre Reaktion auf mein Gesicht sehen.

Auf mein wahres Ich.

Craze. Einfach nur Craze.

Wird sie schreien? Versuchen, sich zu wehren? Wegrennen?

Allesamt vielversprechende Optionen.

Leise summe ich ein Lied, an das ich schon jahrelang nicht mehr gedacht habe. Ganz wie ich, Catum und Krolic ist es uralt.

Zumindest ist es uralt im Vergleich zu unserer Omega.

Ich dusche und pfeife dabei die Hymne, dann greife ich nach einem Handtuch und schlendere zurück ins Zimmer, in dem unsere schlafende Schönheit im großen, mit Daunen gepolsterten Bett liegt.

Schönheit. Diesen Kosenamen werde ich definitiv behalten.

Hase wird vielleicht weichen müssen. Sie ist nicht besonders scheu. Niedlich allemal. Aber in ihr ruht eine Stärke, die ich bewundernswert finde.

Den Kaninchenbau hinunter und ins Monsterland zu fallen und den Verstand zu bewahren, ist ein Kunststück.

Ich schüttle die Wassertropfen aus den Haaren und laufe daran zurück ins Badezimmer, wo ich mich abtrockne.

Der Wandschrank daneben ist reich gefüllt mit allem, was ich vielleicht brauchen werde: Hosen, Oberteile, Stiefel, Unterwäsche.

Bis auf eine graue Jogginghose lasse ich alles liegen. Ich lasse sogar meine Karten zurück und entscheide mich, zum ersten Mal seit Langem ich selbst zu sein.

Der heutige Morgen – na ja, eigentlich ist es jetzt fast zwölf – steht voll und ganz im Zeichen der Entspannung.

Ich fahre mir mit den Fingern durch das feuchte Haar, kehre zurück ins Schlafzimmer und sehe meine kleine erotische Frau an.

Sie wird Hunger haben, wenn sie aufwacht. Und Durst.

Ich laufe abermals durch die Tür, löse die magische Falle auf, die ich ihr gestellt habe, und begebe mich in die Küche, damit ich auf dem Seerosenblatt eine Bestellung hinterlassen kann. Dabei handelt es sich um ein Computersystem, das mit Magie versehen wurde, auf dem ich allerhand Speisen und Getränke auswählen kann.

Weil ich nicht weiß, was Ailsa wollen wird, kreuze ich praktisch die gesamte Karte an und schicke die Bestellung ab.

Catum oder Krolic werden sich um die Rechnung kümmern. In der Regel benutzen sie ihre Magie auch dazu, die Bestellung aufzugeben, aber ich habe ihnen gesagt, dass ich das übernehmen werde.

Vermutlich werden sie ihre Entscheidung bereuen, wenn sie sehen, dass ich … na ja, *alles* bestellt habe.

Pfeifend kehre ich zurück ins Schlafzimmer und finde Ailsa genau da, wo ich sie zurückgelassen habe.

Aber sie wälzt sich hin und her, vermutlich, wegen der Geräuschkulisse meiner Wenigkeit. Ich verstumme, krabble neben sie aufs Bett und rücke so nahe, wie ich kann, ohne sie zu berühren.

Ailsa stößt ein sanftes, leises Stöhnen aus, das sich anhört, als wäre sie zufrieden, und kuschelt sich zurück ins Kissen.

Ich sage nichts, mache keine Bewegung und frage mich, ob sie sich noch einmal regen wird. Stattdessen, jedoch, scheint sie in einen noch tieferen Schlaf zu fallen.

Hm. Schätze, ein oder zwei Stündchen könnten mir auch guttun.

Das Essen und die Getränke im Esszimmer werden dank der speziellen Tavernen-Zauber frisch bleiben.

Gähnend schließe ich meine Augen.

Und schrecke wenig später aus dem Schlaf hoch, als ich die Frau neben mir nach Atem ringen höre.

Ich schaue unter den langen Wimpern zu ihr hoch, dann blicke ich auf die Uhr. Ich war nur dreißig Minuten weg. Schnaubend rolle ich mich auf die Seite und schließe die Augen wieder. »Schlaf weiter, Ailsa.«

»*Craze?*«

»Hm?«, summe ich todmüde. Es ist ganz allein ihre Schuld. Wenn sie wach gewesen wäre, als ich mich zu ihr ins Bett gelegt habe, wäre ich nicht eingeschlafen. Aber jetzt, nachdem ich mich ein wenig ausruhen konnte, will ich weiterschlafen.

»Ach, du meine Götter, das war alles echt!«, keucht sie,

ehe ich das Laken rascheln höre und sie sich im Bett aufsetzt. »Es … Das … das war überhaupt kein Traum!«

Ich spähe abermals zu ihr. »Wovon redest du da?«

»Meister Raupe und Krolic haben mich geküsst!«, ruft sie aus. »*Überall.*«

Mh, okay. Jetzt ermuntere ich ganz plötzlich wieder. Ich stütze mich auf einen Ellbogen und sehe zu ihr hoch. »Würdest du gern erläutern, was geschehen ist?«, frage ich.

Sie blinzelt mich an. »Was ist aus deinem Totenschädel-Gesicht geworden?«

»Ich habe es abgewaschen«, erwidere ich, bevor ich mich dem wichtigeren Thema zuwende. »Also … wo genau haben die beiden dich geküsst?«

»Warum?«, fragt sie.

»Weil ich wirklich gern mehr darüber erfahren möchte.« Mein Blick wandert auf ihre entblößten Titten. »Mit allen Einzelheiten, bitte.«

»Nein, ich meine … warum hast du es abgewaschen?«

Langsam lasse ich meinen Blick zu ihrem hübschen Gesicht hochwandern. »Weil ich mich hier nicht verstecken muss.«

Sie blinzelt abermals. »Musst du dich für gewöhnlich verstecken?«

»Ja. Mein Gesicht ist ohne die Tarnung zu leicht zu erkennen. Und wenn jemand mich sieht, werden sie wissen, dass Krolic noch lebt. Darum maskiere ich mich als den berühmten verrückten Hutmacher.«

Das ist der Name, unter dem mich hier alle kennen und den ich schon jahrhundertelang trage.

Craze werde ich nur von meinem Gefährtenzirkel genannt.

Und jetzt auch von Ailsa.

Sie runzelt die Stirn und streckt ihre Hand aus, um meine Wange zu berühren. Fast, als glaubte sie, ich wäre ihrer Fantasie entsprungen. Ich bewege mich nicht. Ich wage es kaum, zu atmen. Denn meine auserwählte Gefährtin erforscht mich.

»Deine Haut ist so weich«, flüstert sie.

Ich mache mir keine Mühe, ihr zu erzählen, dass das daran liegt, weil ich mich jeden Tag rasiere. Die Farbe würde sich mit der Gesichtsbehaarung nicht gut vertragen, weshalb ich etwas eifersüchtig auf Catums und Krolics getrimmte Bärte bin. Vielleicht werde ich mir auch einen wachsen lassen, wenn das alles erst einmal durchgestanden ist.

Vielleicht aber auch nicht, da Ailsa meine glatte Haut zu gefallen scheint.

»Es ist schön, dich zu sehen«, fährt sie fort. »Dein wahres Ich.«

Ich lächle. »Es ist auch schön, dich zu sehen, Ailsa«, murmle ich, ehe mein Blick wieder auf ihre Brüste wandert. »*Alles* von dir.«

Mit gerunzelter Stirn folgt sie meinem Blick und ringt daraufhin ein weiteres Mal nach Atem, bevor sie panisch nach dem Laken greift und ihre Blöße bedeckt.

Mein Lächeln erlischt. »Die Aussicht hat mir gut gefallen, Ailsa.«

Sie schließt die Augen und kneift sich in den Arm. *Fest.* »Wach auf, Ailsa. Wach auf. Wach auf. *Wach auf!*«

Ich ziehe eine Augenbraue hoch, als sie ihre Augen wieder aufschlägt. »Ich bin immer noch hier, Schätzchen«, flöte ich.

Sie stößt ein Kreischen aus und krabbelt zurück, damit sie den Rücken an das Kopfteil lehnen kann und zieht das Laken an ihre Brust hoch. »Das gestern ist also wirklich geschehen. Ich bin im Monsterland.«

»Ganz recht«, murmle ich, ehe ich mich langsam

aufrichte und mich neben sie gegen die Kissen lehne. »Hast du gehofft, dass das alles nur ein Traum war?«

Sie antwortet zunächst nicht. Ihr Blick flitzt im Zimmer herum und wandert zur Glaswand auf der einen Seite. Die Vorhänge sind gezogen, sodass die Wolken draußen nicht zu sehen sind – was angesichts ihrer Reaktion vermutlich gut ist.

»Nein«, sagt sie schließlich, was meine Aufmerksamkeit zurück auf ihren Mund zieht. »Nein, ich … das habe ich überhaupt nicht gehofft. Ich bin nur davon ausgegangen, dass es nicht echt war.«

»Es ist ohne jeden Zweifel echt, Schönheit.« Ich strecke meine Hand aus und klemme ihr eine lange Haarsträhne hinters Ohr. »Tut mir leid, dich enttäuschen zu müssen.«

Erst jetzt landet ihr Blick wieder auf mir. Ihren blauen Augen sind so viele Emotionen zu entnehmen. »Enttäuscht ist das Letzte, was ich bin. Schockiert. Verwirrt. Definitiv überwältigt. Und perplex.« Blinzelnd sieht sie sich erneut im Zimmer um. »Ich habe keine Ahnung, was ich hier mache.«

»Na ja, im Augenblick sitzen wir im Bett. Als Nächstes werden wir etwas essen. Und dann werde ich dir vielleicht einen Rundgang …«

Eine Explosion vor der Eingangstür lässt mich schnurstracks auf die Beine kommen und ich lande barfuß auf dem Boden. Mit einem Pfeifen rufe ich meine übrigen Karten aus dem Deck zu mir und renne in den Wohnbereich.

Der Boden ist von orangefarbenem Glibber überzogen und der Gestank von verrottenden Zitrusfrüchten liegt in der Luft. *Verdammte Orks.*

Im Flur ist ein Krächzen zu hören, das mir das kalte Grauen beschert.

Die Laute gehören nicht zu Orks.

Sie gehören zu weitaus tödlicheren Wesen.

Jabberwaries.

Tödliche, vogelähnliche Biester mit scharfen Schnäbeln, riesiger Flügelspannweite und giftigem Speichel.

Ich renne zurück ins Schlafzimmer, schlage die Tür hinter mir zu und übersähe sie mit explosiven Karten. Sie werden uns nicht lange Deckung geben, aber es wird genügen müssen.

»Zieh dich an!«, sage ich zu Ailsa und deute wie wild aufs Badezimmer. »In den Wandschrank. *Sofort.*«

Sie wendet nichts dagegen ein und rennt nackt durchs Zimmer. Ich folge ihr, greife nach der Badezimmertür und versehe diese mit weiteren Karten.

Ich treffe Ailsa im Wandschrank, wo sie sich gerade eine Unterhose anzieht. Ich suche nach der Jeans und dem Pullover, die Catum für sie verzaubert hat, und werfe ihr die Sachen zu. Sie fängt sie ab und zieht sie sich über.

Ich mache es ihr nach, greife nach dem Kapuzenpullover und tausche meine graue Jogginghose gegen eine Jeans.

Irgendwann ringt Ailsa nach Atem, vermutlich, weil sie meinen Knoten gesehen hat. Oder vermutlich eher wegen meiner Piercings. Aber es bleibt keine Zeit, ihr den Zweck einer Jakobsleiter zu erklären.

Denn die Explosion ist direkt vor dem Schlafzimmer losgegangen.

Das Badezimmer wird als Nächstes dran glauben müssen.

Sobald meine Füße in Socken und Stiefel stecken, packe ich Ailsa an der Hüfte und renne auf die Glasfenster hinter der Dusche zu.

Ich denke nicht nach und drehe mich im letzten Augenblick um, damit ich mit dem Rücken gegen die Scheiben treffe. Und dann fallen wir.

AILSA

Wir werden sterben.

Das ist der einzige Gedanke, der mir durch den Kopf schießt, während ich mich wie verrückt an Craze klammere und meine Kinnlade herunterklappt, als würde ich einen stummen Schrei von mir geben. Stumm, weil seine Hand auf meine Lippen gepresst ist.

Pfeifgeräusche wirbeln um uns und der Wind scheint unseren Fall zu beschleunigen.

Oder zumindest glaube ich das, bis wir plötzlich in einer Nebelwolke landen. Eine Nebelwolke, die uns zurück in den Himmel katapultiert und auf einer unsichtbaren Strömung zu tragen scheint.

Ich sehe nach oben, dann nach unten und bekomme eine Gänsehaut, als mir bewusst wird, wie hoch oben wir immer noch sind. *Oh, ihr Götter …*

Mein Blick schnellt zu Craze, der einen angespannten Ausdruck im Gesicht hat und mit den Lippen ein O formt.

Das Pfeifen kommt von ihm.

Ich starre ihn perplex an, doch er scheint mich gar nicht zu bemerken, obwohl er mich fest an seine Brust presst.

Was auch immer er da macht, ist vermutlich der Grund dafür, warum wir nicht fallen, also fange ich mich und schließe meinen Mund.

Es muss ihm aufgefallen sein, weil er seine Hand von meinem Mund nimmt und mich fester an sich drückt, indem er mich etwas höher zieht. Ich schlinge meine Beine um seine Taille und lege ihm die Arme um den Hals.

Craze entspannt sich sichtlich, pfeift aber weiter. Er hat die Kapuze in die Stirn gezogen, die sein schwarzes Haar verbirgt, aber ich kann sein ungeschminktes Gesicht nach wie vor erkennen.

Er sieht unverschämt gut aus. Beinahe *schön.* Seine Gesichtsmerkmale scheinen fast zu vollkommen.

Jetzt verstehe ich, warum man ihn wiedererkennt. Er sieht unglaublich aus.

Krolic besitzt diesen Charme eines älteren Mannes, der Respekt einflößt und mich mit Leichtigkeit zum Schweigen bringen würde.

Catum ist ein sexy, dominanter Mann mit markantem Kiefer und scharfen Wangenknochen.

Aber Craze … Craze ist vermutlich der Schönste von den Dreien.

Etwas an seinen Gesichtsmerkmalen ist außergewöhnlich schön. Er erinnert mich an die Poster, auf denen Berühmtheiten abgebildet waren, die an einigen Wänden im Anwesen der Baronin Clarice gehangen haben. Ihre Töchter waren besessen von übernatürlichen Schauspielern.

Craze passt zweifelsohne auf diese Beschreibung.

Aber unter den Klamotten ist er ein harter, heißer, muskulöser Mann.

In der Nähe seiner Hüftknochen waren kleine Dellen zu erkennen, von denen ich nichts gewusst hatte, bevor er seine Hose ausgezogen hat.

Und sein Schwanz.

Meine Wangen brennen.

Heilige. Götter.

Ich sollte jetzt keine Gedanken daran verschwenden, weiß mir aber nicht zu helfen. Ich … ich habe noch nie einen nackten Mann gesehen, aber ich habe mir schon vorgestellt, wie sie aussehen könnten. Habe darüber fantasiert.

Aber Metall … *Da unten.* Daran hatte ich nie gedacht.

Er hat eine ganze Menge davon. Die Piercings ziehen sich bis zur Unterseite seines Schafts.

Ich räuspere mich und versuche, das Bild aus meinem Kopf zu bekommen, doch es gelingt mir nicht. Ich … es ist fest in mein Hirn eingebrannt.

Zusammen mit dem Wissen, wie breit Catum da unten wirklich ist.

Und wie bewandert Krolic mit seiner Zunge ist.

Ich stecke in echten Schwierigkeiten.

Verheerende Schwierigkeiten.

Diese Männer werden mir den Verstand rauben.

»Ailsa?«, fragt Craze mit sanfter Stimme, was mich blinzelnd zu ihm zurückblicken lässt.

Jepp. Da geht er hin. Auf Nimmerwiedersehen, Verstand.

Denn irgendwann sind wir auf einem riesigen …

Stirnrunzelnd blicke ich nach unten. Ich kann eine blau gepunktete Oberfläche unter meinen Füßen erkennen. »Ist das ein Pilz?«, frage ich und lasse meinen Blick über mehrere runde Köpfe schweifen. In der Ferne kann ich die Stiele sehen, die meine Vermutung bestätigen.

»Ja, wir sind im Pilzdschungel.« Er hört sich nicht erfreut darüber an. »Ich weiß nicht, wie gut der Zauber, mit dem deine Kleidung versehen wurde, ist, also müssen wir uns vom Acker machen, und zwar dalli. Es ist Zeit für Plan C.«

»Und wie lautet Plan C?«, frage ich misstrauisch.

»Die Kavernen«, murmelt er, was mich die Stirn in Falten legen lässt.

»Ich dachte, das war Plan A?«

»Die Schwarzen Höhlen waren Plan A. Die Kavernen sind ein komplett anderes Gebiet.« Meine Stirn ist nach wie vor krausgezogen, denn für mich hören sich *Höhlen* und *Kavernen* wie ein und dasselbe an. Er legt sich auf den Bauch und späht über den Rand des Pilzes. »Das wird ein Riesenspaß werden.«

Der sarkastische Tonfall, der seiner Aussage mitschwingt, sagt mir, dass es alles andere als spaßig werden wird.

»Komm her«, sagt er und deutet auf die Stelle neben ihm. »Ich werde dich auf unserem Weg nach unten festhalten müssen.«

Sein misstrauischer Tonfall verrät mir, dass mir diese Reise nicht gefallen wird. Überhaupt nicht.

Ich knie mich hin, dann lege ich mich neben ihn auf den Bauch und blicke vorsichtig über den Rand.

Ein Riesenfehler.

Der Grund unter uns *windet* sich.

»Nein!«, sage ich entschlossen und stehe erschrocken auf. »Nein, nein …«

Er packt mich so geschickt an der Hüfte, dass mir keine Zeit bleibt, einen Fluchtversuch zu starten.

Und dann *fallen* wir ein weiteres Mal.

Ich kneife schreiend die Augen zu.

Aber anstatt irgendwo zu landen, *schwingen* wir in der Luft.

Das Gefühl lässt mir das Herz in die Hose rutschen und mich meine Gliedmaßen anspannen. Erst hinterher realisiere ich, dass ich mich wieder an Craze klammere und die Beine wieder um seine Hüften geschlungen habe. Dieses Mal aber hänge ich an seiner Seite.

Einer seiner Arme ist um mich gelegt, während er mit

der anderen Hand – ich öffne die Augen – nach Ranken greift. *Plural.*

Er lässt sie los, ehe er nach den nächsten greift und schwingt uns von einem Büschel zum nächsten.

Mit weit aufgerissenen Augen beobachte ich ihn, erstaunt, dass er in der Luft von der einen Ranke ablassen und nach der nächsten greifen kann.

Das sollte unmöglich sein.

Die langen blauen Stränge *helfen* ihm.

Sie schlagen wild um sich wie stromführende Drähte, greifen nach uns und bringen uns voran, sodass wir durch die Luft schwingen.

Ich beobachte das Geschehen fasziniert und kreische, als er abrupt anhält und wir wieder festen Boden unter den Füßen haben. Er rumpelt unter meinen Schuhen – was bin ich froh, habe ich sie mir vorhin im Wandschrank in Eile angezogen – und bricht auf, bevor Millionen von käferähnlichen Wesen aus den Rissen strömen.

»Igitt!«, murmle ich und wünschte mir plötzlich, meine Beine wären nach wie vor um Craze geschlungen.

»Schhh«, sagt er und sucht mit ernster Miene die Umgebung nach etwas ab, das ich nicht sehen kann. »Irgendetwas stimmt hier nicht.«

Was du nicht sagst, erwidere ich um ein Haar, während ich einen leuchtenden blauen Käfer von meinem Schuh schüttle.

»Bleib hier«, meint er.

»Wie bitte?«, zische ich ihm im Flüsterton zu.

»Und sei still«, ergänzt er. Sein Befehl trifft mich wie ein Schlag. Er war die ganze Zeit über so fröhlich und verspielt, dass ich nicht realisiert habe, dass er auch eine ernste Seite besitzt, die sich jetzt aber zeigt. In seinen Augen steht ein dominanter Ausdruck.

Ich schlucke hart und bedeute ihm dann mit einem Nicken, dass ich verstanden habe.

Er streicht mir mit den Fingerknöcheln über die Wange, dann schubst er mich sanft in Richtung einer der Pilzstiele. Sobald mein Rücken auf die kühle, harte Oberfläche trifft, deren Textur mich an einen Baumstamm erinnert, lehnt er sich zu mir und führt seine Lippen an mein Ohr. »Ich verspreche dir, dass ich zurückkommen und dich holen werde. Bitte, renn nicht weg. Es ist gefährlich hier.«

Mit dieser Bitte – die mit dem schroffen Tonfall von eben überhaupt nichts gemeinsam hat – dreht er sich um und rennt davon.

Ich strecke meine Hand instinktiv nach ihm aus, weil ich nicht zurückgelassen werden will. Sein Name liegt mir auf der Zunge, doch dann vernehme ich ein Knurren in der Ferne.

Ich schlucke nervös.

Das … das hört sich nicht nett an.

Die Käfer zu meinen Füßen flitzen in alle Richtungen davon, was mich dazu anhält, einen Sprung zurück zum baumstammähnlichen Stiel hinter mir zu machen. Mein Pullover bleibt hängen und ein Teil des Stoffs reißt ab, was mir um ein Haar ein Keuchen entlockt.

Aber ich schlucke es herunter.

Und horche. Das Knurren wird lauter und lässt mir das Herz bis zum Hals schlagen.

Warum habe ich plötzlich das ungute Gefühl, dass ich gejagt werde?

Craze ist verschwunden, aber was auch immer dieses Knurren von sich gibt, nähert sich mir ohne jeden Zweifel.

Jepp, ich bin zweifelsohne jemandes Beute.

Elender Craze.

Er hätte mich auf dem Pilz …

Der Pilz gegenüber zerschellt in zwei Hälften, bevor ein riesiges wildschweinähnliches Wesen dahinter hervorkommt.

Oh, geht mir durch den Kopf, bevor der Pilzhut zu Boden fällt. *Okay. Auf dem Pilz zu stehen, wäre schlecht für mich ausgegangen.*

Aber jetzt, wo ich dieses knurrende gehörnte Monster anstarre, bin ich nicht ganz sicher, ob mein derzeitiger Standort besser ist.

Der Blick in seinen schwarzen Augen landet umgehend auf mir und mit seinen Stoßzähnen kreiert er ein zischendes Echo das mir die Nackenhaare zu Berge stehen lässt.

»*Omega*«, sagt er mit Reibeisenstimme. »*Fruchtbare Omega.*« Er scheint sich die Worte auf der Zunge zergehen zu lassen und leckt sich mit der gespaltenen Zunge die Lippen.

Ich weiß nicht, worum es sich bei dieser gehörten Bestie handelt, aber ich hege kein Interesse daran, mit ihm befreundet zu sein.

Leider scheint sein Interesse umso größer.

Denn er hüpft fröhlich auf mich zu.

Ja, richtig gelesen. Er greift nicht an. Er rennt nicht. Er *hüpft fröhlich* auf mich zu. Es ist, als würde er auf seinen zwei behuften Füßen in meine Richtung tänzeln.

Seine Zunge hängt ihm aus dem Mund und er hält eineinhalb Meter vor mir an, ehe er seinen Kopf neigt. »Meine hübsche Omega«, schnurrt er.

»Nicht deine«, sagt Craze, der hinter ihm steht. »*Meine.*«

Ein Pfeifen schwirrt durch die Luft und dann erscheint eine der Ranken, die sich dann um den Wildschwein-Mann schlingt und ihn zurückreißt.

Das Monster knurrt und wirbelt herum, doch die

Ranke hat ihn jetzt noch fester im Griff. Er scharrt mit den Hufen gegen den Erdboden, gerät aus dem Gleichgewicht und dann spannen sich die violetten Seile an und heben ihn in die Lüfte.

Ich starre die massige Bestie mit aufgerissenem Mund an und zucke zusammen, als er einen frustrierten Knurrlaut ausstößt.

Dieses Knurren scheint irgendwo Widerhall zu finden. Es ist ein furchtbarer Laut, der mir einen eiskalten Schauer über den Rücken jagt. Er ist intensiv. Laut. Und kommt aus mehreren Richtungen.

Er ist nicht allein, dämmert es mir, bevor vier weitere Exemplare in Sicht kommen und angreifen.

Craze steht in der Mitte, hat eine dieser Ranken in den Händen und hält sie wie ein Springseil.

Und außerdem trägt er kein Hemd.

Ich habe nicht die geringste Ahnung, warum. Und ich bin zu perplex, um einen zusammenhängenden Satz zu formen.

Denn jetzt *springt* er.

Zunächst ganz locker. Die Ranke scheint die ihn umgebenden Monster zu hypnotisieren.

Dann fängt er während seiner Einlage zu singen an und verdreht seinen Körper zum Rhythmus.

Ich … ich kann nichts weiter tun, als ihn anzustarren. Ich bin praktisch so hypnotisiert wie die Wildschweine, wenn nicht sogar mehr, denn … wow. *Wow*. Er bewegt seinen Körper mit einer Anmut, die er nicht besitzen sollte.

Und dann schnellt das Seil plötzlich zur Seite und erwischt den Wildschwein-Mann, der Craze am nächsten ist. Dann holt die Ranke aus und schnellt über den Pfad zum anderen, schlingt sich um den dicken Hals der Kreatur und reißt ihn hoch in die Lüfte.

Ein weiteres Seil fällt auf magische Art und Weise in

Crazes Hände, der seinen Tanz fortsetzt und die anderen beiden in mehreren Schritten fesselt, was mir den Atem raubt. Alles geht so schnell, dass ich seinen Bewegungen kaum folgen kann.

Und dann stelle ich plötzlich fest, dass ich in ein weiteres Seil eingewickelt wurde, das er heraufbeschworen hat. Er zieht mich an seinen harten Körper und reißt uns zu Boden.

Doch wir prallen nicht auf.

Der … der Boden gibt unter uns nach und wir fallen in ein spiralförmiges Loch.

Ein Portal, realisiere ich erst hinterher und die Welt dreht sich im Dunkeln.

Wir landen ein paar Sekunden später in einem Gewölbe, das aus obsidianschwarzem Felsgestein besteht.

Craze drückt mich gegen die Wand. Er keucht leise und sein Körper pulsiert voller Kraft, die er nur geradeso zurückzuhalten scheint.

Ich blicke in seine schwarzen Augen, völlig gefesselt von den vergangenen Minuten.

Er hat bereits bewiesen, dass er und diese Karten tödlich sind.

Jetzt hat er mir gezeigt, wie tödlich er mit einer *Ranke* sein kann.

Dieser Alpha ist … *faszinierend.*

Und wunderschön.

Und besteht aus nichts als Muskeln.

Ich … ich weiß gar nicht, was ich sagen soll. Ich bin zu perplex, um die passenden Worte zu finden. Die Seile werden gespannt, halten mich gefangen, während er mir die Hände an die Hüften legt und seine Lippen über meinen verweilen lässt.

Mein Herz setzt einen Schlag aus.

Meine Lunge zieht sich zusammen.

Das Einzige, was ich tun kann, ist, den Mann vor mir anzustarren.

Ich weiß nicht, ob wir hier in Sicherheit sind. Ich weiß nicht einmal, wo hier ist. Ich … ich ergebe mich ganz einfach dem Wahnsinn. Dem Chaos. Dem Durcheinander, das das Monsterland regiert.

Und presse meine Lippen auf seine.

CATUM

Wo zur Hölle ist diese elende Katze?, geht mir durch den Kopf. Es ärgert mich, dass unsere Suche erfolglos verlaufen ist.

Ich habe heute Morgen einen Brief von der verzauberten Kreatur erhalten. Darin stand, dass er über wichtige Informationen verfügt.

Aber wie immer beinhaltete der Brief auch ein Rätsel, auf dessen Lösungsfindung ich und Krolic die vergangene Stunde verwendet haben.

Ich will nichts lieber tun, als zur Taverne zurückzukehren und Ailsa mit meiner Zunge zwischen den Beinen aufzuwecken.

Leider sind wir jetzt hier und irren durch das Rosenlabyrinth, das sich direkt vor dem königlichen Palast befindet. Wenn uns hier jemand erwischt, werden wir uns noch mehr verspäten.

Und womöglich vertrieben werden.

Beide Ausgänge sind nicht, worauf wir aus sind.

»Vielleicht ist die Blume auf der Karte gar keine Rose«, murmle ich und hole das erwähnte Schriftstück hervor, damit ich es mir erneut ansehen kann. Die Dornen daran sind ziemlich klar als solche zu erkennen, weil an ihren Spitzen Blut klebt, aber bisher haben wir keine beschädigten Blumen gefunden.

»Wie viele Pfotenabdrücke waren darauf noch mal zu sehen?«, fragt Krolic. »Fünf?«

Ich nicke und zähle die Kritzeleien um die Rose herum. Wir sind davon ausgegangen, dass sie Richtungsangaben sind, die uns verraten würden, wohin wir im Labyrinth gehen sollen, sobald wir es betreten haben. Aber alles, was wir bisher versucht haben, hat zu keinem Ergebnis geführt und die berühmt-berüchtigte rosafarbene Katze nicht enthüllt. Sein Haar ist auch in seiner menschlichen Gestalt magentarot und damit kaum zu übersehen, auch wenn das Labyrinth selbst in leuchtende Farben getaucht ist.

»Dieses Spiel hat mir überhaupt nicht gefehlt«, knurrt Krolic, als wir bei einer weiteren Sackgasse ankommen. »Ich schwöre, der Beta macht das mit Absicht.«

»Was gibt es Besseres, als einen König zu verwirren?«, fragt eine sanfte Stimme direkt hinter uns.

Ich verdrehe die Augen. »Du bist uns in den vergangenen zehn Minuten gefolgt, habe ich recht?« Denn das sähe Grins ähnlich.

»Fünfunddreißig«, murmelt er, bricht den Tarnzauber und offenbart sich uns. »Aber wer zählt schon mit?«

»Wir lagen auf Anhieb richtig«, meint Krolic und funkelt den Katzen-Formwandler an.

»Nein, beim dritten Mal«, schnurrt er. »Leider werde ich euch vergeben. Immerhin habt ihr das Spiel lange nicht gespielt.« Er schlendert auf uns zu und seine leuchtend rosafarbene Hose flattert wie ein Rock im Wind.

»Wir vergeuden hier wertvolle Zeit«, unterbreche ich ihn. »Du weißt, dass es gefährlich ist.«

Auf seinen Lippen breitet sich ein Lächeln aus, das die Durchtriebenheit der Katze verrät. »Ist es das? Ich hatte ja keine Ahnung.«

»Hör auf, uns zu veräppeln, Grins. Du sagtest, es wäre dringend.«

Er presst eine Hand auf seine Brust, deren blasse Haut zu seiner weißen Bluse passt. »Habe ich das?«

Ich verschränke die Arme und erwidere nichts. Er weiß ganz genau, was er auf diese elende Notiz geschrieben hat.

Sexy Räupchen,

IHSWIFD.

Deinen Schatz
Findest
Oder verlierst du
Hier …

Räupchen. So lautete der Kosename, den er sich für mich ausgedacht hat, und er bezeichnete sich oft als *Schatz*.

Der Buchstaben- und Zahlensalat ließ sich einfach entschlüsseln – *ich habe sehr wichtige Informationen für dich.*

Und der zweite Teil war mit blutigen Rosen und Tierspuren verziert.

»Du warst früher viel lustiger«, flötet er und lässt seinen Blick über meinen Oberkörper hinab zu meiner schwarzen Jeans wandern. »Deine gestrige Show war enttäuschend, *Meister Raupe*. Sehr enttäuschend.«

Die Andeutung, dass Grins mich gestern mit Ailsa beobachtet hat, lässt mich die Zähne zusammenbeißen. »Die Dinge haben sich geändert«, informiere ich ihn.

Denn wir werden Ailsa nicht mit der Öffentlichkeit teilen.

Sie gehört mir, Krolic und Craze. Und niemandem sonst. *Niemals*.

Dieser Gedanke hat sich gestern Nacht gefestigt, als ich meine Zunge gegen ihre Klitoris gepresst habe. Sie mag es nicht gespürt haben, aber das war eine verdammte Ankündigung. Ein Schwur, dass ich sie zu Meiner machen werde. *Eine Beanspruchung*.

Krolic, der neben mir steht, stößt ein Knurren aus und stimmt mir offensichtlich zu.

Uns dabei zuzusehen, wie wir uns einen Beta teilen, liegt in der Vergangenheit. Das war ein anderes Leben.

Unsere Gegenwart wie auch unsere Zukunft gehört ganz allein Ailsa.

Und wir werden sie nicht auf den Präsentierteller setzen. *Niemals*.

Zumindest nicht so. Als unsere Königin, klar. Aber sie verehren, das tun wir hinter geschlossenen Türen.

»Verstehe«, murmelt Grins und blinzelt uns unter den von langen, rosafarbenen Wimpern umsäumten Katzenaugen an. »Na dann, schätze ich, sollte ich es ausspucken.«

Ich erwidere nichts. Denn genau darum habe ich ihn vor mehreren Minuten gebeten.

Er stößt einen Seufzer aus und schüttelt den Kopf. Eine ernste Miene löst den sonst verspielten Ausdruck ab und sein Blick scheint eiserner zu werden. »Die Herzkönigin hat einen langen Atem«, sagt er. »Ich kann nicht detailgenau darauf eingehen, was das bedeutet, aber du solltest wissen, dass eure üblichen Tricks keine Früchte tragen werden. Sie durchschaut deine Rauchschleier, Catum. Sie sieht alles.«

Ich beiße die Zähne zusammen. »Du willst also sagen, dass Ailsas Geruch nicht verhüllt ist.«

»Ich will damit sagen, dass ihr vorsichtig sein müsst, wenn ihr über dem Erdboden seid.« Er wirft mir einen vielsagenden Blick zu. »Einmal ein Kaninchen, immer ein Kaninchen.« Er neigt den Kopf zur Seite und lässt seinen Blick zu Krolic wandern. »Sie war immer schon einen Schritt voraus, deine Schwester. Vielleicht muss sie von einer Frau in ihrem eigenen Spiel geschlagen werden. Wie man so schön sagt … Die Königin ist die stärkste Figur auf dem Brett, richtig?«

Mit diesen tiefschürfenden Aussagen verschwindet er in einer Glitzerwolke.

Ich funkle die Stelle an, an der er gestanden hat. »Noch mehr Rätsel.« *Nichts als eine verdammte Zeitverschwendung*, denke ich mit rasenden Gedanken. *Was nur eines bedeuten kann …*

»Wir müssen zurück zur Taverne«, sagt Krolic mit leicht drängendem Tonfall.

Nur wenige Sekunden nach ihm dämmert mir dasselbe und ich bewege meine Hand bereits durch die Luft, damit ich ein Portal schaffen kann.

Denn Grins würde uns nur ablenken und unsere Zeit verschwenden, wenn er uns aus dem Weg räumen muss.

Und er wusste ganz offensichtlich, wo wir letzte Nacht waren – wie seine *Beschwerde*, dass die Show enttäuschend war, beweist.

Verdammt.

Krolic und ich betreten das Portal zeitgleich und ziehen unsere Waffen.

Waffen, die wir umgehend einsetzen müssen, nachdem sich uns das Chaos offenbart, das in der Taverne herrscht.

Jabberwaries, so weit das Auge reicht.

Zersprengte Wände und zerbrochenes Glas.

Das bedeutet, dass Craze aus dem Fenster gesprungen ist.

Mit Ailsa.

Und geflüchtet ist.

Krolic muss gerade zum selben Schluss kommen, weil er augenblicklich zurück zum Portal rennt. Ich folge ihm und verschließe es hinter uns, ehe sich etwas an unsere Fersen heften kann.

Wir stehen, irgendwo zwischen Zeit und Raum, einen langen Augenblick still da und beruhigen unseren Atem, der vom ewigen Hin und Her ganz schwer geht.

»Plan C«, flüstert Krolic irgendwann.

»Plan C«, wiederhole ich und weiß ganz genau, wohin wir gehen müssen.

Aber ich bin mir nicht sicher, ob das wichtig sein wird.

Denn wie es scheint, hatte Grins in einer Sache recht. Mein Deckmantel hat keine Wirkung.

Ailsa zieht das Chaos förmlich an.

Obwohl … Er hat gesagt, dass wir *über dem* Erdboden vorsichtig sein müssen.

War das ein Hinweis? Oder nur ein weiteres Spielchen?

Grins ist sich in erster Linie selbst der Nächste. Aber ich habe ihn einst als einen Verbündeten gesehen.

Vielleicht wollte er uns wirklich warnen.

Oder, wie alles andere im Monsterland auch, es ist ein Trick.

Ich streiche mir mit der Hand übers Gesicht. Das Chaos des heutigen Morgens hat mich komplett geschafft.

Es gibt nur einen Weg, herauszufinden, ob Grins' Worte wirklich eine Warnung oder einer seiner Tricks waren.

Die Höhlen befinden sich unter dem Erdboden.

Mal sehen, ob meine Tarnung dort unten etwas taugt …

CRAZE

Ailsas Lippen bieten mir die süßeste Erlösung. Sie schmeckt nach Zucker und Unschuld, was mich dazu verleitet, sie beschmutzen zu wollen. Sie mit meiner Dunkelheit verderben zu wollen. *Sie. Ficken. Zu. Wollen.*

Ich sollte zurückweichen.

Diesen verletzlichen Augenblick nicht ausnutzen.

Aber im Leben gibt es so einige Dinge, die man tun und lassen sollte, und ich tue trotzdem nie das, was erwartet wird oder richtig ist.

Ich bin kein weißer Ritter. Oder ein guter Mann.

Ich bin Craze, verdammt.

Und ich zeige ihr mit meiner Zunge, was das bedeutet.

Ich nehme sie ungehalten. Ficke ihren Mund. Packe ihre Hüften. Verschlinge meinen süßen kleinen Hasen, bis sie an meine nackte Brust gepresst keucht.

Ich habe mein Hemd vorhin abgelegt. Der lose Stoff

hätte sich mit der Waffe meiner Wahl nicht vertragen. Die Ranken hätten sich darin verheddert und meine Bewegungen behindert.

Ich bin froh über meine Entscheidung. Froh, dass ich kein Hemd trage. Froh, dass ich spüren kann, wie sie ihre Fingernägel in meinen Rücken krallt.

Meine Omega ist hungrig. *Ausgehungert.* Und bereit zum Spielen.

Scheiß auf Warten.

Scheiß auf geduldig sein.

Scheiß auf, was auch immer ich denken sollte.

Ich keuche. Laut. In mir hat sich so viel Lust aufgestaut, dass ich womöglich in meiner Hose kommen werde.

Die Seile winden sich um sie. Ihre Magie hört auf meinen Befehl und ich trage ihnen auf, ihre Brüste zu massieren. Ihre Arme kann sie frei bewegen, aber ihre Bauchgegend ist in verzauberte Ranken gehüllt. Es ist so verdammt heiß. Perfekt, verdammt. *Wunderschön*, verdammt.

Sie ringt nach Atem und schlägt die von langen Wimpern umsäumten Augen auf, damit sie mich ansehen kann.

Ich bin ganz wild auf diese Frau. Das war ich schon, seit mir ihr Duft zum ersten Mal in die Nase gestiegen ist. Verdammt, vielleicht sogar seit dem Tag, an dem ich herausgefunden habe, dass es sie gibt.

Oder vielleicht sogar noch vorher.

Als ich davon geträumt habe, eine Gefährtin zu haben.

Eine Königin.

Eine Omega.

Jetzt hat meine Omega ein Gesicht – ein sehr schönes, *atemberaubendes* Gesicht. Ein Gesicht, auf dem sich jetzt ein zartes Rot ausbreitet, bevor sie mich erneut küsst. Ich kann ihr Verlangen auf meiner Zunge spüren.

Vergruftet, ich will sie.

Und das mache ich ihr verständlich, indem ich meinen angeschwollenen Schwanz gegen sie presse. Mir ist klar, dass unsere Jeanshosen mein Verlangen nicht verbergen können.

Sie erstarrt, bläht die Nasenflügel und reißt die Augen auf. »Ich will alles von dir sehen«, sagt sie zu mir. Die mutige Ansage scheint sie selbst zu überraschen, wie ihre Wangen, die jetzt noch röter werden, beweisen.

Ich lächle. »Du kannst sehen, was immer du willst. Und mit mir *tun*, wonach auch immer dir der Sinn steht.«

Denn ich gehöre ganz allein ihr.

Ich bin ihr Alpha.

Ihr Vollstrecker.

Ihr Ein und Alles.

Krolic und Catum haben sich gestern Nacht mit ihr amüsiert. Jetzt bin ich dran.

Aber ich will es zu ihren Bedingungen tun – sie führen lassen.

Wenigstens … ein kleines bisschen.

Ich bin von Natur aus dominant und ahne, dass sie sich von Natur aus unterordnet.

Aber in dieser Sache will ich ihre Bedürfnisse stillen. Tun, was immer ihr gefällt. *Alles*, was ihr gefällt.

»Ich … ich will verstehen …, was …« Sie verstummt und ihre Porzellanhaut ist jetzt in ein tiefes Rot getaucht. »Du hast Piercings.« Sie sagt das im Flüsterton, der sich wie eine verlockende Liebkosung um mich schmiegt.

»Ja, habe ich«, erwidere ich und lehne mich noch näher zur gefesselten Schönheit.

Sie könnte sich bewegen, wenn sie es wollte.

Aber etwas sagt mir, dass sie zufrieden ist, wo sie ist.

Wenn sie etwas anderes sagt, werde ich sie freilassen.

Und wenn nicht … Ich befehle den Ranken, wieder über sie zu wandern, was sie erschrocken nach Luft ringen lässt. »Heilige Götter, was machst du mit mir?«

»Dich verwöhnen«, murmle ich und streiche mit meiner Nase über ihre Wange zu ihrem Ohr. »Dich erforschen.« Die fesselähnlichen Ranken gleiten hinab, schlüpfen zwischen ihre Beine und sorgen für sanfte Reibung. »Dich lehren.«

Sie zuckt zusammen, als eine der Ranken sich an ihre Klitoris legt. »*O mein Gott …*«

»Craze«, sage ich. »Nenn mich ruhig Craze.« Ich knabbere an ihrer pochenden Halsschlagader und trage den Ranken auf, sich wieder zu winden.

Ihr Körper pulsiert und der Geruch ihres Nektars betört meine Sinne. Dank sei den *Klingen*, dass diese Höhle in Catums Magie gehüllt ist. Denn diese verzauberten Klamotten haben nichts genützt.

Zugegeben … die Taverne scheint ihren Zweck genauso wenig erfüllt zu haben.

Vielleicht ist ihr Omega-Duft einfach zu stark, um verschleiert zu werden.

Er wirkt wie eine verdammte Droge und bringt mich dazu, allerhand niederträchtige Dinge mit ihr anstellen zu wollen. Ihr alles über meine Vorlieben beibringen zu wollen. Sie zwingen zu wollen, das höchste der Gefühle zu erleben.

Ich befehle den Ranken, ihren Griff etwas zu lösen, dann erhalte ich die Reibung, die die Ranken zwischen ihren Beinen herbeigeführt haben, mit meiner Hand aufrecht. Sie presst ihr Becken an mich und öffnet ihren Mund, um ein Keuchen auszustoßen, das gegen meine Zunge weht.

Ich presse meinen Mund auf ihren und wir küssen uns

erbittert. Ich bin nicht sanft oder zärtlich. Ich bin irre. Psychotisch. Und durch und durch ihrer.

Sie kann mich zähmen, wenn sie das will. Ich werde es zulassen.

Aber bis dahin werde ich ihr ganz genau zeigen, wer ich bin.

Die Seile fallen zu Boden und ich hole eine meiner Karten aus der Hosentasche. Die scharfe Kante streift meinen Daumen und lässt Blut daraus fließen. »Vertraust du mir, Schönheit?«, frage ich Ailsa.

Sie erschaudert. »Das sollte ich nicht.«

»Nein, solltest du nicht«, stimme ich zu.

»Aber ich …« Sie legt die Stirn in Falten. »Ich tue es.«

Das lässt mich meine Augenbraue hochziehen. »Du hörst dich nicht überzeugt an.«

»Weil ich dir nicht vertrauen sollte.«

»Ganz recht«, stimme ich abermals zu. »Aber du solltest mir vertrauen.« Ich stupse ihre Nase mit meiner an und lasse meine Lippen kaum spürbar über ihre streifen. »Denn ich werde dir nie wehtun, Ailsa. Es sei denn, es ist, um dir Lust zu bescheren. Dann ist alles erlaubt.«

Sie schluckt nervös. »Was soll das denn heißen?«

»Willst du, dass ich es dir zeige?«, frage ich zärtlich und mit geschmeidiger Stimme. Ich könnte meine Worte auf Dutzende Arten erklären. Alle von ihnen wären eine Einführung. Meine Version von *es langsam angehen.*

»Okay«, sagt sie. »Zeig es mir.«

Ich lächle an ihren Mund gepresst. »Du bist so ein braves Mädchen für mich, Schönheit.« Ich führe die Karte an die zarte Haut an ihrem Hals und lasse Ailsa die rasiermesserscharfe Kante spüren.

Sie erstarrt.

Was mein Grinsen noch breiter werden lässt. »Versuch,

dich nicht zu rühren.« Denn ich will sie noch nicht schneiden, nur … necken.

Ailsa scheint der Atem zu stocken, als ich die Klinge weiter hinabführe und sie an ihrem Pullover hängenbleibt.

Sie trägt keinen BH. Ich weiß das, weil sie vorhin im Wandschrank nach keinem gegriffen hat.

Ich ziehe die Karte mit einem Ruck nach unten, schlitze durch den Stoff wie ein Messer durch Butter und entblöße ihre Titten.

Sie ringt nach Luft und ihr Atem streicht verführerisch über meinen Mund.

Ich räume ihr keine Gelegenheit ein, eine Antwort zu formulieren, denn ich bin ganz wild darauf, meine Zunge mit ihrer tanzen zu lassen. Sie steht immer noch starr da, doch ihre Lippen bewegt sie im Gleichtakt mit meinen.

Weil sie verdammt noch mal phänomenal ist.

Ein Naturtalent in meinem unnatürlichen Faible.

Ich knabbere an ihrer Unterlippe und lasse meine Karte an ihre Jeans wandern. Ihr stockt der Atem abermals, als sie die Klinge an ihrer Hüfte aufliegen spürt.

Dann reiße ich sie nach unten und schlitze mit Leichtigkeit seitlich durch die Hose bis in die Mitte ihres Oberschenkels.

»Ich … ich hätte sie einfach ausziehen können«, flüstert sie.

»Nein, Ailsa«, erwidere ich und lege die Stirn an ihre. »Deine Aufgabe ist nämlich, mir die Hose auszuziehen, während ich dich vom Rest deiner Klamotten befreie.« Den letzten Satz sage ich, während ich die Karte in die andere Hand nehme und damit einen weiteren Schlitz an ihrer Jeans herbeiführe.

Sie erschaudert und sieht mich mit benommenem Blick an. »Du bist komplett irre.«

»Ja.«

Ein mutiger Ausdruck zieht in ihrem Gesicht auf, der meinen Knoten begierig pulsieren lässt.

Denn … ja, bitte, verdammt.

Mir gefällt dieses Glitzern in ihren Augen.

»Ich will auch irre sein«, meint sie. »Ich will mit dir zusammen irre sein.«

Auf meinen Lippen breitet sich ein Grinsen aus. »Abgemacht, Schönheit.« Ich küsse sie abermals und liebe es, dass sie sich diesem Wahnsinn hingibt. Den Trieben. Ihren Instinkten.

Geht das Ganze etwas zu schnell? Vielleicht für jemanden, der auf der Suche nach etwas Gewöhnlichem ist.

Aber an Ailsa Marvel ist nichts *gewöhnlich.*

Sie ist eine Omega.

Eine Königin.

Eine verdammte Göttin, die es verdient, verehrt zu werden.

Ich lecke über ihre Unterlippe und stecke die Karte ein. Dann zerre ich an ihrer Jeans und reiße sie ihr mit einem so heftigen Ruck vom Leib, dass ihre Knie um ein Haar einknicken.

Sie steht in ihrem Unterhöschen und Schuhen vor mir und sieht zum Anbeißen aus.

»Du hast unglaubliche Titten, Ailsa«, murmle ich und bestaune ihre vollen Brüste. »Ich will sie bluten lassen.«

Das lässt sie erschaudern und die Augen weiten.

Ich packe ihren Hals, bevor sie wegrennen kann, und drücke, die Hand um ihren zierlichen Hals geschlungen, zu, um ihr die Luft abzuschneiden. »Du hast mir gesagt, dass ich dir zeigen soll, was ich mit ›dir wehtun, um dir Lust zu bescheren‹ meine.« Ich drücke etwas fester zu, woraufhin sie ihre Hände an meine Handgelenke führt und daran kratzt. »Öffne den Knopf meiner Hose, dann werde ich dich einen Atemzug nehmen lassen.«

Sie schluckt hart, ihre Augen sind groß wie Untertassen. Sie will meinen Namen aussprechen, doch ihre Stimme entsagt ihr.

»Sofort, Ailsa!«, befehle ich und gebe ihr eine Kostprobe meiner Dominanz.

Dass ihre Nippel, die an meine Brust gepresst sind, hart werden, verrät mir, dass ihr das hier gefällt, auch wenn ihre Gedanken noch nicht ganz mit den Reaktionen ihres Körpers mithalten können.

Ein leises Knurren geht durch ihre Brust, was mich dazu bewegt, den Laut zu erwidern.

Ihre Beine zittern und ein schockierter Ausdruck zieht auf ihrem Gesicht auf.

Dann packt sie meine Jeans und öffnet sie wütend.

Ich presse meine Lippen auf ihre, lasse von ihrem Hals ab und damit Sauerstoff in ihren Mund dringen. Sie ringt nach Luft und ich zwinge sie, meinen Atem zu inhalieren, meine Verrücktheit anzunehmen und zu *genießen*.

»Du bist verrückt«, knurrt sie.

»Das hast du schon gesagt«, erinnere ich sie und küsse sie erneut.

Sie beißt mir auf die Zunge. *Und zwar fest.*

Das bringt mich zum Lachen. »Du lernst schnell«, lobe ich und liebe das Brennen, das sie in meinem Mund ausgelöst hat.

Ich lasse meinen Daumen über ihre pochende Halsschlagader streifen, meine Hand immer noch um ihre Kehle geschlungen.

Sie versucht, mich von sich zu schubsen, aber ich bewege mich keinen Zentimeter und küsse sie stattdessen erneut, damit sie mein Blut kosten kann.

Sie beißt ein weiteres Mal zu.

Was mich nur dazu bewegt, sie noch schroffer zu küssen.

Und dann stöhnt sie plötzlich und saugt meine Zunge tiefer in ihren Mund.

Ich bin ein Alpha. Ihr Aphrodisiakum. Ihr *Objekt der Begierde*.

Und das Blutspiel ist erst der Anfang.

Sie krallt ihre Fingernägel praktisch in meine Haut, versucht, an meinem Körper hochzuklettern und ist ganz begierig auf mehr. Begierig auf mich. Begierig auf *das hier*.

Ich unterbreche ihre Atemzufuhr abermals und stupse ihre Nase mit meiner an. »Und jetzt den Reißverschluss.«

Dieses Mal zögert sie nicht und versucht auch nicht, sich dagegen zu wehren, sondern zieht den Reißverschluss herunter.

Ich erschaudere, ehe meine Eichel zwischen dem Stoff hervortritt. Mein steinharter Schwanz ist mehr als bereit, mit dieser vorzüglichen kleinen Omega zu spielen.

»Zieh die Hose herunter«, sage ich, ohne sie einen Atemzug nehmen zu lassen.

Sie macht, was ich ihr aufgetragen habe, und starrt mich mit lusterfülltem Ausdruck in den geweiteten Augen an.

Das hier gefällt ihr.

Meine dominante Haltung. Ihre Angst. Wie neu das alles zwischen *uns* ist.

Ich warte ab, bis ich einen panischen Ausdruck in ihren Augen erkennen kann, dann lasse ich los, wie ich es vorhin schon gemacht habe – indem ich meinen Mund auf ihren presse und sie abermals zwinge, mich einzuatmen.

Sie nimmt einen tiefen Atemzug.

Dann küssen wir uns.

Beißen einander.

Erforschen den anderen.

Ich ziehe meine Jeans und meine Schuhe aus, dann presse ich Ailsa wieder gegen die Wand, ehe ich meine

Hände an ihr Höschen wandern lasse und es ihr vom Leib reiße.

»Ich habe keine Ahnung, was wir hier tun«, keucht sie, als ich sie hochhebe und meinen Schwanz direkt an ihre heiße Mitte führe.

»Lernen«, sage ich zu ihr und trage sie durch die Höhle. »Und bald schon werden wir *ficken.*«

Vielleicht nicht im traditionellen Sinne.

Aber ich werde sie auf irgendeine Weise penetrieren.

Ihren Mund.

Ihre Muschi.

Ihren Arsch.

Es ist mir scheißegal, wie es geschieht.

Meine Omega hat nach einer Lektion verlangt, und ich habe fest vor, ihr eine zu erteilen, die sie nie vergessen wird.

Ich lege sie auf das Bett, in dem ich erst noch letzte Woche geschlafen habe. Ich habe mich schon jahrhundertelang hier unten versteckt.

Ihr helles Haar, das jetzt auf den schwarzen Laken ausgebreitet ist, verleiht ihr diesen engelhaften Schein. »Oh, süße Ailsa«, sage ich und krabble über sie. »Ich kann es kaum erwarten, dich zu verderben.« Ich knabbere an ihrem Kinn. »Jeder einzelne Zentimeter von dir steht kurz davor, mir zu gehören.«

»*Uns*«, unterbricht eine tiefe Stimme.

Catum.

Grinsend blicke ich über meine Schulter zu ihm und Krolic, die uns mit ernsten Mienen ansehen. »Willkommen zu Hause«, sage ich zu ihnen. »Ich wollte unserer lieben Ailsa gerade eine Lektion in Lust und Schmerz erteilen. Ihr dürft euch gern einen Stuhl holen und die Show genießen.«

AILSA

Craze breitet meine Schenkel unter ihm aus und presst seine harte Lanze abermals an meine Mitte. Seine Haut und das Metall zu spüren, lässt mich erschaudern und ich bin völlig hypnotisiert von dem Wahnsinnigen, der über mir schwebt.

Ich sollte schreien.

Wegrennen.

Alles andere tun, als mich von seinem Wahnsinn überwältigen zu lassen.

Aber ich … ich kann nicht. Ich bin verloren in der Berührung dieses Mannes.

Zu wissen, dass Krolic und Meister Raupe auch hier sind, verstärkt das verbotene Verlangen, das sich in mir zusammenbraut, nur umso mehr.

Ich weiß nicht einmal, wer ich hier bin. Was ich weiß, ist, dass ich diese Männer brauche. Ich *will* sie.

Als ich aufgewacht bin und gemerkt habe, dass mein Erlebnis gar kein Traum war, sondern Realität, war ich erleichtert. Denn ein Teil von mir wäre am Boden zerstört gewesen, wenn ich erfahren hätte, dass das, was zwischen uns dreien passiert ist, nichts weiter als eine Fantasie war.

Es ist real.

Alles, was sich hier abspielt, ist real.

Ich bin … ich bin eine Omega.

Und diese Alphas glauben, ich gehöre ihnen.

Ich könnte dagegen ankämpfen. Ich *sollte* dagegen ankämpfen. Besonders nach der *Lektion*, die Craze mir gerade erteilt hat, als er seine Hand um meinen Hals schlang. Aber ich habe das Gefühl, das seine dominante Haltung mir verschafft hat, genossen.

Genauso wie ich das Gefühl mag, ihn auf mir liegen zu spüren.

Ihr Götter, das ist alles so verkorkst. Aber diese Welt ist verrückt. Warum kann ich mich ihr nicht einfach hingeben und frei sein? Warum muss ich mir Gedanken machen?

Das ist doch jetzt mein Leben, oder?

Ich bin eine Omega im Monsterland.

Mit drei sehr sexy Männern, die anscheinend denken, dass ich ihre Gefährtin bin.

Einer von ihnen küsst zärtlich meinen Hals, als würde er sich dafür entschuldigen, mich gewürgt zu haben. Es fühlt sich gut an. Warm. *Sicher*.

Aber bevor ich es zu sehr genießen kann, fasst er mir an die Brust und kneift mir in den Nippel. Ich stoße ein Keuchen aus und bin von den gegenteiligen Empfindungen völlig verwirrt.

»Craze«, sagt Krolic. Seiner Stimme schwingt ein leicht autoritärer Tonfall mit. »Sie weiß noch nicht, was ein Knoten ist.«

Der Mann auf mir hält inne und lässt von mir ab, während er den Kopf hebt und auf mich herabschaut. »Ist das wahr, meine Schöne? Die beiden haben sich letzte Nacht nicht anständig mit dir verknotet?«

Ich erschaudere, weil ich nicht weiß, wovon er da spricht. Meister Raupe und Krolic haben mich mit ihren Mündern verwöhnt. Aber Knoten …? Ich räuspere mich. Ich habe keine Ahnung, was *Knoten* wirklich bedeutet.

»Ist das das Metall?«, frage ich ihn und beziehe mich

dabei auf den Körperschmuck, auf den ich vorhin einen Blick erhaschen konnte. Ich kann jetzt auch etwas davon spüren. Direkt an meinem Geschlecht. »Die, ähm, Piercings?«, formuliere ich um, weil ich nicht weiß, wie ich es sonst nennen soll.

Ich bin mit dem Konzept von Piercings vertraut – die Töchter der Baronin Clarice haben sich die Ohren piercen lassen. Aber Crazes Körperschmuck habe ich noch nie gesehen oder davon gehört.

Er gluckst. »Du bist wirklich die Unschuld in Person, Ailsa.« Bevor ich darauf antworten kann, drückt er mir einen Kuss auf die Lippen. »Dich zu verderben, wird der Höhepunkt meines Lebens sein.«

Ich erschaudere. Er hat dieses Wort benutzt, kurz bevor Krolic und Meister Raupe aufgetaucht sind, und er hat auch gesagt, er könne es kaum erwarten, jeden Zentimeter von mir zu verderben.

Ich will das, denke ich. *Ich will das wirklich.*

Doch jetzt rollt er sich von mir und auf die Seite und lässt mich ausgestreckt auf dem Bett liegen, während er sich auf seinen Ellbogen stützt. »Erforsche mich, meine Schöne. Betrachte es als deine Belohnung dafür, dass du so ein braves Mädchen für mich bist.«

Ihr Götter, warum lassen mich diese Worte erröten?

Alle drei Männer haben ähnliche Dinge zu mir gesagt – haben mich gelobt, weil ich *brav* war oder einen Befehl befolgt habe. Es sollte herablassend sein. Aber die Art und Weise, wie sie es sagen – als würden sie meine Duldsamkeit als Geschenk erachten – gibt mir das Gefühl, verehrt zu werden.

In meiner Welt war ich nie etwas wert.

Das änderte sich mit einem einzigen Getränk.

Denn diese Männer – diese *Alphas* – behandeln mich, als wäre ich wichtig.

Sie reden mit mir. Beantworten mir Fragen. *Beschützen* mich.

Und jetzt … jetzt bietet Craze mir an, mich ihn *erforschen* zu lassen.

Ich lecke mir die Lippen und drehe mich langsam zu ihm um, wobei mein Blick über seinen komplett nackten Körper wandert. Irgendwann hat er seine Socken ausgezogen. Und ich auch. Ich weiß nicht, wann. Es ist mir auch egal. Wir sind beide … *nackt.*

Das Licht ist nicht grell, sondern gedeckt. Es erinnert mich an den Schein einer Kerze und wird von den Metallstäben reflektiert, die die Unterseite seines Schafts säumen.

»Du kannst mich ruhig anfassen«, murmelt er. »Und sie auch.« Er deutet auf Krolic und Meister Raupe, die beide noch angezogen sind und am Fußende des Bettes stehen. »Oder wir lassen sie zusehen.«

Meine Kehle schnürt sich zu, als ich die beiden Alphas betrachte – Krolic in Jeans und weißem T-Shirt und Meister Raupe in einem weiteren schwarzen Anzug.

Beide starren mich mit hungrigem Ausdruck an, genau wie letzte Nacht.

»Ihr habt alle … Metallknoten?«, rate ich und lasse meinen Blick zu ihrer Leistengegend und den beeindruckenden Beulen wandern, die sich hinter den Reißverschlüssen verbergen.

Craze, der neben mir steht, lacht. »Sieh dir meinen Schwanz an, Ailsa.«

Ich blinzle, denn seine Worte klingen eher wie eine Einladung als ein Befehl. Dennoch wandert mein Blick auf seine Piercings, als stünde ich unter einem Bann und würde allein von seinen Worten angezogen.

Ich schlucke hart, als mir auffällt, wie breit er ist, und ich das leiterartige Muster wahrnehme, das an der Eichel beginnt und den ganzen Weg hinunter zu seinem wulstigen Ansatz führt.

Er ist … groß.

Riesig.

Und, ähm, nett dekoriert.

Irgendwie möchte ich ihn ablecken.

Nein, ich will ihn *wirklich* ablecken. Nur um herauszufinden, wie er schmeckt. Besonders die Eichel.

Es ist ein unbekanntes Verlangen, eines, von dem ich sicher bin, dass ich es noch nie erlebt habe – in meinen Fantasien mit Meister Raupe kam so etwas nie vor –, aber das Verlangen trifft mich mitten in den Unterleib.

Vielleicht ist es eine Folge der letzten Nacht, weil ich jetzt weiß, wie gut es sich anfühlt, zwischen meinen Schenkeln geleckt zu werden.

Ich gebe mich dem Verlangen hin und beuge mich hinunter, um seine metallischen Knoten mit meiner Zunge zu erforschen.

»*Scheiße*«, haucht er, seine Hand plötzlich in meinem Haar. »Ich hätte nicht erwartet, dass du so begierig bist.«

Mir liegt eine Antwort auf der Zunge, ich schaffe es jedoch nicht, sie von mir zu geben. Stattdessen entweicht mir ein Stöhnen, als ich bei seiner Eichel ankomme und sich ein verbotener Geschmack auf meiner Zunge ausbreitet.

Keine Ahnung, was das war, aber ich brauche mehr davon.

Ich lecke ihn noch einmal ab, dann nehme ich seine Eichel in den Mund, und mich überkommt der Instinkt, zu saugen.

Ich will mehr von seinem Geschmack, seiner würzigen Essenz.

Sein Schwanz belohnt mich mit einer weiteren Kostprobe, die mich vor Lust stöhnen lässt. Er flucht und sein Griff in meinem Haar wird fester, ehe er sich auf den Rücken rollt und mich mit sich zieht.

»Vergrabt, du bist ein verdammtes Naturtalent, und du merkst es nicht einmal.« Seine Stimme klingt heiserer als zuvor und er spannt seinen Unterleib an, weil ihm das Sprechen schwerzufallen scheint.

Oder vielleicht kommt es von etwas anderem.

Er umklammert mich und doch spüre ich ihn zittern, als ob er sich zurückhalten würde.

Die Matratze senkt sich leicht ab, als Master Raupe sich neben uns auf die Kante setzt. Er sieht mich mit seinen braunen Augen an und fesselt mich mit seinem Blick, während ich meine Zunge um die knollige Eichel von Craze kreisen lasse.

»Gib mir deine Hand«, murmelt Meister Raupe.

Ich will mich gerade aufsetzen, aber er schüttelt bestimmt den Kopf.

»Nein, Fräulein Wunder. Lutsch weiter seinen Schwanz und reiche mir deine Hand.«

Die Matratze bewegt sich auf der gegenüberliegenden Seite, ehe jemand seine Handfläche an meiner Wirbelsäule hinauf zu meinem Nacken wandern lässt. »Tu, was er sagt, Kleine«, murmelt Krolic.

Ich zittere. Diese Männer bringen mein Blut in Wallung.

Drei Männer.

Drei Alphas.

Die nur Augen für mich haben.

Oh, ihr Götter …

Ich schlucke um Crazes Eichel geschlungen und hebe langsam meine Hand in Meister Raupes Richtung.

Er greift sanft danach, bringt unsere Finger aneinander und führt unsere Hände an den geschwollenen Ansatz von Crazes Schwanz. Die Stelle ist ganz heiß und so massig, dass ich meine Hand nicht vollends um ihn schlingen kann.

»Das ist ein Knoten«, sagt Meister Raupe, während er meine Finger und meinen Daumen gegen den dicken Teil von Crazes Glied presst. »Den haben wir alle.«

Krolic küsst meine Schulter und schlingt seine Hand um meinen Hals. »So befestigen wir unsere Körper an deinem, Ailsa. So ficken wir. Und so *pflanzen wir uns fort.*«

Ein weiterer Schauer rinnt über meinen Rücken. Die letzten vier Worte lösen etwas in mir aus. Etwas, das mir nicht gefallen sollte. Aber es fühlt sich … richtig an.

Was seltsam ist. Dieses Gefühl ist ein völlig anderes als jenes, das ich hatte, als ich daran gedacht habe, dass der Silberne König mich begatten will.

Aber Krolic … Wenn er der echte Silberne König ist, wie er behauptet …, dann stört mich das vielleicht nicht so sehr.

»Er kommt aus unseren Schäften und verbindet uns mit dir – unserer Omega – und entfesselt ein Vergnügen, wie es noch keiner von uns je empfunden hat«, fügt er hinzu. »Es wird dir höchstwahrscheinlich das Bewusstsein rauben, aber sobald du aufwachst, wirst du es immer wieder erleben wollen.«

Aus Crazes Schwanz rinnt ein weiterer Tropfen, was mich stöhnend seine Eichel umschlingen und seine Essenz begierig schlucken lässt.

»Verdammt, wenn du so weitermachst, komme ich«, sagt er und klingt dabei fast so, als hätte er Schmerzen.

Meister Raupe übt abermals Druck auf meine Finger aus. »Massiere seinen Knoten, während du an seiner Eichel saugst«, weist er mich an. »Dann versuche, mehr von ihm in deinen Mund zu nehmen.«

Craze flucht, als er das hört, und sein Griff in meinen

Haaren deutet an, dass er sich davon abzuhalten versucht, meine Bewegungen zu steuern.

Aber das muss er gar nicht.

Ich *will* alles, was Meister Raupe gerade gesagt hat, tun.

»Vergruftet, das fühlt sich so verdammt gut an, Ailsa«, sagt Craze, während ich meinen Mund nach unten gleiten lasse.

»Achte darauf, deinen Rachen zu entspannen«, murmelt Meister Raupe. »Wenn du das Gefühl hast, zu ersticken, zieh dich ein wenig zurück, atme und versuche es noch einmal.«

Krolic massiert meinen Nacken mit dem Daumen, während ich tue, was Meister Raupe sagt. Ich nehme Craze in mir auf, während ich gleichsam seinen pochenden Schaft massiere.

Noch mehr von diesem köstlichen Aroma trifft auf meine Zunge und lässt mich um ihn geschlungen stöhnen.

»Scheiße, zu hören, wie sehr du das genießt, macht die Erfahrung nur umso besser«, sagt Craze zähneknirschend. »Dein leises Stöhnen ist so heiß, Ailsa.«

»Hör nicht auf«, ermutigt Meister Raupe mich. »Mal sehen, wie tief du ihn schlucken kannst.«

Krolic übt Druck auf meinen Nacken aus und führt mich nach unten. Ich würge ein wenig, als Crazes Lanze auf meine Kehle trifft. Dann lässt der Druck nach, sodass ich zurückweichen und atmen kann, wie Meister Raupe es mir aufgetragen hat.

Dann versuche ich es noch einmal und schaue hoch. Craze keucht.

Habe ich letzte Nacht etwa so ausgesehen?, frage ich mich. *Ekstatisch und konstant angeheizt?*

Denn es ist ein verführerischer Anblick, den ich

verstärken will, indem ich ihm ein gutes Gefühl verschaffe. Indem ich ihn die Kontrolle verlieren lasse.

Es ist so ein inniges Verlangen, das durch meine Adern brennt und mich dazu bringt, mehr von ihm zu schlucken. Und das alles, während ich Druck auf seinen Knoten ausübe. Ich genieße es, die metallischen Piercings zu spüren, die die Unterseite seines Schafts säumen.

So etwas habe ich noch nie erlebt.

Ich habe noch nie etwas so Exquisites in meinem Mund gehabt.

Oder diese Art von Textur auf meiner Zunge gespürt. Die glatte Haut wird stellenweise von Metall abgelöst. Heiß und doch kühl. Weich und doch so unglaublich *hart.*

»Du siehst umwerfend aus, wenn du meinen Schwanz im Mund hast, meine Schöne«, sagt Craze mit einem Knurren.

»Er hat recht«, murmelt Meister Raupe, dessen Hand immer noch auf meiner liegt. »Du bist exquisit, Fräulein Wunder. Wie eine sexbesessene Göttin.«

Krolic grummelt zustimmend, dann positioniert er sich um und lässt von meinem Hals ab. Ich verspüre ein plötzliches Verlustgefühl, als sich seine Berührung verflüchtigt. Aber dann spüre ich, wie er sich hinter mir bewegt, und bald darauf berührt er mich wieder. Nur tiefer unten. Zwischen meinen Schenkeln. Er spreizt meine Beine. Und … und …

Oh, ihr Götter …

Ich spüre, wie er meine Beine mit den Schultern streift, bevor er sich *unter* mir positioniert.

»Konzentriere dich auf Craze, Fräulein Wunder«, verlangt Meister Raupe mit forderndem Tonfall. »Lutsche seinen Schwanz, während unser König deine Muschi leckt.«

Während er meine … Ohhh …

Ich stöhne, als Krolic mein Geschlecht mit der Zunge teilt und direkt auf meine pochende Klitoris zusteuert.

Ich erschaudere und kann kaum glauben, was da passiert.

Denn jetzt sitze ich rittlings auf seinem Gesicht.

Seine Hände sind auf meine Hüften gelegt und er presst mich an sich, während ich mit Crazes Knoten spiele.

Meister Raupe erdet mich, indem er meine Hand führt, Craze treibt mich mit dem festen Griff seiner Hand in meinem Haar an und Krolic … Krolic *verschlingt* mich. Ich bekomme kaum mit, wie er einen Finger in meine feuchte Mitte steckt. Die Feuchtigkeit dient sozusagen als Gleitmittel für seine Penetration.

Er fügt einen zweiten hinzu und bewegt sie scherenartig – ein Gefühl, das ich noch nie erlebt habe. Ich kann förmlich spüren, wie meine Augen in den Hinterkopf rollen.

Doch dann zieht Craze an meinem Haar, was meine Aufmerksamkeit zurück auf ihn lenkt, während sein Lustsaft in meinen Mund sickert.

Ihr Götter, ich will mehr davon.

Und genau das vermittle ich ihm, indem ich so fest an ihm sauge, dass meine Wangen sich um ihn herum zusammenziehen.

Er flucht und Meister Raupe lobt mich, sagt mir, wie gut ich das mache – wie ich Craze auf die beste aller Arten necke.

»Sieh ihn dir nur an, Fräulein Wunder. Das ist dein Werk. Deine geschickten Bewegungen mit dem Mund und deiner Zunge bringen ihn um den Verstand.«

»Spürst du, wie kurz davor er ist, zu kommen? Wie sein Knoten für dich pulsiert?«

»Bist du bereit für deine Belohnung, Süße? Denn

Craze wird gleich in deinem Hals explodieren. Kannst du für ihn schlucken?«

Meister Raupes fortwährender Kommentar treibt mich immer näher an den Abgrund, vor dem es kein Entrinnen mehr gibt. Zwischen seinen sinnlichen Worten und Krolics Zunge an meiner Klitoris kann ich kaum noch klar denken. Das alles gepaart mit dem süchtig machenden Geschmack von Craze macht mich … macht mich …

»*Fuck!*«, ächzt er, während er seine Finger schroff um mein Haar schlingt und seinen Schwanz noch tiefer in mich zwängt.

Ich erschrecke, kann nicht mehr atmen.

»Entspann dich«, sagt Meister Raupe, seine Lippen direkt an meinem Ohr. »Entspanne deinen Rachen, Fräulein Wunder. *Schön schlucken.*«

Ich reiße die Augen auf, tue aber, was er sagt. Alles in mir scheint in Flammen zu stehen, als ich Crazes Lustsaft aufnehme.

Er ist heiß.

Und schmeckt unglaublich.

Ich … ich … ich *schreie* und folge ihm über die Klippe in die Vergessenheit. Meine Welt wird von den Wogen der Ekstase geflutet.

Meine Instinkte nehmen überhand, und ich schlucke um Crazes Lanze geschlungen, während Krolic mich weiter unten verwöhnt.

Alle Gedanken ans Atmen sind vergessen.

Nur noch das hier ist von Belang. Das Vergnügen. Die Dunkelheit. Crazes wunderbare Essenz. Krolics Zunge. Die tiefe Stimme von Meister Raupe.

»Du bist so schön«, sagt er zu mir. »So verdammt schön.«

»Vergruftet, ich bin noch nie in meinem Leben so hart

gekommen«, fügt ein völlig ausgelaugt klingender Craze hinzu. »Und ich bin immer noch verdammt hart.«

Krolic, dessen Gesicht immer noch an meine Klitoris gepresst ist, knurrt und gleitet mit seinen Fingern in mich und aus mir. »Sie ist bereit.«

»Bereit wofür?«, frage ich, als ich Craze aus meinem Mund gleiten lasse.

»Bereit für unsere Knoten«, sagt Meister Raupe mit einem sündhaften Glitzern in den braunen Augen. »Wir werden dich ficken, Fräulein Wunder. Und dir zeigen, was es heißt, wenn ein Alpha sich anständig mit dir verknotet.«

KROLIC

Ailsa reagiert nicht umgehend auf Catums Worte, sondern erstarrt und scheint zu verdauen, was er gerade gesagt hat.

»Du bist noch nicht läufig«, sage ich ihr. »Es geht also nicht um die Fortpflanzung, Ailsa. Es geht darum, dir zu zeigen, wer wir zusammen sind. Dir etwas über die Alpha- und Omega-Dynamik beizubringen.«

Wenn sie ablehnt, werden wir sie nicht drängen.

Aber ich halte das für den besten Weg, ihr unsere gemeinsame Zukunft vor Augen zu führen.

Oh, es wird um viel mehr gehen als nur ums Ficken. Aber wir sind sexuell aktive Wesen. Es ist wichtig, dass sie versteht, was das bedeutet. Zu verstehen, wer sie in dieser Welt wirklich ist.

Omegas sind sinnliche Wesen, und sie lieben es, von ihren Alpha-Gefährten umsorgt zu werden. Dazu gehören neben einer Vielzahl anderer auch sexuelle Bedürfnisse.

Aber das ist die Grundlage unserer Verbindung, wie unsere Körper ineinandergreifen und in Augenblicken der Lust zusammen aufgehen.

»Uns mit dir zu verknoten, macht das Ganze auch nicht von permanenter Natur«, füge ich hinzu. »Das hier ist nicht die Paarungszeremonie.« Das … ist ein ziemlich ursprüngliches Ereignis. Eines, das ich bald zu erleben hoffe. Aber heute geht es nicht darum. »Wir schätzen dein Einverständnis, Ailsa. Und obwohl wir es ohne jeden Zweifel genießen werden, uns mit dir zu verknoten, geht es nicht darum, dir deine Wahlmöglichkeiten zu entziehen.«

Craze schnaubt. »Ich brauche die Ur-Zeremonie nicht, um ihr mein Leben zu widmen. Nach diesem Blowjob werde ich sie für immer vor ihrem Altar anbeten. Betrachte mich als dein für die Ewigkeit, meine Schöne.« Er hört sich fast schon betrunken an. Ich kann es ihm nicht verdenken, denn mir geht es genauso, nachdem ich mich an ihrer Mitte ergötzt habe.

Sie ist köstlich und ihr Nektar rinnt immer noch an meinem Kinn herunter.

Ich bewege meine Finger ein weiteres Mal in ihr und streiche mit den Lippen über ihre geschwollene Knospe.

Sie stöhnt auf – der erste Laut, den sie von sich gibt, seit Catum sie über unsere Absichten informiert hat, uns mit ihr zu verknoten.

»Willst du dir von uns zeigen lassen, was es bedeutet, sich zu verknoten, Ailsa?«, frage ich gegen ihre feuchte Muschi gepresst. »Es wird für uns alle ein erstes Mal sein.«

Denn wir haben noch nie mit einer Omega geschlafen.

»Betas und andere Alphas können keinen Knoten in sich aufnehmen«, erklärt Catum. »Nur Omegas können das, was dich noch wertvoller für uns macht.«

Er muss das Wort *Knoten* mit einem Drücken von Ailsas Hand betont haben, denn Craze murmelt: »Fick dich, Catum. *Fick dich.*«

»Du hattest schon deinen Spaß«, erwidert Catum. »Jetzt siehst du zu.« Er zieht Ailsas Hand von Craze weg und legt ihre Handfläche auf das Bett, bevor er aufsteht – etwas, das ich mehr fühle als sehe, weil sich die Matratze bewegt.

Als ich Ailsa scharf einatmen höre, ahne ich, dass er sich gerade entkleidet.

Vielleicht liegt es aber auch daran, dass ich mit der Zunge gemächlich Kreise auf ihrer empfindlichen Knospe ziehe.

»Willst du unsere Knoten in dir spüren, Fräulein Wunder?«, fragt Catum, wobei ein subtiles Knurren ihren Nachnamen unterstreicht. »Herausfinden, was es bedeutet, von deinen Alphas genommen zu werden?«

Sie zittert auf mir und scheint ihre obere Hälfte auf das Bett fallen zu lassen. Aber Craze fängt sie ab und schiebt sie hoch, damit sie rittlings auf meinem Gesicht landet, während er neben ihr auf die Knie geht.

Ailsa blickt nach unten, sodass ich ihre geröteten Wangen sehen kann. Heilige Monde, sie sieht aus diesem Winkel einfach umwerfend aus. In meiner Brust breitet sich ein Schnurren aus und dieses Bedürfnis, meine Bewunderung auszudrücken, trifft mich mitten ins Herz.

Denn *verdammt*, diese Frau ist einfach alles.

Ich habe zwei Jahre lang gewartet, mich ihr hinzugeben, sie zu lieben, sie *wertzuschätzen*. Und jetzt sind wir endlich hier, nur wenige Tage vor ihrer Läufigkeit.

Ich schiebe meine Zunge tief in sie und liebe es, wie sie sich daraufhin auf mir windet.

»Es wird nur eine Einführung sein«, fährt Catum fort, gefolgt vom leisen Ratschen eines sich öffnenden Reißverschlusses. »Ein sexuelles Werben, wenn du so willst.«

Craze lacht und streicht ihr mit den Fingern durch das Haar, bevor er sie zu einem langen, sinnlichen Kuss heranzieht, der sie über mir erzittern lässt.

Ich lecke ihre Muschi, was ihre untere Hälfte dazu bringt, sich wie aus eigenem Antrieb zu bewegen.

Sie mag das.

Will es.

Sehnt sich danach.

Aber sie hat immer noch nicht die Worte gesagt, die wir hören müssen, bevor wir sie ficken.

Ich ziehe meine Finger aus ihr heraus und packe ihre Hüften.

Craze muss spüren, was ich vorhabe, denn er bewegt sich, damit ich sie hochheben und auf das Bett legen kann. Sie schreit auf, als ich mich, immer noch vollständig bekleidet, über sie beuge und ihre Arme über ihren Kopf ziehe. »Wir brauchen deine verbale Zustimmung, Kleine. Dein *Einverständnis*. Ansonsten werden wir dir unsere Knoten nicht geben.«

Sie reißt die blauen Augen auf und die sich weitenden Pupillen legen ihr brennendes Verlangen offen.

»Wie ich schon sagte … es ist nur eine Einführung«, sage ich ihr. »Keine Versprechen. Nichts Dauerhaftes. Wir bieten dir nur eine Möglichkeit, zu erfahren, was wir anzubieten haben. Wir werden dich niemals zwingen, Ailsa. Das ist nicht der Sinn der Sache.«

»Deswegen habe ich auch das Elixier verdünnt«, fügt Catum hinzu, während er sich, jetzt komplett nackt, neben uns auf das Bett sinken lässt.

Ailsa schluckt nervös und sieht ihn an, bevor sie den Blick über den großen nackten Mann wandern und schließlich auf seinem bunten Schwanz verweilen lässt.

Sichtlich verwirrt runzelt sie die Stirn. »Er ist tätowiert«, erkläre ich ihr. »Craze steht auf Piercings, daher die Jakobsleiter. Und Catum hat eine Schwäche für Tattoos.«

Catum greift nach seinem Schwanz und streichelt ihn, wobei sich das blau-grüne Muster unter seinen Fingern verdreht.

»Sein Spitzname ist Raupe«, sinniert Craze. »Eine Anspielung auf seinen Namen, aber auch auf seinen Schwanz.«

Ailsa klappt die Kinnlade herunter.

»Meine Schattenmonsterform ist komplett schwarz«, fügt Catum achselzuckend hinzu. »Ich wollte ein bisschen Farbe in mein Leben bringen.«

»Schattenmonster?«, wiederholt Ailsa.

Er lächelt. »Willst du das Monster in mir sehen, Fräulein Wunder?« Seine Hand verwandelt sich und seine Haut nimmt einen obsidianfarbenen Ton an, der in krassem Kontrast zu den leuchtenden Farben steht, die seinen Schaft zieren.

Sie reißt die Augen noch weiter auf, als die ebenholzfarbenen Schattierungen seine Arme hinauf bis zu seinem Hals kriechen und ihn in tiefschwarze Schwaden hüllen. Sein Körper verändert seine Größe nicht, aber jeder einzelne Teil von ihm wird erst schwarz, dann durchsichtig – wie ein Schatten.

Doch so weit geht er nicht.

Er zeigt ihr lediglich seinen Schatten-Arm. »Alles von mir wird so, auch mein Schwanz.« Er streichelt ihn abermals, während seine Haut wieder ihre bräunliche Farbe annimmt. »Ich kann dich in dieser Form ficken, wenn dir das lieber ist, aber es wird sich für uns beide besser anfühlen, wenn ich so bleibe.«

»Du wirst nichts spüren, wenn er sich in seiner Schattenform befindet«, stelle ich klar, als ich nach wie vor den verwirrten Ausdruck auf ihrem Gesicht vernehme. »Er ist buchstäblich ein Schatten.« Ich schlinge eine Hand um ihre beiden Handgelenke, die andere führe ich an ihr Kinn, um ihre Aufmerksamkeit wieder auf mich zu lenken. »Und ich werde dich nicht in Wolfsgestalt ficken.«

Wenn sie sich verwandeln könnte, wäre das vielleicht ein anderes Thema.

Aber in meiner Wolfsform zu ficken … Der Gedanke macht mich einfach nicht an.

»Das heißt aber nicht, dass meine innere Bestie nicht auch einige meiner wilderen Wünsche antreibt«, gestehe ich. Der Gedanke beschert mir ein Grinsen. »Seine wilden Bedürfnisse sind meine wilden Bedürfnisse. Aber wir werden darauf hinarbeiten, Kleine. Alles, was du jetzt tun musst, ist zuzustimmen, dass wir uns mit dir verknoten dürfen. Der Rest ist Verhandlungssache.«

Sie starrt zu mir hoch. Ihr lustvoller Ausdruck verrät mir, wie ihre Entscheidung lautet, bevor sie sie überhaupt in Worte gefasst hat. Aber ich werde das nicht als Antwort akzeptieren.

Sie muss es sagen.

»Das ist vollkommen verrückt«, flüstert sie. »Aber ich will es.«

Ich lächle. »Es ist nicht verrückt, Ailsa. So sind wir nun einmal. Und wir haben die letzten zwei Jahre damit verbracht, dich auf subtile Weise darauf vorzubereiten. Ich durch meine Gesellschaft und meinen Schutz, Catum durch seine Dominanz und sein Traumwandeln und Craze durch seine Vorbereitung im Monsterland. Alles davon hat uns an diesen Punkt gebracht.«

»Nur wusste ich von all dem nichts.«

»Das stimmt. Aber jetzt weißt du es«, murmle ich und streife ihre Nase mit meiner, während ich meine Lippen nur eine Haaresbreite von ihrem Mund entfernt neige. »Und deine Seele hat es schon immer gewusst.« Etwas, das sie verstehen wird, wenn wir sie zu unserer Gefährtin machen. Wenn wir sie *zu unserer gemacht* haben. »Sag mir, dass du willst, dass wir uns mit dir verknoten, Kleine. Sag uns, dass wir dich ficken sollen und wir werden es tun.«

Sie schluckt hart und ihr Körper pulsiert praktisch unter mir. »Ich … ich will, dass du dich mit mir verknotest.«

»Nur ich?«, frage ich. »Oder wir alle drei?«

Ihre Pupillen weiten sich noch mehr und ihr Atem streicht über meine Lippen. »Oh, ihr Götter …«

»Alphas«, murmelt Catum. »Das einzige gottgleiche Wesen in diesem Raum bist du, Fräulein Wunder.«

»Unsere Göttin«, stimme ich zu, während ich meine Nase an ihrer Wange entlang zu ihrem Ohr wandern lasse. »Jetzt sag uns, dass du alle drei unserer Knoten in dir haben willst. Nicht zusammen auf einmal – noch nicht. Aber du musst uns sagen, dass wir dich ficken sollen, Ailsa.«

Sie erschaudert und ich kann selbst durch den Stoff meines Hemds spüren, wie hart ihre Nippel sind. »Ich will, dass ihr alle … euch mit mir verknotet«, sagt sie schließlich. Ich will sie gerade dazu bringen, es mit ein wenig mehr Selbstvertrauen zu sagen, als sie hinzufügt: »Ich will, dass ihr mich alle fickt.«

Mein Schwanz pulsiert und entlockt mir ein Fluchwort.

Denn *heilige Monde*, ist das heiß.

Ich liebe es, wenn eine Frau sagt, was sie will – wenn sie ihre Zustimmung gibt.

Und ich weiß, dass es auch Craze und Catum gefällt, denn beide stöhnen daraufhin auf.

»So ein braves Mädchen«, flüstere ich ihr ins Ohr. »Bleib schön so, Baby. Die Beine gespreizt. Die Muschi feucht und willig. Denn ich werde als Erster in dich gleiten.«

Sie ist der Inbegriff von Sinnlichkeit, als ich von ihr herunterkrieche.

Catum bewegt sich nicht. Er liegt neben ihr und

streichelt, den Blick auf ihre Titten gerichtet, seinen Schwanz.

Craze liegt auf ihrer gegenüberliegenden Seite und bereitet sich auf eine weitere Runde vor, indem er seinen Knoten massiert.

Doch ihr Blick verweilt ununterbrochen auf mir, während ich mich ausziehe. Sie wird sich ohne jeden Zweifel fragen, wie mein Schwanz aussieht.

»Tut mir leid, dich enttäuschen zu müssen, Ailsa, aber ich habe nur einen gewöhnlichen Knoten«, sage ich ihr, während ich mir Jeans, Socken und Schuhe ausziehe, bis nur noch mein Hemd übrig ist. Den Stoff ziehe ich über meinen Kopf und lasse ihn verschwinden. »Aber lass dich von dem Mangel an Verzierungen nicht täuschen. Ich weiß absolut, wie man fickt.«

Ihre Beine zittern, als ich wieder auf das Bett steige und mich zwischen ihre gespreizten Schenkel knie.

»Du hast dich keinen Zentimeter bewegt«, murmle ich zufrieden. »Weißt du, was das bedeutet, Schätzchen?« Ich beuge mich hinunter und küsse ihre Klitoris. »Du hast dir eine Belohnung verdient.« Ich lecke sie, während sich sowohl Craze als auch Catum zu ihr beugen, um ihre Nippel in den Mund zu nehmen.

Sie kennen mich in- und auswendig, und ich sie. Wenn es ums Ficken geht, sind wir perfekt aufeinander abgestimmt, und genau das lernt Ailsa jetzt, indem wir sie mit unseren Mündern an den Rand des Wahnsinns treiben.

Ich lasse meine Finger wiederholt in ihre feuchte Muschi gleiten und nehme meine früheren Vorbereitungen wieder auf.

Sie ist so verdammt bereit für unsere Schwänze.

Unsere Knoten.

Unsere Art von Vergnügen.

Aber ich will, dass sie noch einmal kommt, bevor ich sie ficke. Ich will sie so sehr in einen Rausch der Lust versetzen, dass sie nicht einmal merkt, dass ich in ihr stecke, bis sie ihr Jungfernhäutchen an meinem breiten Schwanz reißen spürt.

Sie keucht und klammert sich stöhnend an das Kissen über ihrem Kopf.

Denn sie hat sich immer noch nicht bewegt.

»Du bist so ein braves Mädchen«, sage ich gegen ihre pulsierende Muschi. »Wir werden es dir so hart besorgen, Baby.«

Immer und immer wieder, füge ich in Gedanken hinzu.

Aber das soll eine Überraschung bleiben.

Catum bewegt sich nach oben, um ihren Mund zu verschlingen, während Craze ihre Brust packt und ihren Nippel zwickt, was sie dazu bringt, gegen Catums Lippen gepresst zu schreien. Nur stößt sie den Schrei nicht aus, weil sie Schmerzen hat, sondern weil sie einen so harten Orgasmus erfährt, dass sie sich mit aller Kraft um meine Finger herum anspannt.

Allmächtige Monde, ich muss spüren, wie sie das um meinen Schwanz geschlungen macht.

Und. Zwar. *Sofort.*

Catum und Craze bewegen sich, während ich zu ihr hochkrabble, meine Finger immer noch tief in ihrer Muschi versenkt, während ich mit dem Daumen Druck auf ihre Klitoris ausübe.

Ich will ihre Lust schüren, ihr einen Höhepunkt verschaffen.

Gleichzeitig kann ich nicht mehr länger warten.

Ich brauche sie.

Ich ziehe meine Hand aus ihr, führe sie zu ihrem Mund und spalte ihre Lippen mit meinen feuchten Fingern. »Sauge daran«, sage ich ihr, lasse die Finger über

Ailsas Zunge gleiten und zwinge sie, ihren Nektar, der an meiner Haut klebt, zu kosten.

Es hat den gewünschten Effekt. Das Manöver lenkt sie ab und zieht ihren rauschhaften Zustand in die Länge, während ich mich an ihrem Eingang positioniere.

Dann stoße ich ohne Vorwarnung in sie und vergrabe mich bis zum Anschlag in ihr.

Ihre Augen fliegen auf und ein unverständlicher Laut entweicht ihr.

»Schhh«, beruhige ich sie und bewege mich keinen Zentimeter, während ich ihrem Körper erlaube, sich an meine Größe zu gewöhnen. Sie windet sich, weil es ihr offensichtlich unangenehm ist, also greife ich mit meiner freien Hand nach ihrer Hüfte und halte sie fest. »Du kannst es aushalten«, verspreche ich ihr. »Gib deinem Körper nur einen Augenblick Zeit.«

Sie schüttelt den Kopf. Tränen glitzern in ihren Augen.

Ich ziehe meine Finger aus ihrem Mund und küsse sie, bevor sie etwas erwidern kann, flüstere ihr eine zärtliche Entschuldigung zu, während ich mit dem Daumen Kreise auf ihrer Hüfte ziehe, die sie ermuntern sollen.

»Jetzt tut es vielleicht weh«, flüstert Catum ihr ins Ohr, während er eine ihrer Hände zurück auf das Kissen drückt. »Aber ich verspreche dir, dass es sich so verdammt gut anfühlen wird, Süße. Vertrau uns.«

Sie weint immer noch und es tut mir im Herzen weh, dass sie Schmerzen hat.

Es macht mir nichts aus, Schmerz und Vergnügen miteinander zu vermischen, aber für sie ist das schwer. Wir sind Alphas. Wir sind nicht nur größer, sondern auch stärker. Verdammt viel für eine kleine Omega.

Wie auch immer, Catum hat recht.

Sie wird es schon sehr bald lieben.

Sie muss nur den ersten Schritt wagen, dann wird ihr die reinste Wonne widerfahren.

Craze beugt sich vor und kommt uns so nahe, dass ich meine Lippen von ihren löse und ihm den Vortritt lasse. Er fängt eine ihrer Tränen mit der Zunge auf und lässt sie davon kosten.

Ich führe meine Hand an ihren Hals, die andere immer noch an ihrer Hüfte ruhend, und warte darauf, dass sie sich beruhigt.

Was auch immer für Magie Craze auf sie anwendet, scheint sie zu beruhigen, denn er spricht mit ihr. Als er ihren Kuss beendet, weint sie nicht mehr. Begeistert ist sie aber auch nicht.

Zumindest nicht, bis ich mich vorsichtig bewege.

Nur einen Zentimeter, um mich in ihr umzupositionieren.

Das reicht jedoch aus, um sie ihre Nasenlöcher blähen zu sehen. Und das nicht auf eine schlechte Art.

Sie sieht mich mit schockiertem Ausdruck in den blauen Augen an. Sie sind immer noch mit einem wässrigen Film überzogen, der sie unglaublich schön, wenn auch ein wenig unschuldig aussehen lässt. Doch dieser Film gibt bald darauf den Weg frei für einen sinnlichen Ausdruck, und sie beginnt, ihre Hüften zu bewegen. Sie gibt einen völlig anderen Laut von sich, der sich zum einen wie ein Stöhnen, zum anderen wie ein Schnurren anhört.

Ich lächle. »Da ist ja unsere hübsche Omega.« Ich drücke ihr einen Kuss auf den Kiefer. »Bist du bereit, Baby?« Ich streiche mit meiner Nase an ihrer Wange entlang, während Craze sich wieder auf die Seite rollt. »Sag mir, dass ich mich bewegen soll.«

Sie zittert, ihre Wimpern noch feucht von den Tränen, aber jetzt sieht sie nicht mehr traurig aus, sondern angeheizt. Voller Verlangen. *Interessiert.* »Fick mich!«, sagt sie stattdessen und ihr Befehl rast direkt in meine Eier.

»Du bist eine richtige Musterschülerin, Fräulein Wunder«, murmelt Catum stöhnend. Offensichtlich hat ihm der Befehl genauso gut gefallen wie mir. »Verflammt, wehe du fickst sie nicht, K. Dann wird sie meinen Knoten als Erstes in dieser hübschen kleinen Muschi spüren.«

CATUM

DEN SILBERNEN KÖNIG HERAUSZUFORDERN, ist keine gute Idee.

Aber verdammt, ich *muss* einfach in dieser Frau sein. *Und zwar sofort.*

Wenn er also nicht anfängt, sich zu bewegen, werde ich ihn von ihr schubsen und das Steuer übernehmen.

Wir haben das ultimative Spiel von verzögerter Befriedigung ausgereizt. Eine Weile lang hat es Spaß gemacht, aber jetzt … jetzt brauche ich unsere Omega.

»Hm«, summt Krolic. Der Laut könnte Gutes wie auch Böses verheißen.

Ich beschließe, dass es Letztes ist, weil er seinen Schwanz aus ihr zieht. Seine Eichel ist mit ihrer Unschuld befleckt. Kurz glaube ich, dass er sie zwingen wird, die Flüssigkeit von ihm zu lecken, doch stattdessen sagt er: »Ich will, dass du dich hinkniest, Ailsa.«

Sie blinzelt ihn an, scheint irgendwie verstört darüber, dass er sich so abrupt zurückgezogen hat. »Wie bitte?«

»Stell dich auf Hände und Knie, Kleine. Du musst Catums Schwanz lutschen, während ich dich ficke«, sagt er zu ihr.

Aha, das Summen deutete also auf etwas Gutes hin, realisiere ich, zufrieden über diese Entwicklung.

Als Ailsa sich nicht sofort bewegt, greift er nach ihren Hüften und dreht sie auf den Bauch. Ich helfe ihm, indem ich sie an den Haaren packe und ihren Kopf hochziehe, während ich mich vor sie knie.

Sie windet sich und legt ihre Hände mit Crazes Hilfe auf die Matratze, während Krolic sie auf die Knie führt.

Ihre Augen sind groß wie Untertassen, als sie zu mir hochblickt. Der überraschte Ausdruck auf ihrem Gesicht ist unglaublich verführerisch. »Öffne deine Lippen, Fräulein Wunder«, sage ich zu ihr.

Ganz das brave Mädchen, tut sie es und schreit dann um meinen Schwanz geschlungen, als Krolic von hinten in sie dringt. Ich lasse nicht zu, dass sie sich von ihm entfernt, sondern halte sie fest, während sich in ihren Augen erneut Tränen sammeln.

Nur rühren diese Tränen nicht vom Schmerz.

Sondern von der Lust.

Eine Lust, die Fahrt aufnimmt, als Krolic sie richtig zu ficken beginnt, wie sie es verlangt hat.

Die Charakterlinien in seinem Gesicht spannen sich an. Er hat einen schmerzerfüllten und doch lustvollen Ausdruck im Gesicht und seine Freude ist spürbar, während er seine Hüften gegen ihren Körper klatschen lässt.

Es gibt nichts Besseres als die Muschi einer Omega. Oder zumindest wurde uns das gesagt. Und wie es scheint, stimmt dieses Gerücht durch und durch.

Aber ich will den Mund der Omega spüren.

»Schluck mich tiefer«, trage ich ihr auf. Meine Finger sind in ihrem Haar versenkt und die andere Hand schlinge ich um ihren Hals und drücke zu.

Sie krallt ihre Fingernägel in die Laken und ich lege ihren Kopf in den Nacken, um besseren Zugang zu haben.

Dann schiebe ich meinen Schwanz in ihren sich öffnenden Mund und liebe den erschrockenen Ausdruck, der in ihre Augen findet.

Denn ja, meiner ist länger als Crazes. Und breiter auch.

Und mein Knoten ist größer als Krolics.

Ihr steht ein einzigartiges, lustvolles Erlebnis bevor, was meinen Schwanz betrifft. Und genau das scheint ihr gerade zu dämmern, als meine Tattoos in ihrem Mund zum Leben erwachen.

Sie *winden* sich, was sich wunderbar anfühlen wird, wenn ich mich mit ihr verknote.

»Vergiss nicht, deinen Rachen zu entspannen, Fräulein Wunder«, sage ich zu ihr, als sie zu würgen beginnt. Krolic verschafft ihr zu viele Empfindungen in den niederen Regionen und treibt sie damit mit jedem Stoß etwas näher an den Rand des Wahnsinns.

Er hat nicht gelogen, als er sagte, dass er keine ausgefallenen Erweiterungen braucht, um sie anständig zu nehmen.

Er ist ein König.

Und er zeigt ihr in diesem Augenblick, was das bedeutet.

»Saug an ihrer Klitoris für mich«, befiehlt er Craze.

Der berühmt-berüchtigte verrückte Hutmacher grinst. »Nur, wenn ich auch etwas daran knabbern darf.« Dieser Sadist liebt es, anderen Schmerzen zuzufügen.

Krolic nickt und Ailsa reißt die Augen auf.

Aber sie kann nichts einwenden, weil mein Schwanz in ihren Mund gestopft ist.

»Wenn etwas hiervon zu viel für dich wird, balle deine Hand und heb sie in die Luft«, instruiere ich sie, weil mir bewusst wird, dass sie ein Safewort braucht – und eine

Geste, die sie machen kann, wenn sie am Sprechen verhindert ist.

Sie schluckt um meine Lanze geschlungen und ihre Augen rollen in ihren Hinterkopf, als Craze sich unter sie begibt.

»Mach die Geste für mich, Fräulein Wunder«, verlange ich und drücke mit der Hand, die um ihren Hals geschlungen ist, zu. »Zeig mir, dass du eine Faust machen und sie hochheben kannst.«

Sie sieht mit klarem Blick zu mir hoch. Vielleicht liegt es daran, dass Craze noch nicht angefangen hat, mit ihr zu spielen, und Krolic sein Tempo gedrosselt hat. Die beiden wissen, wie wichtig das hier ist.

»Mach eine Faust, Ailsa.« Krolics Worten schwingt ein dominanter Tonfall mit. Seine königliche Abstammung zeigt sich und umgarnt unsere Omega, um sie zu unterwerfen.

Mit geschlossenen Augen erhebt sie ihre Faust.

Ich lasse ihren Hals los und streiche mit den Fingerknöcheln über ihre Wange. »Braves Mädchen, Fräulein Wunder. Wiederhole das, wenn wir aufhören sollen.«

Stattdessen lässt sie ihre Hand sinken und sieht mich trotzig an, was mich zum Grinsen bringt. »Wenn du es dir anders überlegst, weißt du, was zu tun ist.« Ich streiche noch einmal über ihre Wange, dann packe ich ihr Gesicht und versenke meinen Schwanz tief in ihrem Mund. Sie würgt und prustet. Dann, als Krolic wieder in sie stößt, stöhnt sie.

Währenddessen malträtiert Craze ihre Klitoris.

Sie schreit jedes Mal, wenn er zubeißt, und stöhnt, wenn er den Schmerz wieder lindert.

Es ist ein herrlicher Anblick, der mich meinem

Höhepunkt so nahe bringt, dass ich dem Impuls fast nachgebe.

Aber ich will mich mit ihr verknoten.

Uns aneinander binden. Die Glückseligkeit spüren, die sie mir bescheren wird, wenn sich ihre heiße Mitte um mich herum zusammenzieht und wir gemeinsam kommen.

Genau das wird sie gleich mit Krolic erleben. Ich kann sehen, dass er kurz davor steht, erkenne es daran, wie sein Tempo immer wilder wird. Er lässt sich gehen. Ergibt sich dem Höhepunkt, von dem er weiß, dass er ihn aus der Bahn werfen wird.

Es ist ein seltener Augenblick des Friedens für ihn. Ein Moment, in dem er darauf vertraut, dass Craze und ich ihn und unsere auserwählte Gefährtin beschützen werden.

Und irgendetwas daran macht das Ganze noch heißer.

Wir sind nicht ohne Grund ein Zirkel.

Eine gemeinsame Einheit aus Alpha-Kraft.

Als Stellvertreter werde ich vorübergehend König sein, während Krolic sich seiner Lust hingibt.

Dann wird er seinen Platz auf dem Thron wieder einnehmen, während ich unsere Omega in die Besinnungslosigkeit ficke.

»*Fuck!*«, stöhnt er und lässt seinen Kopf in den Nacken fallen, als sein Orgasmus ihn überkommt. Sein Knoten schießt in unsere Omega und lässt sie um meinen Schwanz geschlungen schreien.

Ich komme fast mit ihnen. Das Gefühl ihrer erstickten Atemzüge reicht fast aus, um mich über die Klippe fallen zu lassen. Doch bevor sie mich mit diesen Lippen zerstören kann, ziehe ich meinen Schwanz aus ihrem Mund und ziehe sie auf ihre Knie, damit Krolic nach ihrem Kinn greifen und sie küssen kann.

Sie ist völlig erschöpft und ihr göttlicher Körper ganz

gerötet, während sie mit unserem König zusammen kommt.

Es ist ein ungeheuer erotischer Anblick, wie er so in ihr pulsiert. Sein Schwanz steckt tief in ihrer Muschi und er hält sie uns wie eine Gabe hin, die wir verehren können.

Craze wird fast verrückt vor Lust und sieht die beiden auf dem Bett liegend an, während ich auf meinen Knien bleibe und diese wilde Zurschaustellung von Lust genieße.

Krolic hat ihren Kopf zur Seite geneigt, damit er sie besser verschlingen kann. Seinen anderen Arm hat er ihr um die Mitte geschlungen und trägt damit ihr Gewicht, während er seinen Lustsaft in sie spritzt.

Es geht mehrere Minuten lang so weiter und ihre Liebkosung lässt Craze und mich voller *Verlangen* keuchen.

Aber wir lassen ihnen den Augenblick.

Lassen sie das erste Mal, in dem er sich mit ihr verknotet, voll auskosten.

Im Wissen, das wir als Nächste an der Reihe sind.

»Fuck, Baby«, flüstert Krolic an ihren Mund gepresst und die Stirn an ihre gelehnt. »*Fuck.*« Er küsst sie abermals und kommt nach wie vor.

Sie zittert in seinen Armen und ihr Körper scheint überwältigt vom endlosen Orgasmus.

Es ist ein Gefühl, das mit ihr zu erfahren ich kaum erwarten kann.

Ich massiere meinen Schwanz in freudiger Erwartung dessen, was folgen wird.

Denn ich bin als Nächster dran.

Jetzt werde ich die Wonne erfahren, die die Muschi einer Omega …

Ich halte inne, mich zu massieren, und die Härchen an meinem Nacken stellen sich auf, bevor eine prickelnde Empfindung durch meine Adern rauscht. Es ist kein angenehmes Prickeln, sondern eines, das mich auf lauernde Gefahren aufmerksam machen will.

Craze und ich tauschen einen Blick aus und der Ausdruck in seinen dunklen Augen sagt mir, dass er es auch spürt.

Ich werfe mich auf Ailsa und Krolic, schlinge meine Arme um die beiden und öffne ein Portal im Erdboden, das uns in die Eisfelder bringen soll.

So viel dazu, dass wir unter dem Erdboden sicher sind, denke ich, wutentbrannt darüber, dass ich mich derart habe ablenken lassen. Diese Höhle war Hunderte Jahre lang ein Zufluchtsort. Die Tatsache, dass jemand sie aufgespürt hat, beweist, dass Ailsas Duft überhaupt nicht verschleiert ist. Sie können sie trotz meiner Magie riechen.

Was ein riesengroßes Problem darstellt, verdammt.

Denn bis zu ihrer Läufigkeit sind es immer noch fünf Tage.

Krolics Arme sind um mich geschlungen, Ailsa zwischen uns. Zu dritt rollen wir uns durch das Portal und hinaus auf die verschneiten Felder. Die Eiseskälte brennt auf meiner Haut. Der Name dieser Ebene kommt nicht von irgendwoher. Das Gebiet befindet sich hoch oben in den Garnet Mountains, die in Wolken gehüllt sind und wo der Nebel so dicht ist, dass man kaum die Hand vor Augen erkennen kann.

Trotzdem spüre ich, dass auch Craze hinter uns aufprallt. Sein Geruch ist in mein Erinnerungsvermögen eingebrannt. Ich schließe das Portal umgehend und suche dann die Eistundra nach nahenden Gefahren ab.

Plan D ist eine unserer letzten Optionen.

»Scheiße«, murmelt Craze, während er sich aufrappelt. Er spricht mir aus der Seele. »Sie hierherzubringen, war ein Fehler. Wir hätten den Bewohnern nie eröffnen sollen, dass es sie gibt.«

Krolic schüttelt den Kopf. »Das Monsterland verdient es, seine Königin kennenzulernen.«

»Klar, *nachdem* du sie befruchtet hast«, knurrt Craze, dessen antagonistischere Persönlichkeit hervortritt. Ich kann es ihm angesichts der Lage, in der wir uns befinden, nicht verübeln.

Aber Krolic hat recht. »Unsere Königin verdient es, eine Wahl zu haben«, ergänze ich.

»Was für eine Wahl bieten wir ihr genau?«, will Craze wissen. »Wir haben sie bereits beansprucht. Fuck, wir haben alles und jeden ausgeschaltet, der sich ihr genähert hat. Inwiefern ist das eine Wahl?«

Ich löse mich von Krolic und Ailsa, damit ich mich auf meine Fersen setzen kann. Ich werde dieses Gespräch nicht führen, während wir alle auf dem Boden verstreut herumliegen.

Ich streiche mir mit den Fingern durchs Haar und versuche, mich zu fassen.

Aber Krolic kommt mir zuvor. »Sie darf selbst entscheiden, ob sie ihre Rolle im Monsterland annehmen möchte.«

»Und wenn sie das nicht will?«, schießt Craze zurück. »Bringen wir sie dann einfach zurück in ihr Reich? Oder lassen wir sie von einem anderen Alpha-Zirkel beanspruchen?«

Krolic stößt ein leises Knurren aus und setzt sich mit Ailsa im Schoß auf. Zum Glück scheint er nicht mehr in ihr zu stecken. Vermutlich ist sein Knoten abgeschwollen, sobald wir in den Eisfeldern angekommen sind.

»Wir haben dem Plan alle zugestimmt, Craze. Sich zu beschweren …«

»Ich aber nicht«, fällt Ailsa ihm ins Wort. »Ich weiß nicht einmal, was genau vor sich geht oder was für *Pläne* ihr geschmiedet habt oder warum ich hier bin oder …

Oder *wie* w…wir hier gelandet s…sind.« Ihre Zähne beginnen gegen Ende des Satzes zu klappern und der kalte Hauch weht unerbittlich gegen ihre Haut.

»Lasst uns diese Unterhaltung in der Hütte weiterführen«, sage ich und deute auf eine Eisschicht ungefähr zehn Meter vor uns.

Ailsa sieht sie stirnrunzelnd an.

Angesichts dessen, wie die Hütte von außen aussieht, überrascht mich das nicht im Geringsten.

Krolic steht mit Ailsa in den Armen auf und ich komme geschickt auf die Beine, um vorauszugehen.

Craze stampft uns sichtlich verärgert hinterher.

Da kann man wirklich von Stimmungswechsel reden, denke ich argwöhnisch.

Als ich bei der Eiswand ankomme, presse ich meine Hand gegen die Mitte und kurz darauf erscheint eine Tür, die sich nur zeigt, wenn einer von uns dreien diese spezifische Eisschicht berührt.

Ich schiebe die Tür auf und halte sie für Krolic auf, damit er Ailsa hereintragen kann. Craze folgt dicht dahinter und begibt sich ohne ein weiteres Wort ins Schlafzimmer.

Zunächst gehe ich davon aus, dass er sich anziehen will, doch dann kehrt er mit einem T-Shirt für Ailsa zurück.

Krolic nimmt es ihm ab und stülpt es über ihren Kopf, sodass sie jetzt ein improvisiertes Kleid trägt, bevor Craze davon marschiert.

»Ich komme wieder«, murmelt Krolic, ehe er Craze folgt und mich mit Ailsa allein zurücklässt.

Sie hat nichts mehr gesagt, seit sie ihrer Frustration draußen Luft gemacht hat.

»Tut mir leid, Ailsa«, murmle ich und meine es auch so. »Du hast recht. Wir hätten uns auf unsere Pläne konzentrieren sollen und nicht …« Ich will gerade *unsere Knoten* sagen, räuspere mich aber stattdessen. »Warum setzt du dich nicht dort drüben hin, während ich dir eine heiße Schokolade mache?«

»Werde ich die überhaupt genießen können?«, fragt sie merklich erschöpft.

»Die einzigen Monster hier oben sind Schneekreaturen, und die meisten sind Krolic treu ergeben«, sage ich ihr. »Und sie sind Eindringlingen gegenüber nicht freundlich gesinnt.«

Sie sieht mich an. »Wenn es hier sicherer ist, warum sind wir dann nicht von Anfang an hierhergereist?«

»Weil ich dachte, dass mein Tarnzauber genügen würde, um deine Anwesenheit zu verschleiern, während wir uns um ein paar Details kümmern.«

»Was für Details?«, fragt sie.

»Details im Hinblick auf den königlichen Hof.« Ich drehe mich zur Küche um, entschlossen, ihr etwas zu essen und zu trinken zuzubereiten. Ich schätze, sie braucht das, nach … allem.

»Sag mir, was das zu bedeuten hat«, verlangt sie nur wenige Meter hinter mir stehend. »Was für Details haben euch gefehlt?«

»Abschließende Pläne für den Versuch, den Thron zurückzugewinnen«, erwidere ich. »Aber es war alles umsonst. Wir konnten nicht lange genug an einem Ort verweilen, um alles zu Ende zu planen. Und ehrlich gesagt, spielt es auch keine Rolle. Entweder werden unsere Verbündeten uns zur Seite stehen oder eben nicht.«

»Was für Verbündete?«, fragt sie. »Alle, denen ich bisher begegnet bin, wollten mich anscheinend töten.«

Ich blicke kopfschüttelnd zu ihr zurück. »Sie wollen dich nicht töten, Ailsa. Entweder wollen sie dich ficken oder dich dem Hochstapler-König ausliefern.«

Sie massiert sich die Schläfen. »Meister Raupe, ich …«

»Catum«, falle ich ihr ins Wort und drehe mich zu ihr um. »Formelle Anreden können ganz witzig sein, nicht aber in diesem Augenblick. Wir sind jetzt einfach nur Catum und Ailsa, okay?«

Sie schluckt merklich erschöpft. »Catum«, flüstert sie, woraufhin ein Lächeln an meinen Mundwinkeln zupft.

»Braves Mädchen«, lobe ich und lehne mich zu ihr, um ihren Mund mit meinem zu streifen. »Also, warum setzt du dich nicht an den Tresen, da du dich offensichtlich nicht im Wohnzimmer entspannen willst? Ich werde dir eine heiße Schokolade zubereiten und dann können wir weiterreden.«

Sie macht einen Schritt auf die Barhocker zu, als würde sie einlenken, dann hält sie inne und legt die Stirn in Falten. »Nein.«

»Nein?«, wiederhole ich.

»Ich kann jetzt nicht still sitzen.«

Ich runzle die Stirn. »Warum nicht?«

»Weil …, weil …« Sie zeigt auf ihre Schenkel und ihre verhüllte Muschi. Das übergroße Oberteil sieht an ihr mehr wie ein Kleid aus. »Ich *laufe aus*.«

Ich beiße mir auf die Unterlippe, um mir ein Lachen zu verkneifen.

Meine Belustigung fällt ihr aber trotzdem auf, denn jetzt funkelt sie mich an. »Das ist nicht witzig.«

»Du hast recht«, erwidere ich. *Es ist zum Totlachen.* Aber das ist jetzt nicht der richtige Zeitpunkt für solche Bemerkungen, also spreche ich den Gedanken nicht laut aus.

Stattdessen gehe ich auf sie zu und hebe sie in die Arme, was sie einen Schrei ausstoßen ließ. »Was machst du da?«, kreischt sie.

»Dich in die Dusche bringen«, erwidere ich. »Wo ich

dich sauber machen werde, während jemand anderes uns etwas zu essen macht.«

Der letzte Teil ist an Krolic und Craze gerichtet, die sich uns gerade in der Küche angeschlossen haben.

»Sie will eine heiße Schokolade«, sage ich ihnen, obwohl Ailsa das nie in Worte gefasst hat. Aber ich glaube, sie wird ihr schmecken. »Bereitet eine dazu passende Mahlzeit zu. Wir sind in dreißig Minuten zurück.«

AILSA

Während aus der Duschbrause hinter uns Wasser rinnt, zieht mir Meister Raupe – *Catum* – das T-Shirt über den Kopf und lässt es zu Boden fallen, ehe er seinen heißen Blick an mir hinabwandern lässt. Es gab keinen Knauf und auch keine Halterung, mithilfe der sich der Duschhahn hätte aufdrehen lassen. Stattdessen hat er bloß eine Handbewegung unter der Brause gemacht und kurz darauf begann das Wasser auf den blauen Marmorboden zu rieseln.

Ich habe keine Ahnung, wo wir sind oder was wir hier machen. Oder wie es überhaupt möglich ist, dass diese Männer im Besitz von so vielen Häusern sind. Mir ist klar, dass Krolic adelig ist, aber soweit ich verstanden habe, waren sie doch untergetaucht. »Gehören all die Häuser euch?«

Aus irgendeinem Grund ist das die erste Frage, die mir auf der Zunge brennt.

Vielleicht, weil ich einfach so verloren und verwirrt bin, dass ich keine normale Unterhaltung führen kann.

»Wir haben Häuser im ganzen Monsterland verteilt«, murmelt er, bevor er mich unter den warmen Wasserstrahl zieht.

Das Einzige, was ich höre, ist die Brause, aus der das

Wasser auf mich rieselt. Das anhaltende Geräusch wirkt fast schon beruhigend.

»Man könnte sie Unterschlüpfe nennen«, ergänzt er, nachdem er mich zu sich gezogen hat. »Wir haben sie verzaubert, um uns zu verstecken, was hunderte Jahre lang auch funktioniert hat. Aber dein Geruch ist offensichtlich zu stark, um ihn maskieren zu können.«

»Trotzdem wolltet ihr, dass alle von mir wissen …?«, hake ich nach und rufe mir in Erinnerung, was sie gesagt haben. Dass das Monsterland wissen muss, dass ich eine Omega bin.

Er nickt. »Das gehört zum Paarungsritual.« Er greift nach einer Shampoo-Flasche, die auf der Ablage steht, und drückt etwas davon in seine Hand, bevor er es in meine Haare einmassiert. »Aber so stellen wir auch sicher, dass das gesamte Königreich weiß, dass du echt bist, was deiner Entscheidung unglaublich viel Gewicht verleiht.«

»Meine Entscheidung«, wiederhole ich.

»Wen du zu deinem Gefährten ernennen wirst«, erwidert er, bevor er mich sanft wieder unter den Wasserstrahl schubst. Er streicht mir mit den Fingern durch die Haare und wäscht die Seifenrückstände aus meinen langen Strähnen, während er meinen Kopf weiter massiert.

Es fühlt sich gut an.

Entspannend, sogar.

Doch seine Worte lassen mir keine Ruhe. Alles, was diese Männer zu mir gesagt haben, schießt in zufälligen Abfolgen logischer und unlogischer Wendungen durch den Kopf.

Sie haben mich hierhergebracht, um meinen Geruch zu verteilen. Um sicherzustellen, dass das ganze Monsterland von meiner Existenz weiß.

Aber wir rennen immer wieder weg, wenn mich

jemand findet, weil die Alphas mich entweder ficken … oder mich zum Hochstapler-König bringen wollen.

Ich erschaudere. *Was entgeht mir? Was enthalten sie mir vor?*

»Was beinhaltet das Paarungsritual?«, platzt mir heraus und ich nehme einen Schritt von der Duschbrause und Catum zurück.

Er starrt auf mich hinab und in seinen braunen Augen lauert ein Hauch Dunkelheit. »Es ist eine Jagd.«

»Eine Jagd?«, wiederhole ich.

Er nickt. »Die läufige Omega rennt davon und die Alphas … jagen sie.«

Ich schlucke hart. »Und wie …? Inwiefern liegt die Entscheidung bei *mir*?«

»Eine Omega ordnet sich nur dem stärksten Alpha-Zirkel unter, und der stärkste Alpha-Zirkel ist in der Regel jener, den die Omega auserwählt.«

Ich schüttle bedächtig meinen Kopf. »Das ergibt keinen Sinn.«

Er fährt sich mit den Fingern durch das dichte Haar und atmet scharf aus. »Das Elixier erweckt eine Energie in der Omega, die ihre Läufigkeit auslöst. Aber damit geht auch ein magisches Element einher. Omegas sind buchstäblich das Herzstück des Monsterlands. In dir ruht eine Kraft wie keine andere.«

»Aber ich bin sterblich«, erinnere ich ihn.

»Eine Sterbliche erträgt keinen Knoten, Ailsa«, entgegnet er, bevor er nach meinem Kinn greift und mich zwingt, ihm in die Augen zu starren, in denen ein intensiver Blick steht.

»Ich habe Krolics Knoten in diese hübsche Muschi zwischen deinen Beinen schießen sehen. Das hat bestätigt, wer und was du bist. Sieh es ein, Ailsa. Du bist keine Sterbliche. Du bist eine Omega. Was dich zu etwas Bemerkenswertem macht.«

In der nächsten Sekunde packt er mich zwischen den Beinen, lässt seine Finger in meine feuchte Muschi gleiten und massiert mich tief drinnen.

Ich stöhne. Seine Bewegungen sind unerwartet und schroff und doch so verführerisch.

Aber zu bald zieht er seine Finger aus mir und lässt sie stattdessen an meine Lippen wandern. »Mund auf«, verlangt er und steckt die Finger hinein, ohne zu zögern, und zwingt mich, meinen Nektar zu kosten.

Nein, nicht nur meinen Nektar.

Sondern auch *Krolics* Lustsaft.

Denn seine Essenz ist immer noch in mir. Die warme Substanz ist der Grund, warum ich mich vorhin nicht setzen wollte.

»Schmeckst du das, Ailsa?«, fragt er, doch die Finger, die in meinem Mund stecken, hindern mich daran, zu antworten. »*Das* ist der Samen unseres Königs, der da zwischen deinen Beinen hinaustropft. Samen, der nur dann ausgeschieden wird, wenn sich ein Alpha mit einer *potenziellen Omega-Gefährtin* verknotet. Du bist keine Sterbliche, Süße. Du bist etwas völlig anderes. Und jetzt *saug*.«

Ihr Götter … warum lässt die dominante Haltung dieses Mannes meine Knie ganz weich werden? Und warum bin ich so begierig darauf, ihm zu gehorchen?

»Braves Mädchen«, murmelt er, als ich tue, was er sagt.

Das, denke ich mit dem nächsten Atemzug. *Genau darum gehorche ich ihm.*

Sein Lob lässt mir ganz warm ums Herz werden.

Ich fühle mich wertgeschätzt.

Wichtig.

»Und jetzt sag mir, dass du eine Omega bist«, meint er, ehe er seine Finger aus meinem Mund zieht.

Ich schlucke hart, liebe den Geschmack, den er in

meinem Mund zurückgelassen hat. Er besteht aus mir und Krolic, mit einer Spur Catum. *Vorzüglich*, beschließe ich und schlucke abermals.

»Fräulein Wunder.« Der autoritäre Tonfall, der seiner Stimme mitschwingt, lässt mich erschaudern.

»Craze hat mir gesagt, dass Omegas irgendein Wesen sein können. Selbst ein menschliches«, flüstere ich und erinnere mich daran, was er gesagt hat. »Also bin ich trotzdem sterblich … und eine Omega.«

Meister Raupe kneift die Augen zusammen und mustert mich einen Augenblick lang. »Craze hat recht. Omegas können irgendein Wesen sein. Aber was er offenbar nicht erklärt hat, ist, dass die Omega-Seele in diesem Wesen erweckt wird, sobald das Elixier eingenommen wird. Und dann nimmt diese Seele überhand, Ailsa. Was auch immer für Schwächen du zu haben glaubst, existieren nicht mehr.«

Er führt mich rückwärts zurück unter die Brause und wäscht mein Haar, bevor er mich wieder nahe an sich zieht und die Spülung in meinen Haaren verteilt.

Ich erschaudere und meine Nippel werden hart, als sie seine muskulöse Brust streifen.

Er ist nackt.

Und bunt, geht mir durch den Kopf, als ich meinen Blick auf seine beeindruckende Lanze wandern lasse. Er ist größer als die anderen und sein Knoten noch wirkungsvoller.

Ich fürchte mich ein kleines bisschen davor, ihn in mir aufzunehmen – vor allem, weil Krolics erster Stoß so wehgetan hat.

Aber oh, die Lust, die daraufhin folgte … Wie er seinen Knoten in mir versenkt hat und mir Wonnegefühle bescherte … Das hat mir gefallen. *Sehr*, sogar.

»Für das Ritual musst du zuerst dem Königreich

präsentiert werden«, sagt Catum mir. »Darum sollst du auch das Elixier zu dir nehmen, und deswegen wurdest du auch hierhergebracht. Das Monsterland muss erfahren, dass eine Omega gefunden wurde. Die Ältesten unserer Art werden verlangen, dass das Ritual in Ehren gehalten wird.«

»Das Ritual, das mich zum Weglaufen zwingt«, überliefere ich, bevor er meinen Kopf zurück ins Wasser neigt.

Er massiert abermals meine Kopfhaut. Seine Berührungen sind hypnotisch und lassen mich vergessen, was ich gefragt habe. Er erinnert sich aber daran und antwortet, sobald er mich aus dem Wasserstrahl zieht.

»Ja, das Ritual, das dich zum Weglaufen zwingt und in dem die Alphas dich jagen werden. Wir bauen nicht darauf, dass der Rote König sich an die Regeln halten wird. Wir glauben, dass er dich in einen Käfig sperren und dich begatten und dich damit beanspruchen wird, weil sein Erbe in dir heranwächst.«

Ich schlucke hart. »Das hat die Stimme nach der Zeremonie gesagt …, dass ich …, dass ich begattet würde.«

Catum schnaubt lachend. »Hinter dieser Stimme steckt Craze, der ein kompletter Verrückter ist und versucht hat, dir Angst einzujagen.«

Ich verziehe das Gesicht. »Das war Craze?«

Catum nickt. »Ja, er legt gern eine Show hin. Aber er hat nicht unrecht. Der Rote König wird sich nicht an die Regeln halten. Dich zu schwängern, wird seine Herrschaft festigen.«

»Warum?«, will ich wissen, verstehe nicht. Es sei denn … »Ist das die Folge des Rituals? Dass ich … schwanger werde?«

Er greift nach einem Seifenstück und reibt es zwischen

seinen Händen. Dann sagt er ganz leise: »Ja. So festigt man seinen Anspruch auf den Thron.«

Ich reiße die Augen auf. »Indem man mich schwängert.« Ich kann mir den schrillen Tonfall nicht verkneifen. »Was, wenn ich nicht schwanger sein will?«

»Dann kannst du dich entscheiden, sämtliche Verehrer abzuweisen«, murmelt er und sieht mir in die Augen. »Wenn das deine Entscheidung ist, werden wir sie respektieren. Und der Rest der Monsterland-Bewohner sollte das auch.«

»Angesichts dessen, was ich bisher erlebt habe, fällt es mir schwer, all das zu glauben«, gebe ich zu.

»Weil das Monsterland nicht mehr so ist, wie es mal war.« Er hört sich fast schon traurig an, als er das sagt, und sein Blick wandert an meinen Oberkörper hoch, bevor er anfängt, die Seife auf meinen Schultern und Armen zu verteilen. »Wir wollen es wiederherstellen, aber um das zu tun, brauchen wir eine Omega. Alles steht kopf hier, und das ist schon so, seit Herz angefangen hat, die Hierarchie über den Haufen zu werfen.«

Herz. Krolics Schwester. »Aber du sagst immer wieder, dass ich mich vor dem Roten König fürchten soll.«

Er führt seine Hand an den anderen Arm, bevor er weiterfährt. »Alle beide sind schreckliche Schurken. Aber Rot ist der Einzige, der dich schwängern kann. Herz hat ein Schloss, keinen Knoten.«

»Ein … Schloss?« Ich runzle verwirrt die Stirn.

»Erinnerst du dich, wie Krolics Knoten euch aneinandergebunden hat, sodass du dich nicht von ihm entfernen konntest?«

Seine Worte holen eine angenehme Erinnerung an die Oberfläche, die ein Prickeln an meinen Schenkeln herabwandern lässt – eine Empfindung, die stärker wird, als er meine Brüste einseift. »J… ja«, schaffe ich zu stammeln.

»Ein Schloss ist das Gegenteil davon. So hält ein Alphaweibchen den Schwanz eines Mannes in sich fest«, erklärt er mir nüchtern. »Aber da ist noch mehr. Ein Alphaweibchen verfügt über keinen Samen. Und du, meine süße Omega, brauchst Alphasamen, um ein Baby zu schaffen.« Er lässt seine Hand an meinen Bauch wandern, während er spricht, und in seinen Augen zieht ein sehnsüchtiger Ausdruck auf.

»Und du willst das«, flüstere ich mit trockener Kehle.

»Ja«, gibt er wie aus der Kanone geschossen zu. »Das tun wir alle, Ailsa.«

»Aber wir sind uns gerade erst begegnet.«

»Stimmt das wirklich?«, fragt er und sieht mir in die Augen. »Craze und du vielleicht, aber kannst du wirklich leugnen, was zwischen uns ist?«

N…nein, kann ich nicht.

Aber …

»Wie viel von dem, was ich gefühlt habe, ist … echt? Hat das Elixier …?« Ich verstumme, schaffe es nicht, die Frage zu Ende zu führen. Denn irgendwo tief drinnen fühlt es sich falsch an, überhaupt daran zu denken.

Diese Männer haben mich jahrelang umworben. Auf seltsame Art und Weise, vielleicht, aber in dieser Angelegenheit geht unser Verständnis von *normal* auseinander.

Sie sind so auf mich zugegangen, wie sie für richtig empfunden haben.

Kann ich sie dafür bestrafen? Kann ich deswegen bestreiten, was ich fühle?

»Das Elixier ruft deine Läufigkeit hervor, was, wie du gesagt hast, dein Bewusstsein verändern kann«, erwidert er.

»In einigen Tagen wirst du um unsere Knoten flehen. Aber dieser Instinkt hat sich noch nicht gemeldet.«

Ich erwidere nichts, denke nur darüber nach, was er da gerade gesagt hat.

Ich hatte das seltsame Gefühl, völlig neben mir gestanden zu haben und habe irrationale Entscheidungen gefällt – zum Beispiel, mit ihren Knoten zu spielen –, aber ich … ich fühle mich wegen dieser Entscheidungen lebendiger.

Obwohl ich all die verrückten Dinge in diesem Reich angenommen habe, heißt das nicht, dass ich meinen Verstand verloren habe, oder?

»Ich habe das Elixier verdünnt, Ailsa«, fährt er fort. »Na ja, so in der Art, jedenfalls.«

Das lässt mich die Stirn in Falten legen. »Was meinst du mit ›so in der Art‹?«

»Das Ritualelixier soll nach drei Tagen seine Wirkung entfalten. So lange dauert die Jagd.« Er presst die Lippen aufeinander. »Aber Rot hat die Formel vor Hunderten von Jahren verändert, damit es potenter ist, weil er verzweifelt versucht, eine Omega ohne Umschweife in ihre Läufigkeit zu zwingen. Der einzige Teil des Rituals, der noch derselbe ist, ist die Regelung, dass die Omega einundzwanzig Jahre alt sein muss, und ich glaube, an die hält er sich nur, damit das Elixier auch wirklich wirkt.«

Mir entgeht nicht, dass er ihn nicht mehr als *Roter König* bezeichnet, sondern nur noch als *Rot*, was darauf schließen lässt, dass der mysteriöse Hochstapler wirklich so heißt.

Diesen Gedanken schiebe ich jetzt aber beiseite und konzentriere mich stattdessen darauf, was er über das Elixier gesagt hat. »Also … hast du die Wirkung des Elixiers umgedreht?«

»Ganz genau.« Er widmet sich wieder dem Einseifen meines Oberkörpers und ergänzt dann: »Und ich habe es noch weniger potent gemacht, damit dir mehr Zeit bleibt. Außerdem wollten wir sichergehen, dass die anderen Bewohner dieser Welt von dir wussten. Wenn Rot dich jetzt nimmt, wird es einen Aufstand geben. Er muss sich an die Regeln halten und die Alphas jagen lassen. Andernfalls könnte sein Anspruch angefochten werden.«

»Aber er ist bereits der unrechtmäßige König …« Ich lasse den Satz in der Luft hängen, während er mich sanft umdreht und meinen Rücken einseift.

»Ganz recht. Er gibt vor, der Silberne König zu sein.«

»Aber du nennst ihn den Roten König, weil Rot sein echter Name ist …?« Ich formuliere die Aussage als Frage.

»Rot ist sein Nachname«, murmelt er. »Ganz wie Krolics Nachname Silber ist. Sie stammen von rivalisierenden Wolfsrudeln ab.«

»Meine Mutter hat sich für den Silber-Gefährtenzirkel entschieden«, ergänzt eine tiefe Stimme, ehe Krolic das Badezimmer mit einem Tablett in den Händen betritt. »Und der Rot-Gefährtenzirkel hat ihr dafür nie vergeben.«

Catum kniet sich vor mich hin und verteilt den Schaum an meinen Beinen. Ich erschaudere, als er seine Hand an meine Innenoberschenkel und hoch an meine sensible Mitte führt. »Bist du wund, Fräulein Wunder?«, fragt er mit sanfter Stimme.

Ich schlucke und schüttle den Kopf. »Nein.« So viel war klar, als er seine Finger vorhin in mich gesteckt hat. Ich war überhaupt nicht wund.

»Ein weiteres Zeichen dafür, dass deine Gene sich verändern«, murmelt er, bevor er sich zu mir lehnt und mir einen Kuss auf die Klitoris drückt. »Du bist keine gewöhnliche Sterbliche mehr, Süße.«

Ich stolpere um ein Haar zurück, als er mich erneut küsst.

Aber er fährt nicht fort, lehnt sich bloß zurück auf die Fersen und seift jeden Zentimeter meines Körpers ein.

»Zweifelt sie ihren Status als Omega an?«, fragt Krolic mit hochgezogener Augenbraue. »Denn ich zeige ihr sehr gern, dass sie sich gehörig irrt.«

»Sie ist hin- und hergerissen, was es bedeutet, sterblich und eine Omega zu sein«, meint Catum, bevor er um mich herumgreift. »Aber sie lernt schnell. Habe ich recht, Fräulein Wunder?«

»Ja, Meister Raupe«, erwidere ich und atme scharf aus.

Er sieht lächelnd zu mir hoch und zwinkert mir zu. Dann steht er auf und hilft mir, die Seife vom Körper zu waschen.

»Das nächste Mal werde ich dir dabei helfen, dich zu rasieren«, flüstert er an mein Ohr gelehnt. »Obwohl ich deine getrimmte Muschi mag, will ich sie auch einmal gern haarlos erleben.«

Meine Wangen werden ganz heiß, als ich die unerwartete Aussage vernehme, und noch heißer, als er meine Halsschlagader küsst.

Er steht hinter mir, hat seine Brust an meinen Rücken gepresst und lässt mich seine harten Muskeln, die an meinen Arsch gepresst sind, spüren. Seine Körperwärme erinnert an ein Brandmal und seine Berührungen sind verheißungsvoll.

Doch er geht einfach um mich herum, um sich abzuwaschen, und bietet mir dabei einen herrlichen Blick auf all seine Muskeln, während er sich reinigt und die Haare wäscht.

Ein Teil von mir möchte ihm helfen, aber er ist gut einen Kopf größer als ich, und es scheint keine Bank oder Trittleiter in der Dusche zu geben.

Als er das Wasser abstellt, keuche ich. Er wickelt mich

in ein Handtuch und reicht mich an Krolic weiter, der mit dem Essen wartet.

Er hält mir etwas Rotes an den Mund, das ich ohne zu zögern zu mir nehme. Auf meiner Zunge breitet sich eine Geschmacksexplosion aus. Die würzige Note erinnert mich an Tomatensuppe. An *gekühlte* Tomatensuppe.

Catum trocknet sich ab und schlendert mit niedrig hängendem Handtuch um die Hüfte geschlungen auf mich zu, damit er mich mit dem nächsten Happen füttern kann.

Käsetoast, geht mir durch den Kopf und ich stöhne voller Genuss. Das ist eine meiner Leibspeisen von zu Hause. Eine Mahlzeit, die ich selten zubereitet habe, weil ich die Küche nicht für mich nutzen durfte. Aber manchmal habe ich mich reingeschlichen, um ein Käsesandwich zu grillen und etwas Suppenreste abzugreifen.

Krolic weiß davon, weil ich die Speisen oft mit nach draußen gebracht habe, um in Ruhe essen zu können.

Es ist eine simple Geste, aber eine tief reichende. Denn sie macht mir bewusst, was Catum eben gesagt hat. Diese Männer kennen mich.

Nicht in konventionellem Sinne.

Aber das ist in Ordnung.

Ich mag Unkonventionelles.

Ich mag *sie*. Catum, Krolic und Craze.

»Also, wie sieht der Plan aus?«, frage ich Catum und Krolic. »Was steht als Nächstes an?«

Denn ich will alles verstehen. Will sie verstehen. Will wissen, wie meine Möglichkeiten aussehen. Die Zukunft, die Gegenwart … *das Ritual* verstehen.

»Vorerst sind wir hier sicher«, meint Krolic. »Aber das wird nicht lange so bleiben. Das bedeutet, wir müssen uns über Plan Z unterhalten.«

»Und wie lautet Plan Z?«, frage ich.

»Wir bringen dich zurück in dein eigenes Reich«, erwidert er und hört sich alles andere als erfreut darüber an. »Es ist nicht ideal, aber wenn das Monsterland deine Entscheidung nicht respektieren wird – und all die Angriffe lassen mich zum Schluss gelangen, dass es dazu kommen könnte – dann müssen wir zusehen, dass du hier wegkommst.«

Ich verziehe das Gesicht. »Aber was ist mit deinem Thron?«

Er zieht die Achsel hoch. »Wir werden uns einen anderen Weg überlegen, wie wir ihn zurückgewinnen.«

»Einen anderen Weg«, wiederhole ich.

In seinen grünen Augen blitzt ein Funkeln auf, als er auf mich hinabblickt. Der trübselige Ausdruck bricht mir das Herz. »Ja. Indem wir das Monsterland auf den Kopf stellen.«

KROLIC

Ich stecke Ailsa eine weitere Tomatenbombe in den Mund.

Obwohl ich den Großteil ihrer Unterhaltung mit Catum nicht mitbekommen habe, ist mir klar, worüber sie sprachen: das Elixier, das Paarungsritual und meine Familienfehde mit dem Rot-Rudel.

Mein Blut brodelt, wie immer, wenn ich an den Hochstapler-König und Herz denke. Sie haben alles zerstört – dieses Königreich eingeschlossen.

Ich habe gemeint, was ich Ailsa gesagt habe. Wenn wir die Sache nicht mit dem Paarungsritual lösen können, werden wir einen weitaus gewalttätigeren Weg einschlagen müssen.

Bisher haben wir noch niemanden zum endgültigen Tod verdammt. Wir haben diejenigen, die eine Bedrohung dargestellt haben, nur sehr stark verletzt. In erster Linie, weil wir noch immer nicht ganz sicher sind, ob die angreifenden Wesen bei klarem Verstand sind.

Sie wollten Ailsa nicht wehtun, scheinen aber trotzdem geneigt, sie mit Gewalt an sich zu reißen.

Craze hat mir erzählt, was mit den Schnauzenmännern im Pilzdschungel geschehen ist.

»Sie waren völlig eingenommen von ihrer Lust«, hat er in der Küche gesagt. »Sie waren komplett eingenommen davon, K. Und es ist offensichtlich, dass sie kein Interesse daran haben, sie um Erlaubnis zu fragen. Das Einzige, was sie interessiert, ist, dass sie eine fruchtbare Omega ist.«

»Haben sie sie so genannt?«, habe ich gefragt. Der Begriff *fruchtbar* ließ mich die Stirn in Falten legen.

Ihre Läufigkeit hat noch gar nicht eingesetzt. Obwohl sie also bald ihren Östrus erreichen wird, ist es noch nicht ganz so weit. Und darum ist sie per Definition noch nicht *fruchtbar*. Darum konnte ich mich auch mit ihr verknoten, ohne sie zu schwängern.

Craze hat mir daraufhin bestätigt, dass einer der Männer mit den Schnauzen diesen Ausdruck verwendet hat, bevor sie versuchten, ihren Anspruch gelten zu machen.

Der Tradition nach jagen interessierte Alphas und ihre Gefährtenzirkel während des Rituals eine Omega, die sie begehren. Und die Omega entscheidet, wem sie sich unterordnen will und gibt sich der darauffolgenden Begattung hin.

Aber Omegas können auch sämtliche Verehrer ablehnen.

Damals, als Rituale noch üblicher waren, ist das selten vorgekommen, aber ab und zu kam es dazu. Und diese Omegas haben sich entschlossen, ohne Gefährten zu leben.

Ailsa könnte denselben Weg einschlagen, wenn sie das will.

Es sei denn, das Monsterland verwehrt es ihr.

Und wenn das eintrifft …

»Krieg«, sagt Catum und beantwortet damit die Frage, die Ailsa gerade gestellt hat – was ich damit gemeint habe, dass wir das Monsterland *auf den Kopf stellen* müssen. »Er spricht von Krieg.«

Ganz genau, geht mir durch den Kopf. Ich hasse dieses Wort. Leider hat er recht.

»Wir sind einer Auseinandersetzung jetzt schon, was sich wie eine Ewigkeit anfühlt, entgangen«, ergänze ich und führe ein weiteres frittiertes Käsebällchen an ihre Lippen. »Unsere Hoffnung war immer, dass wir eine Omega finden würden, die unseren Zirkel vervollständigt und das Monsterland an unsere Rituale erinnern kann. Denn irgendwann haben die Alphas ihren Lebenssinn verloren.«

»Das passiert, wenn ihr Anführer mit Abwesenheit glänzt«, unterbricht Craze, der sich uns im Badezimmer anschließt. »Oder in diesem Fall …, wenn er seine wahre Identität verschleiert.«

»Ich kann nicht recht sagen, ob du mich oder den Hochstapler-König meinst«, murmle ich, überhaupt nicht erfreut über seinen Kommentar.

»Ein bisschen von beidem, denke ich«, flötet er, bevor er sich eine der Tomatenbomben krallt.

Aber er isst sie nicht.

Er steckt sie sich zwischen die Zähne und verfüttert sie dann an Ailsa mit seinem Mund. Sie stößt ein Stöhnen aus, das sich ziemlich ähnlich anhört, wie jenes, das sie in unserem Bett von sich gegeben hat.

Craze packt ihre Hüften und presst sie an sich. Seine Schultern scheinen sich dabei zu entspannen und es ist klar zu erkennen, dass seine Persönlichkeit zu einer anderen, sanfteren, zärtlicheren und fürsorglicheren Seite übergeht.

Als sie die Tomatenbombe verspeist haben, scheint er weniger aufgebracht zu sein, was gut ist, denn seine gereizte Seite fing an, mir auf den Wecker zu gehen.

Wenn jemand das Recht hat, sich darüber zu ärgern, sich nicht mit Ailsa verknotet zu haben, dann Catum. Aber bis auf die nicht zu übersehende Erektion, die sich unter dem Handtuch versteckt, scheint er zufrieden.

»Du hast gesagt, dass Rot seine wahre Identität verschleiert«, murmelt Ailsa. »Und dass er vorgibt, der silberne König zu sein.«

»Ja. Das Fell seines Wolfs ist weiß. Deshalb zeigt er sich nur in seiner Wolfsgestalt. Und Herz übersetzt seine Erlasse für die Massen«, erkläre ich. »Alle gehen davon aus, dass meine Schwester nur ihren Bruder unterstützt.«

»Und man munkelt, dass der König seine menschliche Gestalt nie annimmt, weil er seinen Gefährtenzirkel verloren hat«, ergänzt Catum. »Das Königreich hält Craze und mich für tot.«

»Darum bin ich auch der verrückte Hutmacher«, bemerkt Craze und wackelt mit den Augenbrauen, bevor er nach einer weiteren Tomatenbombe vom Tablett greift und sie sich schmecken lässt.

Ich greife nach einem Käsebällchen und will es Ailsa reichen, doch sie nimmt es nicht umgehend entgegen. »Und was ändert sich, wenn er sich eine Gefährtin nimmt?«, will sie stattdessen wissen. »Warum würde ihn das dazu bringen, zu zeigen, wer er ist? Und wird das nicht alle wütend machen?«

»Da ich der stärkste Alpha bin, untersteht das Königreich mir«, sage ich und versuche, ihr die Hierarchie unserer Welt zu erklären. »Aber diese Position ist erst offiziell, wenn der König sich eine Gefährtin nimmt. Blutlinien fortzuführen, ist in dieser Welt sehr wichtig, aber weil es keine Omegas gibt …« Ich verstumme und schlucke hart.

Das Verschwinden der Omegas begann mit dem Tod meiner Mutter. Danach wurden keine neuen Omegas mehr geboren, was es mir verunmöglichte, meinen Titel offiziell zu beanspruchen.

Und darum haben wir angefangen, zu jagen, wie es ein Gefährtenzirkel sollte.

Und es dauerte Jahrhunderte, bis wir Ailsa gefunden hatten.

Wenn sie uns ablehnt …

Ich will den Gedankengang gar nicht zu Ende führen. Die Wahl liegt bei ihr, aber unser Zirkel wird sie nicht vergessen. Sie ist die Eine für uns. Nicht nur, weil Omegas vom Aussterben bedroht zu sein scheinen. Es ist *sie*. Wir haben uns für sie entschieden, seit ich sie gerochen habe.

Unsere durchsetzungsstarke, abenteuerlustige Omega. Die Frau, die sich vor meiner Bestie nie gefürchtet hat – selbst, als sie dachte, ich wollte sie fressen.

Sie war immer schon stark. Direkt. Selbstbewusst, auf ihre ganz eigene Weise.

Vielleicht war sie im Umgang mit Catum nach außen hin scheu, aber tief drinnen, in ihren Gedanken und ihren Träumen, war sie mutig.

Die perfekte Gefährtin.

»Omegas waren immer schon selten«, fährt Catum an meiner Stelle fort und lehnt sich gegen den Waschtisch, bevor er die Arme vor der Brust verschränkt. »Und Omegas verbinden sich nur mit starken Alphas.«

Ich nicke. »Wenn der Hochstapler-König sich unter den derzeitigen Bedingungen eine Gefährtin nimmt, wird er als der stärkste Alpha unter uns angesehen werden. Und es wird keinen interessieren, wie es dazu gekommen ist. Es sei denn, man führt ihnen vor Augen, dass er die Rituale missachtet hat.«

»Verstehe. Andernfalls kann er die Geschichte verdrehen und behaupten, dass die Omega direkt zu ihm gekommen ist und das Ritual nicht durchlaufen wollte – wie der Erbe in ihrem Bauch beweisen würde.« Crazes Stimme schwingt ein arglistiger Tonfall mit und sein

Missfallen ist nicht zu überhören. »Darum haben wir dich dem Monsterland präsentiert: Um zu beweisen, dass du dich nicht gegen das Ritual wehrst.«

»Um dafür zu sorgen, dass du eine Wahl hast«, formuliere ich um. Denn das war der springende Punkt. Wir wollen, dass sie ihre Gefährten aus freiem Willen wählt.

Und natürlich hoffen wir, dass sie sich für uns entscheidet.

Wir sind die stärksten Alphas im Monsterland. Tief drinnen weiß ihre Omega-Seele das auch.

Es ist der menschliche Teil von ihr, der alles verstehen und annehmen muss.

»Also … beim Ritual … renne ich weg. Und ihr jagt mich?« Sie sagt das mit belegter Stimme, die direkt in meinen Knoten saust.

Und ich bin nicht der Einzige, der das spürt. Denn Craze ächzt kurz darauf: »Meine Gräber, jetzt bin ich wieder hart.«

Catum grinst bloß, aber ich bin sicher, dass die Worte, die unsere Omega ausgesprochen hat, ihn nicht kaltgelassen haben. »Du rennst weg und Alphas jagen dich, ja«, bestätigt er. »Und du allein entscheidest, welchem Zirkel du dich hingibst.«

»Für eine Begattung«, sagt sie bedächtig, als würde sie den Begriff testweise aussprechen. »Was bedeutet …?«

»Ficken«, knurrt Craze, bevor er sie packt und sie in einen Kuss zieht. »Jede Menge Sex. Und Orgasmen. Und Lust.«

Sie schmilzt in seinen Armen dahin und gibt stöhnend ein »Ohhh« von sich.

Craze lächelt an ihren Mund gedrückt. »Das gefällt dir, was, meine Schöne?«

Sie schluckt hart. »S …schon möglich.«

»Es wird dir gefallen«, verspricht er ihr, ehe er sie erneut küsst. »Du wirst es verdammt noch mal lieben.«

»Vorausgesetzt, wir werden das Ritual durchführen«, gebe ich zu bedenken und verabscheue, dass ich die Stimme der Vernunft sein muss. Aber das ist meine Aufgabe. Meine Bürde. »Wenn die Alphas Ailsas Entscheidung nicht respektieren, ist es zu gefährlich, unseren Plan weiterzuverfolgen.«

»Darum sind wir auch zu Plan Z übergegangen«, sagt Craze mit einem Seufzer und weicht von Ailsa zurück.

»Mich … nach Hause zu bringen«, fasst sie zusammen und verzieht dann das Gesicht. »Und dann was?«

»Dann kümmern wir uns um die Probleme hier und holen dich zu einem späteren Zeitpunkt«, erwidere ich. Dieser Plan gefällt mir überhaupt nicht, aber er ist unser letzter Ausweg. »Wir haben gehofft, dass deine Anwesenheit unsere alten Traditionen zumindest ansatzweise wieder aufleben lassen würde. Aber bisher … scheint sie nur bewiesen zu haben, wie verloren das Monsterland ist.«

Ich sehe Craze an und lasse mir durch den Kopf gehen, was er vor ein paar Minuten gesagt hat.

»Das passiert, wenn ihr Anführer mit Abwesenheit glänzt.«

Das ist mein schlimmster Albtraum.

Es hat so lange gedauert, eine potenzielle Gefährtin zu finden, dass das Monsterland unter der Herrschaft des Hochstapler-Königs verfallen ist.

Wir haben aus der Not nach einer Omega gesucht. Aber ich würde lügen, wenn ich sagte, dass unsere Gründe tiefer reichten als nur das Königreich retten zu wollen.

Wir wollten einen Lebenszweck.

Eine Zukunft.

Eine Königin.

Vielleicht war das selbstsüchtig.

Aber ich dachte, Ailsa hierherzubringen, würde das Königreich einen, anstatt es noch mehr auseinanderzureißen.

Wir waren davon ausgegangen, dass die Lakaien des Hochstapler-Königs versuchen würden, sie in seinen Bau zu verschleppen, aber bisher haben sich nur Alphas, die sich selbst mit ihr verknoten wollen, auf sie gestürzt.

Mal abgesehen von den Tweedle-Brüdern und Brandt, vielleicht. Obwohl … wir haben nicht abgewartet, ihre Beweggründe zu erfahren und sind ganz einfach davon ausgegangen, dass sie auf Geheiß des Hochstapler-Königs dort waren.

Sind wir die Sache von Anfang an falsch angegangen?, frage ich mich. *Hat der Betrüger, der auf dem Thron sitzt, gar niemanden auf sie angesetzt?*

»Wir müssen Plan Z ausführen«, sage ich bedächtig und versuche in Gedanken die Rätsel, die die letzten Tage hervorgebracht haben, in Gedanken zu lösen.

Zur Hölle, wenn ich ehrlich bin, reichen diese Rätsel schon *Jahrhunderte* zurück. Und jetzt hat der Hochstapler-König, der sich nicht verhalten hat, wie wir es erwarteten, alles noch komplizierter gemacht.

Was alles extrem unberechenbar macht.

Ich mag keine unberechenbaren Situationen.

»Mittlerweile ist Ailsa außerhalb des Monsterlands sicherer«, fahre ich fort. »Ich weiß, dass wir hier Verbündete haben, aber derzeit vertraue ich niemandem. Wir müssen uns umorganisieren und entscheiden, auf wen wir uns im Monsterland wirklich verlassen können. Und das können wir nicht, wenn sie das Chaos wie ein Magnet anzieht.«

Unsere Omega runzelt die Stirn, als sie den Begriff *Magnet* hört.

Aber er ist zutreffend.

Das Chaos fühlt sich von ihr angezogen wie die Motten vom Licht.

»Jemand muss bei ihr bleiben und sie beschützen«, sagt Craze. »Ihr Reich ist zu stark mit unserem verbunden, als dass wir sie schutzlos dort lassen können.«

Er hat recht. Es gibt einen Grund, weshalb dem Erlass des falschen Königs in allen Reichen so bedingungslos Folge geleistet wird. Wir sind das Herzstück aller Magie, und unser Monster-Einfluss hat sich in viele Reiche ausgebreitet.

Der falsche König hat Informanten überall.

Und genau darum werden wir Ailsa nicht zurück in ihren Bezirk oder an einen Ort bringen, wo sie bemerkt und erkannt wird. Dank des technologischen Fortschritts und Medienberichten werden alle in ihrem Reich wissen, dass sie eine Omega ist, da die Resultate der Zeremonie weltweit ausgestrahlt wurden.

Man wird sie überall erkennen.

Und darum würde der falsche König nie erwarten, dass wir sie zurück in ihr Reich bringen.

Aber wie im Monsterland haben wir auch Unterschlüpfe in ihrer Welt. Orte, an denen wir sie verstecken können, während wir uns um die Probleme in dieser Welt kümmern.

»Du begleitest sie«, sage ich zu Craze.

Nicht weil er hier nicht von Nutzen sein könnte, sondern weil er ein Meister der Tarnung ist. Wenn jemand Ailsa beschützen und sich gleichzeitig durch das Reich bewegen kann, dann er.

Darum haben wir ihn auch als ihren Begleiter ins Monsterland auserkoren.

Und darum muss er auch jetzt mit ihr gehen.

Er nickt. »Geht klar.«

»Habe ich auch ein Mitspracherecht?«, fragt Ailsa.

»Ja, tust du«, erwidert Catum, bevor ich etwas erwidern kann. »Die Wahl lag immer schon bei dir, Ailsa. Und sie *wird* auch immer bei dir liegen. Aber genau das versuchen wir zu erreichen. Und da wir nicht gewährleisten können, dass man dir hier eine Wahl lässt, ergibt es Sinn, zu Plan Z überzugehen, wie Krolic es gesagt hat.«

»Oder wir könnten uns einen völlig neuen Plan überlegen«, schlägt sie vor. »Einer, in dem ich mich jetzt für euch entscheide und euch den Erben schenke, den ihr braucht. Dann könntet ihr einfach den Thron zurückerobern, oder? Und genau das tun, was Rot vorhat und behaupten, ich würde keine Jagd wollen?«

Mein Herz pocht wie wild, als ich den Vorschlag vernehme und meine Seele lehnt umgehend ab.

So sind wir nicht.

Wir nehmen uns Gefährten nicht mit Gewalt.

Und wir werden unsere Omega nicht unter falschen Vorwänden begatten.

Entweder machen wir es richtig oder gar nicht.

»Ich bin nicht wie Rot«, sage ich mit barschem Tonfall. »Ich kann … *werde* mich nicht hinter einem Formfehler verstecken. Falls – *wenn* – wir den Thron zurückerobern, dann auf aufrichtige Art. Denn ich bin der König, der die Bewohner des Monsterlands respektiert, kein Feigling, der sich hinter Trugbildern und Lügen versteckt.«

Sie starrt mich einen langen Augenblick an, dann geht sie um Craze herum und kommt auf mich zu. Bei mir angekommen, stellt sie sich auf die Zehenspitzen und drückt mir einen Kuss auf die Lippen.

»Das verstehe ich.« Sie legt ihre Hand an meine Wange und mir wird erst jetzt bewusst, dass ich irgendwann angefangen habe, die Zähne zusammenzubeißen. »Aber dass ich auf die Jagd verzichte und mich für dich entscheide, wäre weder ein Trugbild noch eine Lüge. Denn ich glaube, ich habe mich für dich und deinen Wolf entschieden, seit wir uns zum ersten Mal begegnet sind.«

Ich schmiege mich an ihre Hand und schließe die Augen. »Sosehr ich wünschte, dass ich das Problem auf diese Art lösen könnte, kann ich das nicht. Dem Königreich zuliebe müssen wir das Ritual abhalten«, sage ich ihr. »Sie müssen an unsere Traditionen erinnert werden.«

Aber damit wir die Jagd so abhalten können, wie es die Tradition vorsieht, müssen wir dafür sorgen, dass sie im Monsterland sicher ist.

»Okay«, flüstert sie, stellt sich erneut auf die Zehenspitzen und küsst mich abermals.

Ich packe ihren Hals und ziehe sie noch näher zu mir, um den Kuss zu erwidern. Dieses Mal lasse ich meine Zunge in ihren Mund gleiten und vertiefe unsere Liebkosung.

Sie erschaudert, dann presst sie sich noch fester an mich.

Meinen anderen Arm schlinge ich ihr um die Taille und presse sie an mich, während ich sie beanspruche. Sie verehre. Sie verschlinge.

Allmächtige Monde, sie macht süchtig.

Sie ist perfekt.

Wunderschön.

Meine.

Mein innerer Wolf schnurrt, freut sich über ihre stillschweigende Zustimmung. Ist erfreut über ihre Nähe. Liebt ihre Zuneigung.

Wir haben so lange nach einer Gefährtin gesucht und die perfekte in einem Wald vor einem kleinen, unauffälligen Gutshof gefunden.

Sie lebte in einem Bergbezirk und ihr Leben war nicht von Prestige, sondern von Arbeit gezeichnet. Und etwas daran machte sie noch vollendeter.

Man hat sie nie auf ein Podest gehoben. Sie hat andere nie herumkommandiert und auch niemanden heruntergemacht.

Sie ist jung. Sprüht vor Leben. *Ist lebendig.*

Tüchtig. Hingebungsvoll. Und voller Träume.

Träume, die ich wahr werden lassen möchte.

Sie verdient alles und noch viel mehr.

»Wir werden das Monsterland auf dich vorbereiten«, verspreche ich. »Und dann werden wir zurückkommen und dich holen, Ailsa. Ich verspreche es dir.«

Sie schluckt hart und nickt dann. »Wenn ihr es nicht tut, werde ich ein weiteres Portal finden, in das ich fallen kann.«

Ich lächle. »Du bist nicht gefallen, Kleine. Du bist gesprungen.«

An ihrer Stirn machen sich kleine Falten bemerkbar. »Ich bin definitiv gefallen.«

Ich zucke mit der Schulter. »Wenn du dich so daran erinnern willst, nur zu. Ich werde mich an meine eigene Version halten.« In der sie sich vornüber gebeugt hat, um das Portal zu berühren und praktisch kopfüber in es gesprungen ist. »Es ist dir bestimmt, dieses Königreich zu regieren, Ailsa Marvel.«

»Du wirst die Königin des Monsterlands sein«, sagt Catum, der sich hinter sie stellt und ihr einen Kuss auf den Nacken drückt. »Und wir deine Ritter.«

»Dein persönliches Hofgefolge«, ergänzt Craze, der einen Schritt auf uns zumacht und den Kreis, der sich um sie gebildet hat, vervollständigt. »Wir werden uns alle vor dir als Gefährten verneigen.«

»Und dich als unsere Göttin verehren«, ergänze ich,

meine Lippen an ihre gepresst. »Tut mir leid, Kleine.« Ich verabscheue, dass sie nicht bleiben kann. Hasse es, dass das Monsterland unsere Hilfe braucht. Verachte, dass ich mich *verabschieden* muss.

Craze und ich sehen uns in die Augen und ich nicke ihm zu.

Er muss sie mitnehmen, bevor ich meine Meinung ändere.

Bevor ich mich entscheide, ihren Vorschlag anzunehmen.

Nicht, dass ich das könnte. Dazu müsste sie läufig sein, und ich weigere mich, ihr eine weitere Dosis von diesem Elixier zu verabreichen, das den Prozess vorantreibt.

So spielt nur der Hochstapler-König.

Aber wie ich ihr schon gesagt habe, bin ich nicht wie er.

Ich bin der Silberne König. Der wahre Erbe des Throns. Der König des Monsterlands, verdammt noch mal.

Und mein Gefährtenzirkel ist der stärkste im Land.

Es ist höchste Zeit, unser Königreich daran zu erinnern, dass wir ganz oben in der Hierarchie stehen.

Der Hochstapler-König und meine liebe Schwester müssen bezahlen.

Und damit das geschehen kann, muss ich mich vorübergehend verabschieden, denke ich mit Blick auf unsere auserwählte Gefährtin. Ich küsse sie ein letztes Mal, dann lasse ich Catum sie zu sich drehen, um dasselbe zu tun.

Sie trägt immer noch nichts weiter als ein Handtuch, aber Craze wird ihr in ihrem Heimatreich etwas zum Anziehen suchen. Er wird sie verstecken. Sie beschützen. Und sicherstellen, dass niemand sie finden wird.

Sein Blick, als er sie in seine Arme hebt, bestätigt mir das.

»Wir gehen jetzt?«, fragt Ailsa atemlos.

»Einen besseren Zeitpunkt werden wir nicht bekommen«, erwidert er. »Halt dich gut fest, Ailsa. Der Aufstieg ist nicht so einfach wie der Fall.«

Sie verzieht das Gesicht. »Wie bitte?«

Craze geht nicht weiter darauf ein, beschwört stattdessen ein Portal herauf und zieht sie hinein.

Der Strudel schließt sich eine Sekunde später und ich und Catum starren einander an.

»Wer steht als Erstes auf der Abschussliste?«, fragt er mich gelassen, als stünden wir nicht kurz davor, die Hälfte des Königreiches auszulöschen.

»Zuerst will ich mit Brandt sprechen«, antworte ich. »Und herausfinden, ob er bei klarem Verstand ist.« Und wenn er es ist, wird er der erste Alpha sein, aus dem wir ein Beispiel machen.

Catum nickt. »Alles klar. Ich werde …«

Im Boden unter unseren Füßen breitet sich ein Riss aus, was mich rückwärts stolpern und gegen den Tresen prallen und Catum in die Dusche taumeln lässt.

Wir sehen einander stirnrunzelnd an. Das Rumpeln nimmt an Kraft zu, bevor sich ein Portal an der Stelle öffnet, wo Craze gerade noch gestanden hat.

Er fliegt, ein Handtuch in den Händen, in hohem Bogen aus dem Strudel und kracht zu Boden. Das Handtuch, das gerade noch um Ailsa geschlungen war, als er mit ihr losgegangen ist.

Er ist bewusstlos.

Allein.

Und blutüberströmt.

AILSA

ICH BLINZLE.

Dann runzle ich die Stirn.

»Craze?«, flüstere ich. Mein Rachen fühlt sich staubtrocken an. »Warum …?« Ich schlucke. Meine Stimme ist als kaum mehr als ein kratziges Flüstern zu vernehmen. *Was ist passiert?*, denke ich blinzelnd.

Gerade waren wir noch im Badezimmer.

Und dann …

Ich erinnere mich nicht.

Ich … ich bin einfach hier gelandet.

Ich runzle die Stirn abermals. *Ich liege in meinem Bett.* Ich kann die mir bestens bekannten Beulen in der Matratze spüren, die zerrissene Tapete erkennen, die an der tristen Wand hängt. Es gibt nur wenig Licht, weil die kleinen Fensterchen über meinem Kopf kaum Sonnenlicht in meine untertägigen Kellergemächer einfallen lassen.

Ein moschusartiger Geruch liegt in der Luft.

Aber darunter verweilt ein subtiler Hauch von Zimt und Gewürzen.

Und Rauch.

Und der Wald.

Craze. Catum. Krolic.

Wo sind sie?

Und warum bin ich hier?

Ich rolle mich auf die Seite, bereue es aber umgehend und presse meine Knie an die Brust. *Bäh.* Mir ist schlecht. Ich fühle mich, als hätte ich tagelang nichts gegessen und will auch jetzt nichts zu mir nehmen.

Was ist bloß los mit mir?, frage ich mich. Mir schwirrt der Kopf, als ich die Augen schließe. Ich werde ganz benommen und das Übelkeitsgefühl, das mich plagt, nimmt zu.

Ihr Götter, Craze hat nicht gelogen, als er sagte, dass der Aufstieg schlimmer würde als der Fall.

Aber wo ist er?

Ich öffne eines meiner Augen und suche nach dem dunklen Haarschopf und den sündhaft schönen Augen. Selbst sein maskiertes Gesicht würde mir im Augenblick reichen. Aber er ist nirgends zu sehen, und ich weiß nicht, ob ich derzeit in der Lage bin, mich aufzusetzen und den Rest des Zimmers abzusuchen.

Aber haben sie nicht gesagt, dass ich nicht zurück in meinen Bezirk reisen würde?, geht mir durch den Kopf und wieder ziehe ich die Stirn kraus. *Etwas stimmt hier nicht.*

»Ailsa?« Die Frauenstimme lässt mich hochschrecken.

Baronin Clarice.

»Bist du endlich wach, du Gör?«, fragt sie. Der leicht ungeduldige Tonfall, der ihrer Stimme mitschwingt, dreht mir den Magen um.

Sie nennt mich nur *Gör*, wenn sie unzufrieden ist.

Das Schlucken fällt mir wegen meines immer noch trockenen Rachens schwer. Es bedarf all meiner Energie, mich auf den Rücken zu rollen und den Kopf in Richtung Kellertür zu drehen. »Ich … ich fühle mich nicht besonders gut, Baronin Clarice.« Meine heisere Stimme schafft es kaum, die Distanz zwischen uns zurückzulegen.

Aber ich weiß, dass sie mich gehört hat, weil sie ihre Arme verschränkt. »Das kann ich mir vorstellen. Du hast deine Geburtstagszeremonie verpasst und warst tagelang bewusstlos.«

Was? Ich blinzle sie an. »Ich …«

»Ich habe dir gesagt, dass sich im Wald herumzutreiben, dir nicht guttut«, fährt sie fort, als hätte ich nichts gesagt, und steigt die Treppe hinab. Ihre Stiletto-Absätze klackern gegen das Holz. »Vielleicht wirst du künftig auf mich hören, hm?«

Sie macht das Licht an, was mich zusammenzucken und meine Augen bedecken lässt. Die Leuchtstoffröhren werfen ein viel zu grelles Licht, aber sie sagt, das hilft ihr, sicherzustellen, dass ich meine Gemächer *sauber* halte.

Nicht, dass mir viel Platz bleibt, den ich verdrecken könnte.

Eine Liege.

Eine Kommode und einen Wandschrank für meine Uniformen.

Und ein Badezimmer mit einer Dusche.

Das ist alles.

Was meint sie mit, ich habe meine Zeremonie verpasst?, frage ich mich und versuche, mich zu konzentrieren. *Ich war definitiv bei meiner Zeremonie. Habe das Elixier getrunken. Und … und bin den wunderbarsten Männern begegnet.*

»Doctor Tav wird bald hier sein, um dich zu untersuchen. Ich will sichergehen, dass du dich gut erholst.« Sie kommt neben dem Bett zum Stehen und starrt mit gekräuselten Lippen auf mich herab. »Du stehst mit deinen Aufgaben drei Tage im Rückstand, Ailsa. Es kommt uns allen sehr ungelegen.«

»Tut mir leid«, bringe ich trotz des Kloßes in meinem Hals hervor.

War das alles nur ein Traum?

»Hm«, summt sie und tippt mit dem Fuß gegen den Boden. »Ich werde dir von Tabitha etwas zu essen bringen lassen, während du auf Doctor Tav wartest. Tu einfach, was er sagt. Wir wollen doch nicht, dass du hier unten stirbst.«

Mit diesem liebevollen Gedanken wirft sie ihr langes weißblondes Haar über die Schulter und geht in die Richtung davon, aus der sie gekommen ist.

Ich wage erst, einen Atemzug zu machen, als das Klackern ihrer Absätze in die Ferne gerückt ist.

Ich bin zu Hause. In meinem Bezirk. Und ich habe meine Geburtstagszeremonie verpasst.

Das … das kann nicht sein.

Ich stand in ein Handtuch gehüllt in diesem Badezimmer und habe den drei Alphas gesagt, dass ich nicht gejagt zu werden brauche. Dass ich mich für sie entscheiden würde.

Craze hat mich hierhergebracht.

Das Handtuch war immer noch um mich geschlungen. Und ich …

Mit gerunzelter Stirn sehe ich an mir herab und stelle fest, dass ich meine übliche Magduniform – eine rauchbraune Hose und eine weißes T-Shirt – trage.

Ich rapple mich auf und schaue zum halb offenen Wandschrank, wo ich das blau-weiße Zeremonienkleid an der Spiegeltür hängen sehe.

Mein Magen verkrampft sich. *Nein. Nein, das ist unmöglich.*

Craze, Krolic und Catum sind echt.

Alles, was wir miteinander erlebt haben …, es war zu echt, um ein Traum zu sein.

Aber sogar die Schuhe stehen ungetragen auf dem Boden.

Meine Hände beginnen zu zittern. Das Beben breitet sich an meinen Armen aus, als Tabitha die Treppe hinabsteigt. Sie kommt mit geneigtem Kopf hinunter und ihre schüchterne Haltung erinnert mich an meine eigene, als ich angefangen habe, in Baronin Clarices Anwesen zu dienen.

Aber Tabitha scheint jetzt noch nervöser. Vielleicht, weil sie wegen meiner Abwesenheit in den vergangenen Tagen doppelt so viel schuften musste.

Sie kommt mit dem Tablett in der Hand auf mich zu und schaut kein einziges Mal zu mir hoch.

Wir kennen einander nicht besonders gut. Sie hat erst vor dreizehn Monaten hier angefangen und ist acht Jahre jünger als ich. Trotzdem gefällt mir ihre Haltung überhaupt nicht. Sie sieht etwas zu niedergeprügelt aus, als wäre in jüngster Vergangenheit etwas geschehen, das ihren Geist komplett gebrochen hat.

»Geht es dir gut?«, frage ich ganz leise, weil ich weiß, dass in diesem Landgut überall Abhörgeräte versteckt sind.

Baronin Clarice nimmt es sehr genau mit der Sicherheit und das beinhaltet auch, ihre Mitarbeiter zu überwachen. Aber in den vergangenen Jahren war sie nicht besonders interessiert an mir – vermutlich, weil ich lange genug in ihrem Zuhause lebe, um zu wissen, wo mein Platz ist und wie ich meine Arbeit zu verrichten habe.

Obwohl sie durch ihre Überwachung von meinen regelmäßigen Besuchen im Wald erfahren hat.

Ihr gefielen meine ›kleinen Eskapaden‹ – wie sie sie nannte – nicht, aber sie hat mir nie befohlen, sie zu unterlassen. Sie sagte immer nur, dass es nicht sicher wäre und ich mir keine Erkältung holen sollte.

Wie es scheint, konnte ich diese Forderung nicht erfüllen.

Vorausgesetzt, ich war wirklich krank, denke ich und runzle abermals die Stirn. *Das kann kein Traum gewesen sein. Meine*

Alphas gibt es wirklich. Ich kann sie immer noch riechen. Kann ihre Berührung immer noch spüren.

Krolic hat mich zwischen meinen Schenkeln markiert.

Ich kann es spüren.

Wie sein Knoten in mir pulsiert hat.

Seinen Samen.

Das war kein Traum.

Tabitha stellt das Tablett ab und erinnert mich damit an ihre Anwesenheit und dass sie meine Frage noch nicht beantwortet hat. Ich schaue hoch in ihre katzenähnlichen, violetten Augen, die, wie ich erst jetzt feststelle, von rosafarbenen Wimpern umsäumt sind. Sie ist eine Sterbliche, aber sie hatte immer schon etwas Übernatürliches an sich. Etwas, das von ihren Gesichtszügen verstärkt wird. Die rosa Strähnchen in ihrem Haarschopf erscheinen mir auch unnatürlich.

Aber in dieser Welt sind nur Sterbliche Bedienstete.

Und sie ist eine Bedienstete.

Ergo sterblich.

»Finger weg vom Tee«, flüstert sie kaum hörbar.

Dann dreht sie sich um und lässt mich ohne ein weiteres Wort völlig erstaunt zurück.

Mein Blick wandert auf das Tablett, auf dem ein kleines Thunfischsandwich und eine Teetasse stehen.

Etwas stimmt hier nicht.

Die Runzeln an meiner Stirn vertiefen sich und ein anderer Teil von mir schnauzt: *Was du nicht sagst.*

Craze, Catum und Krolic sind echt, dessen bin ich mir sicher. Sie sind mein … mein Gefährtenzirkel. So in der Art. Nicht wirklich. *Noch* nicht.

Ich schüttle den Kopf, was ich umgehend bereue, weil mich wieder dieses deliriöse Gefühl überkommt.

Ich war im Monsterland. Ich bin eine Omega. Ich … ich sollte nicht hier sein.

Das war kein Traum. Das war kein Traum. Das. War. Kein. Traum.

Aber wie kommt es, dass das Kleid völlig unberührt ist? Und die Schuhe?

Die habe ich im Monsterland zerstört.

Ich atme scharf aus und streiche mir mit der Hand übers Gesicht. Nichts davon ergibt irgendeinen Sinn.

Und obwohl mein Bauch sich vor Hunger krümmt, will ich nichts essen.

Finger weg vom Tee, hat Tabitha gesagt.

Ich presse die Lippen aufeinander und mustere den Inhalt der Tasse. Sieht völlig normal aus.

Ich beuge mich vor und schnüffle daran. Riechen tut er auch normal.

Aber das bedeutet nicht, dass ich ihn trinken will. Erst recht nicht nach Tabithas Warnung.

Kopfschüttelnd schiebe ich das Tablett beiseite und zwinge mich, meine Beine auf den Boden zu stellen. Sie fühlen sich schwer wie Blei an, was bestätigt, dass ich vielleicht eine Weile lang geschlafen habe.

Oder betäubt wurde, geht mir durch den Kopf.

Ich bin nicht ganz sicher, wie sich das anfühlen würde, aber ich habe von Baronin Clarices Töchtern schon von Drogen gehört. Na ja, nicht direkt von ihnen. In den Filmen, die sie sich immer angesehen haben.

Beweg dich, Ailsa, sage ich mir.

Aber ich kann den Zementboden unter meinen nackten Füßen kaum spüren. Es ist, als wäre ich taub.

»Wo ist sie?«, brüllt eine tiefe Stimme, die mir das Blut in den Adern gefrieren lässt.

»In ihrem Zimmer. Sie ruht sich aus«, erwidert die Baronin mit einem leichten Schnurren. Diese Tonlage habe ich von ihr noch nie vernommen. Normalerweise hört sie sich entnervt oder streng und nicht etwa … verführerisch an.

»Bring mich zu ihr«, knurrt der Mann.

Etwas in seiner Stimme lässt meine Sinnesorgane Alarm schlagen. Ein Gefühl von Falschheit, das ich nicht erklären kann. Eine *böse Vorahnung*, die mich anhält, wegzurennen.

Aber meine Beine fühlen sich schwer an und mein Herz pocht.

Ihr Götter, das ist nicht gut. Das …

Als ich jemanden die Treppe hinabsteigen höre, wandert mein Blick zum Eingang meines Kellerschlafzimmers, zu einem Mann in schwarzer Hose und einem weißen Hemd, der die Treppe hinabkommt.

Er ist groß gewachsen. Breit gebaut. In seiner Größe ähnelt er Krolic, Catum und Craze.

Ein Alpha, wird mir bewusst, dann runzle ich die Stirn. *Woher weiß ich das?*

Woher weiß ich überhaupt, dass das hier wirklich passiert?

Vielleicht … vielleicht bin ich im Portal bewusstlos geworden und das hier ist nur ein böser Albtraum.

Oder … oder nichts davon ist je passiert und ich hatte bloß einen fantastischen Traum. Und bin dann in der Realität aufgewacht.

»Fräulein Wunder?«, fragt der Mann mit tiefer Stimme, der ein zärtlicher Tonfall mitschwingt.

Ich räuspere mich und sehe zum Mann, der auf mich zukommt. Mir fallen die Falten um seine Augen auf. Die leuchtend blauen Augen, die in krassem Kontrast zu seinem schwarzen Haar und der blassen Haut stehen.

Er ist gut aussehend.

Daran besteht kein Zweifel.

Aber er riecht falsch.

Was merkwürdig ist. Meine Nase ist für gewöhnlich

nicht so geruchsempfindlich, aber mit seinem Duft stimmt etwas nicht. *Sandelholz*, denke ich. *Das ist das falsche Baumöl.*

Krolic riecht nach Zeder und Kiefer.

Dieser Alpha … sein Duft ist nicht stark genug. Zu *anders*.

Ich brauche den Wald.

Ich brauche *Krolic*.

»Hallo, Fräulein Wunder«, murmelt der Alpha und seine Augen leuchten auf, als er seinen Blick an mir herabwandern lässt.

Ich schlucke hart, fühle mich in seiner Nähe unwohl. Wegen seiner *Falschheit*. Ich … ich weiß nicht, warum ich das spüre, aber ich werde meine Instinkte nicht übergehen. Nicht, wenn sich alles andere so unglaubwürdig anfühlt.

»Ich bin Tav«, sagt er und setzt sich neben mich auf die Pritsche.

»Doctor Tav«, unterbricht Baronin Clarice, was ihr einen eisigen Blick vom Alpha einbrockt. Ich bin nicht einmal sicher, woher ich weiß, dass er ein Alpha ist. Vielleicht liegt es an seiner Größe. Aber jetzt habe ich keinen Zweifel mehr.

Und wenn ich so darüber nachdenke, ist Baronin Clarice … auch eine Alpha.

Wie konnte mir das bisher entgehen?

Sie ist hochgewachsen. Schlank. Und außergewöhnlich dominant.

Aber bisher war mir ihr Status nie bewusst. Sie war für mich immer nur Baronin Clarice, ein Wesen unbekannter übernatürlicher Abstammung, dem zufällig das Landgut gehörte, in dem ich arbeitete. Ich habe nie Fragen gestellt. Habe mich nie nach ihrer Herkunft erkundigt. Ich habe bloß Befehle ausgeführt.

Aber meine Instinkte sagen mir, dass ich mit meiner Einschätzung richtigliege, als verfügte ich plötzlich über ein Gespür dafür, jene mit Monsterland-Fähigkeiten identifizieren zu können.

Liegt das am Elixier?, frage ich mich. *Oder habe ich meinen Verstand komplett verloren?*

»Sie muss Höhergestellte respektieren und ihre Befehle befolgen«, zischt Baronin Clarice als Antwort auf etwas, das Doctor Tav gerade gesagt hat. Es ist mir entgangen, weil ich zu verloren in meinen Gedanken war. »Sie ist sich ihres gesellschaftlichen Status vollends bewusst. Und sie wird dich als *Doctor* ansprechen.«

Der Alpha stößt einen unzufriedenen Laut aus, dann räuspert er sich und sieht zu mir zurück. »Wie ich höre, geht es dir nicht gut.«

Eine Untertreibung, will ich entgegnen.

Aber ich will weder ihn noch Baronin Clarice anstacheln.

Ihre Alpha-Aura ist … erdrückend. Intensiv. Und verlangt nach Unterordnung.

Völlig anders als bei Krolic, Catum und Craze. Obwohl ich ihre dominanten Persönlichkeiten spüren konnte, haben sie mir nie das Gefühl gegeben, demütig um ihre Gunst bitten oder flehen zu müssen. Ich habe ihnen gehorcht, um sie glücklich zu machen.

Bei Baronin Clarice und Doctor Tav … würde ich nur gehorchen, weil ich Angst habe.

Aber … ich fürchte mich seltsamerweise nicht direkt vor ihnen.

Ich verspüre ein anderes Gefühl, das ich nicht ganz verstehe.

Und ich bin auch nicht bereit, es anzunehmen.

Nicht, bis ich weiß, was hier los ist.

Stattdessen räuspere ich mich und sage: »Ich bin nicht sicher, was geschehen ist, aber ich habe ziemlich lange geschlafen.« Das fühlt sich wahr an – ich habe ohne jeden Zweifel eine Weile geschlafen. Das erklärt auch die Benommenheit, die Kopfschmerzen und dass ich das Gefühl habe, totes Gewicht mit mir herumzutragen.

Aber ich hoffe auch, dass sie davon ausgehen, ich würde Baronin Clarice ihre Geschichte, dass ich die Zeremonie verpasst habe, abkaufen.

Ich habe sie nicht verpasst. Mein Gefährtenzirkel ist echt.

Das Kleid muss eine Replika sein. Das ist die einzige Erklärung, die ich akzeptieren werde.

Denn ein Leben ohne Catum, Krolic und Craze … Nein. Daran werde ich nicht einmal denken. Nicht, nachdem ich Zeit mit ihnen verbracht und einen Vorgeschmack darauf erhalten habe, was wir zusammen sein könnten. Ich brauche mehr. Ich brauche sie. Ich brauche, was unsere Zukunft verspricht.

Doctor Tav antwortet nicht umgehend. Stattdessen führt er seine Hand an mir vorbei und greift nach dem Tee. Er schnüffelt daran und zieht daraufhin die Nase kraus. »Was ist das?«, will er mit Blick zur Baronin wissen.

Sie erwidert den Blick. »Tee.«

»Setz einen neuen auf«, erwidert er mit steinerner Miene.

»Wie bitte?«

»Du hast mich gehört, Herz. *Setz einen neuen auf.*«

Ich zucke zusammen. Der Name *Herz* trifft mich wie ein Schlag und lässt mein Herz wie wild klopfen. Krolics Schwester.

Ist das … ist das überhaupt möglich?

Was hat sie hier zu suchen?

Vielleicht habe ich mich verhört.

»Tut mir leid, Kleine«, sagt Doctor Tav und packt meine Hand, was mir das Blut in den Adern gefrieren lässt. Ich erschaudere um ein Haar, weil sich seine Berührung so falsch anfühlt, dass ich kaum noch klar denken kann. »Ich wollte nicht knurren.«

Knurren?, wiederholte ich. *Oh.*

Er glaubt, mein Puls geht wegen seines Knurrens so schnell und nicht, weil ich den Namen *Herz* gehört habe.

Habe ich das überhaupt richtig gehört?

»Setz einen neuen auf«, sagt er abermals, ohne mich anzusehen.

»Ich *setze* keinen Tee auf«, schnauzt Baronin Clarice – *oder Herz?* –, ehe sie nach dem Tablett greift und auf die Treppe zugeht. »Und unterordnen werde ich mich dir schon gar nicht.«

Doctor Tav stößt ein Knurren aus. »Das ist mir bestens bekannt.«

Die Baronin wirft ihr langes blondes Haar über die Schulter, wie sie es immer tut, und stolziert die Stufen hoch, bevor sie die Tür hinter sich zuknallt.

Doctor Tav stößt einen Seufzer aus und zieht mit dem Daumen Kreise auf meinem Handgelenk, was ich für äußerst unangenehm empfinde. »Wir passen nicht zusammen, was?«, sagt er leise.

Ich blinzle ihn an. »Wie bitte?«

Er neigt seinen Kopf zur Seite und seine blauen Augen wirken jetzt fast schon gütig. »Du hast richtig gehört, Fräulein Wunder. Unsere Duftmarken stimmen nicht überein.«

Dieses Mal kann ich mich nicht davon abhalten, merklich zu erschaudern.

Er lässt meine Hand los, streicht sich mit den Fingern durch den dunklen Haarschopf und schüttelt den Kopf. »Nichts hier ist, wie es scheint. Gar nichts.«

»Was soll das heißen?«

»Ich habe gehofft, dass es eine Übereinstimmung gäbe, damit das hier zumindest erträglich wäre. Ich hätte wissen sollen, dass das Schicksal mir ein solches Geschenk verwehren würde.« Sein Blick wandert die Treppe hoch und er verzieht das Gesicht. »Aber das wird ihr egal sein. So ist es immer.«

»Ich … ich verstehe nicht.«

»Nein, ich schätze, das tust du nicht«, murmelt er. »Und das tut mir leid. Verdammt, mir tun so viele Dinge leid. Leider sind Entschuldigungen ein verloren gegangenes Konzept.«

Er steht auf.

»Ich werde sicherstellen, dass dein Essen und dein Tee zum Verzehr geeignet sind«, sagt er und wirft mir einen weiteren Blick zu. »Du wirst deine Kraft brauchen, Omega. Die kommenden Tage werden für uns beide sehr anstrengend werden.«

Mit diesen Worten verlässt er mein Zimmer.

Ich starre ihm fassungslos hinterher.

Er hat mich eine Omega genannt.

Das hier geschieht wirklich. Alles … ist echt.

Und ich bin mir ziemlich sicher, dass ich gerade Bekanntschaft mit dem Roten König gemacht habe.

CRAZE

Was zum Teufel ist gerade passiert?, frage ich mich mit pochendem Kopf und öffne langsam die Augen.

Wasser, so weit das Auge reicht.

Blutüberströmt.

Was zur Hölle?! Ich setze mich auf, woraufhin die warme Flüssigkeit gegen die marmorne Wand schwappt.

»Oh, gut, du bist wach«, sagt Krolic. »Wurde auch langsam Zeit.«

»Was?« Ich blinzle. »Warum zum Teufel liege ich in einer Badewanne?«

»Weil du über und über voll mit Blut und am Verbluten warst«, murmelt Catum. »Ich musste etwas unternehmen und dich heilen, und zwar schnell. Aber es hat trotzdem zwei verdammte Tage gedauert.«

»*Zwei Tage?*« Ich versuche, aus der Wanne zu springen, doch meine sonst übliche Agilität kommt mir abhanden und ich bin gezwungen, mich zurück in die Wanne fallen zu lassen.

»Du saust alles ein«, tadelt Krolic.

»Oh, tut mir leid«, fahre ich ihn an. »Ich werde stattdessen ertrinken.«

Er knurrt.

Und Catum seufzt. »Wir kümmern uns später darum. Dich auf den neuesten Stand zu bringen, ist jetzt wichtiger.«

»Mich auf den neuesten Stand zu bringen? Was habe ich verpasst?«, frage ich, lege meinen Kopf gegen den marmornen Wannenrand und schließe meine Augen. »Wurde ich wieder von einem Oger angegriffen?« Diese Dinger versuchen immer, mich grün und blau zu schlagen und es fühlt sich definitiv an, als hätte sich einer von ihnen an mich herangeschlichen. Vermutlich hat er mir mit einer Keule aus Stein den Kopf eingeschlagen oder so.

»Ailsa befindet sich in den Fängen des falschen Königs«, sagt Catum, was mich die Stirn krausziehen lässt.

Ailsa Marvel.

Potenzielle Gefährtin.

Nein, nicht nur potenzielle *Gefährtin, sondern* definitiv *meine Gefährtin.*

Ich reiße die Augen auf und zwinge mich abermals, mich aus dem Wasser zu erheben. Dieses Mal wirft mir Krolic ein Handtuch zu, anstatt sich darüber zu beschweren, dass ich alles einsaue. Ich fange das Handtuch zwar ab, mache aber nicht Gebrauch davon. Stattdessen starre ich Catum an und versuche, mich zu entsinnen, was geschehen ist.

Wir waren in diesem Badezimmer und haben uns mit Ailsa über Paarungsrituale unterhalten und kurz war auch die Rede von Rot gewesen. Dann haben wir beschlossen … Plan Z zu verfolgen.

Ich habe das Portal geschaffen.

Und wir …

Ich lege die Stirn in Falten. »Ich entsinne mich nicht daran, was geschehen ist, nachdem ich ins Portal gesprungen bin.« Ich erinnere mich nur verschwommen, als wäre da ein großes schwarzes Loch in meinem Kopf.

»Meine Schwester ist passiert«, knurrt Krolic, beugt sich über den Rand und leert die Wanne. Es wird nicht lange dauern. Die Magie, die durch die Luft schwirrt, wird den Prozess beschleunigen und die Sauerei beheben, die zurückbleibt. Krolics Bedenken sind überflüssig.

Zumindest, was das Bad angeht.

Seine Bedenken in Bezug auf seine Schwester, aber, die sind definitiv berechtigt.

»Was hat sie getan?«, will ich wissen. Ich will verstehen, was passiert ist und meine Erinnerungslücken füllen.

»Sie hat eine Falle gestellt. *Über dem Erdboden*«, murmelt Catum. Die Worte scheinen ihn aufzubringen. »Diese elende Katze hat uns gewarnt, dass wir Ailsa unter dem Erdboden behalten sollen. Ich dachte, das gelte für das Monsterland. Aber nein, er hat von ihrem Reich gesprochen.«

»Was man manchmal als ›aufsteigen‹ bezeichnet, als würde man aus dem Erdboden emporsteigen«, überliefere ich, als mir dämmert, was er damit gemeint hat. »Verdammt.«

»Das kannst du laut sagen. Sie hat sich die ganze Zeit über am offensichtlichsten Ort versteckt.« Catum hört sich fuchsteufelswild an. »Ich habe sie sogar als Baronin Clarice *kennengelernt*, ihre Seele aber nicht gespürt. Sie hat uns zwei Jahre lang an der Nase herumgeführt.«

»Länger als das«, sagt Krolic und hört sich genauso wütend an.

Aber … eine Sache verstehe ich nicht. »Baronin Clarice?«

»Meine Schwester ist Baronin Clarice«, erklärt Krolic zerknirscht. »Oder sollte ich sagen, sie hat die Frau in eine Art Puppe verwandelt? Ich schätze, *Schattenselbst* wäre der richtige Begriff.«

»Sie hat praktisch Besitz von ihr ergriffen und existiert in ihr, als wäre sie die Baronin«, erklärt Catum. »Das ist total abgefuckt.«

»Meine Rede«, murmle ich. »Herz kann sich nicht einmal in einen Wolf verwandeln. Darum war sie nie stark genug, zu regieren.«

»Sie kann sich immer noch nicht verwandeln«, bemerkt Krolic. »Aber wie es scheint, bedient sie sich andersartiger Magie – alter, dunkler Magie – um ihre Herrschaft auf andere Weise zu sichern.« Er hört sich an, als wäre er wütend deswegen, vermutlich weil wir zum ersten Mal davon hören.

Aber es könnte erklären, wie es ihr gelungen ist, ihre Eltern und Brüder zu töten.

Und wie sie es geschafft hat, vor all den Jahrhunderten aus dem Gefängnis auszubrechen.

Catum verschränkt die Arme vor der Brust. »Die Katze hat in ihrem kryptischen Rätsel auch davon gesprochen, dass sie uns immer schon einen Schritt voraus war. Wir müssen davon ausgehen, dass das der Grund dafür ist.«

»Und wir hoffen auch, dass der Teil, dass Ailsa der Schlüssel ist, Herz zu Fall zu bringen, auch stimmt. Eine Königin gegen eine Königin«, ergänzt Krolic.

»Ganz genau.« Catum dreht das Wasser auf. »Du musst dich abduschen, Craze.«

Ich sage ihm um ein Haar, dass er das vergessen kann, aber das blutige Handtuch in meiner Hand gibt ihm recht.

Ich werfe das besudelte Leinentuch in das noch immer abfließende Badewasser, woraufhin es darin verschwindet.

»Wie sieht der Plan aus?«, frage ich und stelle mich unter den kalten Wasserstrahl. Es wird bald wärmer werden. Aber die Temperatur ist mir scheißegal. Das Einzige, was mich interessiert, ist, dass wir Zeit verloren haben und einen Weg finden müssen, unsere Omega zurückzubekommen.

»Den Palast stürmen«, meint Catum.

Ich lache höhnisch. »Klar. Hört sich klasse an. Aber dafür brauchen wir eine Armee. Wie lautet der wirkliche Plan?«

»Den Palast stürmen«, wiederholt Krolic.

Ich starre die beiden fassungslos an. »Ihr zwei habt wohl ein Tässchen zu viel von meinem Tee getrunken. Das wäre Selbstmord.«

»Nicht unbedingt«, murmelt Krolic. »Während du ein Schläfchen gemacht hast, waren wir schwer beschäftigt.«

Ich ziehe eine Augenbraue hoch. »Ein *Schläfchen* kann man das wohl nicht nennen.«

»Wie dem auch sei … wir haben uns mit ein paar deiner alten Freunde getroffen«, fährt Krolic fort.

»Freunde?«, wiederhole ich. »Ich habe keine Freunde.« Bis auf die zwei Arschlöcher, die mir gerade beim Duschen zusehen.

Und Ailsa.

Ich würde sie gern auch als eine Freundin zählen.

Und als eine schwanzlutschende Göttin.

Aber diesen Kosenamen werde ich später mit ihr besprechen. Wenn wir sie finden. Denn wir werden sie finden. *Und ich werde alles und jeden umbringen, der sie angerührt hat,* beschließe ich, während ich mein Haar einseife.

»Brandt«, sagt Krolic. »Und die Tweedle-Brüder.«

Ich halte inne, mir die Haare zu shampoonieren. »*Wie bitte?*«

»Ich habe eine kleine Unterhaltung mit den beiden darüber geführt, warum sie versucht haben, Ailsa anzugreifen. Es war sehr … erleuchtend.«

»Haben sie sie fruchtbar genannt, wie die Schnauzenmänner?«, frage ich.

»Ja, haben sie«, bestätigt Krolic. »Aber sie erinnern sich nicht daran, warum sie das gedacht haben, und sie waren schockiert über ihre eigenen Taten.«

Ich starre ihn an. »Also hatten sie das Gefühl … besessen gewesen zu sein?«

»Es scheint ganz so«, flötet Catum. »Wie die Baronin.«

»Ganz wie die Baronin«, wiederholt Krolic. »Zu sagen, dass Brandt und die Tweedle-Brüder fuchsteufelswild über diese Erkenntnis waren …, wäre eine Untertreibung.«

»Aber unterstehen sie immer noch ihrem Bann?«, frage ich.

Catum und Krolic grinsen. »Nicht mehr«, erwidert Krolic.

»Wie habt ihr den Zauber gebrochen?«

»Indem sie uns ihre Treue geschworen haben«, meint Krolic, was mich verblüfft blinzeln lässt.

Ich sehe ihn perplex an. »Wie bitte?«

»Wir haben festgestellt, dass die Schneekreaturen hier oben nie von ihrer Magie betroffen waren – weil sie mir vor Ewigkeiten ihre Treue geschworen haben. Offensichtlich ist das alles, was nötig ist«, meint Krolic achselzuckend. »Wie wir also schon sagten … Unser Plan ist, den Palast zu stürmen. Und während du deinen Schönheitsschlaf genossen hast, haben wir ein paar Freunde um uns geschart, die uns helfen wollen.«

Ich blende die Stichelei von wegen *Schönheitsschlaf* aus

und konzentriere mich auf das, was wichtig ist. »Ihr beide habt euch wirklich ins Zeug gelegt.«

»Ja«, antworten die beiden wie aus einem Mund.

»Es ist trotzdem eine Selbstmordmission«, sage ich ihnen. Denn das Ding mit der Treue hört sich zu einfach an. »Aber scheiß drauf. Ich bin dabei.«

Ich habe mir den Titel als verrückten Hutmacher mit gutem Grund verdient. Aus *diesem* Grund. Wenn meine besten Freunde die verdammte Burg stürmen wollen, damit wir unsere Omega retten können, dann bin ich der richtige Vollstrecker für die Aufgabe.

Ich wasche das Shampoo aus meinem Haar und von meiner Haut, dann drehe ich den Duschhahn zu und greife nach einem sauberen Handtuch.

Eigentlich gibt es nur noch eines zu sagen.

»Ich brauche meine Karten.«

Denn die Herzkönigin wird bezahlen. Dieses Miststück wird untergehen, selbst wenn ich mich opfern muss.

Lass das Spiel beginnen.

AILSA

Ich rühre weder das Essen noch das Getränk auf dem neuen Tablett an, das Tabitha mir gebracht hat, kurz nachdem *Doctor Tav* gegangen ist. Aber ich weigere mich, zu essen. Ich traue den Zutaten nicht.

Zur Hölle, ich traue *nichts und niemandem* hier.

Meine Zimmertür ist verriegelt. Das weiß ich, weil ich vor ungefähr dreißig Minuten versucht habe, daran zu rütteln.

Normalerweise würde mir das nichts ausmachen – ich habe mich schon dutzende Male durch das Kellerfenster nach draußen geschlichen.

Aber jetzt bewegt sich das erwähnte Fenster keinen Zentimeter.

Weil das hier nicht dasselbe Fenster ist.

Diese Erkenntnis hatte ich kurz nachdem ich festgestellt habe, dass die Tür verriegelt ist, und versuche herauszufinden, was das zu bedeuten hat. Offensichtlich bin ich nicht wirklich in meinem Heimatreich. Aber warum macht man sich dann die Mühe, mir vorzugaukeln, dass ich zu Hause wäre? Warum sagt man mir, dass die Zeremonie nie stattgefunden hat, obwohl der Hochstapler-König – oder von dem ich zu fünfundneunzig Prozent sicher bin, dass er der Hochstapler-König ist – mich kurz darauf eine Omega nennt?

Nichts hiervon ergibt irgendeinen Sinn.

Ist Baronin Clarice wirklich Herz? Oder tarnt sich Herz bloß als Baronin Clarice?

Mit rasenden Gedanken gehe ich auf und ab.

Wo sind Catum, Krolic und Craze? Wurde Craze irgendwie verletzt? Hat er mich im Portal verloren?

Ich begebe mich zum Wandschrank und streife mit den Fingern über das blau-weiße Zeremonienkleid. Es fühlt sich an wie jenes, das ich neulich getragen habe. Und die Schuhe sind ebenfalls eine Nummer zu klein.

Ich knirsche mit den Zähnen.

Ist das hier alles bloß ein durchdachter Kniff, um mir das Gefühl zu geben, ich hätte den Verstand verloren? Denn es funktioniert. Ich …

Das Schloss in der oberen Etage klickt und meine Nackenhärchen stellen sich auf.

Meine Anspannung verebbt aber rasch wieder, als ich feststelle, dass es bloß Tabitha ist.

Sie schlüpft wortlos ins Zimmer, schließt die Tür hinter sich und schleicht die Stufen hinunter wie eine stumme kleine Katze. »Du hast dein Essen nicht angerührt.«

Ich sehe sie mit hochgezogener Augenbraue an. »Bist du hier, um mich zum Essen zu zwingen?« Die Frage kommt mir etwas schroff über die Lippen, was nicht meine Absicht ist. Aber ich habe die Nase von allem gehörig satt.

Wenigstens ist meine Stimme nicht mehr so rau.

Seltsam … ich habe doch gar nichts getrunken. Aber irgendwie fühle ich mich wieder mehr oder weniger normal. Sogar das Übelkeitsgefühl im Magen ist verflogen.

Tabitha starrt mich an. »Ich glaube, wenigstens den Tee solltest du probieren.«

Ich blinzle sie an. »Vorhin hast du …«

»Der Tee ist wirklich vorzüglich«, fällt sie mir ins Wort. »Vertrau mir.«

Ich runzle die Stirn. Vor einer Stunde hat sie mir noch gesagt, ich solle den Tee nicht anrühren und jetzt will sie, dass ich davon probiere?

Ich laufe zum Tablett, entschlossen, nach der Teetasse zu greifen und sie entweder gegen die Wand zu schmeißen oder den Inhalt ins Waschbecken im Badezimmer zu kippen. Aber als ich die mittelgroße Keramiktasse hochhebe, entdecke ich unter ihr ein kleines, gefaltetes Stück Papier.

Oder zumindest gehe ich davon aus, dass es sich dabei um Papier handelt. Es ist winzig und wurde mehrmals gefaltet, damit man es mehr oder weniger unter der Tasse verstecken konnte.

Ich stelle die Tasse beiseite und greife nach dem Zettel.

Als ich zu Tabitha hochsehe, hat sie einen Finger auf die Lippen gelegt.

Stirnrunzelnd entfalte ich den Brief und lese die vier Worte darauf mit krausgezogener Stirn. *Es gibt Ohren überall.*

Ich schnaube höhnisch. *Erzähl mir was Neues*, will ich entgegnen. Aber weil ich das nicht kann, übermittle ich ihr die Nachricht mittels eines Blickes.

Tabitha greift nach dem Tablett. »Da du nichts essen willst, werde ich das hier einfach wieder nach oben bringen.« Sie macht einen Schritt nach vorn und stolpert dann über ihre eigenen Füße, sodass alles zu Boden kracht. Sie ringt schockiert nach Atem und sagt: »Du hast mich *geschubst*!«

Ich ziehe die Augenbrauen hoch. »Nein, habe ich nicht.«

»Doch, hast du!«, schuldigt sie mit wütendem Tonfall an. »Jetzt muss ich Putzmittel holen, damit ich dein Chaos beseitigen kann. Was läuft falsch mit dir, Ailsa? Warum bist du so verdammt undankbar?«

Mit dieser glorreichen Rede stampft sie die Stufen hoch und ich starre ihr verblüfft hinterher.

»Die spinnen doch alle.« Das … das ist das Einzige, was mir einfällt.

Ich greife nach der Notiz, die sie mir dagelassen hat, zerreiße sie und werfe sie in den Mülleimer im Badezimmer.

»Das war ja wirklich sehr hilfreich«, murmle ich.

»Du hast ja keine Ahnung, wie hilfreich«, sagt eine seidene Stimme, was mich aufschreien und zur Badezimmertür herumwirbeln lässt, bevor sie geschlossen wird. Eine Sekunde später wird der Duschhahn aufgedreht und direkt neben der Wanne materialisiert sich ein Mann. Ich renne auf die Tür zu, aber er ist schneller als ich, packt mich am Handgelenk und reißt mich zu sich zurück.

»Ich werde dir nicht wehtun, Ailsa Marvel.« Seine Hand, die mit eisernem Griff um mein Handgelenk geschlungen ist, sagt etwas anderes. »Ich muss dir eine Nachricht übermitteln.«

Ich mustere das leuchtend rosafarbene Haar und die dazu passenden Wimpern und runzle die Stirn. »Du siehst aus wie Tabitha.«

»Tja, Verwandte sehen sich oft ähnlich«, flötet er. »Aber ich bin nicht hier, um über familiäre Ähnlichkeiten zu quasseln, mein Liebes. Ich muss wissen, wie viel du über das Ritual weißt.«

Ich starre ihn an. »Das Paarungsritual?«

»Nein, das Abschlussritual.«

Ich runzle die Stirn. »Was?«

»Natürlich meine ich das Paarungsritual, Schätzchen«, blafft er und sein plötzlicher Stimmungswandel hält mich dazu an, einen Schritt zurückmachen zu wollen. Aber seine Hand ist nach wie vor um mein Handgelenk geschlungen. »Sag mir, was du weißt.«

»Dass es eine Jagd …«

»Nein, sag mir, was du über den Beginn des Rituals weißt«, unterbricht er. Seine fehlende Geduld geht mir langsam auf den Zeiger.

»Hör zu, ich weiß nicht, wer du …«

»Schätzchen«, unterbricht er abermals mit einem Schnurren. »Es ist mir bestimmt, dich als zukünftige Königin des Monsterlands zu lieben und zu ehren, aber du musst dich jetzt konzentrieren. Du bist die neue Schachfigur auf dem Spielbrett – die unbekannte Königin. Du besitzt die Macht, alles wieder zu richten, aber du musst mir jetzt gut zuhören.«

»Sagt der Mann, der mir immer wieder Fragen stellt«, entgegne ich.

Er macht ein Geräusch in seinem Hals, das sich fast wie ein gewürgtes Lachen anhört. Aber seine katzenähnlichen Augen strahlen Genervtheit aus. »Du hast keine Ahnung, wie das Ritual beginnt.«

Ich ziehe eine Augenbraue hoch und beschließe, dass es besser ist, nichts zu erwidern, als zu bestätigen. Immerhin hat er gesagt, dass ich *zuhören* soll.

»Natürlich weißt du nicht, wie es beginnt.« Er hört sich genervt an. »Ich habe sie gewarnt, Ailsa. Ich habe ihnen gesagt, dass du über dem Erdboden nicht sicher bist. Aber haben sie auf mich gehört? Natürlich nicht. Elende Alphas.«

Endlich lässt er mich los und macht einen Schritt auf die Tür zu, bevor er sein Ohr gegen das Holz presst. Eine Sekunde später nickt er und kehrt zur Wanne zurück.

Das kleine Badezimmer fühlt sich plötzlich noch winziger an, weil wir beide hier drinnen feststecken.

»Na gut. Wir haben nicht viel Zeit.« Sein Blick wandert zur Tür, dann zurück zu mir. »Der Palast hat überall Augen und Ohren. Vergiss das nicht, meine

Königin. *Nutze* diesen Umstand zu deinem Vorteil. Wenn du nach einer Jagd verlangst, muss dir das Ritual angeboten werden. Aber du musst es wirklich wollen. Schrei danach. *Bettle.* Und finde Alices Geschichte. Sie steht an den Wänden geschrieben. Ihre Worte … *sind überall.*«

Die letzten beiden Worte scheinen nichts weiter als ein Flüstern des Winds zu sein, und dann löst sich der Mann vor meinen Augen in Luft auf.

Eine Sekunde später fliegt die Tür auf, was mich schreiend einen Satz zurück in die Dusche machen lässt, aus deren Brause Wasser rinnt.

Baronin Clarice steht mit zusammengekniffenen Augen in der Tür und mustert das Zimmer. »Ich habe Stimmen gehört.«

Ich schlucke hart. »Ich … ich habe Selbstgespräche geführt. Ü…über das Tablett.« Was für eine idiotische Aussage. Aber wenn ich während meiner Zeit im Monsterland eines gelernt habe, dann, dass irre zu sein hier völlig normal ist. »Ich habe Tabitha nicht geschubst.«

Die Baronin verdreht die Augen. »Dein Essen und dein Getränk sind mir herzlich egal, Ailsa. Jetzt dusch dich. Wir müssen zu einer Zeremonie.«

»Eine Zeremonie?«, wiederhole ich.

»Ja«, zischt sie. »Die Zeremonie, die du an deinem Geburtstag verpasst hast, schon vergessen? Also dusch dich und zieh dich an. Ich warte oben auf dich.«

Die Tür wird zugeschlagen, bevor ich etwas erwidern kann.

Warum tut sie so, als hätte ich die Zeremonie nicht bereits durchlaufen?

Will sie, dass ich das Elixier noch einmal trinke?, frage ich mich. *Das potentere? Um mich damit in die Läufigkeit zu zwingen?*

Aber wenn das der Fall ist, warum würde der falsche

König mich eine Omega nennen? Warum würde er mir einen Tipp geben, dass er bereits weiß, wer und was ich bin?

Ich raufe die Haare und drehe mich zum Spiegel um. »Was zum Teufel soll ich nur tun?«, frage ich mich und der Dampf der Dusche vernebelt das Glas.

Ich will mich gerade nach vorn beugen und den Spiegel abwischen, als ein Wort darauf erscheint. *Wegrennen*.

Ich reiße die Augen auf. »Ich …« Ein Schlucken, dann spreche ich etwas leiser weiter. »Ich soll wegrennen?«

Wegrennen verschwindet und an seine Stelle rückt ein *Ja*.

Ich weiche an die Wand zurück und presse die Hand auf meine Brust.

»Das darf nicht wahr sein.« Ich habe offiziell den Verstand verloren.

Ein weiteres Wort zieht auf der vernebelten Oberfläche auf.

Geh.

Ich erschaudere und beginne den Kopf zu schütteln, als das Glas wieder mit Nebel überzogen wird.

In den, folgt, was mich perplex den Spiegel anstarren lässt.

Hof, ist das letzte Wort.

»Um was zu tun?«, frage ich das merkwürdige Fantasiewesen.

Flehe um, schreibt das unsichtbare Wesen. *Das Ritual.*

»Bist du der Mann mit dem rosafarbenen Haar?«, frage ich misstrauisch. »Du bist immer noch hier?«

Nein.

»Wer bist du dann?«, will ich im Flüsterton wissen.

Alice.

Ich starre den Spiegel an. »Der Mann mit dem

rosafarbenen Haar hat diesen Namen erwähnt.« Was mich umgehend argwöhnisch macht.

Ich bin.

Eine.

Omega.

Die Buchstabenabfolge lässt mir den Atem stocken.

»Du bist eine unsichtbare Omega?«, flüstere ich. »Wie …?«

Befreie uns, ist alles, was das Fantasiewesen zurückschreibt. Dann werden die beiden Worte zweimal unterstrichen, als wollte sie sie betonen.

»Indem ich nach dem Ritual verlange«, sage ich.

Ja.

»Du willst, dass ich von den Alphas gejagt werde.«

Ja.

»Was, wenn …?« Ich bringe es nicht übers Herz, die Frage zu stellen. Es gibt zu vieles, was ungewiss ist. *Was, wenn der falsche Alpha mich in die Klauen bekommt? Was, wenn sie mich zwingen, mich mit ihnen fortzupflanzen? Was, wenn mein Gefährtenzirkel nicht rechtzeitig zu mir gelangen kann?*

Das Hirngespinst schreibt bereits die nächste Zeile.

Ergib.

Dich.

Nicht.

Bis.

Der.

Richtige.

Zirkel.

Dich.

Findet.

Ganz schön ominös.

Trotzdem verstehe ich, was sie meint, weil meine Alphas mir den Prozess zumindest teilweise erklärt haben.

Aber ich bin nicht sicher, wie ich nach dem Ritual

verlangen kann. »Flehe ich … einfach darum, verpaart zu werden?«, frage ich und schlucke hart.

Ja.

Im.

Hof.

»Und das läutet die Jagd ein?«

Nein, erwidert das Fantasiewesen. *Knurrlaute.*

»Knurrlaute?«, wiederhole ich. »Alpha … Knurrlaute?«

Ja.

Ich bin nicht sicher, was das zu bedeuten hat, aber mir schwant, dass ich es herausfinden werde. Vorausgesetzt, dass das hier funktioniert und ich meinen Verstand nicht komplett verloren habe.

Aber das hier ist das Monsterland.

Den Irrsinn annehmen, denke ich. *Im Chaos mitmischen.*

Ich stoße ein Lachen aus. »Ich habe den Verstand verloren.«

Gut, erwidert das Fantasiewesen. *Dann bist du bereit.*

Fassungslos starre ich den Spiegel an. »Okay …«, meine ich und stelle mich kopfschüttelnd unter den Wasserstrahl.

Ich werde mich fertig machen, das Kleid anziehen und mich als die unterwürfige kleine Omega ausgeben, die Baronin Clarice erwartet.

Und sobald ich im Hof angekommen bin, werde ich wegrennen. Wenn ich ihn zumindest sehe.

Danach … werde ich *flehen.*

AILSA

Sobald ich den Keller verlasse, wird mir bewusst, dass wir uns in einer Art Illusion befinden. Eine Illusion, die ich nicht ganz verstehe. *Wie macht Herz das?*, wundere ich mich und sehe die Frau an, die ich nur als Baronin Clarice kenne.

Sie zieht eine ihrer Augenbrauen hoch und erwartet wohl, dass ich mich verbeuge, wie ich es für gewöhnlich auch tun würde.

Ich bin geneigt, mich ihr zu widersetzen, und in mir wütet dieser überwältigende Drang, ihr direkt in die Augen schauen zu wollen.

Stattdessen aber knirsche ich mit den Zähnen und mache einen Knicks, wie sie es von mir erwartet. Ich werde vorgeben, das Spiel mitzuspielen.

Den Hof finden, schärfe ich mir ein. *Wie soll ich das tun, wenn ich diese Illusion nicht durchschauen kann?*

»Hör auf, Zeit zu schinden«, blafft sie und stampft mit dem Absatz ungeduldig auf den Boden.

Miststück, denke ich und richte mich auf.

Ihr Benehmen hat sich nicht im Geringsten verändert. Sie war immer schon so. Aber ich … ich fühle mich anders. Vielleicht liegt es an meiner Gabe, ihre Alpha-Fähigkeiten wahrzunehmen oder aber an meinen Instinkten, die mir sagen, dass sie nicht ist, wer sie vorgibt, zu sein. Vielleicht hängt das mit dem Elixier zusammen, das meine innere Omega erweckt hat, oder damit, dass ich mich in nächster Nähe meines intendierten Gefährtenzirkels aufgehalten habe.

Was es auch ist, ich kann die Veränderung spüren und wahrnehmen, dass hier nichts so ist, wie es sein sollte.

Weil es nicht echt ist.

Zumindest nicht so, wie es sein sollte.

Die Flure sehen alle aus wie jene im Gutshof, in dem ich die vergangenen neun Jahre meines Lebens verbracht habe, aber die Gerüche sind völlig falsch. Und ganz allgemein fühlt sich alles hier nicht richtig an.

Das ist nicht das Zuhause von Baronin Clarice.

Und mein Zuhause ist es auch nicht.

Aber das könnte es sein, geht mir durch den Kopf und ich sehe mich ein weiteres Mal um. Das hier ist das Monsterland.

Ich erkenne die Düfte von der kurzen Zeit, die ich hier verbracht habe, wieder, und meinen Gefährtenzirkel kann ich auch riechen.

Feuer.

Gewürze.

Zeder.

Ich atme ein und lasse mich von ihrer Präsenz erden. *Sind sie ganz in der Nähe? Oder ganz einfach irgendwo in diesem Reich?*

»Was machst du da, Ailsa?«, will Baronin Clarice – *Herz* – wissen. »Beeil dich!«

Offenbar habe ich im Flur innegehalten und war ganz verloren in meiner Umgebung. »Tut mir leid«, sage ich und setze einen entschuldigenden Blick auf.

Sie schnippt mit dem Finger, woraufhin ich die Distanz zwischen uns schließe und ihr folge, während ich den

Ursprung dieser Illusion zu finden versuche und wie man sie durchschauen kann.

Denn ich werde diesen schlüpfrigen Hof nicht finden, wenn ich diese Schimäre nicht durchbrechen kann.

Vorausgesetzt, diesen Hof gibt es wirklich, denke ich.

Ich schüttele gedanklich den Kopf. *Es gibt ihn.*

Alles im Monsterland ist völlig verrückt. Ich muss das Chaos nur annehmen und akzeptieren, dass das Ungewöhnliche das neue Normal ist. Daran glauben, dass es mir bestimmt ist, hier zu sein – mit Chaos und allem.

Ich bin eine Omega. Und ich will das Ritual in Anspruch nehmen.

So werden wir das Monsterland zurückerobern. Wir werden den Zauber brechen, den diese Alpha in den Stoff des Königreichs gewebt hat, und ihre Illusionen zerstören.

Den Hochstapler-König entlarven.

Obwohl … jetzt frage ich mich, wie stark er in diese ganze Angelegenheit involviert ist.

Herz scheint die Strippenzieherin zu sein.

Wie lange ist sie schon Baronin Clarice? Wusste sie die ganze Zeit über, dass ich eine Omega bin?

Die Antwort darauf lautet vermutlich ja. Was wiederum bedeutet, dass ihr bewusst war, dass Krolic und Catum sich in meinem Bezirk aufhielten. Sie hat mich wegbringen lassen.

Wozu?, frage ich mich.

Oder vielleicht … vielleicht haben sie ihren anfänglichen Plan über den Haufen geworfen, indem sie schnell handelten. Vielleicht wollte sie nicht, dass sie mich überhaupt in die Finger bekamen.

Was wiederum darauf hinweisen würde, dass sie nicht miteingerechnet hat, wie viel sie mir erzählen würden und wie viel ich jetzt weiß.

Soweit ich das beurteilen kann, schätzt sie Omegas

gering. Sie will mich demütig bitten sehen. Sie sieht mich nicht als Königin an und respektiert mich auch nicht als ihre Gleichgestellte.

»Sie ist sich ihres gesellschaftlichen Status vollends bewusst«, hat sie vorhin zu Tav gesagt. Ihrer Aussage hat ein stolzer Tonfall mitgeschwungen. Fast so, als hätte sie sich darüber gefreut, mir beigebracht zu haben, dass ich ihr unterlegen bin.

Sie glaubt ohne jeden Zweifel, dass es funktioniert hat, weil ich mich füge und ihr wie ein gutes kleines Haustier folge. Dass ich ihr ihre Geschichte abgenommen habe und ihr glaube, dass nichts an meinem ›Traum‹ echt war.

Der Traum war durch und durch echt, denke ich in ihre Richtung. *Aber dieser Ort hier ist es nicht.*

Wir sind jetzt draußen angekommen und ich kann den Unterschied in der Luft schmecken. Irgendwo in der Nähe hängt ein süßer Duft. Blumig. *Wie Rosen*, denke ich und atme ein. Dieser Duft ist mir nur einmal zuvor in die Nase gestiegen – als Meister Raupe eine Vase mit Rosen auf den Altar gestellt hat.

Ich erinnere mich daran, wie ich mich herangeschlichen und den Duft der hübschen Blume eingeatmet habe, weil ich mich wunderte, wie sie rochen. Es war das erste Mal, dass ich Rosen mit eigenen Augen gesehen habe, und diese waren besonders einzigartig gewesen, weil sie violett waren.

Warum steigt mir der Duft von Rosen in die Nase?, geht mir durch den Kopf, während ich die trostlose Berglandschaft mustere. *Hier gibt es weit und breit keine Blumen.*

Das nächstgelegene Sonnenblumenfeld befindet sich fast eineinhalb Kilometer entfernt.

Mein Blick wandert zur Waldgrenze, auf die ich früher immer zu gerannt bin, und runzle die Stirn, als ich feststelle, dass sie weg ist. Ich kneife die Augen zusammen und mir dämmert, dass diesem Ort so einige Details fehlen. Zum Beispiel das Schloss am Fenster im Keller.

Es ist eine unvollendete Schimäre.

Was passiert, wenn ich auf etwas zu renne, von dem ich weiß, dass es nicht echt ist?

Ich kaue auf meiner Unterlippe herum und wäge ab, ob ich meinen Zug machen soll. Das wird meine Tarnung auffliegen lassen, aber was bleibt mir anderes übrig? Ihr zur Zeremonie folgen?

Nein.

Nein, das werde ich ganz bestimmt *nicht* tun.

Denn mir ist klar, wozu das führen wird. Catum hat meine Dosis absichtlich verdünnt. Ich werde seine Bemühungen nicht ungeschehen machen. Nicht, bis ich sicher bin, dass das Ritual honoriert wird.

Es steht mir zu. Es ist mein Schicksal. Und ich nehme es an.

Ich schlucke hart und sehe die Baronin an. Mir fällt auf, dass sie zielgerichtet auf die Kapelle zu steuert, deren Details perfekt ausgestaltet sind.

Aber der Waldrand ist es immer noch nicht.

Vor allem die Stelle, auf die ich anlässlich meiner Flucht nach der Zeremonie zu gerannt bin.

Sie hat es nicht gesehen, dämmert mir. *Heißt also, sie hat es nicht kommen sehen.*

Etwas, das Catum, Krolic und Craze getan haben, hat ihren Plan durcheinandergebracht.

Oder vielleicht … war es ganz einfach *ich*.

Sie weiß um ihre Fähigkeiten und hat sich eine durchdachte Strategie gegen sie überlegt. Aber ich bin eine Unbekannte.

Was hat der Mann mit den rosafarbenen Haaren noch mal gesagt?

» Du bist die neue Schachfigur auf dem Spielbrett –

die unbekannte Königin. Du besitzt die Macht, alles wieder zu richten.«

Indem ich verkünde, dass ich ein Ritual wünsche, ergänze ich in Gedanken.

Aber man muss mich hören.

Man muss mich sehen.

Und in einer Illusion wird mir das nicht gelingen.

Zeit, einen Abflug zu machen …

Ich zweifle nicht an meinen Instinkten, sondern renne schnurstracks auf den Wald zu.

Baronin Clarice hat nie Zeit im Wald verbracht. Sie wird sich nicht so gut auskennen wie ich. Das sollte genügen, damit ich ihrem Trugbild entrinnen und endlich sehen kann, wo wir wirklich sind. Damit ich das Monsterland und all sein Chaos annehmen kann.

Die verkappte Alpha hinter mir brüllt.

Aber ich widersetze mich ihr. Ich höre nicht auf sie. *Ich ordne mich nicht unter.*

Ich schüttle die öden, schlecht sitzenden flachen Schuhe ab und renne noch schneller. Erbitterter. Und überquere die Baumgrenze, ehe ich in einem Reich voller Rosen lande.

Wusste ich es doch!

Doch dann breitet sich ein Meer aus Farben und Hecken vor mir aus. Ein Labyrinth voller Drehungen und Wendungen.

Es ist zwar kein Hof, aber jetzt ist er auch nicht mehr verborgen.

Ich renne den Pfad entlang, will das Herzstück finden, und mir zunütze machen, dass es – wie der Mann mit rosafarbenem Haarschopf gesagt hat – überall Augen und Ohren gibt.

Ich habe etwas zu verkünden.

Eine Forderung, die man mir nicht absprechen kann.

Ritual. Ritual. Ritual. Das Wort schießt mir mit jedem Schritt ein weiteres Mal durch den Kopf und wird lauter, als ich eine Prunktreppe entdecke, die zu einer Öffnung im Labyrinth zu führen scheint.

Die Rosengarten ähnlichen Hecken scheren am Fuße der Treppe in zwei Richtungen aus und formen eine Art ovale Wand, die über mehrere bogenartige Öffnungen verfügt. Davor steht ein riesiger Brunnen, der über die Prunktreppe zu erreichen ist.

Es ist kein Hof. Zumindest kein gewöhnlicher. Aber an diesem Ort ist gar nichts gewöhnlich.

Und die Steinstatuen, die den Brunnen umsäumen, lassen den Ort hier offiziell aussehen.

Das muss es sein.

Ich mache einen Schritt nach vorn, doch dann sehe ich aus dem Augenwinkel heraus etwas Weißes an mir vorbeiflitzen. Ich wirble in die Richtung und staune nicht schlecht, was ich vielleicht zehn Meter entfernt sehe.

»Biest!«, keuche ich und renne schnurstracks in seine Richtung.

Aber als ich nur noch wenige Meter von ihm entfernt bin, rennt er davon – auf eine andere Treppe zu, die nach oben führt.

Mein Magen verkrampft sich. Die Richtung fühlt sich falsch an.

Aber es ist Krolic in seiner Wolfsgestalt, der mir offensichtlich etwas zeigen will.

Ich steige ein paar Stufen hoch und will gerade seinen Namen rufen, als sein Duft mich einhüllt.

Ich verlangsame und atme tief ein, erwarte, von seinem waldigen Geruch erfasst zu werden. Aber … stattdessen rieche ich Asche. Es riecht, als würde ein Baum brennen.

Ich ziehe die Stirn kraus.

Der Geruch ist völlig verkehrt.

Biest hält am oberen Ende der Treppe inne und in seinen grünen Augen steht ein erwartungsvoller Ausdruck.

Mir geht durch den Kopf, was Krolic mir über Rot erzählt hat. Dass er sich als Silberner König ausgibt.

Aber sein Geruch gehört auch nicht zu Tav. Er hat nach Sandelholz gerochen und dieser Duft erinnert an den Geruch eines brennenden Baums.

Habe ich falschgelegen? War Tav gar nicht Rot? Ist das hier der Rote König?

Ich erschaudere und mache einen Schritt zurück.

Der Wolf knurrt.

Das ist nicht Biest.

Ich drehe mich um und renne die Treppe hinunter, ehe ich auf die andere zuhalte.

Anstatt meinen Instinkten zu folgen, habe ich mich von diesem Wolf ablenken lassen.

Ich kann spüren, dass er die Verfolgung aufgenommen hat. Sein Geruch ist völlig falsch.

»Ich verlange nach dem Ritual!«, beginne ich zu brüllen, weil ich fürchte, er wird mich noch vorher zu fassen bekommen. »Ich will …«

Etwas Hartes trifft von hinten auf mich und wirft mich nach vorn.

Ich denke nicht nach, lasse mich mitreißen und rolle den Hügel neben der Prunktreppe hinab.

Scharfe Dornen verheddern sich in meinem Kleid und zerreißen den zu eng anliegenden Stoff. Es ist mir egal. Ich lasse es geschehen und rolle hügelabwärts, bis ich auf einem Kiesweg lande, der das Rosenlabyrinth umsäumt.

Knurrlaute schießen durch meinen Kopf.

Ich blende sie aus, ignoriere den Schmerz und komme auf die Beine, bevor ich barfuß über die Steine in Richtung Brunnenstatuen renne.

»Ich bin Ailsa Marvel!«, schreie ich. Mein Herz

hämmert gegen meine Brust und das Pochen füllt meine Ohren aus. »Ich bin eine Omega! Und ich verlange nach dem Ritual! Jagt mich!«

Ich habe keine Ahnung, ob das, was ich sage, richtig ist, aber ich schreie es immer wieder, während ich auf den Brunnen zu renne, ehe ich von einem wutentbrannten Wolf angefallen und auf den gepflasterten Untergrund geworfen werde.

Er knurrt mir ins Gesicht und Baronin Clarice keift: »Du dummes Ding.« Sie steigt die Treppe hinab und das Klackern ihrer Absätze hallt durch den Brunnen. »Du hast ja keine Ahnung, was du getan hast.«

Sie kocht vor Wut. Ihr Zorn bricht über mir zusammen wie eine heiße Welle und sein Gewicht wiegt fast schwerer auf mir als der Wolf, der auf mir liegt.

Das Tier knurrt, führt seine Schnauze an meinen Hals und öffnet sein Maul.

Ich erstarre. Die dominante Geste ist einschüchternd – auf die schlimmste aller Arten. Wenn das hier Krolic wäre, würde ich meinen Kopf unterwürfig zur Seite neigen. Aber dieser Alpha ist nicht Krolic. Er ist ein Fremder. Ein unbekannter Rivale. *Und nicht mein Gefährte.*

»Ts, ts, ts«, meint jemand aus der Ferne. Der Laut hallt um uns herum, was den Wolf, der an meinen Hals gedrückt ist, knurren lässt.

»Ah, ah, ah! Du kennst die Regeln, Spaten«, flötet eine Stimme im Singsang.

Der Mann mit rosafarbenem Haar, wird mir bewusst und ich schlucke erleichtert.

»Die Omega hat nach dem Ritual verlangt. Also wurden alle Bewohner des Monsterlands zum Spielen eingeladen, und ich glaube nicht, dass sie besonders erfreut wären, wenn du ihre Unterordnung verlangst, bevor die Spiele überhaupt begonnen haben.«

»*Du!*«, zischt die Baronin. »Du hast dich eingemischt. Ich habe dir gesagt, was passieren wird, wenn …«

»Deine Drohungen kannst du dir sparen, Herzkönigin«, erwidert er gelassen. »Eine neue Runde hat begonnen und falls du gewinnst, werden du und ich unseren Tanz fortführen.«

Sie knurrt. Der Laut lässt den Stein unter mir erzittern und der Wolf an meinem Hals macht es ihr nach.

Dann wird der Erdboden von einem lauteren, intensiveren Knurren durchgeschüttelt und der bekannte Geruch von Zeder wäscht über mich.

Biest.

Mein *Biest.*

Krolic … ist hier.

KROLIC

Spaten.

Ich traue meinen Augen kaum, aber meinen ältesten Bruder würde ich überall wiedererkennen.

Er sollte tot sein.

Getötet durch die Hand unserer Schwester.

Aber derzeit ragt er über *meiner* Omega.

Ich knurre abermals, was seine Ohren zum Zucken bringt und er mich mit seinen grünen Augen – dieselbe Farbe wie meine – ansieht.

Die ganze Zeit über dachte ich, Herz würde hinter dem Tod unserer Eltern stecken.

Aber jetzt verstehe ich.

Es war Spaten. Es war immer schon Spaten.

Darum sieht sein Wolf aus wie meiner. Darum hat seine Präsenz als König hier verweilt. Darum hat sich ein Teil des Königreichs entschlossen, ihm zu folgen.

Er ist ein Erbe.

Nicht *der* Erbe, aber dennoch ein würdiger.

Und seine Aura strotzt nur so vor Dunkelheit.

Magie?, frage ich mich. *Belegt er die Bewohner des Königreichs mit Zaubern?*

Ich dachte, es wäre Herz. Jetzt weiß ich nicht mehr, was ich denken soll.

Vor allem, weil meine Schwester nach wie vor Macht über die Baronin auszuüben scheint.

Oder vielleicht ist sie die Baronin.

Ich kann Herz' herben Geruch nirgendwo vernehmen, was bedeutet, dass sie entweder nicht in der Nähe ist oder sie sich clever getarnt hat.

Als könnte sie meine wirren Gedanken hören, schmilzt ihre Haut vom Körper und kurz darauf steht meine Schwester vor mir.

Eine Gestaltwandlerin, dämmert mir und mein Herz setzt einen Schlag aus. *Herz ist zu einer Gestaltwandlerin geworden.*

Wie?, will ich fragen. Sie hatte nie einen Wolf. Sie war nie in der Lage, ihre Gestalt zu verändern. Doch jetzt verwandelt sie sich in ihr wahres Selbst, als hätte sie es schon tausende Male zuvor getan.

»Der Trick ist neu«, flötet Craze hinter mir. »Kannst du dir auch einen Knoten wachsen lassen?«

Meine Schwester knurrt ihn an.

»Wie ich sehe, haben deine Manieren zumindest die richtige Richtung eingeschlagen«, meint er belustigt. »Besser als die deines angeblich toten Bruders sind sie allemal.« Er sieht Spaten mit zusammengekniffenen Augen an. »Wenn du unsere Gefährtin noch einmal anknurrst, wirst du dein blaues Wunder erleben.«

»Sie ist nicht eure Gefährtin!«, zischt meine Schwester.

»Und deine auch nicht«, schießt er postwendend zurück. »Sie hat nach einem Paarungsritual verlangt. Also werden wir ihr dieses einräumen und herausfinden, wessen Knoten sie wählt.« Sein Blick wandert auf Herz' niederen Regionen. »Oh, richtig … Ich schätze, du wirst zusehen müssen.«

Grins lacht irgendwo in der Ferne. Die Katze hat sich verdünnisiert, als sie unsere Ankunft gespürt hat.

Vermutlich sitzt sie wieder in den Hecken und beobachtet alles haargenau.

Er ist nicht der Einzige.

Mehrere Monster lauern im Labyrinth. Dort wird das Ritual beginnen. Ich weiß nicht, woher Ailsa wusste, dass sie im Zeremonienhof nach ihren Rechten verlangen muss, aber ich bin froh, dass sie es getan hat. Ihre Stimme hat durch das Monsterland gehallt und alle Alphas zum Spielen eingeladen.

Und bisher scheint mein Bruder der Einzige zu sein, der ganz versessen darauf ist, sie mit Gewalt an sich zu reißen.

Er hat immer noch nicht von ihrem Hals abgelassen, obwohl sie sich geweigert hat, sich ihm unterzuordnen.

Klar, sie sitzt ganz starr da, aber sie hat ihren Kopf nicht zur Seite geneigt.

Sie wird ihm nicht geben, was er will.

Bei mir war das ganz anders. In der Nacht, in der wir uns begegnet sind, habe ich sie auf ähnliche Weise zu Boden gedrückt und meine Schnauze umgehend an ihren Hals geführt.

Sie hat den Kopf zur Seite geneigt, wie es eine Omega sollte, wenn ihr Alpha verlangt, dass sie sich ihm unterordnet.

Aber er ist nicht ihr Alpha.

Wir sind ihre Alphas.

Der arme Spaten wird es auf die harte Tour lernen.

Catum stellt sich hinter ihn, sein Gesicht verborgen von seinem Schatten. Aber ich kann ihn spüren, weiß, was er gleich tun wird. Und ich gebe ihm kaum merklich meine Zustimmung, indem ich mein Kinn neige.

Das hier ist mein Kampf. Und das wiederum macht es zu *unserem* Kampf. Wir sind eine Einheit. Ein Zirkel. Ein rechter Adelshof, verdammt.

Genau das ist meiner Schwester und meinem Bruder entgangen.

Eine Lektion, die sie teuer zu stehen kommen wird.

Ich habe einst den Fehler gemacht, meine Schwester einzusperren. Jetzt ist mir klar, wie sie entkommen ist – mit Spatens Hilfe.

Dann muss sie seinen Tod vorgetäuscht haben, bevor sie unseren anderen Bruder umgebracht hat.

Ihr Verrat hat das Monsterland beschmutzt und eine Dunkelheit geschaffen, die an eine Krankheit erinnert.

Eine Krankheit, die ich fest vorhabe, zu beseitigen.

Indem ich dieses Reich von ihrer Wenigkeit befreie. *Endgültig.*

Ich habe keine Ahnung, wo Rot ist, aber ich kann mir gut vorstellen, dass er gleich auftauchen wird. Auch mit ihm werden wir uns befassen.

Und dann … werden wir unsere süße kleine Gefährtin beanspruchen.

Sie weigert sich nach wie vor, sich unterzuordnen und sich hinzulegen, obwohl die Zähne meines Bruders gegen ihren Hals gepresst sind. Ich kann ihre Entschlossenheit spüren. Ihre *Wut.*

So eine brave Omega, denke ich. Sie kennt ihren Wolf und dieses Tier auf ihr ist nicht er.

Ich stoße ein tiefes, warnendes Knurren aus. *Lass sie los*, will ich damit sagen. *Lass sie los oder erleide die Konsequenzen.*

Die erwähnten Konsequenzen stehen direkt hinter Spaten.

Mein Bruder knurrt zurück und macht dann genau das, worauf ich gehofft habe. Er hebt seinen Kopf und starrt mich herausfordernd an.

Innerlich lächle ich um ein Haar.

Aber der Instinkt verblasst angesichts des Heulens

meiner Bestie, bevor Catum sich auf Spaten wirft und meinen Bruder quer über den Hof in eine Statue krachen lässt. Er prallt so hart auf, dass der Stein Risse bekommt, aber mein ältester Bruder ist im Nu wieder auf den Pfoten und wirft sich auf mich. Nicht auf Catum, sondern auf mich.

Ich bereite mich auf einen Kampf vor.

Es ist lange her.

Und ich habe keine Ahnung, was für Kräfte mein Bruder geerbt hat.

Aber ich bin bereit. Mein Gefährtenzirkel ist bereit. *Und unsere Omega sieht zu.*

Craze stürzt sich auf meine Schwester, Catum rennt auf mich und meinen Bruder zu.

Dann ist alles nur noch ein wirres Durcheinander von weißem Fell, als Spaten und ich uns über den Boden wälzen.

Er ist groß. Etwas größer als ich. Und er kämpft, als würde sein Leben davon abhängen.

Was es auch tut.

Ich schnappe nach seinem Nacken, seinem Nackenfell, seinem Hals und versuche, mich irgendwo festzuhalten.

Aber er ist schnell – schneller als in meiner Erinnerung.

Und völlig verrückt.

Er stürzt uns beide in einen nahegelegenen Brunnen, woraufhin sich meine Ohren mit Wasser füllen und alle Geräusche um mich herum dämpfen.

Sosehr, dass mir die donnernden Schritte der nahenden Alphas um ein Haar entgehen.

Aber als ich an die Oberfläche schwimme und den Kopf aus dem Wasser strecke, sehe ich sie kommen.

Ein hungriger Mob.

Und alle haben es auf Ailsa abgesehen.

Sie sind besessen, dämmert es mir.

Catum muss es auch sehen, denn er wendet sich von seinem Gegner ab und rennt zu unserer Intendierten, um sie zu beschützen.

Doch es sind zu viele. Zu viele sabbernde Biester.

Mein Wolf knurrt, als mein Bruder sich ein weiteres Mal auf uns stürzt. Dass wir kurz abgelenkt waren, räumt ihm einen Vorteil ein.

Ich schlucke Wasser und in meiner Lunge macht sich ein Brennen breit. Ich brauche Luft. Ich bin ins Wasser eingetaucht, bevor ich einen Atemzug machen konnte.

Scheiße!

Ich kratze mit meinen Pfoten gegen den Grund, muss aber feststellen, dass meine Pfoten vom Wasser in die Tiefe gezogen werden.

Das ist nicht gut.

Ich wirble herum und versuche, Spaten mit den Hinterläufen von mir zu treten, aber das führt nur dazu, dass ich tiefer im Wasser versinke.

Mein Rücken trifft auf den Boden und ich befinde mich jetzt ungefähr drei Meter unter der Wasseroberfläche.

Ich drehe mich erneut herum, entschlossen, mich vom Boden abzustoßen und an die Luft zu kommen, die ich dringend brauche.

Aber gerade, als ich mich vom Boden abstoße, checkt mich Spaten ein weiteres Mal und treibt mich wieder in die Tiefe.

Mein Wolf stößt einen Laut aus, den ich wegen all der Blasen im Ohr nicht hören kann und ich will instinktiv einatmen.

Nein, rede ich mir gut zu. *Tu es nicht!*

Aber die schwarzen Punkte … die Dunkelheit … kommen immer näher.

Und mit ihnen die Zweifel.

Die Angst.

Schreckliche. Unverfälschte. *Angst.*

Ich kann spüren, dass Catum um sein Leben ringt. Und Craze auch.

Wir haben unsere Gegner nicht unterschätzt, sondern das Monsterland. Wie sehr es manipuliert werden kann. Wie einfach es vom dunklen Schurken in ihrer Mitte *kontrolliert* werden kann.

Meine Geschwister haben meinen Anspruch auf den Thron nie respektiert.

Das ist mir jetzt klar.

Und sie haben auch die Regentschaft unserer Eltern nicht respektiert.

Was ist diese Welt ohne Respekt?, denke ich wutentbrannt. *Was ist aus dem Monsterland geworden? Aus dem Königreich, das ich liebe? Aus dem Königreich, das ich einst so verehrt habe?*

Mit einem Brüllen starte ich einen letzten Versuch. Ich weigere mich, zu kapitulieren. Weigere mich, meinen Thron kampflos aufzugeben. Meinen Lebenszweck. *Mein Schicksal.*

Spaten versucht, mich unten zu halten, aber etwas unter mir stößt mich nach oben. Die Kraft erlaubt es mir, an die Oberfläche zu schwimmen und einen dringend benötigten Atemzug zu machen.

Und dann sehe ich das Durcheinander im Hof.

Catum hat fast einem Dutzend Alphas die Herzen aus der Brust gerissen, aber er ist verwundet, blutet und keucht schwer.

Und Ailsa steht hinter ihm mit einem Fläschchen in der Hand, auf der *Trink mich* steht.

Ich reiße die Augen auf und mein Biest versucht umgehend, zu ihr zu schwimmen. *Nein!*, will ich schreien. *Ailsa, tu das nicht!*

»Ihr wollt mich?«, fragt sie die Menge mit dem Hauch eines eiskalten Tonfalls.

Ich sehe entsetzt zu, wie sie den Inhalt in ihren Rachen schüttet. Schluckt. Und fünf Worte schreit, die den Startschuss für die Jagd bilden.

»Dann kommt und holt mich!«

AILSA

Vor wenigen Minuten

»Ailsa«, flüstert eine Stimme im Wind. Ich sehe in alle Himmelsrichtungen, suche nach dem Besitzer der Stimme.

Vor mir erscheinen zwei Lippen, was mich aufschreien lässt.

»Schhh«, spricht er, ehe der Rest seines Gesichts in Erscheinung tritt, gefolgt von einem rosafarbenen Haarschopf. »Du musst das Elixier trinken.«

»Wie bitte?«

Eine Hand materialisiert sich und streckt mir das Fläschchen hin. »Trink es. Und dann sag ihnen, dass sie dich jagen sollen.«

Ich schüttle den Kopf. »Ich …«

»Sieh dich um«, verlangt er. »Sieh dir die Statuen an. Sieh genauer hin. Und dann schau ins Wasser.«

Ich blinzle ihn an und um mich herum bricht Chaos aus.

Craze hat Herz vor wenigen Minuten erstochen, aber sie hat sich im Nullkommanichts davon erholt, woraufhin er etwas von dunkler Magiebanne geknurrt hat, während sie seine Karten auf ihn zurückwarf.

Die beiden kämpfen ein paar Meter entfernt, und Catum, der nur noch als verschwommene, blutige und schwarze Gestalt zu erkennen ist, bekämpft knurrende Alphas.

Alphas, mit denen ich auf keinen Fall ein Fangspiel spielen möchte.

»Sieh hin«, sagt der Mann mit rosafarbenen Haaren erneut. »Bitte, Ailsa. *Sieh* … einfach hin.«

Ich schlucke hart, lasse meinen Blick zu den Statuen wandern und erkenne die weiblichen Züge und engelsgleichen Merkmale. Ihre Lippen sind alle geöffnet, als würden sie singen.

Mein Blick wandert zum Brunnen und ich bin kurz abgelenkt von Krolic und dem anderen Wolf, die am tieferen Ende des Beckens miteinander ringen. Oder zumindest gehe ich davon aus, dass das Wasser an dieser Stelle tief ist, weil sie immer wieder untertauchen.

Aber als sie hinter der Statue in der Mitte verschwinden, beginne ich die Reflexionen zu sehen, die der Mann mit rosafarbenem Haar erwähnt hat.

Ich runzle die Stirn.

Diese sanftmütige Unschuld, die den Statuen innewohnt, verschwindet, je länger ich hinsehe. Ihre Gesichtsausdrücke sind jetzt plötzlich grotesk und schmerzverzerrt, als würden sie *schreien* und nicht etwa singen.

Mich überkommt das kalte Grausen. Was für eine entsetzliche Gegenüberstellung. »Ich verstehe nicht.«

»Trink das hier und rufe die Jagd aus«, flüstert er, ehe er mir das Fläschchen in die Hand drückt. »Aber denk daran, das Wasser zu berühren, bevor du flüchtest.«

Ich kann über seine Worte nur den Kopf schütteln. Zwar erklären sie mir, was ich tun soll, liefern mir aber keinen Kontext, inwiefern das mit den Statuen und ihren seltsamen Reflexionen zusammenhängt.

Aber als ich zu ihm zurückblicke, ist er weg.

Das Einzige, was mir bleibt, ist das Fläschchen.

Trink mich, steht auf dem Etikett.

Ich schließe die Augen.

Wenn ich das hier trinke, werde ich läufig. Vielleicht umgehend, weil ich bereits einen Teil dieses Elixiers in meinem System habe.

Vielleicht meint er das mit ›die Jagd ausrufen‹.

Aber … aber inwiefern trägt das zur Lösung des Problems bei?

Die Alphas, die auf mich zukommen, sind halb verrückt vor Lust und ihre Auren strotzen nur so vor Schmerz.

Catum ist der Einzige, der sie davon abhält, mich in Stücke zu reißen.

Ich will kein Öl ins Feuer gießen.

Es sei denn, etwas am Ritual wird sie aus ihrer Trance holen?, frage ich mich. Der Mann mit rosafarbenem Haar hat mich bisher noch auf keinen Irrweg geführt.

Und Alice hat mir gesagt, dass ich das Ritual im Hof beginnen soll.

Vielleicht ist das der letzte Schritt.

Ich schlage die Augen auf und wappne mich. »In Ordnung«, murmle ich mir zu. Die verrücktesten Lösungen waren bisher das Einzige, was in dieser Welt gefruchtet hat. Warum nicht auch die hier ausprobieren?

Räuspernd konzentriere ich mich auf die Alphas, die von der Seite auf mich zukommen. Sie laufen über die Überreste der anderen, die vor ihnen gekommen sind, ohne sie auch nur eines Blickes zu würdigen. Sie sind voll und ganz auf mich konzentriert.

»Ihr wollt mich?«, frage ich. Meiner Stimme wohnt eiskalte Ruhe inne, die ich so nicht verspüre.

Eine Ruhe, die mir entgleitet, als ich mich zwinge, den Inhalt in meinen Rachen zu schütten und zu schlucken.

»Dann kommt und holt mich!«, schreie ich, ehe ich auf das Wasser und Krolic zuhechte.

Unsere Blicke treffen sich. In seinen Augen steht der Hauch eines panischen Ausdrucks, den ich nicht ausblenden kann.

Vielleicht habe ich die falsche Entscheidung getroffen.

Wer weiß es schon?

Trotzdem renne ich durch den seichten Teil des Beckens. Das Wasser ist die reinste Wohltat an meinen Füßen. Ein Prickeln klettert an meinen Beinen hoch und lässt mich um ein Haar ins Stolpern geraten.

Es fühlt sich an wie Magie.

Heilende Magie, realisiere ich, als die Schmerzen an meinen Sohlen zu verblassen beginnen. *Wie … faszinierend.*

So faszinierend, dass ich nicht anders kann, als anzuhalten und nach unten zu blicken.

Eine dumme Idee. Erst recht, weil das Gebrüll einer Horde Alphas hinter mir zu hören ist. Aber das Wasser fühlt sich so einladend an, als würde es mich nach Hause rufen.

Fast wie das Portal in der Höhle, denke ich und erinnere mich daran zurück, wie das schwarze Loch mich derart interessiert hatte, dass ich es berührt habe. Fast so, als hätte es mich dazu verlockt, hineinzufallen.

Wie aus eigenem Antrieb knicken meine Knie ein und ich strecke meine Finger erneut nach dem Wasser aus, frage mich, warum ich mich davon angezogen fühle.

Jemand schreit meinen Namen.

Ich blende sie aus, bin zu eingenommen vom Verlangen, meine Finger durch das eiskalte Wasser zu führen.

Das Wasser scheint daraufhin zu summen und zieht mich in Bann.

Zumindest bis eine Hand nach meiner greift und versucht, mich hineinzuziehen.

Schreiend reiße ich meine Hand zurück.

Dann sehe ich zwei leuchtend grüne Augen unter der Wasseroberfläche. Die aschblonde Frau ist zierlich, wie ich. Aber sie ist älter. Fast so alt wie Krolic.

Sie krallt ihre Fingernägel in mein Handgelenk und zieht abermals an mir.

Ich reiße meine Hand aus dem Wasser.

Und ziehe die Frau heraus.

Sie ringt nach Luft. Der Laut scheint durch den ganzen Hof zu hallen.

Dann lässt sie mich los und sinkt zurück ins Wasser.

Aber sie taucht nicht unter, sondern zieht eine weitere Frau heraus.

Gefolgt von zwei weiteren.

Blinzelnd lege ich meine Hand in ihre, ehe eine Männerhand nach meinen Fingern greift.

Anstatt darüber nachzudenken, wie unmöglich das alles ist, helfe ich ihm bloß an die Oberfläche.

Alle führen den Prozess fort, bis die Hälfte des Brunnens mit Leuten gefüllt scheint.

Omegas, wird mir klar. *Sie sind alle … Omegas.*

Krolic befindet sich nicht mehr in seiner Wolfsgestalt, sondern steht als Mensch ein paar Meter entfernt von mir. In seinen Augen wabert ein ehrfürchtiger Ausdruck. »Wie ist das möglich?«, keucht er.

Ich … ich schüttle den Kopf.

Denn ich habe nicht den geringsten Schimmer, *wie* das alles möglich ist.

»Danke«, sagt die Blondine, die ich als Erstes herausgezogen habe, mit heiserer Stimme. »*Danke.*«

»Mama?«, keucht Krolic und sieht die Frau blinzelnd an. »W…wie?«

Sie wirft Krolic ein sanftmütiges Lächeln zu und legt ihm die Hand auf die Wange. »Deine Omega hat sich für dich entschieden.«

Er zieht die Stirn kraus. »Wir haben das Ritual noch nicht durchlaufen.«

»Ich weiß«, flüstert sie. »Aber ihre Seele hat sich bereits entschieden, und das reicht.«

»Wofür?«, fragte er und starrt sie an, als könnte er nicht glauben, dass sie hier ist.

Das kann ich gut nachvollziehen, denn mir geht es genauso.

Nichts von dem hier fühlt sich echt oder möglich an.

Was natürlich heißt, dass es absolut möglich ist.

Denn nichts ist, wie es scheint.

»Um den Fluch zu brechen«, antwortet sie, bevor ihr Blick zum anderen Alpha im Wasser wandert, der sich jetzt nicht länger in seiner tierischen Gestalt befindet. Er steht da und starrt Krolic und seine Mutter mit entsetztem Ausdruck im Gesicht an.

Ein Gesicht, das mich an Krolic erinnert.

»Du und deine Schwester habt vieles wiedergutzumachen, Spaten«, verkündet die Frau, deren Stimme über den Hof hallt und ihre Heiserkeit jetzt abgelegt hat. »Zuerst habt ihr meinen Gefährtenzirkel getötet. *Euren eigenen Vater.* Dann habt ihr mich in die Untiefen des Ritualbrunnens verbannt. Aber ihr hattet keine Ahnung, dass die Schicksale alle Omegas mit mir unter die Wasseroberfläche schicken würden, richtig?«

Sie sieht sich nach Herz um – die vor Craze auf dem Pflasterstein kniet. Eine seiner Karten liegt an ihrem Hals auf. Seine andere Hand hat er ihr um das blonde Haar geschlungen, das dieselbe Farbe wie Krolics Mutter hat. Und wie Baronin Clarice, aber dass die beiden verwandt sind, habe ich mir bereits zusammengereimt. Herz kann

Gestaltwandeln. Das wurde offensichtlich, als sie sich vor meinen Augen in eine andere Frau verwandelt hat.

Ganz wie Krolic imstande ist, sich in einen Wolf zu verwandeln.

Eine schaurige Stille breitet sich aus und das Wasser im Springbrunnen, der – wie ich erst jetzt realisiere – mehr einem kleinen Teich gleicht, weil er in der Mitte tiefer ist, hört auf zu plätschern.

Krolics Mutter hat ihre Hand gegen den Himmel erhoben und schafft einen dunklen Schleier, der die Sonne verdeckt und den Hof in Dunkelheit hüllt.

Kurz darauf folgt ein gleißender Lichtstrahl, der durch die Luft segelt und Herz mitten in die Brust trifft.

Craze lässt sie gerade noch rechtzeitig los und weicht mehrere Schritte zurück, ehe sie getroffen wird. Er flucht. »Eine kleine Vorwarnung wäre nett gewesen, Alice«, murmelt er. Seine Worte werden dank der Stille, die herrscht, vom Wind zu uns getragen.

Als Nächstes ertönt ein leises Rauschen, das von Herz' Haut auszugehen scheint, während diese buchstäblich zu Stein wird.

Erschrocken stelle ich fest, dass all die anderen Statuen nicht mehr existieren.

Weil das alles Omegas waren, dämmert mir plötzlich.

Darum hat mir der Mann mit den rosafarbenen Haaren gesagt, ich solle die Reflexionen anschauen. Als ich es jetzt erneut tue, sehe ich Herz' schreckenserfülltes, erstarrtes Gesicht.

Ein weiterer Blitz schießt durch den nachtähnlichen Himmel und trifft den Alpha im Wasser.

Sein Körper verschwindet und tritt dann neben Herz wieder in Erscheinung. Im Spiegelbild macht er ein knurrendes, kein angsterfülltes Gesicht.

»Rot!«, ruft die Frau.

Das Labyrinth teilt sich und offenbart einen neuen Bogen, sodass der Mann, den ich vor nur wenigen Stunden kennengelernt habe, in den Hof tritt. »Eure Majestät«, erwidert er und verneigt sich tief. »Es ist schön, dich in natura zu sehen, Alice.«

Sie lächelt. »Das Vergnügen ist ganz meinerseits, Tav.«

Krolic runzelt die Stirn. »Er ist mit Herz alliiert.«

»Nein, ist er nicht«, murmelt er. »Er ist mit mir verbündet. Und zwar schon sehr, sehr lange.«

Tav senkt sich, den Kopf geneigt, am Teichrand auf ein Knie. »Meine Treue gilt der Silbernen Königin.«

»Und meine auch«, sagt der Mann mit rosafarbenem Haar, der sich neben Tav kniet.

»Ich hätte es wissen sollen, verdammt noch mal«, meint Catum zähneknirschend, woraufhin sich auf den Lippen des Mannes mit den rosafarbenen Haaren ein Grinsen ausbreitet.

»Königin Alice wird immer meine erste und einzige Liebe sein«, sagt er.

An den Mundwinkeln von Königin Alice zupft ein Lächeln. »Ich werde nicht mehr lange Königin sein.« Ihr Blick wandert zu mir. »Diese Ehre gebührt jetzt dir, Ailsa Marvel. Du sollst deine Jagd bekommen. Lass deinen Instinkten freien Lauf.« Ihre Aufmerksamkeit wandert zu Krolic. »Und genießt eure Jagd.«

Der Nachthimmel klärt sich und gibt den Weg frei für die Sonne. Die Jungs lachen.

»Viel Spaß beim Verstecken«, flüstert sie mir zu, als sie an mir vorbeiläuft und auf Tav und den anderen Mann zugeht.

Die beiden knien nebeneinander und haben die Köpfe immer noch ehrfürchtig geneigt.

»Für mich wirst du immer eine Königin sein«, schnurrt der Mann mit den rosafarbenen Haaren.

»Hör auf, mit mir zu flirten, Grins«, erwidert sie.

»Niemals«, entgegnet er.

Tav schüttelt bloß den Kopf. »Siehst du, was ich die letzten paar hundert Jahre aushalten musste?«

»Willst du etwa sagen, meine Wenigkeit ist nervenaufreibender als Herz?«, fragt der Mann mit rosafarbenem Haar mit beleidigtem Tonfall. »Das hat echt wehgetan, Tav. Sehr, sogar.«

Königin Alice lacht. »Ihr beide habt mir gefehlt.«

»Nicht so sehr, wie du uns gefehlt hast«, erwidert Tav und zieht sie in eine Umarmung.

Grins nähert sich den beiden von der anderen Seite und die drei liegen sich lange in den Armen.

»Danke, dass ihr meiner Bitte Gehör geschenkt habt«, sagt sie zu ihnen.

»Danke, dass du uns die Ehre erwiesen hast, dabei helfen zu dürfen, die Omegas zu retten«, entgegnet Tav.

»Er ist enttäuscht, dass seine Bemühungen nicht darin gemündet haben, dass die Schicksale ihm seine Omega geschickt haben«, unterbricht Grins, was ihm ein Schnauben von Tav einbringt. »Er hat das Silber-Rudel über sein eigenes gestellt. Das muss ihm doch gewisse Vorteile verschaffen, oder?«

»Halt die Klappe, Beta.«

Grins schmunzelt. »Sag mir, dass ich falschliege. Sag mir, dass du keine Belohnung dafür haben willst, dich im Kampf auf die richtige Seite gestellt zu haben.«

»Es gibt keinen Kampf«, grummelt er. »Nicht mehr.«

Grins zuckt mit den Achseln. »Zumindest vorerst.«

»Das Rot-Rudel ist nicht, was es mal war«, gibt Tav zähneknirschend von sich. »Lass gut sein, Mieze.«

Ganz offensichtlich gibt es hierzu eine Geschichte, die ich nur zu gern erfahren möchte. Krolics Ausdruck verrät mir, dass es ihm genauso geht.

Die ganze Zeit über ist er davon ausgegangen, dass Rot der Hochstapler-König war.

Ich bezweifle, dass einer von ihnen je gedacht hätte, dass er auf ihrer Seite steht. Aber ich sehe einen Hauch Respekt in Krolics Ausdruck aufflammen, als er Tav ansieht. Derselbe Ausdruck spiegelt sich in Tavs Augen, als er Krolics Blick erwidert.

»Die Schicksale werden euch für eure Bemühungen beide auf verschiedene Weise belohnen«, unterbricht Königin Alice mit beruhigendem Tonfall. »Und jetzt sollten wir aufhören, unsere zukünftige Königin abzulenken.« Sie wirft mir einen vielsagenden Blick zu. »Dieses Elixier entfaltet bereits seine Wirkung. Du musst wegrennen.«

Mit dieser Aussage macht sie eine Handbewegung und beschwört ein Portal herauf, durch das sie, gefolgt von Grins und Tav, tritt.

Und dann sind sie … einfach *weg*.

Ich lege die Stirn in Falten. Ihre Verbindung zu den beiden Männern schien nicht unbedingt romantischer Natur zu sein. Ich bin nicht sicher, woher ich das weiß. Vielleicht liegt es daran, wie sie miteinander gesprochen haben oder wie sie einander ansahen. Zwischen ihnen war ohne jeden Zweifel eine gewisse Zuneigung zu spüren, aber nicht dieselbe, die ich jetzt in Krolics Ausdruck wahrnehme, als er mich anstarrt.

Ich erwidere seinen Blick, dann sehe ich mich um und stelle fest, dass nur noch wir im teichartigen Brunnen stehen.

Catum und Craze stehen geradeso außer Reichweite und sehen uns mit erwartungsvollem Ausdruck an.

Alle anderen sind … einfach *weg*.

»Wo …?« Ich verstumme, verwirrt darüber, dass wir plötzlich allein sind.

»Zu Hause«, erwidert Krolic, was mich die Stirn in Falten legen lässt.

»Was?«

»Du wolltest fragen, wo alle sind, und ich wiederhole: zu Hause. Und dorthin werden wir dich bringen, sobald wir dich gefangen haben.«

»Wenn ihr mich gefangen habt?«, wiederhole ich und in mir scheint sich eine seltsame Wärme auszubreiten.

Ein Nicken. »Du musst wegrennen, Hoppelhäschen.«

Ich starre ihn nicht nur wegen des abrupten Stimmungswechsels perplex an, sondern auch wegen des neuen Kosenamen. »*Hoppelhäschen*?«

Er grinst. »Ich bin ein Raubtier. Und du, meine Süße, bist offiziell meine *Beute*.«

Catum und Craze knurren zustimmend und die beiden mustern mich mit eindringlichem Blick.

»Wir … wir sind gerade … Das alles … Ich.« Ich schüttle den Kopf. »Findet ihr nicht, dass wir etwas Zeit brauchen, um alles, was passiert ist, zu verdauen?«

Craze grinst. »Unsere Leben wären ohne es nicht dasselbe. Also brauchen wir keine Zeit, um über das Geschehene nachzudenken. Tatsächlich, glaube ich, für den Gefährtenzirkel zu sprechen, wenn ich sage, dass keiner von uns an etwas denken will. Wir wollen einfach nur *jagen*.«

»Also *renn*«, knurrt Catum. »Jetzt.«

Meine Nippel werden daraufhin ganz hart und mein Körper ist umgehend bereit.

»Das ist doch total verrückt«, keuche ich.

»Das hier ist das Monsterland«, kontert Craze. »Willkommen im Chaos, Häschen.«

»Du wolltest eine Jagd, Kleine«, flötet Krolic. »Du hast das Ritual eingeleitet.«

»Ja, weil … weil …« *Weil der Mann mit den rosafarbenen*

Haaren es mir gesagt hat, liegt mir auf der Zunge, aber es fühlt sich falsch an, das zu sagen. Wie eine Lüge, auch wenn es technisch gesehen die Wahrheit ist.

Aber tief drinnen … wollte ich das hier.

Ich kann es jetzt ganz klar spüren, dieses intrinsische Verlangen, gejagt werden zu wollen. Gefangen werden zu wollen. *Und beansprucht werden zu wollen.*

Auf Krolics Mund breitet sich ein sündhaftes Lächeln aus. »Wir werden nett sein und dir einen Vorsprung einräumen.«

»Dreißig Sekunden«, stellt Catum klar. »Ab … *jetzt.*«

»Ihr könnt nicht …«

»Neunundzwanzig«, fällt Catum mir ins Wort. »Achtundzwanzig.«

Oh, ihr Götter …

Das ist ihr Ernst.

»Siebenundzwanzig.«

Verflucht!

Ich weiß nicht, wann ich mich im Wasser hingekniet habe, erhebe mich jetzt aber.

Und dann tue ich das Einzige, was mir einfällt. *Ich renne.*

CATUM

Ich bin so verdammt hart, dass ich kaum noch klar denken kann.

Der Kampf und Ailsa nach einer Jagd verlangen zu hören, hat mich … hat mich meinen Instinkten zum Opfer fallen lassen. Ich bin verloren im Verlangen, meinen *Anspruch* kundzutun.

Unsere Omega hat den Reigen für das ursprünglichste aller Spiele eröffnet.

Und sie rennt durch das Heckenlabyrinth.

Krolic schließt sich mir mit zusammengekniffenen Augen an einem der unzähligen Eingänge an. »Teilen wir uns auf oder jagen wir sie als Team?«, will er wissen.

»Als Team«, erwidere ich knapp.

»Immer als Team«, bestätigt Craze.

Wenn einen der beiden erstaunt hat, was heute zutage getreten ist – dass Königin Alice mit über einem Dutzend Omegas im Brunnen festgehalten wurde –, zeigt es keiner von ihnen.

Vielleicht, weil wir in unseren sehr langen Leben schon viel Außergewöhnliches bezeugt haben.

Oder, was noch viel wahrscheinlicher ist, weil keiner von uns Ailsa Marvel aus unseren Köpfen bekommt.

Das Ritual hat begonnen.

Das Elixier wurde – *erneut* – getrunken.

Und unsere reizende Omega steht kurz davor, läufig zu werden.

Fuck, ich kann es kaum erwarten, mich mit ihr zu verknoten. Ich werde jeden Zentimeter von ihr beanspruchen, und Craze und Krolic werden es mir nachmachen.

Ihr Geruch ist mit jedem Schritt stärker zu vernehmen, weil ihre Muschi bereits ganz feucht vor Verlangen ist. Ich kann sie praktisch auf meiner Zunge schmecken.

»Wir werden dich in Stücke reißen, Fräulein Wunder«, schnurre ich. Ich weiß, dass der Wind meine Stimme direkt zu ihr tragen wird. »Und du wirst jede verdammte Sekunde davon lieben.«

Craze und Krolic stoßen ein zustimmendes Knurren aus und die Bekundung ihres Verlangens lässt unsere Omega zweifelsohne erschaudern.

Das gehört alles zum Spaß mit dazu.

Macht einen Teil der Anziehung aus.

Gehört zum *Vorspiel.*

Als ich spüre, wie sie sich bewegt, halte ich inne. Sie ist ganz in der Nähe und doch so weit weg.

Sie rennt.

Sucht.

Will ein Versteck finden.

Auf meinen Lippen zieht ein Lächeln auf.

In diesem Labyrinth kann sie sich nirgendwo verstecken. Wir werden sie finden. Und wir werden sie ficken.

Tagelang.

»Heilige Gräber, sie riecht unglaublich!«, meint Craze flüsternd. »Ich kann es kaum erwarten, ihr dieses elende Kleid vom Leib zu reißen.«

»Ich kann es kaum erwarten, in ihr zu sein«, knurre ich und mein Knoten pulsiert praktisch vor Verlangen.

Verzögerte Belohnung ist überhaupt nicht mein Ding, und trotzdem habe ich meinen Orgasmus jetzt schon *tagelang* hinausgezögert.

Zur Hölle, Jahre, wenn ich ehrlich bin.

Meine Hand war bisher gut genug, aber unsere Gefährtin zu ficken, wird weitaus besser sein. *Vorzüglich.*

Craze hüpfte durch das Labyrinth und pfeift ein Lied, das sich in der Luft um ihn herum ausbreitet und unsere Intendierte neckt.

Krolic fügt mithilfe seines inneren Tiers ein Knurren hinzu.

Und durch meine Brust geht ein Schnurren, das einen Bariton anschlägt, der Krolics ähnelt.

Ich kann das Stöhnen unserer süßen Omega praktisch spüren. An ihren Schenkeln rinnt vermutlich Nektar hinab, weil das Elixier jede Empfindung, jede Reaktion, jedes *Verlangen* verstärkt.

»Wir kommen«, flüstere ich. Meine Magie trägt die Worte zu unserer hechelnden Omega. »Renn schneller, Fräulein Wunder.«

Ich kann ihr Herz klopfen spüren. Oder vielleicht ist das auch bloß mein eigener Herzschlag.

Trotzdem renne ich in die Richtung davon, aus dem das Pochen kommt – entschlossen, sie zu finden.

Craze und Krolic sind direkt hinter mir und ich kann ihre Vorfreude spüren, als wäre es meine eigene.

Wir landen in einer Sackgasse, was mich zum Grinsen bringt, weil ich Ailsas Geruch klar vernehmen kann. Sie war hier.

Heißt also, wir haben sie geradeso verpasst.

Ich drehe mich um und streife weiter umher, gehe voran und folge dem süßen Duft durch das Labyrinth.

Krolic packt meinen Arm und streicht sich mit den

Fingern über die Lippen, während er den Kopf zur Seite neigt.

Stirnrunzelnd folge ich seinem Blick und ermuntere umgehend, als das Parfüm in der Luft mir aus dieser Richtung in die Nase steigt.

Ich bedeute ihm mit einem Nicken, dass er vorangehen soll, und respektiere, dass er der König ist.

Oder zumindest der zukünftige König.

Da Alice lebt, ist sie derzeit die herrschende Monarchin.

Aber sobald wir Ailsa beanspruchen, wird Krolic offiziell den Thron als König des Monsterlands besteigen. Ich werde sein Stellvertreter sein. Und Craze der Vollstrecker.

Genau so, wie es früher war.

Genau so, wie es sein sollte.

Genau so, wie es sein wird.

Krolic hält am Rand einer farbenfrohen Hecke, die mit Rosen geschmückt ist, an, dann hält er die Hand hoch, um uns zu bedeuten, hier zu warten.

Einen Augenblick später verstehe ich, warum, denn ich höre jemanden auf leisen Sohlen in unsere Richtung schleichen. Ailsas Geruch wird mit jeder Sekunde stärker und dann kommt sie in Sicht. Ihr feuchtes Kleid klebt an ihrem Körper wie eine zweite Haut.

Als sie uns bereits auf sie warten sieht, kreischt sie, dreht sich um und rennt in die entgegengesetzte Richtung, doch Krolic packt sie an der Hüfte und reißt sie zurück, ehe er sie zum wartenden Zirkel herumwirbelt.

Wir nähern uns ihr von allen Seiten und unsere Omega stößt ein Kreischen aus, während sie sich fieberhaft nach einem Fluchtweg umsieht.

Aber es gibt keinen.

»Jetzt gehörst du uns, Fräulein Wunder«, knurre ich,

packe sie am Hals und ziehe sie zu mir, um sie brutal zu küssen. Sie presst ihre Hände gegen meine Brust und versucht, sich zu befreien, aber das führt nur dazu, dass ich sie noch erbitterter küsse. Als ich Blut aus der Wunde an ihrer Lippe sauge, ringt sie nach Atem und in ihren Augen steht ein wilder, berauschender Ausdruck, der einer Mischung aus Angst und Verlangen entspringt.

»Catum«, keucht sie.

Ich will sie gerade korrigieren und verlangen, dass sie mich mit *Meister Raupe* anspricht, aber sie legt diese Verletzlichkeit an den Tag, die mich dazu verleitet, sie meinen Vornamen benutzen zu lassen. Zumindest vorerst.

»Ailsa«, erwidere ich zärtlich, bevor ich sie erneut küsse – dieses Mal mit all der Ehrfurcht, die ich tief in mir erblühen spüre.

Sie schmilzt daraufhin geradezu in meinen Armen dahin und versucht nicht länger, sich zu wehren.

Ich liebe es.

Liebe das hier.

Liebe *sie*.

Sie ist unsere Intendierte.

Und wir stehen kurz davor, jeden verdammten Zentimeter von ihr zu verehren.

Craze entreißt sie mir – nicht, um sie zu küssen, sondern um ihr das Kleid vom Leib zu reißen. Seine Bewegungen sehen fast schon animalisch aus. Ailsa erschaudert und versucht instinktiv, ihre Brüste mit den Händen zu bedecken, doch ich packe ihre Handgelenke und reiße sie nach unten. »Kein Verstecken mehr«, flüstere ich an ihr Ohr gelehnt und meine Brust an ihren Rücken gedrückt. »Jetzt wirst du von uns gefickt, Süße.«

»Unsere Knoten zu spüren bekommen«, stimmt Krolic zu, der als Nächster nach ihr greift und sie küsst, während Craze ihr Unterhöschen mit seinen Karten schreddert.

Er wartet nicht darauf, dass sie zustimmt oder sonst etwas sagt. Stattdessen kniet er sich hinter sie, spreizt ihre Beine und leckt ihre Muschi, während Krolic sie küsst.

»*Ohhh!*«, entfährt ihr, gegen die Lippen unseres Königs gelehnt.

»Lass dich von ihm mit seiner Zunge ficken«, sagt Krolic zu ihr, schlingt ihr dann die Hand um den Hals und den anderen Arm um die Taille.

»Er wird dir einen Höhepunkt verschaffen. Und dann wirst du dich rittlings auf Catum setzen, während Craze dich in den Arsch fickt.« Er lässt seine Hand an ihr Kinn hochwandern und greift danach. »Und ich werde deinen Mund nehmen.«

Sie erschaudert.

»Hast du das gehört, Fräulein Wunder?«, frage ich, lehne mich über Craze und presse meine Lippen wieder an ihr Ohr. »Wir werden deine drei Löcher füllen. Gleichzeitig. Dich auf die niedersten aller Arten beanspruchen. Zu *unserer* machen. Und dich mit unserem Samen vollpumpen.«

Ich kann nicht sagen, ob sie wegen dem, was ich gesagt habe, erzittert oder wegen Crazes Bemühungen in ihrem unteren Bereich. Vermutlich beides.

Ich mache einen Schritt zurück, löse meine Krawatte und ziehe die Jacke aus. Die Manschettenknöpfe sind wegen des blutigen Kampfes im Hof längst gewichen. Einige dieser Alphas werden sich nie erholen.

Andere werden sich irgendwann regenerieren.

Zum Glück bin ich bereits wieder geheilt.

Es war ein dunkler Tag.

Aber er wird mit etwas Positivem enden.

Mit etwas Wunderschönem.

Mit einem Band für die Zukunft.

Ich lasse meine Krawatte zu Boden fallen und öffne die

ersten beiden Knöpfe meines Hemdes. Die Ärmel sind bereits hochgekrempelt, also lasse ich sie unberührt.

Alles, während Krolic an die Lippen unserer Omega gedrückt, sinnliche Versprechen macht und ihr sagt, wie gut sie aussehen wird, wenn sie mit unseren Schwänzen vollgestopft ist.

Sie ist nervös, aber auch extrem heiß, wie ein Blick zu Craze offenbart. Er ist praktisch durchnässt von ihrem Nektar. Das Elixier erfüllt seinen Zweck ohne jede Frage.

Zum Glück ist sie noch bei klarem Verstand.

Das wird sich sehr bald ändern.

Aber wir werden sie während des gesamten Prozesses beschützen. Wir werden ihre Sicherheit während dieser vulnerablen Zeit gewährleisten. Und uns mit ihr verknoten, bis sie die Besinnung verliert. Ganz so, wie sie es braucht.

Ich öffne meinen Gürtel und meine Hose, ziehe sie aber nicht aus.

Ich will, dass Ailsa meine Klamotten mit ihrem Nektar tränkt.

Dass sie mich auf ihre ganz persönliche Weise beansprucht. Mich zu ihrem macht. Mich mit ihrer Essenz durchweicht. Und der Welt zeigt, dass dieser Alpha … nein, *diese Alphas*, ihr gehören.

Sie zuckt zusammen, als Craze ihre Rückseite erforscht und sie auf seine Lanze vorbereitet. Entweder das oder wir teilen uns ihre Muschi – etwas, wozu sie, wie ich glaube, noch nicht bereit ist.

Das ist Stoff für eine fortgeschrittene Einlage zu einem späteren Zeitpunkt in ihrer Läufigkeit.

Ganz wie Wachsspiele.

Messerspiele.

Blutspiele.

Sämtliche Spiele.

Wir werden unsere kleine Omega verdammt noch mal

verderben. Ihr Lust verschaffen, wie sie es sich sie nie hat erträumen lassen. Ihr zeigen, wie eine Zukunft mit uns aussehen wird.

Hemmungslose Wonne.

Intensive Orgasmen.

Deliriöses Sein.

Besinnungslosigkeit.

Verflammt, ich kann es kaum erwarten.

»Erinnerst du dich an die Sicherheitsgeste, die Meister Raupe dir beigebracht hat?«, fragt Krolic sie. Er benutzt meinen Titel, weil er weiß, dass es mir gefällt.

Ailsa blinzelt ihn benommen an, nickt aber.

»Zeig sie uns, Fräulein Wunder«, verlange ich. »Wie sieht deine nonverbale Sicherheitsgeste aus?« Denn sie wird ihren Mund für die nächsten Tage zweifelsohne voll haben. Ob sie unsere Schwänze lutschen, unsere Schwerter warmhalten oder uns küssen wird, viel reden werden wir nicht.

Wir werden konstant in ihr sein.

Ihre Nippel sehen aus wie zwei harte Spitzen, an denen zu saugen und knabbern ich mich sehne. *Oder mit heißem Wachs zu überziehen.*

Verdammt, ihre Titten würden mit den geröteten Stellen so gut aussehen.

Ich kann es kaum erwarten, mit ihr zu spielen, verdammt.

Aber zuerst müssen wir das hier zu Ende bringen und unsere Beute beanspruchen. Ihre Unterordnung annehmen. Sie dazu bringen, uns drei alle als Einheit zu nehmen.

»Oh, ihr Götter!«, ruft sie, als Craze sich mit seinem Mund an ihrer Klitoris zu schaffen macht. Drei seiner Finger stecken jetzt in ihrem Arsch und sein Elan bringt ihre Knie zum Zittern.

»Die Geste, Fräulein Wunder«, erinnere ich sie. »Wie sieht sie aus?«

Sie ballt ihre Hand zu einer Faust und streckt sie über ihren Kopf, ehe sie sich an Krolic klammert und einen Höhepunkt erlebt.

Der Geruch von frischem Nektar liegt in der Luft und ihre Muschi pulsiert voller Verlangen danach, *gefickt* zu werden. Das Elixier wird diesen Orgasmus noch stärker gemacht haben, was die sanften Wimmerlaute erklärt, die sich ihrer Kehle entringen, während Tränen an ihrem Gesicht hinunterkullern.

Krolic leckt eine davon mit der Zunge auf, dann küsst er sie leidenschaftlich, während Craze sie durch ihren lustvollen Moment führt. Seine Berührungen entfachen ohne jeden Zweifel die Flammen erneut zum Leben, während sie nach wie vor kommt.

Als der Höhepunkt verblasst, keucht sie schwer und ihr Körper zittert merklich.

»Du machst das so gut, Kleine«, sagt Krolic, dessen Finger jetzt in ihrem Haarschopf vergraben sind und der ihren Kopf zurücklegt, damit er sie besser küssen kann.

Ihre Brüste sind gegen seine nackte Brust gepresst, was mich ihn beneiden lässt.

Ich will sie spüren. Sie berühren. Sie nehmen.

»Sie ist bereit«, knurrt Craze, was sie ein überraschtes Kreischen ausstoßen lässt. Denn er hat das gesagt, während er gegen ihre Klitoris gepresst ist. Der darauffolgende Schrei verrät, dass er sie gerade an derselben Stelle gebissen hat.

»Schhh«, beruhigt Krolic sie. »Wir werden uns in den kommenden Tagen um deinen Körper kümmern. Lass uns spielen.«

Sie schreckt zusammen, als Craze dasselbe noch einmal macht, und sie lässt ihre Hand nach unten schnellen, um ihn wegzuziehen. Aber er gibt nicht auf, greift stattdessen nach ihrem Arsch und presst sein Gesicht noch fester an ihre heiße Mitte.

»*Craze!*«, sagt sie mit einem Knurren, das sich in ein Stöhnen verwandelt. »Was machst du mit mir?«

»Dich erobern«, erwidere ich und trete von hinten an sie heran. »Und jetzt komm her und setz dich rittlings auf mich, Fräulein Wunder.«

Sie schluckt nervös und sieht mir in die Augen, während ich mich auf den Boden setze. Ich habe meine Hose für sie offen gelassen. Es wird ihre Aufgabe sein, meinen Schwanz hervorzuholen und ihn in ihre Muschi zu stecken.

»Geh zu ihm«, trägt Krolic ihr auf. »Zeig ihm mit deinen Händen und deinem Mund, wie sehr du ihn willst.«

Ihre Pupillen weiten sich, als sie Krolics und meine Worte sacken lässt.

Craze, der noch immer zwischen ihren Beinen eingeklemmt und mit ihrem Nektar und etwas Blut benetzt ist, weicht zurück.

Ich weiß nicht, ob er sie mit einer seiner Klingen gestreift oder zu fest zugebissen hat, aber der Anblick, der sich mir bietet, lässt meinen Knoten pulsieren. Denn ich liebe seine wilde Art. Und dass sie es zulässt, macht mich nur noch mehr an.

Als sie sich umdreht, kann ich keine Hinweise darauf erkennen, dass er ihr wehgetan hat. Aber ihre Schenkel sind über und über voll mit ihrem Nektar.

Ich lehne mich auf meine Hände zurück.

»Stell dich zuerst in die Nähe meines Gesichts«, instruiere ich. »Ich will mir ansehen, was Craze mit deiner kleinen Knospe angestellt hat.«

Sie schluckt merklich, dann macht sie einen Schritt nach vorn und packt meine Schultern. Sie ist zu klein, um sich direkt über meinen Mund stellen zu können, begibt sich aber auf die Zehenspitzen, damit ich ihre hübsche Muschi sehen kann.

Ich strecke meine Hand nicht danach aus, atme nur ihren Geruch ein.

Dann lehne ich mich leicht nach vorn und lecke einmal gemächlich und sinnlich an ihrer Ritze entlang. *Da*, denke ich, als ich die kleine Wunde in der Nähe ihrer Klitoris, nicht aber direkt daran, spüre. *Sadistischer Mistkerl.*

Aber ich kann nicht behaupten, dass es mir nicht gefällt.

Ihr Blut zu schmecken, ist das reinste Aphrodisiakum. Eines, das meinen Schwanz, aus den Boxershorts herausschnellen lässt. Ich lecke über die Wunde und liebe das darauffolgende Stöhnen, das sie von sich gibt.

Unsere kleine Omega mag ein kleines bisschen Schmerz.

Das ist gut.

Sehr gut, sogar.

»Willst du meinen Schwanz, Fräulein Wunder?«, frage ich an ihre bebende Mitte gepresst. »Willst du, dass wir dich ficken?«

»Ja«, flüstert sie.

»Beweise es«, verlange ich. »Zeig es mir mit deinem Mund.«

CATUM

Ailsa erschaudert und ihre Beine zittern, weil sie schon so lange auf ihren Zehen steht. Dann aber macht sie einen eleganten Schritt zurück und kniet sich zwischen meine Beine. Sie sieht mich an, während sie meine Hose öffnet. Trotzdem halte ich sie auf. »Nein, Fräulein Wunder. Meine Kleidung bleibt an, bis wir im Nest sind. Also lass dir etwas einfallen.«

Sie zieht die Stirn kraus, als wüsste sie nicht, was ich meine.

Craze hat offensichtlich Mitleid mit ihr, denn er holt seinen Schwanz in überschwänglicher Geste aus der Hose und massiert ihn, ohne sich die Hose auszuziehen.

Sie bläht die Nasenflügel und ihr Blick klebt förmlich an seinem dekorierten Schaft.

Dann wandert ihr Blick auf meine Lenden und sie streckt ihre Hände nach meinen Boxershorts aus.

Sie sucht nach der Öffnung und holt meine Lanze hervor, an deren Eichel bereits ein Lusttropfen perlt.

»Nimm ihn in den Mund, Fräulein Wunder«, erinnere ich sie mit unverkennbar herausforderndem Tonfall.

Sie scheint die Herausforderung anzunehmen, beugt sich nach vorn, um den Tropfen von meiner Eichel zu lecken und sieht mir dabei in die Augen.

»Verdammt, das fühlt sich unglaublich an«, sage ich

zufrieden. »Wie tief willst du mich in deiner Muschi? Nur die Eichel?«

Sie kneift die Augen zusammen, weil sie verstanden hat, was ich damit sagen wollte, und nimmt mehr von meinem Schwanz in den Mund.

»Also nur die Hälfte?«, necke ich sie.

Unsere süße kleine Omega knurrt und lässt ihre Lippen nach unten gleiten, bevor sie nach meinem Knoten greift und fest zudrückt.

»*Fuck* …« Sie hat mich in meinem eigenen Spiel geschlagen. Genau das brauchte ich von ihr. Genau danach habe ich mich verzehrt. Ein bisschen Würze. Zu wissen, dass unsere Omega noch immer bei uns ist und nicht davor zurückschreckt, ihrem Verlangen eine Stimme zu geben.

»Tu es *noch mal*, Fräulein Wunder.«

Craze kniet sich hinter sie. Seine Hose und sein Oberteil sind mittlerweile verschwunden. Er sieht mir über ihre Schulter in die Augen und ich nicke ihm zu, weil ich verstanden habe, was er vorhat.

Er packt ihre Hüften, was sie um meinen Schwanz geschlungen kreischen lässt.

»Konzentrier dich auf meinen Schwanz, Fräulein Wunder«, befehle ich. »Und lass Craze spielen.«

Er zieht ihren Po in die Höhe und positioniert sein Schwert an ihrem feuchten Eingang.

Als er in sie dringt, entfährt ihr ein Schrei, während er seinen Kopf in den Nacken legt.

»Er muss seinen Schwanz befeuchten«, flüstert Krolic leise. »Damit er dich in den Arsch ficken kann, Süße.«

Ailsas Augen beginnen zu tränen, was sie besonders hübsch aussehen lässt, während mein Schaft zwischen ihre vollen Lippen und wieder hinausgleitet. Genau das sage ich ihr und lächle, als sie ein Stöhnen ausstößt.

Sie mag es, wenn wir sie loben.

Wenn wir ihr Komplimente machen.

Zu wissen, was sie mit uns anstellt.

»Wenn du dich weiterhin so fest um Craze zusammenziehst, wird er kommen«, sage ich zu ihr. »Das würde mich sehr wütend machen, weil ich mich als Nächster mit dir verknoten will, also treibe ihn nicht zu weit.«

Sie wimmert und Craze nimmt sie härter, foltert sie mit seinem gepiercten Schwanz.

Die Metallkugeln sind texturiert, damit sie ihr mehr Lust verschaffen, und ich weiß, dass die Eichel seines Schwanzes auf diese Stelle tief in ihr trifft, die sie dazu bringt, kommen zu wollen.

»Wage es ja nicht, zu kommen«, warne ich sie. »Wenn du dich noch fester um Crazes Lanze anspannst, wird er sich mit dir verknoten. Halt es zurück, Ailsa. Warte, bis ich in deiner Muschi stecke.«

Sie sieht aus, als würde sie gleich ihren Höhepunkt erfahren und sieht mich mit wonneerfülltem und fast schon besinnungslosem Ausdruck an.

Also lasse ich meine Hand nach unten wandern, ziehe an ihrer Brust und kneife dabei absichtlich in ihren Nippel.

Es genügt, um sie zurückzuholen, den Orgasmus abzuwenden und sie geil zu behalten.

Genau da brauchen wir sie.

Craze und ich sehen uns abermals in die Augen und tauschen ein weiteres Mal wortlos Gedanken aus, bevor er aus ihrer Mitte gleitet.

»Krabble auf Catum und steck ihn in dich, Schönheit«, flüstert er an ihr Ohr gelehnt.

Sie kann kaum noch einen klaren Gedanken fassen, weil ihr Körper so heiß und bereit zu explodieren ist.

Ich ziehe sie von meinem Schwanz, kralle meine

Finger in ihre Haare und halte mich mit einer Hand hinter mir aufgestellt aufrecht.

»Komm und fick mich, Fräulein Wunder.«

Ihre Augen rollen um ein Haar in ihren Hinterkopf. Doch als Craze ihr einen Klaps auf den Hintern verpasst, setzt sie sich in Bewegung, breitet ihre feuchten Schenkel umgehend über meinen Hüften aus und reibt sich willig an meinem bunten Schaft.

Ich kann es kaum erwarten, ihr zu zeigen, wozu diese Tattoos imstande sind.

Gerade, als ich sie daran erinnern will, was sie tun soll, kniet sie sich hin und führt mein Schwert an ihre Öffnung.

Ich schlinge meine Finger fester um ihr Haar, als sie sich, um meinen Schwanz geschlungen, hinabsinken lässt. Ihr zitternder Körper erinnert mich an eine sexbesessene Göttin.

»Fuck, du fühlst dich unglaublich an, Fräulein Wunder.«

»Du dich auch, Meister Raupe«, schnurrt sie. Ihre Aussage reißt mich beinahe aus dem Wonnegefühl.

Sie lernt.

Und ich liebe es, wie schnell sie erkennt, wie jeder von uns tickt.

Ich ziehe sie zu mir und küsse sie innig, während sie jeden einzelnen Zentimeter von mir in ihrer feuchten Muschi aufnimmt und ihr angespannter kleiner Körper um meinen geschlungen pulsiert.

Wunderbar ist nicht mehr das passende Adjektiv.

Unglaublich.

Surreal.

Fantastisch.

Keine dieser Beschreibungen sind gut genug.

Und sobald sich unsere Zungen berühren, versuche ich nicht länger, das richtige Wort zu finden.

Sie stöhnt und küsst mich mit einer Leidenschaft, die ich tief in meiner Seele spüre, während sie ihre Hüften bewegt.

Doch Craze hält sie auf. Sein warmer Körper ist an uns gepresst und er kniet sich ein weiteres Mal hinter sie. »Streck deine Hände nach hinten aus und spreize deine Pobacken für mich«, sagt er an ihr Ohr gepresst, was sie zusammenschrecken lässt.

»Tu, was er sagt, Ailsa«, murmelt Krolic. »Denn je eher er in deinem Arsch ist, desto eher kann ich deinen Mund ficken. Und ich fühle mich hier drüben ziemlich ausgeschlossen.«

Er steht direkt neben uns und massiert seinen Knoten, um ihn auf ihren Mund vorzubereiten.

Sein Samen wird sie vermutlich zum Würgen bringen.

Aber das ist in Ordnung. Wir werden ihr helfen, es durchzustehen.

Ihre Extremitäten zittern nach wie vor, doch sie führt ihre Hände nach hinten und spreizt ihre Pobacken für Craze. Er flucht merklich erfreut über die Einladung, verliert keine Zeit und presst sich an ihren Hintereingang.

»Das wird ganz schön intensiv werden«, warne ich sie. »Versuch einfach, zu atmen, wenn es brennt, Fräulein Wunder. Sobald er in Position ist, wird er dich Sterne sehen lassen.«

Zur Hölle, sie wird vermutlich die Besinnung verlieren.

Ailsa wird ganz starr, als Craze in sie gleitet.

»Entspann dich«, flüstere ich an ihren Mund gepresst. »Ich verspreche dir, dass es sich so verdammt gut anfühlen wird, wenn wir erst einmal anfangen, dich zu ficken. Aber du musst ihn einlassen.«

Sie beißt sich auf die Unterlippe und ich lehne mich nach vorn, um sie in meinen Mund zu saugen. Dann lasse ich meine Zunge darüber gleiten und küsse sie innig.

Ihre Arme sind angespannt, während sie sich Craze weiterhin entblößt. Ihr Körper ist ganz starr und sieht unglaublich sinnlich aus.

Ich bin mir sicher, dass es Krolic völlig verrückt macht, sie so zu sehen. Aber er zeigt sich genauso geduldig wie ich, wenn nicht sogar mehr.

»Du bist so verdammt eng«, ächzt Craze und lässt seinen Kopf in den Nacken fallen, bevor er seine Hüften nach vorn bewegt und sie zwingt, den Rest seines Glieds mit einem einzelnen Stoß aufzunehmen.

Sie schreit gegen meinen Mund gedrückt. Mein Griff um ihr Haar wird stärker und ich befehle ihr, stillzuhalten, während ich sie verschlinge. Aber sie beginnt, ihre Hüften zu bewegen, als wollte sie sich von uns lösen, als sei es ihr zu viel.

Es fühlt sich so verdammt gut an, dass ich nicht anders kann, als zu knurren. »Mach weiter so, Fräulein Wunder, dann bekommst du meinen Knoten schneller als erwartet.«

Craze knurrt und legt plötzlich seine Hände auf ihre Hüften. »Wo willst du denn hin, Schönheit? Du bist auf unseren beiden Schwänzen aufgespießt. Akzeptiere das verdammt noch mal, sonst wirst du dir noch wehtun.«

Ailsa stößt einen leisen Schrei aus, den ich schlucke, bevor ich sie sanft küsse.

Sie spreizt ihre Pobacken jetzt nicht länger für Craze, sondern presst sich an meine Brust.

Aber kein einziges Mal erhebt sie ihre Faust.

Ihr Körper kämpft nur gegen das Unvermeidbare an.

Und sobald wir uns bewegen, wird sie den Grund für den Schmerz verstehen.

»Fühlst du dich voll, Kleine?«, fragt Krolic leise. »Hast du vielleicht das Gefühl, derart gespreizt zu werden, dass es fast unmöglich scheint?«

Sie nickt und Tränen laufen über ihre Wangen. »Es ist zu viel.«

»Nein, ist es nicht«, verspricht er ihr und streicht mit dem Daumen über ihre Kinnlinie. »Bald wirst du darum flehen, dass wir uns zu zweit mit dir verknoten.«

Sie reißt die Augen auf. »Zu zweit …?«

»Wir werden darauf hinarbeiten«, flüstere ich und neige ihren Kopf in Krolics Richtung. »Und jetzt öffne diese hübschen Lippen für unseren König, Fräulein Wunder. Lass ihn diesen vorzüglichen Mund ficken, während Craze und ich dich verwöhnen.«

Sie schluckt hart und ihre Pupillen sind lustvoll geweitet.

Eine Lust, die nur noch heißer brennt, als Krolic nach ihrem Kinn greift und seinen Schwanz an ihren Mund führt. »Bist du bereit, Kleine?«

Sie scheint hin- und hergerissen, ob sie nicken oder den Kopf schütteln soll, lehnt sich dann aber nach vorn und leckt über ihn, ganz die gute kleine Omega, die sie ist. Dann öffnet sie ihre Lippen um ihn herum und nimmt ihn so tief in sich auf, wie sie kann, ohne zu würgen.

»Braves Mädchen«, lobt er. »Überanstrenge dich nicht. Uns stehen ein paar lange Tage bevor.«

Sie pulsiert daraufhin praktisch, was meine Eier sich vorfreudig anspannen lässt.

Wieder sehe ich Krolic in die Augen und werfe ihm einen Blick zu. Er versteht, was ich damit sagen will, denn auf seinen Lippen breitet sich ein Lächeln aus.

Craze zieht seinen Schwanz langsam bis zur Eichel aus ihr, dann rammt er ihn in sie und lässt unsere Omega zusammenzucken und schreien. Es ist ein unverständlicher Laut, weil sie den Mund voll hat.

»Vorsicht mit deinen Zähnen, Kleine«, sagt Krolic.

Seinem Tonfall schwingt ein Hauch Dominanz mit. »Mir gefällt Schmerz, aber nicht derartiger.«

Sie schluckt um ihn geschlungen und bereitet sich darauf vor, dass Craze es noch einmal tut.

»Entspann dich«, erinnere ich sie. »Wir geben auf dich acht, Ailsa. Vertrau einfach darauf, dass dein Körper das hier annehmen kann. Ich verspreche dir, dass du es lieben wirst.«

Sie schließt die Augen und ich lasse sie gewähren. Sie braucht ein paar Sekunden, damit sie sich mental sammeln kann.

Craze gleitet ein drittes Mal aus ihr und in sie, dann ein viertes Mal, und beim fünften Mal sind ihre Wangen ganz rot.

Beim sechsten Stoß stöhnt sie.

Und beim siebten greife ich zwischen uns beide, um meinen Daumen an ihre Klitoris zu führen.

Sie schlägt die Augen auf und in ihren Iriden steht ein lusterfüllter Ausdruck. »Da ist ja unsere hübsche Omega«, murmle ich. »Sieh nur, wie sehr du das hier genießt.« Ich übe etwas Druck auf ihre sensible Knospe aus. »Du siehst so schön aus, wenn du dich unterwirfst, Fräulein Wunder.«

»So verdammt perfekt«, bestätigt Krolic, der seine Hand an ihren Hals wandern lässt und ihren Mund zu ficken beginnt. »Entspann deinen Rachen für mich.« Seine andere Hand liegt immer noch an seinem Knoten, vermutlich, um ihn davon abzuhalten, zu explodieren, während er in ihrem Hals steckt. Er wird seinen Knoten zurückhalten, während sein Samen über ihre Zunge rinnt.

Craze wird seine Explosion vermutlich nicht im Zaum halten und in ihrem Arsch kommen. Er wird wollen, dass sie die Spur von Schmerz spürt, während sie das Hochgefühl erlebt, das mein Knoten ihr verschaffen wird.

Verflammt, es wird sich gut anfühlen.

So. Verdammt. Gut.

Wir drei lassen uns langsam gehen, geben die Kontrolle ab, als Ailsa annimmt, was mit ihr geschieht. Als unsere Beute sich der Tatsache fügt, dass sie geschnappt wurde. Dominiert wird. *Beansprucht* wird.

Es ist die heißeste Erfahrung meines sehr langen Lebens.

Ich kann Craze durch die dünne Wand in ihr spüren. Er nimmt ihren Arsch ohne Zurückhaltung, während ich mit demselben wilden Elan in ihre Muschi ramme.

Und Krolic … Er ist vollkommen verloren in ihrem Mund.

Sie hadert damit, zu atmen, aber wenn es sie stört, zeigt sie es nicht. Sie genießt die Empfindungen und sie klammert sich mit ihrer engen kleinen Muschi an meinen Schwanz.

Unsere Omega wird kommen. Und zwar *hart*.

Ich ziehe Kreise um ihre Klitoris, bringe sie näher und näher an den Abgrund und will spüren, wie sich ihre Muschi um mich herum anspannt. Ich will, dass sie mich genauso beansprucht, wie ich sie beanspruchen will.

»Genau so, Fräulein Wunder«, sage ich. »Wir haben dich gefangen. Und das bedeutet, dass du uns gehörst. Jetzt zeig uns, was das heißt und komm für uns.«

Craze brüllt und fickt sie härter.

Krolic scheint seinen Knoten so fest zu umklammern, dass es wehtut.

Alles, während unsere Omega sich windet und uns aufnimmt, als wäre sie für diesen Augenblick geschaffen worden.

»Jetzt, Ailsa!«, befehle ich und kneife in ihre Knospe. Sie zuckt zusammen, dann schreit sie, während ich mit dem Wort »Komm!« von ihrer Klitoris ablasse.

Ihr Orgasmus ist wie eine heiße Flutwelle. Ihr Körper

ist angespannt und sie explodiert zwischen uns. Es ist ein wunderbarer Anblick, der meinen Knoten umgehend unter meinem Schaft hervorkommen lässt. Meine Tattoos beginnen in ihr zu wirbeln und massieren sie auf die intimste aller Arten.

Sie reißt die Augen auf.

Und an meinen Mundwinkeln zupft ein Lächeln.

»Klammer dich an mich, Fräulein Wunder«, schnurre ich. Mein Knoten schnappt hervor und mein Samen fließt in sie. »Gleich wirst du zu den Sternen fliegen.«

Craze folgt uns als Nächster über die Klippe. Sein Knoten schießt in ihren Arsch und der Kehle unserer Omega entringt sich ein erschrockener Schrei.

Ein Schrei, der zu etwas ganz anderem wird, als Krolic in ihrem Rachen kommt.

Sie wird panisch, sieht mit wildem Ausdruck um sich, aber eine einzige Bewegung mit meinen Hüften erdet sie wieder und verschafft ihr abermals ein Wonnegefühl.

»Schluck, Fräulein Wunder«, sage ich zu ihr und streiche ihr mit dem Daumen über den Hals. »Unser König hat so viel Saft für dich. Schluck einfach schön weiter, bis er fertig ist.«

Sie krallt ihre Fingernägel in meine Schultern und klammert sich merklich überwältigt an mich. Aber als sie sich dem orgastischen Strudel wieder hingibt, lässt sie los und entspannt sich, wie ich es ihr aufgetragen habe.

»Verdammt, Kleine«, flüstert Krolic ehrfürchtig, als sie wieder und wieder schluckt. »*Fuck.* Ich werde noch über ihre Titten kommen.«

Dieser Teil ist an mich gerichtet. Die Warnung kommt eine Sekunde, bevor er seinen Schwanz aus ihrem Mund zieht, sich massiert und über ihrer Brust ausrichtet, während ich von ihrem Hals ablasse und ihn ihre Brüste beanspruchen lasse, während ich ununterbrochen in ihrer süßen Mitte komme.

Sie ist kaum noch bei Besinnung, verloren in der Wonne, die wir gemeinsam geschaffen haben.

Als Krolic seinen Schwanz wieder in ihren Mund führt, öffnet sie ihre Lippen und trinkt weiter, während er seinen Knoten melkt. Dann lässt er seinen Samen an ihrem Hals und ihren Schultern hinab spritzen und markiert sie als seine.

Es ist ein vorzüglicher Anblick.

Der wildeste Fick meines Lebens.

Und wir werden es gleich noch mal machen können, sobald wir fertig sind.

Dieser Gedanke bringt mich dazu, unsere Omega an mich zu ziehen und zu küssen. Sie ist in Krolics Essenz getränkt, aber das ist mir egal, verdammt. Ich muss diese Frau mit meiner Zunge verehren. Ihr sagen, wie sehr ich dieses Geschenk zu schätzen weiß. Diese Erfahrung. *Alles.*

Craze ist als Nächster dran. Er fährt mit seinen Fingern durch ihr Haar und zieht sie zurück, damit er ihren Mund mit seiner Zunge ficken kann.

Er lässt seine Zähne über ihre Lippe streifen und beißt so fest zu, dass er Spuren hinterlassen wird, ehe er sie erneut küsst und ihren Arsch mit seinem Samen füllt.

Krolic ist der Letzte. Aber er verschlingt sie nicht mit seinem Mund. Stattdessen füllt er ihren Mund wieder mit seinem Schwanz und sagt: »Nicht schlucken.«

Sie reißt die Augen verwirrt auf, während er ihren Mund mit seinem Lustsaft vollmacht.

Dann legt er ihren Kopf zurück und starrt auf sie hinab. »Zeig es mir.«

Sie öffnet die Lippen und zeigt ihm ihren Mund, der randvoll mit seinem Samen ist.

»Du bist so eine brave Gefährtin«, sagt er zu ihr und

streicht ihr mit dem Daumen um den Mund. »Jetzt werden wir dich begatten, Omega. Einen Erben in deinen Bauch platzieren. Sag mir, dass du es willst.«

Zunächst sagt Ailsa nichts und sieht ihm bloß in die Augen.

Dann schluckt sie herausfordernd.

»Ja, ich will es«, sagt sie heiser. »Jetzt gib mir mehr von deiner Essenz.«

Krolic lehnt sich grinsend zu ihr und küsst sie stattdessen. »Du bist verdammt noch mal perfekt, Ailsa.«

»Eine wunderbare, auserlesene Gefährtin«, stimme ich zu.

Aber es ist Craze, der sagt, was gesagt werden muss.

Die Worte, die am zutreffendsten sind.

Worte, die durch das Königreich hallen und für alle zu hören sein werden.

Unsere Omega hat uns auserwählt.

Und wir sie.

Und das wird klar, als Craze sagt: »Du bist unsere Monsterland-Königin.«

AILSA

ICH FLIEGE.

Na ja, nein. Ich werde getragen.

Aber es fühlt sich an, als würde ich fliegen.

Als wäre ich hoch oben in der Luft, an einem wunderschönen Ort in den Wolken.

Finger streichen durch mein Haar.

Lippen berühren meine Schulter.

Eine tiefe Stimme murmelt in mein Ohr.

Ich nehme alles nur verschwommen wahr, aber ich kann meine Gefährten riechen. Ihre markanten Gerüche umgeben mich, sind in mir und waschen durch mich.

Ich seufze, froh darüber, in ihre Wärme eingehüllt zu sein.

Zumindest, bis sich ein seltsamer Schmerz in meinem unteren Bauch bemerkbar macht. Ich lasse meine Hand umgehend an meinen Bauch schnellen, stoße ein Zischen aus und versuche, den Grund für den Schmerz zu ermitteln.

»Schhh«, sagt einer meiner Gefährten. *Krolic.* »Deine Läufigkeit setzt ein.«

»Erst jetzt?«, wiederhole ich und zucke angesichts des wachsenden Schmerzes zusammen.

Wir haben gerade den wunderbarsten Augenblick aller

Zeiten erlebt. Und er sagt mir, dass meine Läufigkeit erst jetzt *einsetzt*?

Oh, ihr Götter …

Diese Männer haben mir bereits eine Lust beschert, wie ich sie noch nie erlebt habe.

Ich glaube nicht, dass ich eine zweite Runde überstehe.

Noch nicht.

Nicht, solange ich mich nicht von meinem Hoch erholt, ein Bad genommen, etwas gegessen und ein Glas Wasser getrunken habe.

Als hätte jemand meine Bitte erhört, wird ein Strohhalm zwischen meine Lippen geschoben. Ich sauge daran, ohne Fragen zu stellen, was mir ein tiefes Stöhnen von Craze einbringt. »Heilige Gräber, du hast den unglaublichsten Mund, Ailsa. Ich kann es kaum erwarten, deine Lippen erneut um meinen Schwanz geschlungen zu spüren.«

»Ich dachte, du wolltest dir ihre Muschi teilen?«, fragt Catum, was meine Wangen ganz heiß werden lässt.

»Das auch«, flötet Craze. »Ich will alles davon.«

Der Strohhalm verschwindet und wird mit Crazes Zunge ersetzt, während er mich irgendwohin bringt. Ich zolle meiner Umgebung keine Achtung mehr. Ich glaube, das habe ich schon eine ganze Weile nicht mehr. Denn wir sind durch ein Portal gereist. Wohin, das weiß ich nicht. Aber es riecht gut hier.

Nach Feuer, Zeder und Gewürzen.

»Du hast das Nest gut vorbereitet«, sagt Krolic, während Craze mich weiter küsst.

»Es war nicht einfach«, murmelt Catum. »Immerhin hatte ich nicht viel Zeit. Aber ich habe getan, was ich konnte.«

»Ich glaube, sie wird es lieben. Nicht wahr, Kleine?«. Plötzlich streicht Krolic mir mit den Fingern durchs Haar und neigt meinen Kopf in seine Richtung, um meine Aufmerksamkeit auf ihn zu lenken.

Ich bin nicht ganz sicher, was er gerade gefragt hat, also gebe ich bloß ein müdes »Mh-hm« von mir.

Er lacht. »Du siehst aus, als wärst du erstklassig gefickt worden.« Er streicht mir mit der Nase über die Wange. »Ich kann mich an dir riechen.«

»Weil du sie mit deinem Samen überschüttet hast«, sagt Craze.

»Und ich habe fest vor, es wieder zu tun«, entgegnet Krolic, bevor er seine Lippen auf meine presst.

Dieses seltsame Pulsieren in mir – welches zu einem Teil aus Schmerz und zum anderen aus etwas anderem besteht – meldet sich wieder. Ich stöhne – weil es unangenehm ist und mich zugleich heiß macht.

Es ist … eine seltsame Gegenüberstellung.

Ich verstehe es nicht.

Aber dann wiederum … verstehe ich vieles nicht.

Ich nehme die Absurdität einfach an. Genieße das Leben. Existiere mit meinen Gefährten.

Ihr Götter, drei Alphas.

Und sie gehören mir.

Ich kann es in meiner Seele spüren.

Aber das Band ist noch nicht vollständig.

Das Königreich braucht einen Erben.

Krolic hat auf dem Weg hierher etwas zu mir gesagt. Etwas, von wegen, dass es keine Rolle spielt, wer mich als Erstes schwängert, nur, dass es passiert.

»Also werden wir dich alle besteigen«, hat er mir ins Ohr geflüstert. »Tag und Nacht.«

Ich spanne die Schenkel an, als ich mich an diese Worte erinnere.

Ich kann mir nicht vorstellen, es stunden-, ganz zu schweigen tagelang zu tun. Ich bin … ich bin erschöpft.

Aber ich kann spüren, wie die Wärme in mir stärker wird. Das Verlangen führt eine intensive Anspannung in meinem Bauch herbei. Krolic lässt seine Zunge kaum spürbar über meine gleiten und lässt die Flammen der Sehnsucht auflodern, bis ich keuchend an ihn gepresst bin. »Mmh, du bist fast schon so weit«, meint er. »Aber zuerst musst du etwas essen, Ailsa.«

Er lässt von mir ab und übergibt mich Catum, der etwas gegen meine Lippen presst. Ich öffne sie instinktiv und stöhne, als ich realisiere, dass er mir gerade etwas mit Kirschgeschmack verfüttert hat.

»Wunderschön«, lobt er. »Du bist einfach atemberaubend, Fräulein Wunder.«

Ich bin nicht sicher, wann ich auf seinem Schoß gelandet bin. Er füttert mich abwechselnd mit köstlichen Kirschleckereien und Wasser, während Craze sich über mich beugt und mir salzige Köstlichkeiten wie Käse und Fleisch anbietet.

Das Essen scheint aber nichts gegen das steigende Verlagen in mir auszurichten.

Als ich Catum das sage, erwidert er: »Das liegt daran, dass du läufig wirst, Ailsa. Das Einzige, was dich befriedigen kann, ist ein Knoten.«

Ich erschaudere. »Ist das der Grund, aus dem wir … tagelang ficken werden?« Das Wort *ficken* fühlt sich ungewohnt an. Ich benutze dieses Wort nur selten, aber im Augenblick scheint es mir mehr als angebracht.

Und meinen Gefährten scheint es zu gefallen, weil sie mich alle angrinsen.

»Wir werden dich tagelang ficken, weil wir dich tagelang ficken wollen«, flötet Craze. »Dafür brauchst du nicht läufig zu sein.«

»Ich bin mir ziemlich sicher, dass wir den Rest unseres

Lebens in dir verbringen werden«, ergänzt Krolic mit einem Zwinkern.

Meine Wangen werden ganz heiß. »Das hört sich …« Ich verstumme, schaffe es nicht, eine Antwort zu formulieren.

»Sexy?«, schlägt Craze vor. »Heiß? Verdammt gut? Wie ein wahr gewordener Traum?«

Catum lacht. »Wir werden dir Zeit geben, damit du dich duschen kannst, Ailsa. Und dich ausruhen. Manchmal.«

Ich reiße die Augen auf. »*Manchmal*?«

Er zuckt mit den Schultern. »Wenn uns der Sinn danach steht.«

Oh, ihr Götter. »Ich glaube, ich kann das nicht die ganze Zeit über.«

»Daran werde ich dich erinnern, wenn du uns in ungefähr zwei Stunden anflehst, niemals damit aufzuhören, uns mit dir zu verknoten«, murmelt er mit belustigtem Ausdruck. »Aber bevor wir anfangen, gibt es irgendetwas, wovor du dich wirklich fürchtest?«

Ich runzle die Stirn. »Was meinst du damit?«

»Gibt es etwas, von dem du nicht willst, dass wir es tun?«, formuliert er um. »Du scheinst nichts gegen Schmerz zu haben, was gut ist. Wir spielen gern auf dem schmalen Grat zwischen Schmerz und Lust. Nicht in Form von Bestrafung. Wir stehen eher auf sinnliche Spiele.«

»Könnt ihr …?« Ich räuspere mich. »Könnt ihr mir ein paar Beispiele aufzählen?«

Sein Blick wandert zu Krolic. »Kannst du die rote Kerze holen?«

Die Runzeln an meiner Stirn vertiefen sich, weil mich der plötzliche Themenwechsel verwirrt.

Aber Catum ignoriert mich und räumt den Tisch vor sich frei.

Als Krolic die Kerze hinstellt, berührt Catum den Docht und entzündet eine Flamme an seinen Fingerspitzen. Ich reiße die Augen auf. »Beeindruckend.«

Er lacht schnaubend. »Nicht annähernd so beeindruckend wie die Dinge, die ich mit dir anstellen werde, Fräulein Wunder.« Er greift nach der Kerze und schwenkt sie. »Zurück zum Thema … Ich muss wissen, ob du dich vor etwas fürchtest. Zum Beispiel vor Feuer.« Er führt die Flamme nahe an mich heran und ich blinzle.

»Ich … ich will nicht, dass sie mich verbrennt«, sage ich nachdenklich. »Aber fürchten tue ich mich nicht.«

Er nickt und Craze zieht den Stuhl näher, während er ein Messer zwischen seinen Fingern balanciert. »Wie sieht es mit Klingen aus?«

Ich starre ihn an. »Fragst du mich, ob du mich erstechen darfst?«

Er lacht. »Nein, meine Schöne. Aber mir gefällt Blut. Nur kleine Wunden, die etwas brennen.« Er streckt seine Hand aus. »Wenn du mir deine Hand reichst, zeige ich es dir.«

Ich beiße nachdenklich in meine Wange, tue aber, wonach er verlangt hat. Er lehnt sich zu mir und küsst meine Handfläche, bevor er sie mit der Zunge nachfährt und ganz wenig Druck ausübt, was mich meine Schenkel abermals aneinanderpressen lässt. Ich lehne mich gegen Catum. Mir gefällt die Empfindung.

Dann, als Craze seine Klinge über meine Haut zieht, kreische ich. »*Was* …?« Ich versuche, meine Hand wegzuziehen, aber er presst seinen Mund auf die Wunde – die, wie ich schnell feststelle, nur ein kleiner Kratzer ist – und *saugt* daran.

Ich weite die Augen.

Warum …? Warum fühlt sich das so gut an?

Er lässt seine Zunge an der oberflächlichen

Schnittwunde entlanggleiten und sieht mir dabei unablässig in die Augen. »Jetzt stell dir vor, dass du das an deiner Brust spürst«, murmelt er und lehnt sich zurück, um meine Oberweite zu betrachten.

»Hm, wo wir gerade davon sprechen …«, murmelt Catum. Die Kerze ist etwas zu nah für meinen Geschmack.

Ich öffne die Lippen und er neigt das Gefäß, sodass etwas von der roten Flüssigkeit sich am Docht sammelt.

»Das hier ist spezielles Wachs«, sagt er mir, während es langsam über den Rand schwappt.

Ich schrecke zusammen, als es direkt auf meinen Nippel trifft und das Brennen lässt mich ein Zischen ausstoßen.

»Es kühlt sehr schnell ab«, fährt er fort, als würde er mich nicht gerade foltern. »Und es zu entfernen ist ziemlich … spaßig.«

Ein weiterer Tropfen landet auf meiner Brustwarze und dann ein dritter auf meinem steifen Nippel.

Die drei Männer sind völlig fasziniert davon, und ich versuche abzuwägen, ob es wehtut oder sich gut anfühlt. Der vorübergehende Schmerz hat mich vom Umstand abgelenkt, dass alles in mir in Flammen zu stehen scheint, aber jetzt scheinen diese Empfindungen noch stärker aufzulodern.

Catum stellt die Kerze beiseite – deren würziger Geruch mich an Craze erinnert – und lehnt sich nach unten, um über meine Brust zu pusten.

Ich erschaudere.

»Craze?«, murmelt er.

Der Launenhafte meiner Gefährten lächelt und holt sein Messer abermals hervor. Dieses Mal setzt er es an meiner Brust an.

Ich halte den Atem an, warte angsterfüllt und gespannt zugleich ab, was folgen wird.

Sanft schabt er das Wachs von meiner Haut und achtet darauf, mich dabei nicht zu verletzen. Was eine Erleichterung und aufregend zugleich ist, weil er gerade erwähnt hat, dass er sein Messer an meiner Brust verwenden will.

Aber vielleicht liegt es daran, nicht zu wissen, was er vorhat, was diese Aufregung in mir erblühen lässt. *Wird er mich verletzen oder mich befriedigen?*, frage ich mich und im nächsten Augenblick nimmt Catum meinen Nippel in den Mund.

Mir entfährt ein lautes Stöhnen. Diese sinnliche Berührung nach dem Brennen fühlt sich … fühlt sich einfach *unglaublich* an.

Die Wärme in mir droht, loszubrechen, und zwischen meinen Beinen sammelt sich umgehend Nektar. *Oh, ihr Götter* … Ich habe das Gefühl, dass ich gleich kommen werde.

Aber viel zu bald darauf verblasst die Empfindung und Craze presst eine weitere Leckerei gegen meine Lippen.

Ich zittere. »Du neckst mich«, wird mir lauthals bewusst.

»Ja, ich treibe dich etwas an deine Grenzen«, erwidert Catum mit einem teuflischen Ausdruck in den Augen. »Du wirst uns bald deinen Körper mehrere Tage lang überlassen, und wir wollen sichergehen, dass wir uns anständig darum kümmern.«

»Wir wollen dir keine Angst einjagen«, ergänzt Krolic mit schroffer Stimme. Er steht uns mit erigiertem Schwanz gegenüber und hat eine Schulter gegen die Wand gelehnt.

Catum trägt immer noch sein Hemd und seine Anzughose.

Craze trägt bis auf eine Jeans nichts.

Und Krolic ist nackt, ganz wie ich.

»Macht es dir etwas aus, gefesselt zu werden?«, fragt Catum mich.

»Nein«, antwortet Craze an meiner Stelle und zwinkert mir dann zu. »Wir haben mit ein paar Ranken gespielt, habe ich recht, meine Schöne?«

Der Gedanke an seine Seilsprung-Vorstellung, die darin geendet hat, dass ich an ihn gefesselt war, lässt mich erschaudern. »Ja«, flüstere ich. Das würde ich definitiv noch einmal machen.

»Was ist mit der Idee, uns mit zwei unserer Knoten in deiner Muschi zu verbinden?«, fragt Krolic, was mich meine Augen aufreißen lässt. »Es wird wehtun, wenn wir dich dehnen, aber die darauffolgende Lust … na ja.« Er lächelt. »Ich glaube, dieser Teil wird dir gefallen.«

Ich schlucke hart und habe plötzlich das Gefühl, in Flammen zu stehen. »Okay«, erwidere ich.

Offensichtlich bin ich völlig verrückt.

Geisteskrank, sogar.

Aber wenn ich ehrlich bin, vertraue ich darauf, dass diese Männer sich um mich kümmern werden.

Dass sie mich beschützen werden.

Dass sie meine Sicherheit gewährleisten werden.

Und genau das sage ich ihnen jetzt.

»Es gibt keine Grenzen«, fasse ich zusammen und sehe jedem von ihnen nacheinander in die Augen. »Weil ich weiß, dass ihr niemals etwas tun würdet, das mir Schmerzen bereitet und ihr meine Entscheidungen immer respektieren werdet.«

Das haben sie mehr als nur bewiesen.

Diese Männer sind meine Zukunft.

Meine Alphas.

Meine Gefährten.

Ich will alles mit ihnen erleben. Ihre Königin sein. Ihre

Omega. Und ein neues Leben mit ihnen an meiner Seite aufbauen.

Dieses kleine Reich voller ungewöhnlicher Möglichkeiten ist jetzt mein neues Normal. Ich nehme diesen Umstand an. Ich nehme *sie* an.

Und das bedeutet, dass es nur noch eine Sache zu tun gibt.

»Bringt mich ins Bett«, sage ich zu ihnen.

Catum schüttelt den Kopf. »Nein, Süße.« Er hebt mich in seine Arme. »Wir werden dich in unser *Nest* bringen.«

Ich halte mich an seinen Schultern fest und sehe ihm suchend in die Augen. »Nest?«

Er nickt. »Wir haben es nur für dich hergerichtet.«

»Weil wir gehofft haben, dass du uns annehmen würdest«, ergänzt Krolic.

»Und es dir passen würde, dass wir dich für deine Läufigkeit hierhergebracht haben«, ergänzt Craze.

Ich habe keine Ahnung, wovon er da spricht. Und auch als er mich auf eine große, schöne Matratze setzt, auf der seidene Laken liegen, bin ich noch verwirrt. »Das hier ist ein Bett«, sage ich zu ihm.

Er lächelt. »Eines, das du in ein Nest verwandeln wirst.«

»Ich verstehe gar nichts.«

»Das wirst du noch«, verspricht er mir und knöpft sein Hemd auf. »Wenn deine Instinkte sich melden.«

Mein Blick wandert an seinen sehnigen Muskeln entlang und ich genieße es, ihn sich ausziehen zu sehen. »Wenn du das sagst«, erwidere ich mit trockener Kehle.

»Sobald Omegas schwanger sind, meldet sich ihr Nistinstinkt«, erklärt Craze, der mich, in der Mitte des Betts liegend, zu sich zieht.

Sein harter Schwanz ist an meinen Oberschenkel gepresst und lässt mich nach Atem ringen. Ich habe nicht die geringste Ahnung, wann er sich die Hose ausgezogen hat, aber jetzt ist er hart. Und er zeigt mir, wie heiß er ist, indem er mich unter sich schiebt und sich zwischen meine gespreizten Schenkel sinken lässt.

Mit einem einzigen Stoß gleitet er in mich und sendet Schockwellen in jedes Nervenende meines Körpers. »Du bist so verdammt feucht«, sagt er, während er in mich und wieder aus mir gleitet und Krolic und Catum sich auf je einer Seite von uns aufs Bett setzen. »Du bist so verdammt *bereit.*«

»Fruchtbar«, knurrt Krolic. »Sie ist fruchtbar.«

»Ich weiß«, bemerkt Craze mit einem Ächzen und beginnt sich in mir zu bewegen. »Verdammt, meine Schöne. Ich will dich an meinem Schwanz kommen sehen.«

Ich klammere mich an seine Schultern, als er mich noch härter nimmt. Seine Lanze trifft auf einen Teil tief in mir und entzündet ein Inferno des Verlangens. Ich stöhne, während Nektar sich in meiner Muschi sammelt, Crazes Schwanz überzieht und dann an meinen Schenkeln hinabrinnt.

Es ist … etwas, das ich nicht ganz verstehe. Aber ooooh, es verstärkt die Empfindungen umso mehr.

Empfindungen, die noch stärker werden, als Catum mich küsst. Krolic ist als Nächstes dran und greift nach meiner Brust, drückt sie und neckt meinen Nippel mit seinem Daumen.

Jemand – ich glaube, es ist Catum – lässt seine Hand zwischen mich und Craze gleiten, dessen Daumen direkt an meine Klitoris wandert. »Du hast Craze gehört«, sagt er ganz nahe an meinem Ohr. »Er will, dass du an seinem Schwanz kommst.«

Ich spanne meine Schenkel an, was Craze ein Stöhnen entlockt. »Du bist so verdammt eng.« Er rammt noch härter in mich und hält mich mit eisernem Griff fest. Aber das ist mir egal. Es fühlt sich so gut an. Ich hebe meine Hüften an, um jeden Stoß in mir aufzunehmen.

Und plötzlich falle ich, verliere meinen Verstand und *schreie* voller Verlangen.

Es trifft mich wie ein Schlag.

Zwar komme ich nicht, aber durch mich rauscht ein Verlangen, das mir den Atem raubt. Meinen Verstand zerbrechen lässt. Meine Seele verändert.

Ich … ich brauche so viel mehr. Das hier reicht nicht. Ich … ich *stehe in Flammen. Buchstäblich.* Oder vielleicht nicht buchstäblich. Ich weiß es nicht. Ich bin ein Durcheinander voller Verlangen, und die Empfindungen sind so intensiv, dass ich nicht aufhören kann zu schreien.

Die drei bewegen sich alle. Mit ihren Händen und Mündern scheinen sie jeden Zentimeter von mir auf einmal zu verehren.

Aber es reicht nicht.

Und das sage ich ihnen auch.

Ich flehe.

Ich *verlange.*

Es tut weh. Es brennt. Es ist zu viel.

»Atme«, sagt Krolic, der hinter mir steht, an mein Ohr gelehnt.

Ich verstehe die Anweisung nicht.

Ich bin zu beschäftigt damit, zu *schreien.*

Und dann spüre ich, wie er in meinen Arsch gleitet. Seine Penetration erdet mich kurz und ein Schmerz schießt durch meinen Körper. Aber die vorübergehende Erleichterung verblasst kurz darauf, ehe das Feuer sich wieder entzündet.

Craze steht vor mir und massiert meine Brüste.

Catum …

Er gleitet mit seinem Schwanz in meinen Mund. So

tief, dass ich zu würgen beginne. Aber es fühlt sich gut an. Es hilft mir, zu verstehen, wer und wo ich bin.

Aber wie alles andere vergeht auch dieser Augenblick viel zu schnell.

Plötzlich bin ich nichts weiter als ein Nervenbündel. Werde geflutet von Empfindungen. Eingenommen von Verlangen.

Und meine Alphas ficken mich. Nehmen mich. Schenken mir ihren Samen.

Ich spüre ihn in meinem Mund, in meinem Arsch und seufze, als sich ein Knoten mit meiner Gebärmutter verbindet.

Es ist mir egal, wer wo ist. Das Einzige, was eine Rolle spielt, ist, dass ich voll bin. Beansprucht werde. *Zuhause* bin.

Meine Welt.

Mein Chaos.

Mein ganz eigenes, exquisites Happy End.

Epilog

Ailsa

Mehrere Tage später

»Wo sind wir?«, frage ich und starre die violetten immergrünen Pflanzen an. Es ist das erste Mal, dass ich meine Umgebung bewusst wahrnehme, seit meine Gefährten mich nach dem Ritual hierhergebracht haben.

Ich habe den Großteil meiner Zeit im Nest verbracht.

Nest, wiederhole ich in Gedanken und voller Vorfreude. Zuerst habe ich den Begriff nicht verstanden, aber jetzt tue ich es. Ich habe heute Morgen die letzten Handgriffe angelegt, nachdem ich Catum seine kurze Unterhose gestohlen habe.

Er hat mehrere Laken aufeinandergeschichtet.

Ich habe ihre Kleidung hinzugefügt.

Weil mein Nest nach meinen Gefährten riechen soll.

Eine perfekte Mitternachtswanderung, beschließe ich. *Zeder. Gewürze. Und ein Hauch von Rauch.*

»Der Violette Wald«, sagt Catum aus der Küche. Er macht heiße Schokolade, weil sich mir in den Eisfeldern keine Gelegenheit geboten hat, welche zu probieren, und er das berichtigen will. »Hier komme ich her. Darum ist es mir von all unseren Häusern das liebste.«

Ich lächle. »Es gefällt mir hier.«

Er wirft mir einen gutmütigen Blick zu. »Nach allem, was wir hier mit dir angestellt haben, sollte es dir hier auch gefallen, Ailsa.«

Meine Wangen werden ganz heiß. Ich kann noch immer spüren, wie sein und Krolics Knoten in mir gesteckt haben. Sie haben mich heute Morgen geteilt, als ich aus meiner Läufigkeit kam. Ihre Schwänze hatten mein Geschlecht so fest gedehnt, dass ich überrascht bin, laufen zu können.

Aber eines, was ich schnell lerne, ist, dass ich nicht mehr sterblich bin.

Ich heile genauso schnell wie sie.

Und soweit ich verstanden habe, sind alle drei Männer sehr alt.

In dieser Welt kann man unsterblich sein. Weil ich eine Omega bin, bin ich praktisch ebenfalls unsterblich geworden. Oder vielleicht liegt das an unserer Verbindung. Ich bin nicht ganz sicher.

Aber ich bin froh um die Vorteile, die sich daraus ergeben, denn sie sollten mir die Schwangerschaft erleichtern.

Zumindest hoffe ich das.

Ich lege eine Hand auf meinen Bauch, im Wissen, dass in mir jetzt ein kleines Leben heranwächst. Ich kann es noch nicht wirklich spüren, meine Gefährten aber schon. Sie haben keine Ahnung, wer der Vater ist, und soweit sie mir gesagt haben, spielt das auch keine Rolle.

»Wir alle sind der Vater, Kleine«, hat Krolic vorhin gesagt. »Das Einzige, was zählt, ist, dass ihr beide in Sicherheit seid und beschützt werdet.«

Danach küsste er mich auf die Stirn und hat mich in die Küche geführt.

Jetzt sitzt er an der Bar und mustert eine Art Tablet.

Und zieht die Stirn kraus.

»Was ist los?«, frage ich und schlüpfe auf einen Hocker neben ihn.

»Ich habe vergessen, wie viel Spaß es macht, König zu sein«, grummelt er. »Das Königreich verlangt eine Krönung.«

»Damit du deinen Thron zurückerobern kannst?«, rate ich.

Er aber schüttelt den Kopf. »Nein. Damit sie ihre neue Königin kennenlernen können.« Er sieht mich mit seinen grünen Augen an und sein silberfarbenes Haar glitzert im Sonnenlicht, das von draußen durch die Bäume einfällt. »Du hast nicht zufällig Lust auf einen Ball?«

»Einen Ball?«, wiederhole ich.

»Wir werden dir ein Kleid aussuchen, das dir passt«, sagt Catum, der die heiße Schokolade vor mir auf den Tresen stellt. »Und Schuhe.«

Ich lache schnaubend. »Craze hat mir heute Morgen gesagt, dass es mir nicht gestattet ist, je wieder Kleidung zu tragen.« Er hat auch gesagt, dass ich für immer mit seinem Knoten in mir schlafen werde, weil wir das in den vergangenen Tagen einige Male getan haben.

»Ich bin bereit, eine Ausnahme zu machen, wenn das Kleid über ein Korsett verfügt«, sagt er, als er das Zimmer betritt. Aus seinem schwarzen Haarschopf tropft Wasser von der Dusche. »Eines, das ich dir mit einer Klinge vom Leib schneiden kann.« Er küsst meine nackte Schulter und greift dann um mich herum, damit er einen meiner Nippel kneifen kann. »Schön, dass du meine Regeln so brav befolgst.«

Ich verdrehe die Augen. »Ich habe mich entschieden, nichts zu tragen, weil mir heiß ist.«

»Das kommt daher, dass *du* heiß bist«, flötet er.

Ich blende die Bemerkung aus und konzentriere mich stattdessen auf Krolic. »Was für ein Ball soll das sein?«

»Einer mit dem Motto ›Monsterland‹«, erwidert er mit einem Grinsen auf den Lippen. »Weshalb er besonders seltsam sein dürfte.«

»Hm«, summe ich. »Könnte mir gefallen.«

»Dir wird gefallen, was wir nach dem Ball mit dir anstellen werden« wirft Craze ein. »Das kann ich dir versprechen.« Er greift nach einem Bällchen, das auf dem Tablett auf dem Tresen liegt, und steckt es sich in den Mund. »French Toast-Bällchen sind meine Leibspeise.«

»Das weiß ich«, erwidert Catum. »Aber eigentlich habe ich sie für unsere Gefährtin gemacht.«

»Ich bezweifle, dass sie hundert Stück davon essen wird, Raupe.«

»Sie isst jetzt für zwei, de Hatte.«

»Und sie kann sich aussuchen, wie viel sie will«, wende ich ein, bevor ich nach einem Bällchen greife und Catum anlächle. »Danke, Catum.«

»Gern geschehen, Ailsa.« Sein Blick wandert zur heißen Schokolade. »Vergiss nicht, die da zu probieren.«

»Warum habe ich das Gefühl, dass an dem Getränk etwas anrüchig ist?«

»Weil du gerade fünf Tage damit verbracht hast, unsere Knoten zu erforschen«, murmelt Krolic. »Im Augenblick denken wir alle nur an das eine.«

»Und an Bälle«, bemerke ich, dann sehe ich kichernd auf seinen Schoß. »Zwei verschiedene Arten von Bällen.« Ich werfe mir das French Toast-Bällchen in den Mund und verziehe dann das Gesicht. »Und jetzt sind es schon drei.«

Catum lacht. »Ich glaube, sie ist lusttrunken.«

»Das bedeutet, wir haben unsere Aufgabe erfüllt«, murmelt Craze, der nach einem weiteren Bällchen greift. »Also, wann veranstalten wir diesen Krönungsball, K?«

Er mustert uns drei, dann wandert sein Blick auf meinen Bauch. »Vielleicht in drei Wochen?«, schlägt er vor.

»In drei Wochen?«, meint Craze überrascht. »Ich bin davon ausgegangen, dass du ihn früher abhalten willst.«

Krolic schüttelt den Kopf. »Wir sind auf unserer Babyreise.«

»Babyreise?«, wiederhole ich.

Er sieht langsam mit seinen verführerischen Augen zu mir zurück. »Omegas brauchen während ihrer Schwangerschaft viel Aufmerksamkeit, Kleine. Fast so viel, wie wenn sie läufig sind.«

Meine Beine kribbeln. »Oh.«

»Und offensichtlich werden wir dir all deine Wünsche erfüllen.« Er greift nach meinem Hocker und zieht ihn näher zu sich. »Sicherstellen, dass all deine Bedürfnisse befriedigt sind.« Er lehnt sich nahe zu mir. »Und dir angemessen dafür danken, dass du uns gehörst, indem wir jeden einzelnen Zentimeter deines wunderschönen Körpers verehren.«

»I…ich glaube, das könnte mir gefallen«, flüstere ich.

»Wirklich?«, meint er lächelnd. »Ich glaube, uns auch.« Er streicht mit seinen Lippen über meine. »Und jetzt sei ein braves Mädchen und trink die heiße Schokolade. Ich glaube, Catum könnte ein paar spezielle Gewürze beigemischt haben.«

Ich lege die Stirn in Falten. »Spezielle Gewürze?«

»Probier einfach und finde es heraus«, sagt er zu mir.

Ich drehe mich im Stuhl herum und sehe Catum in die braunen Augen. »Bist du in meinem Getränk gekommen?«

Er bricht in Gelächter aus und schüttelt den Kopf. »Auf solche Gedanken kommst nur du, Fräulein Wunder.«

»Das beantwortet meine Frage nicht, Meister Raupe.«

Auf seinen Lippen breitet sich ein Lächeln aus und er schüttelt den Kopf. »Ich bin nicht wie Craze.«

Ich ziehe eine Augenbraue hoch. »Das ist immer noch keine Antwort.«

»Ich bin nicht in deinem Getränk gekommen, Fräulein Wunder. Wenn ich wollte, dass du mein Sperma trinkst, würde ich deinen Mund ficken.«

Er lehnt sich über den Tresen und sieht mir in die Augen. »Und ich habe das Gefühl, dass ich genau das tun werde, sobald du fertig gegessen hast.«

Meine Nippel werden umgehend hart und allen vergeht das Lachen.

Diese Männer stellen verrückte Dinge mit mir an. Gute Dinge.

Ich greife nach der heißen Schokolade und nehme einen Schluck davon, ohne den Blickkontakt zu brechen.

Auf meiner Zunge breitet sich eine Geschmacksexplosion aus, die mir ein Stöhnen von tief drinnen entlockt.

»Du hast Kirschen hinzugefügt«, flüstere ich.

»Ich habe Kirschen hinzugefügt«, bestätigt er. »Jetzt trink aus, damit ich dir etwas anderes zu trinken anbieten kann.«

Ich schlucke hart.

Mein Leben ist ganz anders, als ich es mir erträumt habe. Es ist besser. So. Viel. Besser.

Weil es echt ist.

Wunderbar.

Und vollkommen … außergewöhnlich.

USA Today Bestsellerautorin Lexi C. Foss ist eine Schriftstellerin, verloren in der Welt der Computer. Sie lebt mit ihrem Mann und ihren pelzigen Freunden in North Carolina. Wenn sie nicht gerade schreibt, ist sie mit Sicherheit auf Reisen. Viele der Orte, die sie schon besucht hat, lassen sich in ihren Büchern wiederfinden, einschließlich der mystischen Welt von Hydria, die auf der griechischen Insel Hydra basiert.

Lexi ist ein bisschen verschroben, trinkt viel zu viel Kaffee und schwimmt gern. Tschüss!

Würden Sie gern über Neuerscheinungen informiert werden? Dann tragen Sie sich für ihren Newsletter ein: https://www.lexicfoss.com/deutschen-newsletter

Besuchen Sie Lexi im Netz!
https://www.lexicfoss.com/aktuell

E-Mail: lexicfoss@gmail.com

www.ingramcontent.com/pod-product-compliance
Lightning Source LLC
LaVergne TN
LVHW050926080826
845145LV00001B/224

* 9 7 8 1 6 8 5 3 0 4 3 6 2 *